사랑, 그 설렘에 취하고 향기에 물들다.

사랑, 그 설렘에 취하고 향기에 물들다.

내시의 여자

내시의 여자

초판 1쇄 찍음 2013년 1월 16일
초판 1쇄 펴냄 2013년 1월 25일

지은이 | 설우(雪雨)
펴낸이 | 정 필
펴낸곳 | 도서출판 **뿔미디어**

편집장 | 이재권
기획 · 편집 | 손수화
편집디자인 | 이진선
관리 · 영업 | 김기환, 임순옥

출판등록 | 2002년 9월 11일 (제1081-1-132호)
주소 | 부천시 원미구 상3동 533-3 아트프라자 503호 (우)420-861
전화 | 032)651-6513 / 팩스 | 032)651-6004
E-mail | dahyangs@naver.com
카페 | http://cafe.daum.net/dahyangs

값 9,000원
ISBN 978-89-6775-117-3 03810

내시의 여자

설우雪雨 장편 소설

DAHYANG ROMANCE STORY

차 례

시작

그는 숫돌에 칼을 갈았다. 정성스럽게 갈고 또 갈았다. 오늘 자신이 갈고 있는 이 칼끝에 자신의 목숨이 달려 있다 할 수 있었다. 그의 얼굴 위로 서늘한 기운이 흘렀다. 낡고 오래된 이곳 산지기 움막에 멍석을 둘러 햇빛이 들어오지 않게 해놓고 그는 오늘 자신을 버리려 하고 있었다. 그의 곁에는 어머니가 쓰시던 깨끗한 무명천과 하루 이틀 끼니를 연명(延命)할 수 있는 주먹밥, 그리고 두꺼운 겨울 솜이불 한 채가 가지런히 놓여 있었다.

태어나 처음 해보는 칼갈이가 쉽지 않았지만 이제는 자신을 대신해 궂은일을 해주던 먹쇠 놈도 없는 마당에 해보지 못한 일이라 하지 않을 수 없는 작금(昨今)이 통탄스러웠으나 지금은 그런 배부른 소리를 하고 있을 때가 아니었다. 창틀 사이로 얼핏 보이는 하늘과 그 사이로 들어서는 빛에 칼끝을 비춰보던 계한은 하얀 무명천 위에 칼을 다소곳이 놓았다. 그리고 그는 몸을 단정히 하고 일어나 부친이 누워 계시는 선산 쪽을 향해 이배(二拜)하였다. 정성을 다해 머리를 조아리고 있던 그의 눈에 자신도 모르게 눈물이 맺혔다.

그는 애써 마음을 다스리며 다시 몸을 곧추세우고 앉았다. 눈앞에 시퍼런 칼날이 춤을 추는 듯 빛을 받아 현란했다. 두려움을 가득 앉고 자신의 바지춤을 끌러 내렸다. 서늘한 기운이 허벅지를 지나 자신의 양물(陽物) 끝에 파고들었다. 이제 결행해야 하는 시간이었다. 칼자루에 손을 뻗어 꽉 잡은 후 칼을 높이 치켜들고 눈을 감았다. 그리고 한 치의 망설임 없이 내려쳤다.

"아악!"

한겨울, 꽁꽁 얼은 붙은 산중. 산지기 움막 안에서 외마디 비명이 하늘 높이 울려 퍼졌다. 그 소리에 인근 나무에 앉아 깃털을 고르던 새가 놀라 다른 나무로 날아가 버렸다. 그리곤 겨울산은 고요 속으로 파고들었다.

일각(一刻)이 흘렀는지 이각(二刻)이 흘렀는지 알 수 없었다. 찬바람에 드러나 시린 몸뚱이는 겨울의 찬바람이 지혈을 한 것인지 뿜어져 나오던 피가 사그라지고 있었다. 겨우 정신을 차린 그는 떨리는 손으로 어머니의 무명천으로 자신의 아랫도리를 동여매었다. 그리고 움막 안 한쪽 구석에 몸을 뉘였다. 그러자 곧 눈앞이 흐려지기 시작하더니 알 수 없는 깊은 수렁 속으로 빠져들었다. 이제 그가 할 수 있는 것은 아무것도 없었다. 오로지 인간의 생(生)과 사(死)를 손에 쥔 자가 그를 어떻게 할 것인가 선택

여부에 따라야 했다.

"아버님!"

"그래, 서당에 다녀오는 길이더냐!"

"예."

"날이 추워 손이 꽁꽁 얼었구나. 아비가 손을 녹여주마. 이리
오너라."

"아닙니다, 아버님. 소자의 손이 너무 차가와 아버님께 한기
(寒氣)를 옮길까 두렵습니다."

"아니다, 애야. 나는 하루 종일 방 안에 앉아 하릴없이 앉아
노는 식객(食客)일 뿐이니 그런 걱정 말거라."

어린 계한은 아버지 김시목 판윤의 다정스런 말에 목이 메어
왔다. 다른 이들은 부친이 너무 엄하여 곁에 가고 싶지 않다 하
였으나 계한은 자신의 부친이 너무 좋았다. 자신을 이토록 다정
다감하신 부친의 슬하에 태어나게 해주신 조상께 감사하고 감사
했다. 자신의 찬 손을 잡아 입김을 불며 부비시던 부친이 계한을
나지막이 불렀다.

"계한아, 내 오늘 함소골 부제학 윤현수 영감 댁을 다녀왔느니
라. 왜인지 알겠느냐?"

"소자는 잘……."

"네 안사람 될 규수(閨秀)를 보러 갔느니라."

"그러하셨습니까?"

계한은 짐짓 아무런 관심도 없다는 듯 흘러가는 소리로 답(答)

하였다.

"오호? 넌 궁금하지 않더냐?"

"소자가 감히 내자(內子)를 구하는 일에 경거망동(輕擧妄動)할 수는 없는 일이지 않을는지요?"

"그래? 그럼 그 댁 규수가 마마 자국이 있고 살집이 두툼하여 본새가 없어도 상관없겠구나?"

"……그렇다 할지라도 아버님이 그리 장가들라 하시면 소자 따르겠나이다."

"하하하! 예끼 고약한 놈! 어찌 그리 속내 한번을 내어놓지 않는 게야! 네 어미가 너를 너무 엄하게 길러 그런 것이냐? 아니면 네 태생이 그러한 게냐? 사내라고 너무 그렇게 속내를 보이지 않으면 아낙들이 좋아하지 않는다. 특히 네 내자에게는 절대 그리하지 마라. 하하하."

계한은 부친의 너털웃음이 무엇을 의미하는지 잘 알고 있었다. 부친의 웃음은 마마자국에 살집이 많은 규수가 아니라, 아름답고 능수버들같이 유한 규수를 점찍어주셨다는 말씀이었다.

윤규원이라 했던가! 어린 시절부터 양가 어른들이 친분을 쌓은 관계로 몇 번 부제학 댁에 문안인사(問安人事)차 들른 적이 있었다. 어린 계한의 눈에 비친 그 댁의 따님은 얼굴이 희고 동글동글하며 눈빛이 참으로 영특해 보였었다. 물론 이제는 혼기(婚期)가 찬 그녀를 그전처럼 함부로 볼 수는 없었지만 그 예쁜 얼굴의 소녀가 자라면서 밉게 변했을 리 없다는 것을 너무나 잘 알기에 계한은 부친의 농에도 아무렇지 않게 그러겠다고 하였던 것이었다.

"계한아, 내년에는 가례(嘉禮)를 올릴 준비를 해야 할 것이다. 그러니 일가(一家)를 이룰 사내로 더욱 너를 갈고닦아야 한다. 알겠느냐?"

"예, 아버님. 소자, 아버님 함자에 누를 끼치지 않게 성심을 다해 학문에 증진할 것이옵니다."

"그래! 그래! 허허허!"

멀리 아버지의 웃음소리가 들려왔다. 계한은 인자한 아버지가 너무나 좋아 덥석 그 손을 잡았다. 그런데 어느 사이 부친인 김시목은 저 멀리 사라져 버리고 텅 빈 어둠만 가득했다.

"아, 아버님! 소자는 어찌……."

계한은 몸을 비틀고 손을 버둥거렸지만 사라져 버린 부친을 따라갈 수도, 잡을 수도 없었다.

"도련님! 이 무슨 대가댁 자제답지 못한 처사이신지요? 손을 놓아주십시오."

"허나, 그대는 내게 정혼녀입니다. 그리고 봄이 오면 내 아낙이 될 몸이니 내 처사가 그리 잘못되었다 할 것은 아닌 것 같소만."

"그러하오나, 아직 가례를 올린 것도 아니 온데 이렇듯 요망스럽게……."

"그럼 그대는 얼어 죽으려 하오? 내가 장가도 들지 못하고 홀아비가 되었으면 하는 것이오?"

"그것은 아니오나……."

"오늘 우리가 이런 꼴이 된 것도 사실은 그대가 절에 불공을 드리러 온 탓이오. 그저 집 안에 있으면 될 것을 이리 추운 날에 이 멀리까지 불공을 드리러 간다는 말을 듣고 어찌 그대 혼자 보낼 수 있다는 말이오. 그리고 불공을 드리러 가는 규수가 무슨 얼음을 지친다고 고집을 피워 이런 봉변(逢變)을 당하는 것이오?"

"하오나……."

"그러니 이쪽으로 오시오, 내가 그대를 어찌하려고 하는 것이 아니니. 잘못하다가는 둘 다 얼어 죽기 딱 십상이지 않소?"

발갛게 언 얼굴의 규원이 계한 쪽으로 주춤주춤 다가서자 계한은 낡고 냄새나긴 했으나 자신의 몸으로 데워놓은 이불 속으로 그녀를 끌어당겨 안았다. 차고 냉하기는 했지만 능수버들처럼 부드럽고 나긋한 몸이 자신의 몸에 밀착되자 순간 가슴이 쿵하고 내려앉는 듯했다. 혹시 그녀의 귀에 들릴까 걱정스러워 숨소리조차 함부로 내뱉지 못하고 계한은 자신을 애써 죽이고 있었다. 그러나 그녀 규원의 몸에서 나는 향기가 계한의 인내심을 시험하고 있었기에 정신을 차렸을 때에는 자신도 모르게 그녀의 가슴에 손을 뻗친 뒤였다. 처음에는 추위를 달래고 얼어붙은 몸을 데우는 것이 목적이었던 두 사람은 차츰 한기(寒氣)가 줄어들자 어느새 온몸에 알 수 없는 열꽃이 피어나기 시작했고 얼굴도 마주 보지 못하고 규원의 등을 껴안고 있던 열여섯의 아직 어린 사내는 매끈한 처녀의 몸을 온몸으로 느끼며 고통스러웠다.

"도련님. 이제 그만 됐사옵니다. 이제는 춥지 않사오니 놓아주십시오."

"험. 험. 아직 이렇게 몸이 찬데 무슨 말이오?"

"하오나……."

"내가 그대를 잡아먹기라도 할까 봐 그런 것이오? 내가 무슨 무뢰배도 아니고……."

그때, 계한은 자신의 몸 중 어느 한 부위가 그녀를 향해 들고 일어서는 것을 느끼며 말을 이을 수가 없었다. 그의 갑작스런 침묵에 규원도 동시에 말을 잊은 채 놀라 그를 돌아보았다.

"……."

말없이 서로를 바라보기만 하던 두 사람 중 먼저 움직인 것은 사내인 그였다. 그는 자신도 모르게 그녀의 검은 눈동자와 난처하여 입술을 물고 있었던 듯 피가 쏠려 붉어진 그녀의 입술이 눈에 들어오자 두 손으로 얼굴을 감싼 후 그녀의 붉은 입술을 자신의 입술로 훔쳤다. 한 번도 여인의 입술을 탐해본 적 없는 그로서는 그녀의 입술은 마치 다른 세상의 것처럼 보드랍고 탐스러웠다. 머릿속이 하얗게 변하며 온몸이 녹아내릴 듯 허물어질 때까지 그녀의 입술을 더욱 빨아들이던 계한은 어느새 그녀를 바닥에 고이 누였다. 자신의 얇은 홑바지 너머 그녀의 아직 덜 여문 여체가 사내로서 처음 알게 된 욕정을 부추겼고 무어라 표현할 수 없는 달콤한 떨림 때문에 그녀를 놓아줄 수가 없었다. 놀란 규원의 두 눈이 자신의 눈과 마주치고 그녀의 손이 그의 손아귀에서 빠져나오기 위해 애쓰기 시작하자 계한은 더 꽉 붙잡고 말했다.

"미안합니다. 그대가 나를 너무 당혹스럽게 해서 이런…….

그러나 그대는 내게 이미 여인이고 지어미이니……."

그녀의 두 눈이 커다랗게 변하면서 그의 가슴을 때리기 시작했지만 이내 소심한 거부도 쉽게 끝나고 말았다. 훤훤미장부인 그가 자신의 정혼자이고 내년이면 가례를 올릴 지아비이며, 이미 자신이 멈추기에는 그가 너무 멀리 가버렸음을 알기에 규원은 그저 무언으로 그에게 화답(和答)할 수밖에 없었다.

그가 마치 세상을 다 얻은 듯 환하게 웃으며 그녀를 자신의 가슴에 바싹 끌어당겨 안자마자 바로 규원의 아랫도리를 파고드는 고통으로 그녀는 까무러치고 말았다. 그리고 다시 그녀가 천천히 눈을 떴을 때는 그가 자신을 염려(念慮)하여 이러지도 저러지도 못한 채 그저 양팔에 힘을 주고 버티며 자신을 내려다보고 있었다. 미안함과 걱정으로 미소를 띤 그와는 대조적으로 그녀의 몸 안에는 가득한 무엇인가가 위풍당당하게 버티고 있었다. 그녀의 수줍은 미소를 본 순간 그가 천천히 그녀의 몸속에서 움직이기 시작했다. 그리고 그날, 그의 잘난 얼굴이 온통 땀범벅이 될 때까지 계한과 규원은 세상에서 처음 가본 무릉도원(武陵桃源)에서 빠져나올 수가 없었다.

"규원… 낭자!"

목이 마르고 입안이 바짝 타들어가는 것 같은 갈증에 계한은 눈만 감으면 떨칠 수 없었던 그날의 황홀감에서 벗어나왔다. 손으로 주변을 더듬어도 타는 목을 달래줄 것은 아무것도 손에 잡히지 않았다. 갈증으로 타는 몸을 하는 수 없이 겨우 일으키고 앉았다. 며칠을 정신을 잃고 있던 것인지 알 수 없었다. 그러나 한 가지만은 분명한 것 같았다. 자신이 죽지 않고 살아 있다는 것. 그리고 이제 시간이 흐르기를 기다리기만 하면 된다는 것을. 내자원의 출입번(出入番) 내시(內侍)가 한 말이 떠올랐다. 죽지 않고 정신이 들었다면 상처가 덧나지 않게 주의하고 소변보는 일만 잘되면 정상적인 생활을 할 수 있다고 했다. 그리되면 자신을 찾아 내자원으로 오라고 했다. 계한은 아픔을 참으며 바지춤을 끌어올리고 일어나 바깥으로 나왔다. 눈이 덮인 산은 마치 무덤 속처럼 고요하고 아늑했다. 그리고 그 환한 빛 가운데 자신은 혼자 그들 속에 서 있었다.

불과 보름 전 부친과 이곳으로 겨울사냥을 왔을 때 자신에게 이런 날이 오리라고는 생각지도 못한 것처럼 한 달 전 월명사 근처 폐가(弊家)에서 그녀 규원을 안았던 계한은 이미 존재하지 않았다. 여인에게 취해 순정을 바친 어린 사내 계한은 부친이 환국(換局)에 휘말려 돌아가시면서 죽었다. 모친도, 하나뿐인 여동생 계희도 싸늘한 시신으로 발견된 그날 아침, 이미 규원도 자신에게 기억해서는 안 되는 여인이 되어버렸다는 사실을 잊지 말아야 했다.

"승전색(왕명출납을 담당하던 내시) 어른을 뵙게 해주시오!"

"네 이놈! 이곳은 너 같은 일반 백성들이 함부로 들어오는 곳이 아니다! 썩 물러가라!"

"그분께 약속을 지키려 김계한이 왔다고 전해주시오!"

"허! 참! 그놈. 질긴 놈이구나. 그분은 이곳에 계시지 않는다. 이틀 전부터 장번(長番)으로 궁에 들어가셔서 보름은 더 있어야 나오신다 했으니 정 만나 뵙고 싶으면 보름 뒤에 다시 한 번 오너라."

"정 그러하다면 보름 뒤에 다시 오지요."

계한은 내자원 문지기에게 쫓겨 돌아서며 다시 한 번 내자원 전각을 돌아보았다. 이제부터 자신이 있어야 할 곳은 오로지 저곳뿐이었다. 아니, 저곳에서 으뜸가는 내시가 되어 왕께 나아가야 했다. 그것만이 억울한 누명을 쓰고 돌아가신 부친과 노비로 전락하여 능욕당하며 살아가기를 거부하며 스스로 목숨을 끊은 모친, 그리고 어린 여동생의 억울함을 푸는 길이란 것을 스스로에게 각인(刻印)시켰다. 남자로서의 모든 것을 버리고 택한 길이었다. 죄인의 아들로 출사(出仕)도 할 수 없는 수치스러움 속에 사느니 남자를 버리고 내시가 되어서라도 왕께 진언(眞言)을 드릴 수만 있다면, 그래서 부친의 원수를 갚을 수만 있다면 그는 자신이 버린 것쯤은 아무렇지도 않았다.

터벅터벅 다시 정처 없이 걸음을 옮기던 계한은 자신의 발걸음이 멈춘 곳이 어딘지 알아차리고 놀라 황급히 몸을 돌렸다. 한때 미친 듯이 이곳을 찾아들었다. 한 달 전 그녀를 우연히 안고부터는 밤낮으로 규원을 머릿속에서 지울 수가 없었다. 서책을 펴도 오로지 떠오르는 것은 규원의 얼굴이요, 눈만 감으면 규원의 홍조 띈 얼굴과 백옥 같았던 그녀의 뽀얀 가슴, 하얗고 둥그스름하던 하복부만 어른거렸다. 그래서 미친 듯이 이곳으로 찾아와 그녀를 다시 한 번 볼 수 없을까 하여 대문 앞을 어슬렁거렸었다. 그러나 그 모든 것이 과거사였다. 이제 그녀는 자신과는 상관없는 여인이 되고 말았다.

혼서(婚書)와 사주단자(四柱單子)를 돌려주러 어둔 밤 몰래 사랑방으로 숨어들었을 때, 부제학 영감은 자신의 손을 잡고 통곡하였다. 친한 벗을 구명(求命)하여 주지 못한 죄를 그에게 빌었다. 그러면서도 자신의 딸을 잊어달라 했다. 출사도 하지 못할 자신에게 귀한 딸을 내어줄 수는 없다 하였다. 그리고 자신을 용서해 달라고 했다. 계한은 부제학 영감을 이해했다. 자신이 언감생심(焉敢生心) 욕심을 부릴 수도 없는 일이었지만 자신은 이미 한 아낙의 남자로 살고자 하는 생각을 버린 뒤였기에 그러마고 약속했다. 돌아서 나오는 길에 대문 앞에 나와 서 있던 규원이 그를 보며 주저앉아 울었다. 그도 흐르는 눈물 너머 각인되어 있던 그녀의 마지막 모습을 마음에서 애써 지워 버리고 돌아섰다.

아니, 그리 생각했었다. 그런데 그렇게 잊어버리려 발버둥 쳤건만 오늘 그의 의지와 상관없이 발걸음은 다시 이곳으로 오고 말았다.

"약한 내 자신이 원망스럽구나! 사내로 태어나 부친의 억울함을 풀고 복수를 하기로 맹세한 것이 부끄러워지는구나! 여인 하나를 이렇게 쉬이 버리지 못하면서 무엇을 하겠다는 것인지 또다시 이곳으로 발길을 옮길 시에는 내 이 두 다리를 쳐내 앉은뱅이가 될 것이다."

계한은 두 손을 부여잡고 다시 내자원 쪽으로 발길을 옮겼다.

부질없는 것이었다. 한때 규원을 품고 규원과 함께 백년해로(百年偕老)를 꿈꾸었다. 규원과 자신을 닮은 아이들의 재롱을 보며 그녀와 함께 늙어갈 수 있기를 소원했었다. 그러나 이미 자신에게는 이제 부질없는 꿈이었다. 규원을 품을 수도, 규원을 닮은 아이를 가질 수도 없는 자신의 몸으로 마음에 그녀를 품어 어떻게 할 수 있단 말인가!

계한의 절망 어린 걸음 너머 대문 안, 그가 사라져 버린 후 하루하루 애 닳아 죽어가던 규원이 넋이 나간 얼굴로 서 있었다. 보고 싶었다. 그의 가문이 멸문지화 되었다는 소식에 그의 생사를 알 길이 없어 식음마저 전폐했었다. 그런데 오늘 대문 너머 드디어 그가 와 있는 것을 보고 마음은 달려가고 싶었으나 애써 규중 아녀자로서의 본분을 지키며 그가 자신을 찾기를 기다렸다. 그런데 자신의 얼굴 한번 돌아보지 않고 사라지는 계한을 보며 규원은 뭔가 잘못되어 가는 것을 알 수 있었다. 먼 곳이었지만 그가 변한 듯 보였다. 훤하고 잘났던 도련님은 어디 가고 파리한 얼굴에 어둠이 가득했다. 담장에 기대어 서서 그가 행여 돌아서서 다시 자신을 찾아올까 기다리던 규원은 멀어져 가던 계한의 그림자가 사라지자 땅바닥에 나무토막처럼 그렇게 쓰러졌다. 규원의 눈물 가득한 두 눈에 달려오는 몸종 오월이가 희미하게 보였다.

1장
쓰디 쓴 절연(節煙)

작금(昨今)의 자신은 걸인(乞人)보다 못한 처지이긴 했지만 정2품 판윤을 지낸 부친의 함자에 누를 끼칠 수는 없었다. 허기진 배는 체면을 던지라 하고 솜이 든 누비바지가 아닌 무명 바지저고리는 한기를 막을 수 없어 찬바람이 온몸을 뚫고 오장육부(五臟六腑)에까지 스며들었으나, 계한은 참고 또 참았다. 저자(低資)에 나가서 구걸을 하는 비루(鄙陋)한 시간을 보내기보다는 혼자 눈덩이를 삼키는 한이 있더라도 참아낼 수 있는 산지기의 움막이 좋았다. 그곳은 비록 춥고 스산하였으나 보름을 견뎌내기에 그보다 좋은 장소는 없었다.

내시부 승전색 영감이 장번(長番)을 끝내고 사저(私邸)로 귀가한다는 그날이 바로 오늘이었다. 이제 몸의 상처도 다 아물어가고 있어 많이 아프지 않았고 마음의 상처도 그렇게 그럭저럭 덮어져 가는 것 같았다. 비록 남루하기 이를 데 없었지만 최대한 의관을 정제하고 움막을 나선 계한은 이제 다시 돌아오지 못할 길임을 알기에 더욱 망설임 없이 가자고 다짐했다. 이제 이 길로 범부(凡夫)로서의 삶은 끝이었다. 지난 16년은 양반으로 권세를 가진 부친 덕에 호의호식(好衣好食)하고 살았고, 지난 보름은 실상은 어떠하든 외양은 범부로 행세하며 살았다. 그러나 그 행세마저 오늘로 끝이 날 것이었다. 계한은 한 점의 아쉬움도 남기지 않으려는 듯 하얀 눈 위에서 자신의 무명 도포를 가볍게 툭툭 쳐 모든 욕심을 털어냈다.

김자현 영감이 내자원(內子院)을 나서는 것을 보며 계한은 천천히 그 앞으로 걸어갔다. 한 달 전 부친의 시신(屍身)을 수습(收拾)하러 간 곳에서 처음 그를 보았다. 왕명출납(王名出納)이 자신의 일이라 사약(死藥)이 내려지는 일을 막을 수 없었다며 부친의 시신을 홀로 그렇게 지키고 있었다. 통곡하는 그에게 냉랭한 얼굴로 앞날을 생각하는 것이 더 현명할 것이라고, 집안의 복수를 해야 하지 않겠냐고 했다. 멸문된 가문의 사내로 입신이 불가능함을 알기에 맥없이 돌아서는 그에게 내시가 되면 왕을 지척에서 보필할 수 있으니 한번 상고해 보라고 하는 그의 외침을 계한은 엷은 웃음으로 답(答)했었다.

"왔는가?"

"……"

"그래, 날 따라가려는가?"

"예."

"그 길이 쉽지 않은 길임은 아는가?"

"예."

"그럼, 가세!"

"예."

그는 마치 계한이 자신을 찾아올 것을 알고 있었던 것처럼 그렇게 아무런 놀람도 의심도 없이 맞았다. 승전색 김자현의 집은 크고 화려하진 않았으나 사람이 사는 집 같은 냄새를 풍겼다. 대문을 열고 들어서자 아담하고 살집이 많은 중년 여인이 버선발로 뛰어나와 그를 반겼다.

"이제 퇴청(退廳)하시는 길입니까? 아이고, 어서 들어오세요. 영감이 언제 올지 모른다던 그 젊은이구먼요?"

중년 여인은 살갑게 그의 손을 잡아 대문 안으로 끌어들였다. 마치 모친을 다시 뵙는 듯하여 마음이 쓰리고 아팠으나 계한은 내색하지 않았다.

사랑방에 술상이 차려지고 김자현과 그의 부인인 김 씨가 상석(上席)에 나란히 앉았다. 계한은 내외에게 의복을 단정히 하고 절을 올렸다. 이제부터 그들에게 자신의 몸을 의탁해야 하는 자로서의 성의였다.

"좌정하게. 아직 자네와 내가 어떤 연(連)이 될지 모르니 그렇게 절부터 할 일이 아닐세."

"호호, 영감. 그렇게 무섭게 하지 말아요. 젊은이가 서운하다 하지 않겠어요?"

"이쪽은 내 내자인 안산 김 씨라네."

"예. 저는 성은 김가고 이름은 계한이라 합니다."

"그래요. 마음 편히 얘기들 하세요, 아녀자는 이만 물러갈 터이니. 영감, 젊은이 방은 어디로 할까요?"

"글쎄… 아직 내 집 안에 들일지 말지 결정을 하지 못했다 하지 않았소?"

"아이고. 실은 마음에 이미 흡족하시면서 말씀은……."

김자현의 아내인 김 씨가 계한의 역성(逆成)을 들며 나간 후 그들은 서로를 바라보며 한참 동안 말을 잇지 못했다.

"결행(決行)은 하였는가?"

"예."

"혼자 하였는가?"

"예."

"독한 사람이군. 그 마음에 화를 어찌 다 이겨내려고 그렇게 모질고 독한 것인지……. 그래, 그럼 일어나 옷을 벗어보게."

"예?"

"뭘 그리 놀라는가? 내 자네가 한 결과물을 보고 난 후 얘기를 나누도록 하지. 내가 자네를 인도하기 전 확실히 결행했는지 여부를 확인하고자 하는 것인데 기분이 상했는가?"

김자현의 말에 계한은 일어나 천천히 바지춤을 내렸다. 사내로 태어나 부친 앞에서도 바지춤을 내린 적이 없었다. 그런데 오늘 아직은 낯선 김자현의 앞에서 사내로 태어나 부끄럽기 짝이 없는 모습으로 서 있어야 했다. 어디 그뿐인가? 그가 다가와 자신의 몸을 보고 또 보았다. 이미 자신의 손으로 쳐낸 것이 다시 붙어 있을 리 없건마는 참으로 부끄럽고 민망하였다. 그는 자신도 모르게 두 손을 꽉 다잡고 온몸이 떨려오는 것을 억지로 참았다.

"자네… 그래, 몸은 내가 원하는 몸이 된 것은 확실하군. 그러나 자네 마음은 아직도 사내인 것 같군. 내 앞에서 바지춤을 내린 것이 그렇게 치욕스러운가? 내자원에 들어가면 교육을 받는 동안 한 달에 한번 도자소 자궁수가 자네 몸의 변화를 검사하고 감독할 걸세. 행여나 그 씨가 완전히 없어지지 않은 것은 아닌지, 다른 몸의 변화는 없는지 샅샅이 살펴보고 만지기까지 하지. 그러면 그때마다 그렇게 치욕스런 얼굴로 있을 텐가! 왕은 무치(無恥)라 했네. 그런 왕을 보필하는 우리도 무치네. 부끄러움을 알았어도, 느꼈어도 아니 되네. 이제 자네를 내자원에 입소(入所)시켜주지. 내가 자네와 한 약속이니 그 약속은 반드시 지키겠네. 그러나 그곳에서 살아남든, 죽든 그 선택은 자네가 해야 하네. 잊지 말게. 내자원에서 소리 없이 죽어나가는 어린 내시 따위에게 관심을 두는 이는 이 세상에 아무도 없다는 사실을."

"……."

"지금이라도 돌아가겠다고 하면 잡지 않겠네. 자네는 얼굴이 반반해서 그 몸으로도 아낙 하나쯤은 거느리고 살 수 있을 거야. 그러니 선택하게."

"데려가 주십시오. 이미 보름 전 범부로 살고자 하는 욕망은 버렸습니다."

계한은 한 치의 망설임도 없이 부탁했다. 이미 되돌릴 수 없는 길에 접어들었음에 후회 따위는 가당치도 않는 것이었다.

"그래, 내일 아침에 같이 내자원로 갈 터이니 그리 알고 물러가 쉬지. 내 안사람이 아마도 자네 방을 이미 치워놓았을 테니."

"예. 그럼, 내일 아침에 뵙겠습니다."

"푹 쉬게. 그리고 혹여 이 세상에 미련이 남은 것이 있다면 오늘 밤 안으로 모두 털어버리게. 그것이 자네가 내자원에서 죽지 않고 살아남을 수 있는 유일한 길이 될 걸세."

"이미 다… 버렸습니다."

"그럼 다행이고."

방문을 닫고 나서는 계한의 뒤로 김자현의 한숨 섞인 소리가 들렸다.

"세상의 연이 그렇게 쉽게 끊을 수 있는 일이라면 얼마나 좋겠는가?"

계한은 그가 무슨 뜻으로 하는 말인지 알 수 없었지만 마음 한구석에 던져 놓은 이름 하나가 불현듯 다시 머릿속에 떠올랐다.

'규원…….'

이미 버린 인연(因緣)이라 생각하고 있었거늘 이렇게 막아도 막아도 다시 치고 나오는 이 미명(微明) 같은 것은 무엇인지…….
계한은 마음을 다잡으며 김 씨 부인의 몸종이라며 앞장서는 아이를 따라 처소로 향했다

삼경(三更)을 알리는 소리가 들렸다. 오랜만에 목욕을 하고 따뜻한 방에, 따뜻한 밥을 먹고 김 씨 부인이 보내준 따뜻한 의복

으로 갈아입고 몸을 아랫목에 누이자 금방 잠이 쏟아지리라 생각한 자신을 비웃듯 눈앞에는 수많은 일들이 마치 어제 일인 양 어지러웠다. 김자현의 말처럼 세상의 연을 끊는다는 것이 결코 쉬운 일이 아닌지도 몰랐다. 고작 두 달도 안 된 사이 비단옷을 걸치고 솜바지 저고리를 입었다는 사실만으로도 몸이 평온하고 유복(有服)했던 시절로 돌아간 듯, 자꾸만 마음도 평온했던 과거로 향했다.

결국 따뜻한 방을 뛰쳐나오고 말았다. 어지러운 마음으로 있을 수 없어 하릴없이 나선 길이었다. 그림자 하나 길게 드리우고 골목 어귀를 지나고 다시 맞선 골목을 또 지났다. 그렇게 걷기 시작한 후 초승달빛 아래 그의 눈에 익숙한 희미한 집 그림자에 계한은 다시 놀라 우뚝 서고 말았다. 보름 전 이미 잊었다 하고 돌아섰었다. 다시 이곳으로 발길을 하면 다리를 쳐서 앉은뱅이가 되겠다고 다짐했었다. 그런데도 또다시 그 자리였다.

함소골 윤현수 부제학의 집. 윤규원. 그녀가 저곳, 저 안에 있었다. 계한은 가까운 나무에 몸을 기대었다. 그래서 김자현이 세상의 연을 끊어야 내자원에서 살아남을 수 있다고 한 것이었다. 마음에서 여인 하나도 완전히 내어놓지 못한 몸으로 왕의 곁에 갈 수는 없는 일이었다. 계한은 어둠이 내려앉은 부제학의 집 담장을 훌쩍 뛰어넘었다.

규원은 며칠 전부터 밤이 깊어도 쉬이 잠을 이룰 수가 없었다. 보름 전 그렇게 떠난 계한은 다시 발걸음을 하지 않았다. 그것으로 자신과의 연을 끊겠다고 한 것인지 혼서(婚書)와 사주단자(四柱單子)가 돌아온 이후 그토록 기다리고 기다린 끝에 본 그는 그날로 다시는 그녀의 집을 서성거리지 않았다. 그러나 규원은 행여나 하는 마음을 버리지 못하고 오늘도 바깥만 내다보았다. 며칠 앞으로 다가온 가례 날이 자신에게는 마치 그가 자신을 버리고 떠난 것을 되새김질 해주는 듯했다. 가례 날이 정해진 다음부터 손수 수를 놓았었다. 계한과 함께 누울 베개머리에 한올 한올 수를 놓고 그에게 줄 명주 손수건에 자신의 이름과 계한의 이름자 중 한자씩 수를 놓았었다. 첫아이가 태어나면 한원이라고 이름 짓자 했었다. 월명사 푸른 밤을 하얗게 새운 그날 그렇게 속삭이던 계한은 정말 자신을 버린 것인지…….

이제 규원은 자신이 어찌해야 할지도 알 수가 없었다. 출사를 하지 않아도 좋았다. 신분이 양반이 아니어도 상관없었다. 오로지 그만 있으면 되었다. 그와 밭을 일구고 살아도 그의 곁에서 그의 아낙으로 살고 싶었다. 그 작은 소망마저 자신에게는 바라서는 안 되는 것이었는지 규원은 촛불 너머 어른거리는 바람 소리에도 혼자 눈물지었다. 그때였다. 자신의 문 앞을 가로막는 검은 그림자에 놀라 규원은 소리쳤다.

"누구냐! 감히 여기가 누구 집이라고 무뢰하게……."

"계한이오!"

꿈에도 잊지 못하던 계한이라는 말에 규원은 문을 활짝 열었다. 아름다운 임이었다. 오매불망(寤寐不忘) 그리던 임의 얼굴이었다.

"어찌……."

"좀 들어갔으면 하오."

규원의 놀란 얼굴에 계한이 먼저 안으로 들어서며 자리에 앉았다. 하룻밤을 같이 나눈 사이였으나 정작 혼례를 올리지도 못한 규수와 도령이라 마주 보고 앉아본 일이 없던 그들은 어색하고 낯선 만남에 할 말을 잃었다.

"내가 오늘… 그대에게 할 말씀이 있어 예법(禮法)에 어긋나는 줄 알면서도 이렇게 월담을 하였소."

"왜… 그리 가신 겁니까?"

서로에게 하고픈 말이 많아서인지 입을 다물고 있던 그들은 동시에 서로에게 물었다. 계한은 그녀의 얼굴에서 원망과 고통이 느껴져 오장육부가 끊어지는 것 같았다. 어찌하여 그녀에게 이토록 참담한 일을 당하게 한 것인지……. 얼굴빛이 많이 상한 모습을 보고 있자니 자신의 과오로 그녀가 어떤 곤경을 겪고 있는지 알 것 같았다.

"부친께 들어서 알고 계시리라 생각합니다. 우리 두 사람의 혼사는 이미 제가 물리었습니다. 물론 대장부로 해서는 안 되는 일을 저지른 나로서는 그대에게 뭐라 할 말이 없다는 것을 모르지 않소. 그러나 이미 어긋난 연인 것을, 애써 잡고자 한다고 잡아질 수 없는 연인 것을 그대도 알고 있으리라 생각하오."

규원의 얼굴이 하얗게 질려갔다. 그런 말들을 하고자 계한이 자신을 찾아온 것이라곤 생각지도 못했다는 얼굴이었다. 계한은 무너지는 마음을 다잡으며 다시 말을 이었다.

"난, 내일 내자원으로 들어가오. 내 부친과 모친의 억울함을 풀길이 그 뿐임에 그리하기로 했소. 그러니……."

"뭐라… 하셨습니까? 어디로 가신다고요?"

"내자원이라 했소. 영특한 그대가 내자원이 어떤 곳인지 모른다고 하지 않을 줄 아오. 그러니 이제 마음을 접으시오. 그대에게는 좋은 혼처가 곧 나설 것이오. 그러니……."

"정녕 제게 그리하라고 말씀하시러 온 것입니까? 당신께서 내자원으로 가니 저에게 '잊어라. 그리고 다른 이를 품어라'. 그리 말씀하시러 온 것입니까?"

"그렇소."

"아닙니다. 정녕 그리하실 리 없습니다. 당신께서는 집안의 장자(長子)이시고 가문을 이어나가야 할 책무(責務)가 있으신 분입니다. 그런 분이 내자원으로 가신다는 말을 저에게 믿으라고 하신다니……. 너무 독하십니다. 그리도 제가 부담스러웠습니까? 그리도……."

"아니오. 그대가 부담스러운 것도, 그대를 저버리고자 하는 것도 아니요. 내게 가문의 대를 잇는 것보다 더 큰 것은 부모님의 한(恨)을 풀어드리는 것이라 생각하여 내린 결정이오. 헛말이 아니오. 세상 어떤 여인도 사내가 아닌 사내의 여인으로 살기를 바라지는 않을 것이오."

"…너무하십니다. 이 규원은 어찌하라고……."

"규원……."

그녀가 계한의 앞에 쓰러져 울었다. 머리를 조아리고 맥(脈)을

28

놓고 울고 있었다. 계한은 자신의 손이 자꾸만 그녀에게 향하는 것을 다잡으며 돌아섰다. 이미 그녀를 안아줄 수 없는 몸이었다. 그녀에게 사내로 남아 있을 수 없는 몸이었다. 그리고 오늘 이곳에 찾아온 이유가 그녀에게 자신을 잊으라고. 자신도 그녀를 잊기 위해서 온 발걸음이었음을 다시 상기했다.

"전 당신을 포기하지 않을 겁니다. 그러니 절대 내자원으로 간다 그런 말씀 하지 마십시오. 당신이 어떤 상황이든 당신 곁에 있을 겁니다. 내게 지아비는 이미 당신뿐인 것을 아시지 않습니까?"

계한은 그녀의 절절한 말이 자신의 가슴을 찌르는 것 같았다. 한번 몸을 준 규방(閨房)의 아녀자가 그 사내외에 다른 사내를 쉽게 받아들일 수 없음을 모르지 않았다. 그녀 규원이 자신 때문에, 자신을 놓지 못해 홀로 늙어갈지도 모르는 일이었다. 그녀라면 그러고도 남을 여인이었다. 그녀가 자신으로 인해 평생을 수절하며 늙어가게 할 수는 없었다. 그녀가 자신을 포기하게 만들기 위해서 사내로서의 수치심쯤은 던져 버려야 함을 깨닫고 천천히 돌아섰다.

"이미… 난 사내가 아니오. 그대 앞에 선 계한은 그 월명사에서 그대를 품었던 그 사내가 아니오. 그대가 믿지 못한다 하니 내가 그대에게 보여 드리지요."

계한은 규원이 의구심 가득한 눈빛으로 고개를 들어 자신을 바라보자 천천히 자신의 바지춤을 내렸다. 순간 규원의 입에서 외마디 비명이 흘러나왔다.

"악!"

도무지 자신의 앞에서 바지춤을 내리고 서 있는 그를 그녀는 이해할 수가 없었다. 아무렇지 않은 얼굴로 서 있는 그 때문에 부끄러움을 던져 버리고 천천히 고개를 들어 그를 바라보았다.

없었다. 그의 말처럼 그는 더 이상 예전의 그가 아니었다. 도대체 그에게 지난 보름 동안 무슨 일이 있었던 것인지 알 수가 없었다. 그는 월명사의 그 밤에 자신을 안아준 그때의 그가 아니었다. 그에게는 남자로서 가장 중요한 양물(陽物)이 없었다. 그 모든 것을 아무렇지도 않은 듯 자신에게 보이는 그가 너무나 안쓰러웠고 그에게 이미 모든 것을 내어준 자신의 처지가 답답하여 그녀는 맥없이 쓰러지고 말았다. 계한은 종잇조각처럼 널브러진 그녀의 야윈 몸을 안아 보료 위에 뉘였다. 그리고 올 때처럼 그렇게 조용히 규원의 방을 나왔다. 더는 자신이 그녀 곁에 남아 해줄 수 있는 것이 아무것도 없었다.

사내로서 계한은 자신이 사모했던 여인 앞에서 옷을 벗었다. 왕이 무치(無恥)라 내시(內侍)도 무치여야 한다고 했던가! 그런 것이 내시라면 이미 계한은 내시였다. 한때 자신이 사모하고 자신의 품에 안았던 여인에게 자신이 사내가 아님을 증명하고 돌아서는 길에 계한은 세상에 남은 질긴 연을 쓰디 쓴 마음으로 절연(絕緣)했다. 이제 다시는 규원을 보지 못할 것이었다. 이제 다시는 규원을 마음에 품지 않아도 될 것이었다. 이제 다시는 규원에게 사내로 기억되지 않을 것이었다. 그렇게 모질게 모든 것을 끊어낸 계한은 무거운 발걸음을 다시 김자현 영감 댁으로 옮겼다.

그렇게 자신이 돌아선 그곳에 겨우 정신을 차리고 일어나 앉을 기운조차 없어 홀로 울음을 삼키며 사모(思慕)의 마음을 끊어 내지 못해 넋을 놓고 있는 규원을 그렇게 계한은 잊었다! 버렸다! 끊었다! 자신했다.

2장
이상동몽(異床同夢)

김자현은 정말 딱 거기까지 해주었다. 내자원에 입소까지는 자신이 도와주겠다고 한 그 약속을 지키기 위한 듯 내자원 훈육(訓育) 초시(初試)인 윤가에게 그를 잘 가르쳐 보라고 하더니 그대로 사라져 버렸다. 술에 전 흐리멍덩한 눈빛을 한 윤 초시가 의아한 듯한 얼굴로 자신을 바라보는 것을 보며 계한은 가볍게 목례를 했다. 내자원에서 어린 내시들을 훈육해 온 지 벌써 10여 년이었고, 김자현을 알고 지낸 지도 그 정도의 세월이었으나 개인적인 이유로 사람을 데리고 와 부탁을 한 적이 없는 이가 김자현이었다. 그런 실상에 초시 윤가는 어리둥절했다.

"자네가 승전색의 양자(養子)인가?"

"예? 아닙니다."

"그래? 그럼 친척(親戚)인가?"

"아닙니다."

"그럼 누구란 말인가?"

"…그저 운 좋게 영감을 만난 평범한 고자(鼓子)일 뿐이지요."

"어? 허허허! 이 사람. 이곳에서는 그 말은 앞으로 입에 담지 않는 것이 좋을 걸세. 이곳 내시들은 세상을 살아오면서 그 말에 자신을 버리고 싶을 만큼 고통스러워하지 않겠는가? 그래서 이곳에서까지 그 말을 입에 올리는 자가 있으면 쥐도 새도 모르게 죽을 수가 있다네. 다들 그런 이유로 조심 또 조심하기에 자네처럼 그렇게 아무렇지도 않게 그 말을 입에 올리는 사람을 본 적이 없네. 아직 자네가 몰라서 그러는 것이겠지만. 자, 날 따라오게나. 이곳에 오면 먼저 거쳐야 하는 과정이 있네. 우선 그곳에 들렀다가 내 자네의 거처를 일러주지."

윤 초시라는 자는 처음 봤을 때의 모습과 달리 눈을 빛내며 계한에게 작고 낮은 목소리로 말했다. 그러나 정작 계한은 별다른 생각 없이 윤 초시를 따라 걸음을 옮겼다. 솟을대문에 내자원이라는 현판(懸板)이 보였다. 이 문을 넘고 들어가면 이제 정말 내시가 되는 것이라는 생각을 하며 계한은 아무런 망설임 없이 그 문을 넘었다. 솟을대문으로 들어간 그의 눈에 내자원의 안채와 안사랑, 그리고 숙소로 쓰이는 듯한 곳과 외딴 곳에 있는 낡고 오래된 건물이 보였다. 윤 초시는 발걸음을 외딴 전각 쪽으로 향했다. 아마도 그곳이 김자현이 말하던 검사소인 듯 도자소(屠者所)라고 쓰인 현판을 보는 순간 계한은 온몸의 피가 거꾸로 솟는 것 같았다. 보름 전 자신이 산지기 움막에서 직접 자신을 버린 그 순간이 마치 어제 일처럼 그렇게 온몸에 기억되었다. 저리고 아팠다. 버린 그 물건까지 마치 다시 붙어 있는 듯 아팠다.

"이보게! 도자장(屠者長)! 있는가?"

"오늘은 또 왜 아침부터 불러대는 거유?"

그들의 등 위에서 덩치 크고 우락부락하게 생긴 이가 냉큼 대답하며 그림자를 지고 서 있었다. 순간 계한은 가슴이 덜컹 내려앉았다. 수많은 내시들의 양물을 제거한다는 도자소 자궁수가 바로 그자인 것 같았다.

"새로 들어온 아인가?"

"그래. 김자현 영감이 그러는데 이미 자신의 손으로……. 일단 한번 검사를 해주게!"

윤 초시가 도자장이라 불린 이에게 말했다. 그러자 그는 계한을 한번 휙 훑어보더니 먼저 문을 열고 더 깊은 곳으로 들어갔다. 도자장의 뒤를 따라 들어서니 그곳의 전경이 한눈에 들어왔다. 이곳저곳에 있는 여러 가지 기구와 어디에 쓰이는 것인지 정확히 알 수 없으나 형신(刑訊) 기구처럼 보이는 것들……. 금세 그 물건들의 쓰임새를 알아차린 계한의 등에 식은땀이 쫙 흘러내리는 것 같았다.

"그쪽에 앉아 바지춤을 한번 내려보게!"

"……."

"왜? 싫은가? 바깥에서 신분이 어떠하든 이곳에서는 다 잊어버리시오. 내자원 안에서는 내 말에 따라 바지춤을 내리지 않는 이는 아무도 없소. 특히 내시가 되고 싶다면 더더욱."

김자현이 말한 검사란 것이 시작됐다는 것을 알 수 있었다. 아마도 치욕을 감수해야 할 것 같았다. 그런 생각을 하던 계한은 피식 웃고 말았다. 자신의 여자였던 규원 앞에서 바지춤을 내려 자신이 남자가 아님을 증명해 보이는 것보다 더한 치욕은 세상에 없을 것이었다. 그러한 치욕도 참아낸 자신이 아니었던가! 이미 자신은 사내가 아니었다. 그러니 치욕 따위도 느낄 이유가 없었다.

계한은 거리낌 없이 좀 전에 보았던 형신틀 같아 보이던 곳에 가서 자리를 잡고 바지를 끌어내리고 앉았다. 주저함이라곤 없는 그의 모습에 음흉스러운 웃음을 짓고 있던 도자장이가 다가와 횃불을 치켜들고 꼼꼼히 살펴보고 난 후 일어섰다.

"되었소! 이제 올려도 좋소!"

도자장이가 더 이상 볼 것이 없다는 듯 획 돌아서 나갔다. 휘청거리는 다리를 겨우 세워 일어나 그 어둡고 역한 냄새가 가득한 곳에서 서둘러 걸어나왔다.

"이보시게, 보아하니 양반 댁 도령 같은데……. 무슨 사연으로 스스로 그렇게 독한 짓을 한 것인지 모르나 이곳에 들어온 이상 다 잊어버리시오. 그 길만이 도령이 앞으로 죽지 않고 살아남을 수 있는 길이오. 나 보쇼! 온갖 사연을 담은 사내들의 양물을 제거하며 살아가는 나도 있잖소. 세상 사 모두가 다 그런 것이라오. 윤 초시 어른! 이 도령 데리고 가서 많이 가르치시오. 깨끗이 잘되었소. 혼자서 어찌한 것인지. 독하고 모진 사람 같으니! 쯧쯧."

도자장이가 혀를 끌끌 차며 윤 초시에게 확인 결과를 알려주자 걱정스러워 하던 윤 초시의 얼굴에 드디어 미소가 찾아들었다.

　"그래? 다행이군! 그럼 자, 다음은 자네가 거할 곳으로 가볼까?"

　"예."

　"허참! 말이 없어 좋구먼. 본디 내시란 말수가 적어야 하는 법이지……."

　윤 초시의 걸음에 따라 떨리는 걸음으로 앞으로 1년간 자신이 거할 숙소 앞으로 계한은 묵묵히 따라갔다.

　"자, 오늘부터 자네가 배우고 익혀야 할 것이네. 자네는 중간에 들어와서 다른 이들과 같이하려면 좀 더 노력해야 할 걸세. 그렇지만 걱정하지 않겠네. 영특한 듯 보이니."

　"예. 힘껏 해보겠습니다, 초시 어른."

　계한은 윤 초시가 준 전각(殿閣) 배치도(配置圖)를 들고 자신의 방으로 갔다. 이제 열세 살 된 아이와 같이 방을 쓰게 되어 그나마 다행이었다. 너무 어린 내시와 같이 있게 되면 불편할 것 같아 마음이 쓰였던 계한은 윤 초시가 김자현 영감을 보아 신경을 써준 것임을 알아차렸다. 방 안에 들어가 자리를 잡고 앉자 드디어 고달픈 내자원 생활이 시작되었음을 몸으로 느낄 수 있었다. 그때 곱게 생긴 아이 하나가 들어와 자신의 앞에 앉았다.

　"전, 이영한이라고 합니다. 형님은? 제가 형님이라 불러도 되겠습니까?"

"난, 인연을 쌓고 싶지 않다. 그러니 형님이라 부르지도 말고 나에게 정을 줄 생각일랑 말아라."

계한은 영한이라 자신을 소개한 아이에게서 멀리 떨어져 등을 돌리고 앉았다. 또 다른 인연을 만들고 싶지 않았다. 언제 어떻게 죽어나갈지 모르는 이곳에서 정을 나누고 싶지 않았기 때문이었다.

"그럼, 그냥 저 혼자 그리 부르는 것만 살펴주십시오. 형님께서는 절 아우로 보시지 않아도 되니……."

"나에게 관심 가지지 마라, 난 네게 아무것도 해줄 수 없으니."

"그래도 괜찮습니다."

아직 아이 같은 그에게 너무 냉정한 말일지 모르지만 계한은 진정 그 아이를 위해 한 말이었다. 자신의 여인 하나 지키지 못하는 이가 의제(義弟)라니 가당치도 않는 일이었다. 계한은 영한이라 자신을 소개한 아이의 존재를 잊어버리기 위해 궁궐 배치도를 펼쳐 놓고 어지러운 머리를 깨끗이 비우려 애썼다.

사흘째 식음(食飮)을 전폐하고 누운 규원이 걱정스러워 윤현수는 한숨만 내쉬었다. 조 씨 부인은 딸아이가 혹여 잘못되는 것은 아닌지 하여 걱정스러움에 입 밖에 내어 말을 못하였지만, 딸아이의 병의 원인이 판윤 댁과의 혼사(婚事)가 물려진 것이 원인임을 모르지 않았다.

"너는……. 어찌하여 아비 마음을 모르는 것이냐?"

"······."

"네가 이런다고 해결될 일이었으면 이 아비가 그리하지 않아도 해결할 일이었다. 그러나 계한 도령은 도망자 신세인데다 출사를 할 수도 없고 양반으로 살아갈 수도 없는데 너를 그런 도령과 혼인시킬 수는 없다. 우리 가문의 문을 닫는 한이 있어도 그것만은 아니 되는 말이다. 그러니 이제 너도 다 털고 일어나라. 그것만이 아비가 네게 해줄 수 있는 말이다."

"······."

"그럼 아비는 그리 알고 가마."

"······."

부친이 하는 말이 무슨 뜻인지 모르는 것이 아니었다. 그러나 이미 계한과 연(緣)을 맺은 자신으로서는 부친의 명을 받들 수 없었다. 그렇다고 이미 사내이기를 포기한 계한을 찾아 나설 수도 없는 일이었다. 내일이 자신과 계한의 가례 일이었다. 꿈에도 그리던 임의 아낙이 되어 그 임의 품에서 가슴 설레는 초야를 맞이할 것이라 생각했었다. 그런데 임은 자신을 버리고 부친은 자신에게 그 임을 잊어라 명했다. 규원은 넘실거리는 촛불 너머 우두커니 앉아 깊어가는 밤과 같이 새벽 먼동을 맞았다. 여명이 그녀의 얼굴을 비추었을 때 그녀의 얼굴에는 굳은 결의가 어려 있었다.

아기씨의 소세 물을 들고 별당(別堂)에 들어선 오월은 대청마루에 올라서며 주저앉고 말았다. 대청마루 끝 나풀거리는 긴 무명천과 그 곁에 목침을 두고 앉아 있는 규원의 얼굴은 하얗다 못해 푸르스름했다. 산 자와 죽은 자의 경계를 넘나드는 얼굴을 한 규원이 오월에게 조용히 말했다.

"허기지구나! 어서 가서 먹을 것을 좀 가져오너라."

"아기씨! 지금 먹을 것이라고 하셨소?"

"그래, 배가 고프다. 먹을 것을 좀 가져다 다오."

"예! 예. 쇤네 빨리 드리리다. 그러니 어서 방 안에 들어가 계세요. 예?"

"그래……."

규원이 천천히 일어나 방으로 들어갔다. 오월은 아기씨가 들어간 후 대청마루 대들보에 걸린 무명천을 넋을 놓고 바라보았다. 저곳에 저 물건이 왜 있는 것인지 오월은 알 수 없었지만 나폴거리는 천과 아기씨의 하얀 얼굴이 알 수 없는 스산한 분위기를 만들어 머리끝이 삐쭉 서는 것 같았다.

규원은 멍하니 그렇게 앉아 있었다. 온몸은 뜨거워지는데 정신은 오히려 차갑고 더 맑아져 왔다. 오늘 새벽 이 질긴 운명(運命)을 끝내고 싶었다. 낭군이 될 것이라 믿었던 정인(情人)은 집안의 복수(復讐)를 위해 자신을 버리고 내시가 되겠다고 떠나갔다. 그런데 자신은 아무것도 할 수가 없었다. 그를 잊는 것도, 그를 버리는 것도, 그에게서 냉정히 돌아서는 것도 할 수가 없었다. 그래서 대청마루 대들보에 무명천을 걸었다. 질긴 목숨 스스로 버리려고 했다. 아무도 없는 새벽, 혼자 쓸쓸히 그리 조용히 가면 끝날 것이라고 생각했었다. 그런데 목에 하얀 무명천을 거는 순간 속에서 끝도 없는 역겨움이 올라왔다. 17년을 살면서 이렇듯 역겨움을 느꼈던 적은 단 한 번도 없었다. 그리고 처음 달거리를 하고 난 후부터 단 한 번도 거른 적이 없던 달거리가 이달은 감감 무소식이라는 사실이 불현듯 떠올랐다. 그 순간 대청마루에 규원은 주저앉았다. 목에 감은 무명천이 이른 새벽바람에 끝없이 나풀거렸다.

김자현은 내자원 앞에 명주 장옷을 입은 한 여인이 몇 번째 왔다 갔다 하는 것을 보고 있었다. 다홍치마가 얼핏 보이는 것을 보니 아직 미혼의 양반 댁 규수(閨秀)인 것이 분명한데 왜 하필 이곳에서 서성이고 있는 것인지……. 이유 없이 자꾸만 마음이 쓰였다. 낯설고 얼굴도 처음 본 그 규수에게서 왠지 모를 안타까움이 느껴져 자꾸만 뒤돌아보게 했다.

"저어…… 영감!"

"나를 부른 것이오?"

"예."

"양반 댁 규수 같은데 왜 이런 곳에 왔는지 모르겠소. 왜 그러하오?"

"저어, 혹시 저 안에 있는 분께 이것을 전해주실 수 있는지요?"

"저 안이라……. 혹 저 안에 있는 이가 어떤 사람을 말하는 것인지 알고 하는 말이오?"

"……."

"저곳에 있는 이라면 흔히 양반네들이 가벼이 보는 내시라는 것도 아오?"

"……."

"그런데 무엇을, 누구에게 전해주라 하는 것이오? 무엇을 준다고 끊긴 연이 다시 이어질 것 같소?"

"……."

"한번 끊긴 연은 다시는 이으려 한다고 이어지질 않소. 그러니 그만 털어버리시오."

마치 모든 것을 알고 있다는 듯 아픈 말들을 내어놓는 김자현을 보며 그녀는 조용한 음색으로 대답했다.

"그게… 그렇게 쉽게 되는 일이라면 이렇게 이런 모습으로 이런 곳에 와 있겠습니까? 다만, 그저 그분께 제가 기다리고 있음을, 그분에게 제가 있음을 잊지 마시기를 소원할 뿐입니다."

"그저 기다리고 있다고……. 그래, 무엇이오, 내가 전해주어야 할 것이?"

고운 그녀의 손이 곱게 싼 명주 보자기를 수줍게 김자현에게 건넸다.

"그분은 김 계 자 한 자라고 하옵니다. 꼭 전해주세요. 이 은혜는 평생 잊지 않겠습니다."

"…김계한이라고?"

"예."

"김계한이라……. 그런 인연이었구려. 그래, 규수가 누구라 전하면 되오?"

"……그저 그 물건만 전해 주시면 알 것입니다."

"……그래, 그럼 언제 만나자고 전하면 되오?"

"그저… 되었습니다. 그저 그분께 제가 처음을 같이 한 그곳에서 생을 다하는 순간까지 기다리고 있겠다고만 전하여 주십시오. 그분이 돌아오시고 싶을 때 그곳으로 오시라고. 늘 그대로 있겠다고……. 부탁드립니다. 그럼."

"그러리다."

"……."

뒤돌아서서 걸음을 옮겨가는 여인을 바라보며 김자현은 가만히 먼 산을 바라보았다. 두 사람의 인연(因緣)이 어디까지였는지 모르지만 이미 돌아올 수 없는 길을 들어선 계한에게 저 이름 모를 규수의 기다림이 어떤 아픔이 될지 모르지 않는 김자현이었다. 다들 절대 그런 경험 따위는 없을 것이라 여기는 내시들도 한번쯤 마음에 여인을 품어보고 그 여인으로 인해 죽을 만큼 아파본 사람들이었다. 아무도 그 아픔을 인정하려 들지 않았으나.

규원은 함소골로 돌아가는 길에 한 번도 뒤돌아서서 돌아보지 않았다. 이제 되었다. 그에게 자신이 그를 기다리고 있다고. 그에게 자신이 그의 아이를 가지고 있다고. 그렇게 말해준 것으로 되었다. 규원은 그렇게 마음을 달래며 길고 어두운 밤길을 걸어갔다.

"형님! 안사랑에서 승전색 어른이 찾으십니다."

"고맙네."

"다녀오십시오."

"……."

계한은 영한의 관심도, 애정도 싫었다. 그저 같이 수학(修學)하며 시간을 보내다 임명(任命)을 받고 각자의 자리로 돌아가고 싶었다. 그럼에도 지난 며칠 동안 세세히 신경 쓰고 자신을 따라다니는 영한이 너무나 싫었다. 또다시 다른 이에게 정을 주고 싶지 않았다. 아니, 세상사에 버리고 온 정이란 것을 그에게 다시 불러일으키는 것 모두가 싫었다.

"들게!"

"예. 찾으셨다고……."

"그래. 그냥 자네에게 물건을 전해달라는 이가 있어서……. 이것이네."

"……."

"자네 정말 독한 사람이군. 누가 주더냐고 물어보지도 않는가? 그 규수는 자신의 살점을 도려내어 주는 것 같은 얼굴로 내게 그 것을 내밀었는데 자네는 그저… 되었네. 그 규수가 자네에게 이 말을 전해달라 했네. 처음을 같이한 그곳에서 기다리고 있겠다고. 그곳에서 기다리겠다고 그리 전해주기만 해달라더군. 모진 사람들. 부창부수인지 어쩜 그렇게 모질고 어리석은지. 다음에 또 보세."

"……."

"그만 가보겠네."

"예. 살펴 가십시오."

"그럼⋯⋯."

계한은 김자현이 나가고 난 뒤 사랑방에 홀로 우두커니 앉아 있었다. 자신의 손에 쥐어진 물건이 무엇인지는 알 수 없었다. 그러나 그 물건을 누가 가져다준 것인지는 알 것 같았다. 자신이 이곳에 있다는 것을 아는 이는 이 세상에 한 사람뿐이었다.

규원. 그녀였다. 두려움이 확 밀려왔다. 그것을 보면 그녀를 다시 마음에 들이고 말 것 같았다. 애써 끊어낸 인연이었다. 계한은 사랑방을 나와 자신의 숙소(宿所)로 향했다. 대청마루에 걸 터앉은 계한은 떨리는 손으로 명주 보자기를 풀어 펼쳤다. 그 안에서 사뿐히 고운 옥색 명주 손수건이 자신에게로 내려앉았다. 귀퉁이에 곱게 수놓인 것은 한(瀚)과 원(原)이었다.

월명사 그 푸른 밤, 그녀를 안고 그녀 규원에게 자신이 속삭인 말이었다. 다음에 아이를 낳으면 한원(瀚原)이라 이름 짓자고. 그런데 그녀가 오늘 인편으로 자신에게 한원이라 수놓은 명주 손수건을 보냈다. 한원! 그 두 글자가 계한의 심장에 칼이 되어 박혔다. 그녀가 자신의 아이를 가졌다고, 그녀가 자신과 밤을 보내 그곳에서 기다리고 있겠다고 했다. 계한은 울음이 터져 나오려는 것을 참았다. 그녀에게 돌아갈 수 없는 몸임을 알면서도 자신을 기다리겠다는 어리석은 규원을 어찌해야 할지 계한은 먹먹하였다. 한참을 그렇게 서 있던 계한은 달빛에 곱게 무리 진 하늘을 바라보았다. 그리고 그는 손에 쥐고 있던 명주 손수건을 놓아버렸다. 이미 끝난 인연이었다. 다시는 잡을 수 없는 인연이었다. 이제와 애써 보아도 어찌할 수 없는 인연이었다.

옥색 명주 손수건은 나풀나풀 내자원 담장을 넘어 새싹이 돋아나기 시작하는 나뭇가지에 곱게 내려앉았다. 마음이 어지러워 발품을 팔아 사저로 발걸음을 옮기던 김자현은 그 고운 손수건을 자신의 도포자락에 접어 넣었다. 너무나 애달픈 그들의 연을 그렇게 버려둘 수가 없었다.

3장
인자(忍者)와 사자(死者)

"내시의 덕목 중 으뜸은 인내심이다. 배가 고파도 참고, 마려워도 참고, 가려워도 참고, 말하고 싶어도 참고, 화가 나도 참고, 웃음도 참고, 계집 생각도 참고, 참고 싶은 것도 참아야 한다!"

"예. 초시 어른!"

"자! 그런 의미에서 오늘부터 사흘간 밥은 없다. 왕께서 식음을 전폐하고 누워 계시는데 하찮은 내시 따위가 음식을 입에 대면 되겠느냐? 그러니 너희는 사흘간 참으며 금식(禁食)을 수행하라!"

"예."

윤 초시가 나가고 나자 아직 어린 아이들은 울상이 되었다. 한 끼도 굶어보지 않은 아이와 굶지 않기 위해 이곳에 들어온 아이들은 걱정이 태산이었다.

"형님은 괜찮겠소? 본디 양반집 자제 같은데 굶어본 적도 없을 것 아니오?"

"내 걱정은 하지 마라. 사흘을 참지 못할 정도로 나약하지는 않다."

"그래도……."

"너나 걱정하여라. 아직 어린 녀석이 남의 걱정은 왜 그리 많은 것이냐?"

"그게 내 성미라 어쩔 수 없소. 그래도 형님이 날 조금은 걱정해 주는 것 같아 기분이 좋소."

"……."

계한은 영한의 수에 말린 것 같아 기분이 좋지 않았다. 밀어내어도 어찌 된 녀석이 사람에게 안겨드는 통에 계한은 이미 영한과 정이라는 놈을 나누고 있는 자신이 한심스러웠다.

벌써, 이틀째 물만 먹고 버티는 일은 쉬운 일이 아니었다. 아이들은 눈도 제대로 뜨지 못하고 축 늘어져 누워 있거나 아니면 멍한 얼굴로 앉아 있는 것이 전부였다. 그러나 계한은 그 와중에도 궁궐 배치도며 내시의 금기사항 및 선대왕의 업적과 말씀을 외우고 또 외웠다.

"근정전(勤政殿)은 정전(正殿)으로 즉위식이나 기타 공식적인 대례(大禮)를 거행하던 곳이며, 사정전(思政殿)은 편전(便殿)이고, 강녕전(康寧殿)은 상감마마 침전(寢殿)으로 왕께서 늘 거처하는 전각이며, 교태전(交泰殿)은 중전마마의 침전(寢殿)이며, 자경전

(慈慶殿), 흠경각(欽敬閣), 동궁(東宮)은 세자저하의 궁(宮)으로 동저(東儲)라고도 하며, 그밖에 집경당(輯慶堂), 향원정(香遠亭), 집옥재(集玉齋), 경회루(慶會樓), 수정전(修政殿)이 있으며……."

계한이 낭랑한 목소리로 읊조리는 것을 지켜보며 누워 있던 영한은 자세를 고쳐 앉으며 그에게 말했다.

"형님! 형님은 임명되면 상감마마 곁에서 왕명전달 일을 하시고 싶은 것 같소. 나는 그저 소제나 하며 편안히 있고 싶은데……."

"이왕 내시가 되어 궁에 들어갈 것이면 상감마마의 곁을 지키는 것이 모든 내시들의 소원 아니더냐?"

"그것은 형님께서 모르셔서 하는 말이오. 상감마마 곁에 있으면 정말 그림자처럼 아무것도 보지도, 듣지도, 느끼지도 않아야 하는데 난 그럴 자신이 없소. 그저 바깥에 있는 내 식구들이 내 녹봉(祿俸)으로 끼니 걱정 하지 않고 살아갈 수만 있다면 그것으로 족하오."

"그래, 그것도 좋은 생각이구나."

"아마 형님은 그리 살고 싶지 않을 것이오. 형님의 눈 속에는 우리와 다른 것이 있는 것 같소. 승전색 영감도 그래서 형님을 눈여겨보시는 거겠지요?"

"그런 것 없다. 단지 모든 사람들은 다 원하는 바가 다른 것이고, 난 너와 조금 다른 생각을 가지고 있을 뿐이지."

그렇게 영한에게 말하는 계한이었지만 실상은 마음속으로 칼을 갈았다. 지난 기사환국(己巳換局)으로 송시열 대감의 지지자 중 한 명이었던 부친이 남인들의 모함으로 목숨을 잃고 모친과 어린 여동생이 그 치욕을 견디지 못해 스스로 자진(自盡)한 것이 지금 상감 곁에 있는 희빈 장 씨의 간계(奸計)임을 모르지 않았다. 그래서 계한은 왕의 귀와 눈을 흐리고 총기를 흩트리는 남인 간신들이 상감 곁에 득세하지 못하도록 하기 위해서는 반드시 왕명출납을 담당하여야 함을 알고 있었다. 그리해서 비록 지금은 자신에게 아무런 힘이 없지만 반드시 부친의 무고(無辜)를 상감께 고해 복권(復權)시켜 드리고 말 것이라 다짐했다. 그러기 위해서는 다른 이들처럼 안일하게 시간만 보내고 있을 수 없었다. 자신이 이 길을 택하면서 버려진 이가 있다는 사실 또한 계한은 잊지 말아야 했다.

"그래, 지난 3일 동안 금식의 수행을 모두 견뎌주어 고맙다. 오늘부터는 사흘간 묵언수행을 할 것이다. 무릇 내시는 왕께서 하문하시지 않으면 먼저 나서 말을 해서도 아니 되고, 잘못 전해서도 아니 된다. 그러기에 묵언을 하는 것은 내시로서 지켜야 하는 도리 중에 으뜸이라 해도 될 것이다. 그런고로 오늘부터 그 누구도 말을 해서는 아니 된다. 알겠느냐? 내가 항시 너희 곁에서 지켜보고 있음을 잊지 말아라."

"예, 초시 어른!"

윤 초시가 서슬이 퍼렇게 한소리를 던져 놓고 나가 버리자 남은 아이들은 서로의 얼굴만 바라보았다. 며칠 동안 금식으로 힘도 없는 마당에 다시 묵언이라니……. 윤 초시는 아이들 중 궁 생활에 견디지 못할 이들을 미리 추려내기 위해 조금 과하다 할 정도의 수행을 강요하는 것인 것 같았다. 영한과 몇몇 아이들이

불만에 가득 찬 얼굴로 계한을 바라보았지만 계한은 그저 머릿속에 쉬이 들어서지 않는 궁궐 배치도만 바라볼 뿐이었다. 묵언수행이라면 계한에게는 평시와 다를 것 없는 것이었다. 오히려 아이들의 소란스러움을 탓하지 않아도 되니 다행이었다. 그러나 아직 어린 내자원 원생들은 그렇지 아니한 듯 보였다. 사흘 동안 그들은 서로에게 말을 할 수 없다는 사실이 사흘간 금식을 하라던 수행보다 더 어려웠다.

결코 자주 오지 않던 승전색 김자현이 요즘 들어 자주 내자원에 들었다. 윤 초시는 김자현의 의중에 김계한이 있음을 알아차렸지만 입 밖에 내어 말하지 않았다.

"윤 초시! 자네가 보기에 김계한은 어떠하던가?"

"승전색 영감! 그 사람이 내시가 되려는 이유를 혹여 알고 계시는지요?"

"아니 이 사람아! 내가 어찌 그런 것을 알겠는가?"

"제가 보기엔 계한 그 사람은 뭔가 말 못할 사연이 있는 듯했습니다. 영감도 알다시피 왕께 가장 가까운 이가 바로 우리 아이들 아닙니까? 그런 그들이 가슴에 시퍼런 칼을 품고 있으면 그 칼은 결국 자신과 왕을 해치는 비수가 됨을 아실 겁니다. 그래서 저는 계한이 그런 칼을 버렸으면 합니다만……."

"그… 사람. 그리 쉽게 버릴 수 없을 것이네. 사내로 태어나 스스로 사내이기를 포기한다는 것이 얼마나 어려운 것인지 자네는 모르네. 태어날 때부터 없었던 아이와 철이 들기 전에 그리 잘못된 아이와는 다르지. 나이 열여섯이면 성가를 이루고 남음이 있는 사내일세. 그런 사내가 스스로를 저리 만들었다면……. 그래, 무언가 하고자 하는 뜻이 있어 그리한 것일 테지. 그러나 난 그 사람을 믿네. 눈빛이 맑고 깨끗한 사람이니 자신의 원한을 위해 왕을 보필함에 정성을 다하지 않을 사람은 아니라고. 그러니 그 사람의 가슴에 품은 칼을 무디게 만드는 것이 우리가 그 사람을 위해 해줄 수 있는 최선이 아닐까 하네만."

"혹여 영감께서 그 사람을 거둬들일 생각이신지요?"

"글쎄, 부자의 연이란 것이 내가 원한다고 되는 것은 아니라고 생각하네. 그 사람과 내가 연이 있다면 그리될 것이오, 아니면 어찌할 수 없는 일이지."

윤 초시는 승전색 김자현 영감이 넋두리마냥 읊조리며 일어서 나가는 것을 보며 가볍게 목례를 하고 자신도 자리를 털고 일어났다. 돌아서 가는 영감의 눈에 어린 아쉬움을 얼핏 본 것 같았다. 지난 두 달간 자신도 계한을 보며 안타까움을 가지지 않았던가! 가문이 멸하지 않았다면 분명 출사를 해 나랏일에 큰 도움이 되었을 사람임을 모르지 않았다. 그러기에 그가 처한 상황이 너무나 안타깝고 욕심났었다. 이미 김자현 영감도 그에게 남다른 애정을 가지게 된 것 같아 보였기에 윤 초시는 그나마 그가 계한을 잘 이끌어주기를 마음으로 빌었다. 멀리 계한이 서책을 손에 들고 앉아 묵언수행을 하고 있는 것이 보였다. 그는 지켜보지 않아도 너무나 쉽게 이 수행을 지켜 나가리란 것을 알고 있었다. 그의 삶이 항상 수행이나 마찬가지임을 윤 초시도 이제는 알고 있었다.

　"지금 무엇이라 했느냐? 네가 어떠하다고?"

　"······."

　부제학 윤현수는 도대체 앞에 그림같이 앉은 딸아이의 말을
알아들을 수가 없었다. 금지옥엽(金枝玉葉)이라 행여 깨질까, 조
심조심 키워온 딸아이였다. 총명하고 아름다운 아이의 모습에 판
윤 댁에 시집보내 잘사는 것을 보며 노년을 보낼 수 있으리라 흡
족했었다. 김시목 판윤의 인품과 그 댁 안어른의 정갈하고 기품
있는 행언, 사위 될 도령의 빼어난 외양과 학식에 그저 좋기만
했었다. 그런데 불과 몇 달 전 세상이 뒤집히고 말았다. 자신처
럼 그저 흘러가는 대로 이치에 따르면 될 것을 판윤은 강직한 성
품으로 그리하지 못하여 그만 희빈 장 씨의 눈에 나고 말았다.
왕의 장자이나 후궁 소생인 왕자를 세자로 삼기에는 미흡하다는
상서(上書)를 올린 그 순간 그의 가문은 나락으로 떨어지고 말았
다. 그리고 김 판윤의 가문은 결국 문을 닫고 말았다. 다행히 왕
께서 자식인 계한 도령의 목숨까지 앗아가지 않은 것이 다행이었
으나 중인 신분이 된 그에게 자신의 금지옥엽 규원을 내어줄 수
는 없었다. 그런 자신의 마음을 어찌 알았는지 계한 도령이 찾아
와 혼서와 사주단자를 물려주어 얼마나 다행이었는지 모른다. 그
저 모든 것을 잊고자 했다. 아니, 딸아이가 잊어버리기만 하면
되었다. 그런데 결국 그 모든 것이 자신의 욕심이었던가 보다.

　"네가 지금 한 말이 진실이더냐? 어찌 네가 그 도령의 아이를

가질 수 있다는 말이냐? 규중 규수가 언제 도령을 만나……. 설마……."

윤현수의 머리에 지난 초겨울 딸아이가 불공을 드리러 간 날이 떠올랐다. 김계한이 딸아이가 월명사에 불공을 드리는 길에 따라갔다는 말을 듣고 흡족해했었다. 부부 금슬이 좋을 모양이라고 부인 조 씨와 마주앉아 기뻐했었다. 그런데 그것이 지금에 와서 보니…….

"네 어찌 몸을 간수하지 못해 이런 일을……."

"소녀, 죽을죄를 지었사옵니다. 그러니 저를 가문에서 내쳐 주시옵소서. 전 도련님 댁의 귀신으로 살아가렵니다."

"이것아! 그 가문이 문을 닫고 이미 양반가도 아니거늘 가문은 무슨 가문이며, 너를 내치면 너를 받아줄 이라도 있다 하더냐! 네 어미와 내가 의논해 볼 테니 이 일은 아랫것들도 알지 못하게 조심 또 조심하고 있어라! 알겠느냐?"

"아버님! 이미 소녀는 마음의 결정을 내렸사오니 허락……."

"시끄럽다! 네가 정녕 아비가 죽어나가는 꼴을 보고 싶지 않으면 가만히 죽은 듯이 있어야 한다! 알겠느냐?"

부친인 윤현수가 노발대발하시며 방을 나가고 난 뒤, 규원은 하릴없이 수틀 앞에 앉아 그저 멍하니 있었다. 부친이 보았을 때 자신이 얼마나 어리석고 못난 여식인지 말하지 않아도 알고 남음이 있었다. 열일곱 해를 고이 길러주었더니 가례를 올리기도 전에 아이를 가진 칠칠치 못한 여식을 어찌 받아들일 수 있겠는가! 그러나 이미 자신의 안에서 자라고 있는 계한과 자신의 아이를 어찌한단 말인가! 부친이 쉬이 자신에게 허락해 줄 것이라 생각하지 않았었다. 또한 자신을 지극한 정성으로 보살펴 오신 부친이기에 어떻게 결정을 내리실지 규원은 조심스럽고 죄송하였다.

"도대체 부인은 여식을 어찌 간수하였기에……."

"대감! 드릴 말씀이 없습니다. 그러나 이미 일은 저질러진 일이니 방도를 생각해 보심이……."

"그 아이! 그 아이를 없애면 되는 것을 방도는 무슨!"

"대감! 그러나 이미 그 아이를 그리하기에는 달수가……."

"그렇다고 그 아이를 그대로 둘 수도 없지 않소! 은밀히 알아보시오! 달리 방도가 없는지……."

"대감! 이미 그렇게 하기에는 시일이 너무 지나 잘못하다가는 우리 규원이 마저 목숨을 잃을 수도 있습니다."

"그래서 지금 부인은 어찌하자는 것이오? 그 아이가 내 딸아이의 앞날을 망치는 꼴을 그냥 두고 보라는 것이오?"

"규원이 그 아이는 이미 마음을 굳힌 듯 보였사옵니다. 그 도령을 저버릴 수 없다 하더이다. 어느 날, 스스로 목숨을 끊으려 대들보에 천을 묶었다 하더이다. 그런데 그 아이가 뱃속에 있음을 알고 죽지도 못했다 하더이다. 그러니 가문의 명예도 지키고 저 아이의 소원도 들어주는 방향으로……."

"부모 된 자로 어찌 저 아이를 평생 청상과부로 살아라 한단 말이오? 계한 도령의 생사도 모르는 마당에 그 댁에 누가 있어 우리 규원이를 맡길 수 있단 말이오?"

"그 아이가 말하기를 계한 도령은 돌아올 것이라 합니다. 그 아이와 그리 약조를 했다고……. 농부의 아내라도 좋으니 그 도령의 아낙으로 살겠다는 저 아이 소원을 들어주십시다. 저 아이 저리 원하고 원하니……. 권세 그 까짓것이 무슨 소용이더이까! 서로 아껴주고 보듬어주며 사는 것이 제일 이라는 것을 대감도 아시지 않습니까!"

"……내게도 생각할 시간을 좀 주시오."

윤현수는 어떤 결정을 내리는 것이 진정으로 자신의 딸을 위하는 것인지 알 수가 없었다. 그러나 한 가지 확실한 것은 부인 조 씨의 말처럼 이미 되돌리기엔 너무 늦어버린 것임을 자신도 모르지 않았다. 이제 가문의 명예를 지키고 딸아이의 소원을 이루어주는 길만이 최선의 방책(防柵)일 것 같았다.

규원 홀로 별당에 앉아 사랑채 앞마당에 자신의 상여(喪輿)가 들어오는 것을 보았다. 오늘 저 상여가 미리 만들어놓았던 자신의 물건들과 짚 인형을 넣은 관을 싣고 자신을 대신해 장지로 갈 것이었다. 그러나 규원의 눈에는 하얀 상여가 친영(신랑이 신부 집에 가서 혼례를 치르고 신부를 맞으러 오는 예)차 오는 계한의 모습처럼 보였다. 상도군이 들어서는 뒤에 전안례(신랑이 기러기를 드리는 의식)를 위해 계한이 별당마당으로 들어서는 것처럼 보였고, 발인제상은 마치 교배례(신랑 신부가 맞절하는 의식)상 처럼 보였다. 아스라이 눈물 너머로 초례청도 보였다. 계한의 훤한 모습을 훔쳐보며 상견하고 교배례로 백년해로를 서약하고 합근례(신랑 신부가 한 표주박을 둘로 나눈 잔에 술을 따라 마시는 의례)로 부부가 되었음을 고하는 자신의 모습이 보이는 것 같아 규원은 애써 눈물을 훔쳤다. 기사환국이 없었다면 이미 계한의 아낙이 되어 그의 본가로 꽃가마를 타고 갔을 것을 오늘 산 자로서는 나갈 수 없는 이 길을 사자(死者)로서 갈 수밖에 없는 현실에 규원은 소리죽여 울었다.

상여가 나가고 있었다. 함소골 부제학 대감댁 외동 따님이신 규원 규수가 정혼자를 그리다 상사병으로 죽었다는 소식에 고을 사람들은 다 같이 아파했다. 양반가 규수로 태어났어도 시집도 못가고 죽어 호사스런 연꽃, 봉황장식도 없고 단청의 화려함도 길 할아비 탈도 하나 없이 상도군 여덟이 메고 나가는 단초로운 상여는 마을 동구 밖을 지나 장지로 사라졌다. 마을 사람들은 부제학 댁 규수의 사연에 눈물지으며 몇 날 며칠을 그리 슬피 울었다.

가문의 명예를 위해 살아 있으면서 죽은 자가 되어 자신의 상여가 집을 나간 뒤 조용히 부모님께 하직인사를 여쭙고 오월이와 쇠돌이를 데리고 깊은 밤 다시는 돌아오지 못할 길을 나선 규원은 그저 못난 여식 때문에 아파하실 부모님이 걱정스러워 발걸음이 떨어지질 않았다.

"가자! 오월아."

"예, 아기씨."

울먹이며 자신의 뒤를 따르는 오월이 안쓰러웠다.

"울지 마라. 내가 진정 죽은 것도 아닌데 넌 왜 그리 울고불고 난리냐?"

"그래도 아기씨가 불쌍해서 그렇지요. 꽃가마 타고 계한 도령님 댁 솟을대문을 열고 들어서도 아까운 분이신데 이리 야밤에……."

"되었다! 네가 자꾸 이리 할 양이면 날 따라 나서지 않아도 되니 돌아가거라!"

"아니에요! 제가 아기씨 없는 이곳에 남아 무얼 한다고요. 이제 쇤네 다시는 그런 소리 하지 않을 테니 걱정 마세요"

"…그래. 네게도 쇠돌이에게도 미안하구나. 새벽 먼동이 트기 전에 어서 고을을 나서야 하니 그만 가자. 갈 길이 멀다."

"예."

규원은 말없이 한번 집을 돌아보고 마음을 고쳐먹고는 앞장서 걸었다. 이미 자신은 그저 철없는 아기씨가 아니었다. 한 아이의 어미요, 한 사내의 아낙이었다. 비록 그 사내가 지금 자신의 곁에 있어주지 못한다 하여도 언젠가 반드시 자신을 찾아와 줄 것이라는 것을 믿기에 규원은 사자(死者)로서 상여를 타고 간 자신의 행보 뒤를 따라 어둡고 험한 밤길을 말없이 걸었다.

4장

태산을 넘어서다

　처음 수련을 시작할 때 스물여 명 되었던 원생 중 금식과 묵언 수행을 거치면서 그 절반이 포기하고 남은 자라야 계한과 영한을 비롯한 열 명 정도였다. 그러나 윤 초시가 제시한 사서와 소학, 그리고 삼강행실도 등 내시가 알아야 할 기본적인 학문에 대한 지필 시험을 다시 거치면서 결국 네 명만 남게 되었다. 물론 계한과 영한은 그 모든 시험을 통과하였다. 워낙 말도 없고 조용히 자신의 할 일에 최선을 다하던 계한이 통과한 것은 당연시 하는 분위기였으나 영한은 지난 시험에서는 마지막 관문에 든 적이 없던 터라 원생들은 다들 놀라워하는 분위기였다. 지난 몇 개월 동안 열심히 수학한 영한 자신도 시험결과에 놀라 계한에게 달려갔다.

　"형님! 내 지난 1년간 내자원에서 죽어라고 공부해도 마지막

지필시험(紙筆試驗)을 통과하지 못했는데 형님과 같이 공부를 하고 나서 오늘 드디어 턱 하고 붙었습니다. 이 모든 것이 전부 다 형님 덕분입니다."

"무슨 말이냐? 내가 너를 위해 해준 것이 뭐가 있다고. 그나저나 마지막 남은 시험이 얼마나 무서운 것이기에 아이들이 그리 두려워하는 것이냐?"

계한의 말에 영한의 얼굴이 갑자기 어두워졌다.

"지난 시험에 아이 하나가 죽어나갔지요. 그래서 다들 무서워하는 것일 겁니다."

"뭐? 죽었다고?"

"예. 마지막 남은 관문이 가장 어려운 그림자조차 없는 사람이라 하여 [무영인(無影人)] 시험이라 부르지요."

"무영인?"

"예. 사흘 동안 거꾸로 매달아놓고 살려달라는 말을 하기 전에는 풀어주지 않는 것은 기본이고 물속에 머리를 담그고 코에 모래를 넣고 몸을 땅속에 묻고 얼굴만 내어 놓고 하루를 버티는 등 상감의 곁에서 상감이 아닌 자에게는 그 어떤 것도 입 밖에 토설하지 못하도록 하는 인내와 비밀 유지, 그리고 충성심을 가리는 시험이지요. 이 마지막 시험은 내시부 수장이신 상선 영감께서 직접 참관(參觀)하시니 얼마나 중요한 시험인지 보지 않고도 아실 수 있을 겁니다."

"그래? 상선 영감이 직접 이 내자원 시험장에 오신다는 것이냐?"

"예. 직접 하문(下問)도 하시고 시험에 통과한 자를 궁으로 데려가시는 것도 상선 영감이 직접 하시지요. 왜요? 이제야 형님도 두려우십니까?"

"글쎄다. 두렵다기보다는 걱정이 앞서는구나. 상선 영감의 눈에 들어야 할 터인데 내가 혹 사소한 잘못이라도 할까 걱정이 드는구나."

"하하하! 역시 형님이십니다. 두려움이 아니라 걱정이 앞선다고 하시다니. 형님! 제게 작은 소원이 하나 있습니다."

"그래? 너도 소원이라는 것이 있었더냐! 매일 밝고 걱정 한 점 없는 얼굴이어서 난 네가 생각이란 놈이 있는 것인지 걱정스러웠는데, 이제 보니 너도 사내는 사내구나."

계한이 함박웃음을 지으며 영한을 놀려대자 영한은 무릎을 꿇고 계한의 앞에 몸을 곧추세워 앉았다.

"전 꼭 형님과 같이 이 마지막 관문을 이겨내고 궁으로 갈 것입니다. 형님 혼자 궁으로 가시고 나면 저 혼자서 형님 걱정에 잠도 이루지 못할 것 같습니다. 그러니 제가 꼭 같이 가서 형님 곁에 붙어 있을 겁니다."

"아이고 되었다. 그런 말은 하지도 말아라. 이곳에서 네가 따라다니는 것도 힘에 부치는데 궁에까지 가서 너를 데리고 살 자신이 없다."

"…어쨌든 전 같이 갈 것이니 그리 아십시오."

영한이 퉁퉁거리며 방을 나가고 난 뒤 계한은 따뜻한 영한의 마음에 자신이 애써 덮어두고자 했던 여린 자신의 심성이 다시 되살아나는 듯해서 얼른 머리를 흔들어 털어내었다.

군청색 관복을 차려입고 주변에 내시부 호위를 대동한 한 무리가 시험장에 들어섰다. 중앙에 자리를 잡고 앉은 이가 내시부의 수장이자 종2품 상선인 정인호 영감이었고 그의 좌측에 자리한 이가 승전색 김자현, 우측에 자리한 이가 상세직 박호선이었다. 내자원에서 치르는 마지막 시험 관문을 참관하기 위해 온 그들의 얼굴에는 비장함이 어려 있었다. 내시부의 수장의 자리에까지 오른 상선은 보는 이로 하여금 스스로 머리를 숙이게끔 하는 그 무엇인가가 있었다. 계한은 처음으로 면전에서 상선 영감을 보니 기필코 오늘 이 마지막 관문을 통과하여 상선 영감을 궁에서 다시 만나고 싶었다.

"윤 초시, 이들이 다인가?"

"예, 영감!"

"흠… 오늘부터 사흘 동안 그대들은 진정한 내시가 될 수 있는지 없는지를 시험받게 된다. 이 마지막 관문을 통과하면 나와 같이 궁궐로 가서 상감마마를 지척에서 모실 수 있을 것이다. 그러나 이 관문은 실로 어려움이 많아서 그대들에게 고통스러운 나날이 될 것이다. 바깥세상에서 우리를 일컬어 사내구실도 못하는 사내라고 하지만, 난 사내란 모름지기 자신을 다스릴 줄 아는 자만이 진정한 사내라고 생각한다. 그러니 자네들 네 사람 모두 이 관문을 통과하여 진정한 사내로 다시 태어나기를 바라네. 알겠는가!"

"예, 상선 영감!"

상선 영감의 격려가 끝나자 내시부 호위 무사들이 마지막 시험을 준비하는 네 사람에게 왔다. 그리고 그들은 안사랑 앞마당에 세워진 나무 기둥으로 그들을 데려갔다.

"자! 이제부터 너희 넷은 이곳에서 여태까지 해온 모든 수행처럼 거꾸로 매달려 먹지도, 자지도, 말하지도, 심지어 싸지도 못할 것이다. 그리고 그 와중에 너희에게는 너희를 시험하러 오는 시험관의 질문과 시험관의 형신을 이겨내어야 한다. 내시의 가장 큰 본분 중 하나니 왕의 비밀을 유지하고 지키는 시험을 거칠 것이다. 부디 넷 모두 이 시험을 이겨내길 바란다."

"예, 초시 어른!"

"모두 준비되었느냐?"

"예."

"그럼 아이들을 매다시오!"

"그러지요."

호위부 무사가 계한을 일으켜 세우고 옷을 벗긴 다음 겨우 고쟁이 하나만 입히고 나무기둥에 거꾸로 매달아 올렸다. 그다음으로 영한이, 그리고 나머지 아이 두 명이 결국 다 매달리고 나자 안사랑 뜰에 있던 모든 사람들이 천천히 빠져나가기 시작했다. 그 시각 이후 시험관이 아닌 자는 그곳에 발걸음조차 하지 못하게 엄명이 내려졌다. 이제부터 정말 자신과의 처절한 사투만이 남아 있었기에 계한은 조용히 눈을 감았다.

"자네!"

자신의 발치에서 낮은 목소리가 들렸다. 승전색 김자현 영감이었다.

"예, 영감!"

"자네, 부디 이곳으로 들어오며 버린 것들을 생각해서 반드시 이 과정을 이겨내게. 자네가 택한 이 길을 위해 자네는 사내로서 해서는 안 되는 일을 하지 않았는가! 한 여인의 가슴에 비수를 꽂은 사실을 한시도 잊지 말게! 그리고 돌아가신 판윤 대감과 자네 모친과 누이를 기억하고 이겨내게. 그 길만이 자네 가문을 살릴 수 있는 기회를 얻을 수 있음도 알겠나?"

"예, 영감."

승전색 영감의 발걸음소리가 멀어져 갔다. 이제 계한은 자신을 스스로 시험해야 하는 시간이 왔음을 알았다. 정신적인 것이야 얼마든지 버틸 수 있었지만 육체의 한계를 시험해 본 적이 없기에 스스로조차 스스로를 믿을 수 없었다. 그러나 승전색 영감의 말처럼 자신의 여자와 자신의 남성마저 버리고 택한 길이었다. 기필코 상감의 곁으로 가야만 하는 절체절명(絶體絶命)의 이유를 잊지 말아야 했다. 계한은 질끈 두 눈을 감았다.

언제부터인가 발가락 끝이 간질거리기 시작했다. 거꾸로 매달린 지 한 식경(食頃)은 지난 것 같았다. 본디 사람의 습성이 머리를 위로 두고 살아야 하는 짐승이기로 발을 위로 두고 매달려 있으니 온몸의 피가 역류하는 듯 발끝이 저리고 콕콕 찌르는 것 같았다. 계한은 다시 눈을 감았다. 자신의 눈 속에 담아지는 세상에 연연해하고 싶지 않았다.

"형님! 그리 눈을 감고 있다 잠이 들면 안 되오. 눈을 뜨시오!"

"자지 않는다. 그러니 걱정 마라!"

"지금은 그렇겠지만 시간이 더 흐르면 자꾸만 잠이 들려 할 것이오. 그러니 두 눈 부릅뜨고 있어야 하오. 절대 잠들면 안 되오. 알겠소?"

"넌… 어찌 나를 그리 걱정해 주는 것이냐? 난 네게 아무것도 해주지 않는데."

"형님은 내 곁에 계셔주시는 것만으로 내게 힘이 되오. 그러니 형님은 아무것도 하지 말고 그냥 곁에 있어주기만 하시오."

"이상하구나! 있어주는 것만으로는 아무것도 할 수 없는 것이다. 아무런 도움도 되지 않고. 너란 아이는 본디 그리 마음이 여린 것이냐? 아니면 세상이 너에게 그리 살라 하더냐."

"그저 형님이 너무 외롭고 힘들어 보여서 내게 형님의 존재 자체가 힘인 것처럼 형님에게도 내가 그런 존재이고 싶을 뿐이오."

"……."

영한의 따스한 말이 계한의 가슴을 잔잔히 적시었다. 어쩌면 이곳에서 마음을 나눌 이 한 명 정도는 곁에 두어도 괜찮을지도 모르겠다고 중얼거려 보았다. 그것이 저리도 마음이 고운 아이라면 더더욱…….

"그래, 알았다. 나도 네가 곁에 있는 것만으로도 충분히 힘이 되니 너 또한 나를 의지해 잘 견뎌보자꾸나. 이 관문을 넘지 못하면 그동안 우리가 노력해 온 모든 것이 허사(虛事)로 돌아갈 것이니."

"예, 형님! 그럼요. 그래야지요."

영한은 계한이 처음으로 자신에게 마음을 보여준 것만으로도 감격해했다. 허허벌판 같은 내자원 생활이었다. 또한 앞으로 내시가 되어 궁으로 들어간다 해도 적막한 자신이었다. 그런데 그 적막함 속에 자신의 곁에 이제 의지를 해도 좋을 형님이 생긴 것이다. 그것으로 영한은 견디고 이겨낼 수 있을 것 같았다.

어느새 해가 넘어가고 안사랑 마당에도 어둠이 내려앉았다. 아직은 이른 봄이라 밤이 깊어가면서 기온이 내려가서인지 온몸에 소름이 돋았다. 오랜 시간 매달려 있어서인지 얼굴에 피가 몰려 호흡이 어려웠다. 그리고 눈알은 마치 빠져나갈 듯이 아프고 눈두덩을 뚫고 나갈 것 같았다. 참고 있을 수 있는 한계에 달한 것인지 옆에 있던 아이들이 언제부터인가 신음하고 있었다.

"영한아! 괜찮으냐?"

계한은 영한과 만난 이후 처음으로 먼저 영한을 걱정하며 말을 걸었다. 아이가 대답이 없었다. 계한은 영한이 있는 쪽으로 고개를 돌렸다. 영한이 빙긋 웃고 있었다. 얼굴은 마치 터질듯이 부풀고 빨갛게 피가 쏠려 보기가 사나웠는데 아이는 해맑은 웃음을 지어 보이고 있었다.

"녀석아! 놀랐지 않았느냐! 대답을 하지 않고!"

"형님이 곁에 계시기만 하면 나도 괜찮소. 그러니 그리 걱정하지 마시오."

"그래⋯⋯. 조금 더 참아라. 알겠느냐? 네 식구들을 잊지 마

라. 네가 늘 입버릇처럼 말하던 것을 잊지 마라. 내시가 되면 더 많은 녹봉을 받아 네 식구들이 편안히 살 수 있다는 것을 잊지 말아라."

"예. 형님도 형님의 소원을 이루기 위해서라도 힘내시오."

"그래……"

어둠이 계한과 영한을 삼키고 숨소리조차 죽이는 듯한 한밤이었다. 횃불을 든 호위부 무사들과 상선 영감이 계한의 눈앞에 다가와 섰다. 횃불을 치켜든 손이 계한의 얼굴에 바짝 다가오더니 한참을 비치었다. 그리고 다시 제자리로 돌아갔다. 곧 물이 가득 든 항아리가 자신의 머리 아래에 자리를 잡았다. 그리고 천천히 항아리가 들어 올려지면서 자신의 머리가 물속으로 잠겼다. 눈을 뜰 수도 숨을 쉴 수도 없었다. 눈앞이 뿌옇게 흐려졌다. 이렇게 죽을지도 모른다는 생각을 할 무렵 항아리가 다시 아래로 내려졌다. 허파에 한꺼번에 공기가 차고 들어와 터질 것같이 고통스러웠다.

"여기 이곳에서 너희가 죽을지 살아남을지 결정을 하는 이가 바로 나다! 풀어달라 하면 풀어줄 것이고, 더 버티겠다 하면 그리하게 해줄 것이다. 앞으로 반식경도 지나지 않아 너희의 몸에 있는 구멍이란 구멍에서 피가 쏟아져 나올 것이다. 제대로 돌지 못한 피가 응고되고 맺혀 혈관을 막을 것이고 결국은 모든 핏줄들이 터져 구멍으로 피가 쏟아져 나올 것이다. 그러니 여기서 그만두어라! 그러면 살 것이고 그렇지 않으면 내시가 되기 도 전에 죽을 것이다!"

상선 영감의 말이 계한의 귀를 때릴 듯이 울렸다. 그의 말처럼 이미 몸이 한계치에 달해 있었다. 얼굴이 붓고 발은 이미 감각이 없었다. 그리고 머리는 몰린 피로 인해 터질듯 아프고 조였다. 그만두어야 할지도 몰랐다. 살고자 하면 여기서 그만두어야 할 것이었다. 그러나 계한은 이곳에서 내시가 되지 못하면 살아서 나가고 싶지 않았다. 이미 자신에게는 갈 곳도 돌아갈 품도 없었다.

"어찌하겠느냐?"

상선 영감의 말에 곁에 축 늘어져 있던 아이 둘이 결국 풀어달라 애원했다. 결국 아이 둘은 땅으로 고꾸라졌다.

"너희는 어찌 대답이 없느냐!"

계한은 처음으로 그만두고 싶었다. 부모님의 복수도 가문의 명예회복도 다 그만두고 싶었다. 그저 몸을 편안히 누이고 싶었다. 그러나 그 순간 김자현 편으로 자신에게 [한원(瀚原)]이라 수놓은 손수건을 건네준 규원을 떠올렸다. 처음으로 마음을 준 여인이다. 처음으로 정을 나눈 여인이었다. 어디 그뿐인가? 첫아이 이름을 한원이라 짓자고 약속했던 것을 기억시키기 위해 그녀가 보내온 것임을 알기에, 그녀가 지금 처한 사정을 설명하는 함축적인 의미의 손수건을 보고도 그 여인을 계한은 버렸었다. 그녀 규원을 버리면서까지 택한 내시의 길이었다. 여기서 그만둘 수는 없었다.

"내시가 되지 못할 바엔 그저 이곳에서 죽겠습니다. 살아나가 보았자 갈 곳도, 돌아갈 품도, 기다리는 이도 없으니……."

계한은 상선 영감을 바라보며 답했다.

"음… 너는 어찌하겠느냐?"

영한을 바라보며 다시 물었다.

"저 또한 내시가 되지 못하고 돌아가 보았자 입을 들지 못해 결국 굶어 죽을 것이니 그냥 이대로 형님 곁에서 형님과 같이 죽겠습니다."

영한은 계한의 얼굴을 한번 바라본 후 답했다. 한동안 고요만이 흘렀다. 아무도 나서서 말할 수도 없었다. 상선 영감은 그저 가만히 계한과 영한을 바라보다 돌아서며 말했다.

"이 시각까지 버틴 두 사람은 구덩이로 데려가 묻고 다음 시험을 시작하라! 그리고 나머지 둘은 방으로 데려가 보살펴 줘라!"

"예, 상선 영감!"

다시 횃불을 든 한 무리가 떠났다. 이윽고 칠흑 같은 어둠이 온 세상을 다시 지배하기 시작하자 윤 초시가 그들 앞으로 다가와 섰다.

"너도 영한이도 지독한 사람들이구나. 이번 시험은 상선 영감께서 더욱 엄히 치르라 하시어 다른 때와 달리 고충이 극심(極甚)할 것인데. 참을 수 있겠느냐?"

"예, 초시 어른."

"지독한 것들. 그렇게 원한을 내려놓지 못해서야……. 어서 옮겨라!"

"예."

자신이 어떻게 옮겨졌는지 정신이 없었다. 갑자기 온몸으로 쏟아져 내리는 피들이 사지로 뻗어가는 것같이 저리고 쑤셔왔다. 그리고 온몸에 감각이 돌아오기 시작하자 겨우 얼굴만 땅밖으로 내밀고 있는 영한의 얼굴이 바로 자신의 눈앞에 있었다. 영한은 정신을 잃은 듯 눈조차 깜빡이지 않았다. 걱정이 몰려왔다. 지금 영한은 견딜 수 없어 포기하려고 하고 있는 것 같았다.

"괜찮으냐?"

"……."

영한의 대답이 들리지 않았다.

"괜찮냐고 물었다! 영한아!"

"……괜…… 찮으니 그만 소리 지르시오! 형님은 힘도 많소! 난 말할 기운도 없는데……."

"이 녀석아! 그래도 대답은 해야 할 것 아니냐!"

"형님 두고 먼저 가지 않을 테니 걱정 마시오!"

"녀석! 입만 살아서……."

"내가 이 입으로 말조차 않으면 그땐 정말 죽은 거라오."

"그래……. 정신 차리고 견뎌보자꾸나."

"예. 그래 봅시다."

차가운 땅속에 묻힌 몸이 서서히 체온을 잃어가는 것 같았다. 아직 밤이라 햇살을 품지 못한 땅속은 마치 죽은 자의 세상처럼 차고 습했다. 온몸을 스쳐 지나가는 알 수 없는 기(氣)는 죽은 자의 온몸을 갈아먹기 위해 달려드는 벌레와 같이 멈출 수 없는 공포감으로 다가왔다. 빨리 아침이 왔으면 했다. 어서 해가 대지를 달궈주었으면 했다. 그러나 밤은 길었고 결국 계한은 엄습해 오는 공포에 정신을 놓고 말았다.

"이리 두어도 괜찮을까요?"

"글쎄……. 상선 영감이 이번에는 별나게 엄히 다루시니……."

"그래도 이건 전례(前例)가 없던 일입니다. 이러다 이 두 아이 살아남지 못할지도 모릅니다."

"그럴지도 모르지……."

"영감! 영감께서는 이 아이를 마음에 두지 않으셨습니까?"

"내가 이 아이를 내 곁에 두고자 하는 것과는 상관없는 일이네. 이 관문을 스스로 넘지 못하면 이 아이는 궁에서 살아남을 수 없을지도 모르네."

"하오나, 너무 과한 것이 아닐는지요?"

"상선 영감께서 그러시더군. 저 아이 계한의 눈에 살기(殺氣)가 있다고. 자네와 내가 본 것을 어찌 상선 영감이 모르시겠는가? 저 아이를 상감 곁에 들이면 저 아이의 살기가 궁을 넘치고 넘쳐 상감까지 해하실까 두려워하시는 것 같았네."

"그럼 관문을 통과하지 못하게 하기 위해 이리 혹독하게 하시는 거라는 말씀입니까?"

"그건…… 나도 알 수가 없네."

"아휴! 어찌 되었든 계한 저 사람이 내시가 되면 그 자체만으로도 대단한 일이 될 것입니다. 물론 살아남아야 가능한 일이겠지만……."

"그럴 테지……."

발걸음이 멀어져 가는 것과 동시에 계한은 천천히 눈을 떴다. 승전색 영감과 윤 초시가 하는 말을 계한은 모두 듣고 있었다. 그들은 계한의 의식이 돌아오지 않은 줄 알고 있었을 테지만 계한은 그들의 얘기를 처음부터 듣고 있었다. 상선 영감이 자신을 내시로 들이지 않기 위해 혹독하게 시험을 치르고 있다고 했다. 전례 없는 일이라고도 했다. 그 이유가 자신의 눈에 비친 살기 때문이라 했다. 그러나 계한은 자신의 눈에 든 살기 때문에 지금 자신이 살아남아서 끝내 내시가 되고 말 것이라는 것을 알고 있었다. 부모를 죽인 남인과 희빈 장 씨를 몰아내고 원수를 갚기 위해 자신은 그 살기란 놈을 털어버릴 수 없었다. 그것이 유일하게 자신을 이 세상에서 버티게 해주는 힘이었다. 어찌하든 이 시험에서 살아남아야 했다. 계한은 먼동이 터오기 시작하는 하늘을 보며 이를 악물었다. 그러나 이내 다시 까무룩 정신을 잃고 말았다.

머리 위를 내리 비치는 해가 그토록 고통스러울 수 없었다. 밤에는 습하고 차가운 땅속에서 체온이 떨어져 자꾸만 의식을 놓고 다시 놓았었다. 그런데 해가 머리 위로 떠오르고 나니 이제는 땅밖에 나와 있는 머리가 익는 것처럼 뜨거웠다. 움직이지 못하고 계속 내리쬐는 해를 피하지 않고 그대로 있자니 두피가 익어가는 것 같았다. 그리고 목이 탔다. 벌써 이틀째 물 한 모금 입에 담지 못하고 있었다.

"영…… 한아, 괜찮으냐?"

"……예."

"참아라. 조금만 더……."

"예."

영한이 눈을 뜨지 못하고 중얼거리는 것을 보며 계한은 자신도 영한 못지않게 이미 지칠 대로 지쳤음에 자꾸만 흐려지는 의식을 잡으려 애를 썼다. 정오(正午)의 해가 정수리를 내리쬐기 시작할 무렵 다시 상선 영감이 계한과 영한 앞에 섰다. 그는 한참동안 두 사람을 그저 말없이 지켜보기만 했다.

"김계한이라 했는가?"

"예."

"자네 눈에 어린 살기는 뭣 때문인지 말해주겠나?"

"사소한 개인적인 은원(恩怨)이니 상선 영감께 아뢸 것도 없습니다."

"개인적인 은원이라……. 그래, 모든 이들이 다 한두 가지쯤 그런 것들을 품지! 그러나 자네처럼 모두가 다 살의를 품지는 않지. 내시가 살의를 품으면 그것은 어떻게든 상을 해하고 왕실을 해하고 말지. 그런 이유로 내가 보기엔 자네는 내시가 되면 안될 사람이네. 꼭 내시가 되고자 한다면 그 은원을 잊겠다 맹세를 하게! 그러면 여기서 시험을 끝내고 내 자네를 궁으로 데려가겠네. 어떤가?"

계한은 바로 답을 하지 않았다. 그러마하고 거짓 언약을 해도 되었다. 그러면 상선 영감이 자신을 더 이상 시험하지 않고 궁으로 데려갈 것이라 했다. 그러나 계한은 그럴 수가 없었다.

"그리할 수는 없습니다. 거짓 언약(言約)을 할 수도 있습니다.

그러나 그리하지 않겠습니다. 한번 거짓 맹세를 하고 궁으로 들어가 내시가 되면 상께도 얼마든지 거짓을 고할 수 있을 테니까요. 그래서 전 거짓 맹세를 해서 상선 영감을 속일 수 없습니다. 다만 한 가지 약속만은 드릴 수 있습니다. 제가 개인적인 은원을 위해 상을 기만(欺瞞)하는 일이 있으면 그때는 저를 가차 없이 베어버리십시오. 상선 영감의 칼을 피하지 않겠다는 약속은 드릴 수 있습니다."

계한은 상선의 눈을 똑바로 응시했다. 상선도 계한의 눈을 피하지 않았다. 그렇게 둘은 한참 서로를 바라보았다. 이윽고 상선이 돌아섰다. 그리고 말했다.

"지독한 이로구나! 그럼 어디 한번 견뎌보아라! 저자들을 다음 시험장으로 데려가라!"

"영감! 그만하시지요! 다음 시험 과정까지 이들이 이겨낼 리 없습니다. 시험은 충분하오니······."

"이보시오, 승전색! 저들을 보시오! 한 사람은 살기등등한 눈으로 상을 모시겠다고 하고 또 한 사람은 상이 아닌 곁의 저자를 이미 마음을 다해 따르고 있으니 상께 내어줄 마음이 없지 않소! 저런 자들을 내시로 들여 상 곁에 두란 말이오! 한때의 고집도 꺾지 않는 저들을 말이오?"

"영감!"

"지금이라도 은원을 버리겠다고 하면 생각해 보지요."

상선은 마치 그를 시험하듯 다시 은원을 버리기를 강요했다. 그렇지 않으면 더 지독한 시험장으로 끌려갈 것이 뻔한 계한이 걱정스러워 김자현은 애원했다.

"이보시게! 자네가 내시가 되고자 버렸던 모든 것들이 억울하지 않나! 어서 그러겠다고 약속드리게!"

"죄… 송합니다. 그렇지만 거짓으로 고할 수는 없습니다. 비록 내시가 되는 못하는 한이 있어도……."

"이, 이 사람아!"

승전색 김자현은 김계한의 고집이 너무 안타까웠다. 잠시 그리하고 하면 될 것을 저렇듯 꺾지 않는 것이 돌아가진 김시목 판윤과 너무나 흡사해서 더욱 안타까웠다. 그러나 자신이 할 수 있는 일은 아무것도 없었다. 그가 스스로 꺾지 않는 한 아무도 그의 고집을 꺾을 수 없을 것임을 너무나 잘 알고 있는 승전색은 힘없이 돌아설 수밖에 없었다. 이윽고 한참을 계한과 영한을 바라보던 상선이 다시 명했다.

"저자들을 다음 시험장으로 데려가라!"

"예, 영감!"

계한과 영한은 결국 다시 다음 시험장으로 끌려갔다. 이윽고 내시부 호위들에게 끌려가는 그들을 바라보고 섰던 상선이 돌아서 발걸음을 궁으로 향했다. 그러나 그의 입가에는 알 수 없는 미소가 걸려 있었다. 그의 뒤를 따르는 승전색 김자현도 윤 초시도 그 누구도 그의 미소를 보지 못했다.

5장
장자(長子)의 탄생

　규원은 멍하니 앉아 하늘만 바라보았다. 오월과 쇠돌이가 코앞
에 다가온 해산(解産) 준비를 한다고 저자로 내려가고 텅 빈 집
에 혼자 있자니 자꾸만 마음이 나약해지는 것 같아 마루에 나와
아이의 배냇저고리를 마름질하고 있었다. 그러나 손에 잡히지 않
는 바느질이 규원을 자꾸만 딴생각에 사로잡히게 했다. 계한이
뜻한 바 있어 내자원에 들어간 것을 모르지 않는 규원이었다. 자
신에게 찾아와 마음을 정리하게 하기 위해 자신의 앞에서 양반가
의 자제로, 사내로 치욕적일 수밖에 없는 행동을 한 것 또한 자
신을 단념시키기 위함임을 모르지 않았다. 그래서 더 그를 따르
고자 마음을 다 잡았었다.

　그런데 함소골 친정집을 나와 이곳으로 온 지도 벌써 반년이
흘렀건만 계한에게서는 서신(書信) 한 장 없었다. 자신이 이곳에

서 기다리겠다고 했으니 기필코 언젠가는 자신을 찾아오리라 믿어 의심치 않았었는데……. 규원은 서서히 자신이 없어져 가고 있었다. 불러오는 배와 입덧으로 몸조차 제대로 가눌 수 없는 날들에 자꾸만 쌓여가는 원망도 어찌할 수 없었다. 이제 겨우 열일곱 꽃다운 나이에 양반가 규수로서는 치욕스런 삶을 지탱할 수 있었던 것은 임에 대한 믿음과 아이에 대한 모정(母情)이었다. 그런데 임에 대한 믿음이 자꾸만 흔들리기 시작했다. 혹여 자신을 진정 버린 것은 아닌지. 자신을 연모하긴 한 것인지. 정혼녀로서 그저 부모님이 맺어준 자신의 아낙이라고만 생각한 것은 아니었는지. 그 모든 것이 흔들리기 시작하고부터 규원의 얼굴은 생기를 잃어갔다. 이제 뼈만 앙상한 그녀의 얼굴에 유독 부른 배가 그녀가 산부(産婦)임을, 그리고 산달이 가까웠음을 말해주었다.

그러나 그녀의 얼굴을 가까이서 본 사람이 있다면 놀라 나자빠질 것이었다. 그녀는 살아 있는 사람의 형상이 아니었다. 눈에도 총기가 없어져 버렸고, 입술은 메말라 터져 피가 맺혀 있었다. 그리고 언제부터인가 규원은 하루에 열두 번 은장도를 빼 들었다 품었다 하였다. 결코 세상에 욕심이 남아 자신이 살아 있는 것이 아니었다. 그저 뱃속에 든 아이를 위해, 시댁의 대를 이어줄 아이를 자신 때문에 죽일 수 없기에, 행여 임이 자신을 찾아줄지도 모른다는 그 믿음으로 여태 버티고 버티었다. 그런데 그나마 얼마 전부터는 그 믿음조차 끝없이 삶의 끈을 놓고 싶은 자신을 막지 못하는 지경에 이르고 있었다. 그저 다 버리고 싶었다. 세상에 온 흔적조차 없이 깨끗하게 지워 버리고 싶었다. 살아 있다 해도 자신의 아이와 자신이 앞으로 나아갈 행보(行步)는 결코 순탄하지 않을 것이었다. 나약하고 어린 자신이 견뎌내기에는 세상은 결코 만만하지 않을 것임을 모르지 않기에 규원은 요즘 들어 그저 땅속으로 조용히 사라지고 싶었다.

그때 갑자기 규원이 아이 옷을 짓기 위해 끊어놓은 무명천을 풀어내기 시작했다. 지금이 아니면 다시는 기회가 없을 것 같았다. 저 무심한 해가 산에 걸려 있을 때, 오월과 쇠돌이가 저자에 나가서 돌아오기 전인 지금 이 순간밖에 없을 것 같았다. 모진 목숨을 놓아버리기 위해 자신에게 주어진 기회가 또다시 올 것 같지 않았다. 낡고 오래된 대들보이긴 했지만 앙상한 자신의 몸 하나쯤은 견뎌줄 것 같았다. 조용히 자리에서 일어선 규원은 하얀 무명천을 대들보에 걸었다. 그리고 서탁 위에 올라섰다. 이내 규원의 버선코가 하늘을 향해 높이 치솟았다.

"쯧쯧! 젊은 아낙이 어찌 이리 어리석은 것인지……. 그대 하나만 가면 모두가 끝날 것 같소? 그 속에 든 아이는 세상에 나와 보지도 못하고 어미를 따라가면 어미를 원망하지 않을 것 같은가? 세상사 인연은 결코 그리 쉽게 끊어지는 것도, 끊어낼 수도 없는 것이라오. 자, 이 꿀물이라도 삼켜보시오. 힘을 내야 도망간 임이라도 찾아 나설게 아니요?"

여인은 계속 규원을 품에 안고 중얼거렸다. 규원은 멀리서 자신의 친정어머니 같이 풍만한 몸체의 아낙이 계속 자신에게 말을 시키는 것이 심히 못마땅하였지만 또 한편으로는 자신을 안아주는 아낙의 따뜻함이 반가웠다.

"누구…… 시오?"

"누구라고 하면 새댁이 알기나 하오? 어서 정신이나 차리고 일어나 앉아보시오!"

여인의 채근에 규원은 애써 몸을 일으키며 앉았다. 둥그스름하고 꼭 오랫동안 보아온 것 같은 익숙한 얼굴에 낯설지 않은 미소를 가득 띤 여인이 자신을 바라보고 있었다.

"누구신데 날……"

"삼신할미가 점지한 아이를 그리 홀대하다니 벌 받소! 다시는 그런 일 없도록 하시오! 오늘 내가 이곳을 지나지 않았으면 황천길에 자식을 앞세우고 갈 뻔하지 않았소? 어미 된 자가 자식을 그리 대하다니……."

"……."

"어찌 되었든 다시는 이런 일이 없도록 하시구려. 절대 목숨을 가벼이 여기지 않도록 하겠다 약속해요. 응?"

"예……."

반가웠다. 그녀에게 자신의 잘못된 생각을 꾸짖어주는 사람의 존재가 너무 반갑고 넉넉하게 안아준 품이 반가웠다. 살아야 하는 연유를 말해주는 낯선 여인의 말이 그녀에게 다시 생을 지속해야 하는 사명을 일깨워 주었다. 계한을 위해서라도 아이를 지켜내야 했다. 이제 영영 아이를 가질 수 없는 몸이 되어버린 계한을 직접 제 눈으로 보았기에 더 소중한 아이였다.

"그런데 보아하니 새댁 혼자 사는 것은 아닌 것 같은데 이 집에 사는 다른 사람은 다 어디로 간 거유?"

"저자에 잠시 다니러 갔어요. 제가 산일이 얼마 남지 않아……."

"하긴, 보아하니 수일 내에 몸을 풀 것 같긴 하구려. 그래, 산파(産婆)는 구했소?"

"아직. 산골마을이라 아랫마을에 사는 산파에게 얘길 하긴 했는데……."

"그러다 급히 아기가 나오면 어찌할 양이오?"

"……."

"그럼 이렇게 합시다. 내가 실은 아이를 몇 번 받아본 적이 있는데 새댁이 아일 낳을 때까지 내가 이곳에서 좀 쉬어가게 해주시려오? 나 또한 오랜 여독에 피곤하여 좀 쉬어갔으면 하던 차이니."

규원은 눈앞의 여인이 하는 말을 들으며 생각에 잠겼다. 외양을 보아서는 남을 해롭게 할 것 같지 않았다. 순간 자신이 잘못 생각하여 조상들께 크나 큰 죄를 지을 뻔한 것을 구해준 사람이니 자신에게 나쁜 짓을 하지는 않을 것이었다. 그리고 앞에 앉아 있는 여인은 왠지 낯설지만 기대고 싶게 하는 묘한 따스함이 풍겨져 왔다.

"그래 주시면 저야 감사할 따름입니다."

"그래요? 그럼 그렇게 알고 난 잠시 누워서 쉬어야 하겠소. 저녁때가 되면 깨워주시구려."

"예. 그리하지요."

"참, 난 김가요. 택호(宅號)는 부안이고……."

"예에……."

여인이 마치 제 집처럼 아랫목에 벌러덩 누웠다. 그리고 금세
잠이 들었는지 자잘한 코를 골아대었다. 규원은 일각도 채 안 되
는 시간 동안 자신에게 벌어진 일에 어안이 벙벙할 뿐이었다. 그
럼에도 자신과 뱃속 아이의 목숨을 구해주고 지금은 자신의 방
아랫목을 차지하고 누운 김 씨 여인이 왠지 밉지가 않았다.

"아씨! 쇤네가 좀 늦었지요? 어서 저녁상 차려 드릴 테니 좀
기다리셔요! 오늘은 아씨 기운 좀 차리시라고 쇠고기 한 근 끊어
왔구먼요."

오월이 언제 돌아온 것인지 방 밖에서 소란스럽게 떠들었다.

"괜찮으니 천천히 해라. 그리고 오월아, 손님이 한 분 더 계시
니 밥은 여유 있게 하고."

"손님이요?"

"그래."

오월은 규원이 더 이상 아무런 말도 하지 않자 궁금해 죽을 맛
이었지만 서둘러 문을 닫으시는 아씨를 막을 길이 없었다. 어찌
되었든 그림같이 멍하니 앉아 계시기만 하던 아씨가 자신의 말에
화답을 해주신 것만으로도 감사할 따름이었다.

"제가 부리는 사람입니다. 오월아, 인사해라. 내가 몸을 풀 때
까지 우리와 같이 계시기로 한……."

"부안댁이라 부르시오."

"아, 예. 연배(年輩)도 있으시고 내가 큰 죄를 지을 뻔한 것을 구해주셨으니 행언에 조심하고 잘 대접하여야 한다. 알겠느냐?"

"예, 아씨."

"그럴 것까지 뭐 있소. 다 연이 있어 그리된 것이지. 내게 무슨 큰 빚이나 진 것처럼 그리 말하지 마시오. 그냥 인연이 있어 이리 만난 것 같으니 새댁이 몸 풀 때까지만 같이 부대껴 봅시다."

"예."

생김새처럼 식성이 좋은 김 씨와 같이 저녁을 먹다 보니 잃어버렸던 식욕이 돌아온 것인지 모처럼 밥 한 그릇을 비우고 나니 규원은 쏟아지는 잠에 몸을 가누지 못하고 일찍 잠자리에 들었다. 곁에는 언제 다시 잠이 들었는지 알 수 없는 김 씨가 가볍게 코를 골고 오월이까지 저자에 나갔다 온 탓에 피곤하였던 것인지 쓰러져 세 여인은 업어가도 모를 정도로 단잠에 빠져들었다. 얼마 후 잠에서 깬 김 씨가 규원의 얼굴을 하릴없이 바라보며 그녀의 부푼 배를 가만히 만져 주는 것도 모르고 그렇게 규원은 모처럼 깊은 잠을 맛나게 잤다.

"그래, 아이 아버지는 어찌 된 것이오? 차림새를 보아하니 사별(死別)한 것은 아닌 것 같은데."

"……"

벌써 사흘을 같이 보냈건만 규원은 먼저 말을 꺼내는 법이 없었다. 현숙하고 총명한 사대부가 규수다운 몸가짐에 김 씨는 넌

지시 먼저 운을 떼었다. 그러나 규원은 답을 하지 않았다. 그저 아이에게 입힐 배냇저고리를 만드는 일에 몰두한 듯 아무런 말이 없었다.

"내가 물으면 안 되는 것을 물은 거요? 내 보기엔 양반댁인 것 같은데 주인양반의 물건은 보이질 않아 궁금해서 물은 것이오. 답하기 싫으면 하지 않아도 되오. 세상사 다 사연 없는 이가 어디 있겠소. 다들 사연 하나 가슴에 품고 그리들 살아가지……."

김 씨가 한숨을 내쉬며 말하자 오월이가 궁금한 듯 바싹 다가들며 물었다.

"그러는 부안댁도 사연이 있어 보이는데……. 혹 말씀해 주실라오?"

"내 사연이라……. 들어도 별 재밌는 일이 것은 아닐 텐데?"

"그래도 얘기 좀 해주시오. 긴긴 가을 해가 아직 중천(中天)인데 심심치 않게 얘기나 해보시구려."

"……긴긴 가을 해라……. 그래, 길긴 길구나, 그래도 내가 살아온 밤만큼 길기야 할까?"

"무슨 말이요? 밤이 길다니……. 혹시 과부요?"

"과부라. 그래, 과부와 크게 다를 바 없지. 그러나 난 과부는 아니라오."

"그럼?"

어느새 규원도 바느질거리를 내려놓고 김 씨의 말에 귀를 기울이고 있었다. 자신도 오월처럼 김 씨의 얘기가 궁금했다.

"난 사내와 살고 있지만 또한 평생 여인을 안아주지 않는 사내와 살고 있다오."

"그 무슨 말이에요? 사내와 살고 있는데 여인을 안아주지 않는다니……. 세상에 아무리 못난 여인이라도 사내들은 사내라는 이유로 여인을 안지 않고는 살 수 없는 이들이라 들었는데……."

"그렇지. 그런데 우리 바깥양반은 나를 안아주지 않소. 그런데도 난 그런 남편을 미워하지 못하오. 밤이면 서로 등을 돌리고 잠든 상대의 숨소리를 들으면서 그래도 상대방이 있어 다행이라 생각하며 긴 밤을 보내기 일쑤였소."

"왜 그런 것인지요? 부인이 크게 못난 얼굴도 아니고 심성도 좋아 보이는데. 부군(夫君)께서 왜 부인을 곁에 두고도 멀리 하는 것인가요?"

규원은 김 씨의 말이 믿기질 않아 자신도 모르게 묻고 있었다. 그러자 김 씨는 깊은 한숨을 내쉬며 답했다. 그녀의 얼굴에는 이 집에 발을 디딘 후 처음 보는 시름으로 가득 찬 모습이었다.

"세상에는 그러는 사내도 있다오."

"에이, 세상에 평생 여자를 곁에 두고 안지 않는 남자는 고자뿐이라 하던데!"

오월이 계집종들끼리 하던 말이 떠올라 냉큼 답을 하고나자 시름에 찬 김 씨의 안색이 하얗게 변했다. 규원은 김 씨의 얼굴에서 진실을 보고 말았다. 부안댁도 자신과 같은 사내가 아닌 사내의 아낙이라는 것을……

"맞소. 우리 바깥양반은 세상 사람들이 말하는 고자라오. 내 나이 열여덟에 가난에서 벗어나기 위해 내시에게 시집을 갔소.

그리고 작은 일이 있어 난 아이를 잃고 말았소. 그렇게 놀라지 마시오. 내시도 더러 아이를 생산할 능력이 남아 있는 자들도 있다오. 물론 그런 경우 궐에서 쫓겨나긴 하지만……. 어찌 되었든 아이를 잃고 난 후 그나마 남아 있던 능력이 사라지고 말았지요. 그래서 지난 세월 난 우리 바깥양반과 많은 것들을 나누며 도란도란 살았지만 남들처럼 남녀 간의 운우지정(雲雨之情)은 다시 나누어보지 못했다오. 그런 이유인지 모르지만 난 새댁처럼 아이를 가진 아낙들을 보면 그리 부러울 수가 없소. 처음 우리 집에서 일하던 아낙이 갑자기 몸을 풀게 되어 우연히 내가 아이를 받게 되었소. 그날 난 다른 세상을 본 것 같았소. 작고 앙증맞은 아이를 보며 그 많은 사람들이 다 가지는 아이를 나만 가지지 못하는 것에 화가 나 바깥양반을 닦달했다오. 바보같이……."

"……."

규원은 김 씨의 고통이 마치 자신의 것처럼 느껴져서 숨을 쉴 수가 없었다. 같은 운명을 지닌 그녀가 남 같지 않았기 때문이었다.

"그런데 그날 밤, 난 세상에서 가장 귀한 것을 보았소. 내 남편이 나를 재워놓고 내 얼굴을 만지며 울고 있는 모습에 난 한평생 남녀지정(男女之情)을 몰라도 상관없다는 생각을 했소. 날 위해 그리 울어주는 남정네가 있는데 그까짓 남녀지정 따위 모르고 죽은들 무슨 상관이 있겠나 싶어지더군. 세상사 다 그런 것이오. 마음먹기에 따라 얼마든지 바뀔 수 있는 것이오. 새댁이 어떤 일 때문에 그날 그런 마음을 품었는지 모르지만 그래도 새댁은 아이가 있지 않소. 그러니 그것으로 위안을 삼으시오. 그나마도 어렵게 가진 마지막 아이조차 잃어버린 나란 여인도 이리 살아 있으니……."

규원은 김 씨가 하고자 하는 말이 무엇인지 알 수 있었다. 마치 자신의 사정을 훤히 꿰뚫어보는 것처럼 자신과 같은 아픔을 가진 여인이 삶의 끈을 놓지 말라고 다독여 주고 있었다.

"아마도… 조상님께서 이 아이를 살리기 위해 부인을 보내신 듯합니다. 그날 부인이 절 도와주시지 않았다면……."

"그럴지도 모르지요. 그나저나 나는 배가 고프오. 우리 이제 점심때가 다된 것 같으니 어서 맛나게 점심이나 해 드십시다."

김 씨가 몸을 일으켜 나가자 오월도 따라 나갔다. 김 씨 부인이 오고 난 뒤 끼니마다 이것저것 맛있게 챙겨 먹게 되어서인지 규원은 자신의 기운이 보해지고 혈색도 돌아오고 있음에 감사할 따름이었다. 이 모든 것이 산부는 충분히 먹어서 아이를 낳을 수 있는 힘을 비축해 둬야 한다며 자꾸만 음식을 들이미는 김 씨 덕분임을 모르지 않았다. 그런 김 씨가 자신과 같은 처지였다는 사실에 규원은 그녀가 더 가깝게 느껴졌다.

"힘을 좀 내보시오!"

"아씨! 힘내셔요! 조금만 더 힘내시면 될 듯해요!"

"음. 음……."

"그리 참지 말고 악을 쓰시오! 이 산골마을에서 새댁이 아이 낳느라고 악을 쓴다 해도 아무도 욕할 이 없으니. 체통(體統)이고 뭐고 우선 새댁이 살고 아이가 살아야 있는 것이오! 아이 아버지 욕을 하든지, 그도 아니면 하고 싶은 말을 하든지 참지 말고 해보시오! 그래야 아이도 쉬이 나오지 않겠소?"

"그래요, 아씨! 계한 도련님! 아니, 서방님한테 욕이나 실컷 해보셔요! 참고만 계시지 말고요!"

규원에게 산기가 보이기 시작한 것이 벌써 두 식경이 지났다. 아직 어리고 초산(初産)인 탓인지 극심한 산통(産痛)으로 규원은 의식마저 가물가물한 듯했다. 그래서 김 씨와 오월이 자꾸만 말을 시키고 있었으나 규원의 산통은 쉬이 끝날 것 같지 않았다. 그래서 김 씨가 참지 말고 아이 아버지에게 하고 싶은 말이나 욕을 해보라고 했다. 규원이 그 말을 듣고 한참이나 망설이는 듯하더니 주절주절 가슴에 쌓아두었던 말을 꺼내놓기 시작했다.

"너무하세요! 이리 매정하실 줄은 진정 몰랐어요. 마음대로 그리 행하시고 저에게 잊어라 하시기만 하면 다 되는 것이에요? 이미 제게 당신의 씨를 주시고는 저더러 다른 곳으로 시집가라 하시면 다 되는 것이에요? 무정하고 무정하시어요!"

규원이 꺼내놓기 시작한 말에 오월이 훌쩍이기 시작하자 김 씨는 규원의 손을 잡으며 다시 재촉했다.

"그러지 말고 힘껏 소리 지르며 악을 써요. 내가 한번 해볼 테니 따라 해봐요! 무.정.한. 사.람! 못.된. 사.람!"

김 씨가 차마 입에 욕을 담지 못해 큰소리로 목청껏 소리치자 규원도 따라 악을 써가며 외치기 시작했다.

"무.정.한. 사.람! 못.된. 사.람! 날. 두.고 간. 사.람! 내 절대 당신을 용서하지 않을 겁니다. 계한 도련님! 음……. 음……. 아악!"

"아앙! 아앙!"

그녀가 태어나 처음으로 악을 쓰며 계한을 부르자 그녀의 마지막 외침과 동시에 아이가 그녀의 몸 밖으로 하얀 얼굴을 내밀었다. 왈칵 핏덩이가 쏟아져 나오자마자 규원은 힘을 잃고 까무러치고 말았다.

"아씨! 고추구만요! 아이고……. 조상님이 돌보신 건지 정말 도련님이시구먼요. 아이고, 감사합니다. 부처님! 삼신할머니! 감사하구먼요. 우리 아씨 이제 소원성취(所願成就)하시게 됐구먼요."

오월이 아직 핏덩이인 어린 도련님의 몸을 안고 울먹였다. 말씀은 하지 않아도 혹여 딸을 낳으면 어찌할까 노심초사(勞心焦思)하던 아씨의 맘을 모르지 않았다. 김 씨 가문의 문을 닫고 안 닫고의 여부가 오로지 아씨의 뱃속에 있는 아기씨에게 달려 있음을 모르지 않았기에 오월 자신도 산달이 가까워져 오면서 노심초사했었다. 자신이 그러하던 차에 아씨의 걱정이야 오죽이었을까 싶어 오월은 아씨 대신 목 놓아 울었다.

"부산 그만 떨고 아기 목간이나 시키지 않고 뭐 하는 게냐!"

"예. 알았네요. 알았어. 아이고, 우리 아기씨 예쁘고 잘나기도 하셨지. 어찌 이리 의젓하고 점잖으신지……. 아기씨 아버님께서 아기씨를 보시면 얼마나 기뻐하실지……."

오월의 말처럼 참으로 잘난 아기였다. 한번 본 계한의 얼굴이 떠올라 김 씨는 흐뭇했다. 지난 반년 동안 남편인 승전색 김자현의 부탁으로 김계한의 정혼녀를 찾아 헤매었다. 정혼녀가 부제학 윤현수의 외동딸이라 하여 함소골로 찾아갔을 때에는 그녀가 상사병(相思病)으로 죽었다는 말에 얼마나 놀랐는지 모른다. 그러나 남편은 절대 그녀가 죽었을 리 없다 하였다. 그리 죽을 여인이라면 내자원 앞에까지 찾아와 손수 수놓은 손수건을 계한에게 전해달라고 하지 않을 것이라며 끝끝내 포기하지 않았다. 그리 죽을 여인이라면 마지막에 처음을 같이한 곳에서 기다리겠다고 전해달라는 말을 남길 리 없다는 남편의 말에 김 씨 부인은 다시 규원의 행방을 찾아 나섰다. 그리고 정말 인연이 닿아서인지 자신이 그녀와 뱃속의 아이를 구했다. 잠시라도 늦었더라면 김시목 판윤 영감의 손자인 저리 잘난 아기가 살아남을 수 없었을 것이다. 김 씨 부인은 환한 달덩이보다 더 잘나고 잘난 갓난아기를 보며 자신도 모르게 두 눈에 눈물이 차올라 얼른 옷고름으로 훔쳐 내었다. 한 달 전 상선 영감과 같이 궁에 들어간 김계한에게 이 기쁜 소식을 전할 생각에 김 씨 부인의 마음은 벌써 궁으로 달려가고 있었다.

6장
인연(因緣)

김 씨는 떨어지지 않는 발걸음을 애써 옮겼다. 마음 같아서는 어린 한원과 그 어미를 자신의 집으로 데리고 가고 싶었으나 마음을 접기로 했다. 절대 억지로 데리고 올 생각을 말라던 남편의 엄명을 어길 수 없었다. 인연(因緣)이라는 것이 억지로 맺고자 한다고 맺어지는 것이 아니라고 했다. 아이와 규원 낭자의 안전이 확인되면 두말없이 돌아서 오라고 했다. 김 씨는 빈말을 입에 담지 않는 남편의 성품을 알기에 자꾸만 돌아봐지는 자신을 다잡으며 이른 아침 집 주인이 눈을 뜨기 전에 규원의 집을 나섰다.

"진짜 가버리셨네요."

"그래. 그분께 내가 큰 신세를 졌구나. 그리 아무 말씀도 없이 가셔 버릴 줄 모르고 인사도 한번 제대로 못했구나."

"아이고, 아씨도 참. 부안댁 말처럼 인연이 있으면 다시 보겠지요. 어젯밤에 그리 말하지 않던가요?"

"그래. 그렇긴 하나, 그분은 나와 한원이의 생명의 은인인데 내가 경황이 없어 너무 소홀한 것은 아니었는지……."

규원은 며칠 전 김 씨 부인이 자신에게 준 물건을 다시 꺼내보았다. 그저 순박한 여염(閭閻)집 아낙들이 하는 댕기였다. 고운 수가 놓인 것도 그렇다고 비싼 비단도 아닌 그 댕기를 자신에게 건네주며 혹시 급한 일이 생기거나 자신의 도움이 필요한 일이 생기면 저자의 포목전 황 씨를 찾아가 그 댕기를 보이며 자신을 찾으라고 했다. 그리하면 어떤 일이든 자신이 꼭 도와주겠다고. 자신이 그녀에게 무엇이 그리 중요한 사람이라고 신신당부를 하던 그녀를 떠올리며 규원은 또다시 친정어머니 조 씨 부인을 생각했다.

이제 자신이 아이를 낳고 보니 어미 된 자의 마음이 어떠한 것인지 알 것 같아 마음이 무너져 내리는 것 같았다. 산 자식을 죽은 것으로 만들어 집에서 내보낼 수밖에 없던 어머니의 마음이 얼마나 쓰리고 아팠을지 규원은 새삼 다시 알 것 같았다. 자신의 품에 안긴 어린 한원의 몸을 끌어안으며 규원은 애써 터져 나오려는 눈물을 참았다. 이제 자신은 한 아이의 어미였다. 여리고 어리석기만 하던 규원은 이제 죽은 사람이었다. 자신은 한원의 어미요, 돌아가신 김시목 대감의 며느리요, 가문을 다시 일으키기 위해 스스로를 버린 가여운 사내 계한의 아낙일 뿐이었다.

"오월아! 추위가 닥치기 전에 이 마을 떠날 것이니 내일 저자로 내려가 우리 네 식구 살 곳을 알아보거라!"

"예? 계한 도련님이, 아니, 서방님이 이곳으로 오실 거라고 이곳을 떠나면 안 된다 하셨잖아요?"

"오실 분이라면 벌써 오셨을 테지. 그냥 이곳에서 그분이 오시기를 기다리며 있지 않으련다. 그분이 오시지 않는다면 내가 그분을 찾아가면 되는 것을."

"아씨!"

"그리고 이곳을 떠나기 전에 쇠돌이와 혼례(婚禮)를 올려줄 테니 네가 알아서 필요한 것이 있으면 적당히 준비해 오너라!"

"예? 혼례요?"

"그래. 내가 너희 둘을 데리고 나오면서 어머님께 이미 허락을 받은 것이니 그리 알고."

"하지만 아씨! 아직 아씨도 혼례를 올리지 못했는데 어찌 천한 이년이……."

"그럼, 내가 평생 혼례를 올리지 못하면 너도 쇠돌이한테 시집도 가지 않고 늙을 것이냐?"

"예? 그, 그건."

"호호, 네 마음은 알고 있으니 염려 말고 쇠돌이에게도 그리 일러둬라!"

"아씨, 감사하구먼요."

"어서 서둘러라! 내가 몸만 추스르면 바로 내려갈 수 있도록 서둘러야 한다."

"예."

오월과 쇠돌이 저자로 내려가고 난 뒤 규원은 한원을 품에 안았다. 오월과 쇠돌 두 사람이 기뻐하는 모습을 보며 자신도 모르게 눈물이 흘러내렸다. 어쩌면 자신도 그들처럼 행복하게 살고 있었을 것이라는 미련한 생각에서 벗어나기가 쉽지 않았다. 그러다 다시 고쳐 앉아 윤현수 부제학 영감의 고명(高明)딸로 살던 윤규원은 이미 죽은 사람임을 종종 잊어버리는 자신을 탓했다. 이제부터는 한원의 어미로 강해져야만 했다. 자신에게는 이제 어린 아들이 있음을 잊지 말아야 했다. 한원이 배가 고픈 듯 얼굴을 찌푸리며 혀를 내둘렀다. 속저고리를 들춰내 아이에게 젖을 물리며 규원은 포동포동한 한원의 볼을 어루만지며 마음껏 울었다. 그리고 이제 다시는 이렇듯 약한 모습을 보이지 않으리라 다짐했다.

　"그래, 내게는 네가 있다는 것을 잊었구나! 어미가 아둔해서 이리 예쁜 너를 두고 울고만 있었구나! 네게 이 어미가 부친(父親)을 꼭 찾아줄 테니 넌 아무 걱정 말고 그저 잘 자라기만 해다오. 다른 것은 모두 이 어미다 알아서 할 테니. 알겠니? 원아!"

　아직 어린 어미 규원의 품에서 세상에 더할 나위 없는 꿀 같은 젖을 든든하게 먹은 한원은 그렇게 모든 것을 잊고 포만감으로 꽉 찬 기분 좋은 낮잠에 빠져들었다.

　"그래, 아이는……."
　"영감! 아들이라오. 아들! 어찌나 잘생겼던지. 내가 돌아서 오는데 발걸음이 떨어지질 않습디다. 그리 어여쁜 놈을 두고……."

"규원 낭자는 건강했소?"

"그럼요. 처음 봤을 때는 피골상접(皮骨相接)해서 살아 있는 사람이 맞나 싶더니만 며칠 제가 거둬 먹이니 포동포동 살이 오르면서 양반댁 규수 꼴이 나더군요. 이제는 마음도 몸도 다 건강하니 걱정하시지 않아도 될 것 같아요"

"수고했소."

"그런데 영감! 그 모자를 언제 데려 오시려는 거예요?"

"누가 데려온다고 했소?"

"예? 그럼 저보고 왜 그 모자를 돌봐라 했던 거예요?"

"계한 그 사람의 마음의 짐을 덜어주고 싶었을 뿐이오."

"아이고! 저는 영감이 계한 그 사람을 양자로 들이려 하는 줄 알고 내 손자, 내 며느리다 싶어 정을 함빡 주었는데……."

"당신이 괜한 곳에 마음을 쓰셨구려!"

"그러지 말고 영감, 우리도 이제 양자를 들여야 하니 그 모자를 우리 집에 데려다 놓읍시다. 그러면 계한 그 사람도 처자(妻子)를 따라 들어오지 않겠어요?"

"어허! 부인. 인연이란 것이 억지로 엮고자 한다고 엮어지는 것이 아니오. 서로가 서로에게 연이 있어야 하는 것을. 그러니 괜한 데 마음 주지 마시구려."

"그렇지만……. 알았어요. 예에."

김자현은 그림같이 앉아 다시 서책으로 눈길을 옮겼다. 안사람인 김 씨의 말은 틀린 것이 없었다. 자신도 김계한 그 사람이 탐났다. 그러나 내시가 양자를 들이는 것은 그리 쉬운 일이 아니었다. 그리고 그 사람을 탐하는 사람이 자신뿐만이 아님을 모르지 않는 김자현으로서는 그저 안타까울 뿐이었다. 부제학 대감 여식이 사내아이를 낳았다는 말에 더 욕심이 가는 것을 애써 참고 또 참을 뿐이었다. 모든 것은 계한의 선택에 달려 있었다. 자신과 부자지정(父子之情)의 연을 맺고 안 맺고는 이미 자신의 손을 떠나 그의 손에 달려 있는 것이나 진배없었다. 자신은 이미 그를 아들처럼 여기고 있기 때문이었다. 그러나 그런 자신의 마음을 그에게 함부로 내어놓을 수 없었다. 지난달, 상선 영감이 계한과 영한을 데리고 궁으로 들어가고 난 후 자신은 상선 영감의 눈에 어리던 욕심을 보았었다. 자신에겐 친혈육처럼 잘해주시는 분이 었지만 절대 가까이 다가서지 못하게 선을 그어놓고 대해 오신 분이었다. 다른 내시들처럼 성가(成家)도 하시지 않고 홀로 지내시는 것을 보며 안사람에게 좋은 아낙을 찾아보라 하여 다리를 놓아보기도 했지만 상선 영감은 절대 여인을 가까이 하지 않았다. 상선 정인호 영감은 한때 성균관 박사를 지낸 정학렬의 독자로 선대왕 때 당쟁에 희생당한 부친의 원수를 갚겠다고 스스로 남성을 자른 인물로 유명했다. 마치 계한처럼 그렇게 상선 영감은 자신의 원한을 갚기 위해 궁을 선택했고 왕의 곁에 머물렀다. 그러나 김자현이 알기로는 여태 상선 영감은 자신의 부친을 위해 그 어떤 일도 한 적이 없었다. 현왕(現王)이 세자 시절부터 동궁에서 상감을 보필해 온 그가 궁 생활이 30년이 다 되어가는 지금까지 자신 가문의 복권을 주청드렸다는 말을 들어본 적이 없었다. 상감 앞에 서면 마치 어버이같이 온화하고 따스한 얼굴로 그저 바라보기만 하는 상선 영감을 보며 김자현은 지금도 이해할 수가 없었다. 어찌하여 그 모든 것을 털어내고 고요할 정도로 평온을 지키고 있을 수 있는지…….

그런데 그런 그가 계한을 처음으로 대면(對面)한 날 욕심이란 것을 펼쳐 보였다. 자신과 똑같은 사연을 가진 계한이 자신과 같은 길을 걷고자 하는 보며 안타까워하고 고통스러워했다. 모두가 잠든 내자원 안사랑 뜰 어둠속에서 거꾸로 매달린 계한을 지켜보며 서 있던 그림자가 정인호 상선 영감임을 김자현은 알 수 있었다. 그리고 유례없이 혹독하던 내시 선발 시험에서 계한을 지켜보던 상선 영감의 뜻이 무엇인지 알 것 같았다. 이미 자신처럼 계한을 마음에 들이고 연을 맺기를 희망하고 있음을 느낄 수 있었다. 대나무보다 더 꼿꼿하기로 유명한 상선 영감이 신입 내관 관례의식을 주관하고 전각 배치 및 품계 조정에 관여하고 나선 것이 그 모든 것을 뒷받침해 주었다. 결국, 영감의 뜻대로 김계한이 정9품인 상경(尙更)으로 편전(便殿)인 사정전(思政殿)에 배속되어 상선 영감의 그늘 아래 둔 것만 보아도 알 수 있었다. 하물며 일이 이리 돌아가는 차에 속 모르는 부인이 김계한과 그의 처(妻)를 자신의 집안에 들이고자 하니 김자현은 난처할 뿐이었다. 모든 것이 자신이 원한다고 이루어지는 그런 형국(亨國)이 아니었다.

"내가 보아도 탐나는 그릇임에 상선 영감이 모를 리가 없지. 암!"

김자현은 애써 자꾸만 김계한에게 기울어가는 마음을 다잡으며 다시 서안에 펼쳐 놓은 서책으로 눈길을 돌렸다.

"아씨! 이제 준비 다 되었구먼요! 어서 나오세요!"

"그래. 알았으니 잠시 기다려라!"

바깥에서 새 집으로 이사 갈 생각에 들 뜬 오월의 채근이 만만 찮았다. 규원은 지난 일여 년 동안 자신이 머물렀던 집을 떠나기 전에 한번 둘러보았다. 처음 계한과 이곳에서 부지불식(不知不 息)간에 하룻밤을 지내게 됐었다. 그리고 그 밤은 자신의 생애(生 涯)에서 영원히 지울 수 없는 아름답고 경이로운 밤이었다. 뜻하 지 않게 그날 이후 자신과 계한이 다른 길을 걷고 있지만 결국 한원이라는 고리로 인해 영원히 끊어질 수 없는 인연의 끈에 묶 여 버린 것임에 규원은 뜻 깊은 이곳을 떠나는 것이 안타까웠다. 한때, 이곳에서 그를 기다리며 조용히 살아가려 마음먹었다. 한 원을 키우며 계한이 자신을 찾아오기를 묵묵히 기다리며 살기를 원했었다. 그래서 이곳에서 기다리겠다는 승전색 영감을 통해 뜻 을 전했지만 계한은 자신을 찾지 않았다. 어쩌면 영원히 이곳을 찾지 않을지도 몰랐다. 아이가 생기면 한원이라 이름 짓자고 약 속했던 그에게 손수건을 보낸 이후에도 답신(答信) 한 장 없었 다. 그가 자신을 기억에서 지워 버렸거나 아니면 애써 기억하고 싶어 하지 않는 것 같았다. 규원은 자신의 마음을 담은 한시를 적어 서안 위에 올려놓고 일어섰다.

'月解重圓星解聚, 如何不見人歸 尹奎原'

[해진 달 다시 둥글어지고, 해진 별 다시 모이건만, 사람은 어이하여 돌아올 줄 모르는고!]

규원이 계한을 몹시 기다렸다는 사실을 나타내는 글귀에는 그녀의 한이 서려 있었다. 언젠가 찾아올 계한에게 남길 글을 쓰고 난 후 미련 한 조각조차 없는 말간 얼굴로 일어난 그녀가 오월을 채근하기 시작했다.

"오월아! 그만 가자!"

"예! 아씨!"

오월은 아기씨를 등에 업고 서서 규원이 방을 나서자 기다렸다는 듯이 걸음을 옮겼다. 자꾸만 돌아봐지는 규원과 달리 앞장서서 걸어가는 오월은 산골마을을 떠나 사람들로 시끌벅적한 저자 근처로 나가 사는 것이 너무나 마음에 드는 듯 나풀거리며 걸어갔다. 한 달 전 쇠돌이와 혼례를 올린 오월은 지금 신혼의 단꿈에 젖어 있었고, 어여쁜 아기씨를 제 손으로 돌보는 재미에 빠져 규원의 허전함을 몰랐다. 앞서 걸어가는 제 사내 쇠돌이의 뒤를 철없이 쫓아가느라 상전의 마음을 읽어줄 여력이 없는 듯 보였다. 규원은 그런 오월이 부러웠다. 제 서방 뒤를 따르며 얼굴을 발그레 붉히는 새댁 오월의 얼굴에는 환한 빛이 가득했다. 그림자 진 미소를 가득 지은 자신의 얼굴과는 분명 다른 빛이었다. 한때 자신도 계한을 그리며 저렇듯 아름다운 빛으로 가득했었음에 규원은 고개를 숙이고 자신의 발걸음만 살폈다.

"상선 영감!"

"그래. 들어오게!"

상선 정인호는 방 안으로 들어서는 김계한을 바라보았다. 훤하고 사내답게 잘생긴 얼굴이 관복을 입어서인지 더욱더 수려해 보였다. 행동거지도 조심스러웠고 언행도 다른 아이들과 달라 역시 양반가 자제였음을 말해주는 듯했다. 자신의 눈앞에 선 계한을 보며 정인호는 마지막 내시 선발 시험 때가 떠올랐다. 모든 것을 다 이겨낸 그를 자신의 지시로 이틀 동안 마음을 다스리라는 명을 내리고 곡간에 가둬두었다. 이틀을 물 한 모금 넣어주지 않고 그저 조용히 지켜보기만 했었다. 그가 하루에 두 번 찾아가 마음을 되돌릴 기회를 주었으나 계한은 절대 포기하지 않고 끝까지 내시가 되고자 하는 자신의 의지를 꺾지 않았다. 그때 자신이 계한에게 확답을 받은 것이 있었다.

"네가 그리 내시가 되고자 하는 이유를 더는 묻지 않겠다. 다른 이들과 조금 다른 이유로 내시가 되고자 해도 상을 보필(輔弼)함에 있어 충심을 다한다면 문제되지 않을 테니……. 그런데 한 가지 나와 약속을 해줘야겠다. 할 수 있겠느냐?"

"그 약속이 무엇이냐에 따라 다르지 않겠습니까?"

"그래? 너는 너무 네 본심을 숨기려 하지 않는 것이 흠이구나. 사람은 너무 그렇게 본심을 내어놓으면 적이 많아지게 된다. 앞으로는 숨기는 법도 배워야 할 것 같구나."

"예. 배우겠습니다. 하온데 약속이라 하심은?"

"그래, 네게 개인적인 은원과 충심을 선택해야 하는 경우가 생기게 되면 반드시 충심을 선택하겠다는 약속을 해주어야겠다. 만약 그렇지 않으면 내가 너의 목을 그 자리에서 취해도 원망하지 않겠다는 약속을 해다오."

"예. 그리하겠습니다, 상선 영감!"

"그래. 그럼 어서 일어나 나를 따르거라!"

"그럼 제가 궁으로…… 이제 내시가 되는 것입니까?"

"그래, 네게 좋은 일일지 해로운 일일지 알 수 없으나……."

"영감! 이 은혜 절대 잊지 않겠습니다!"

"잊지 마라! 오늘 나와 한 약속도!"

벌써 석 달이 흘렀건만 마치 어제 일처럼 너무나 선명했다. 그때 자신이 좀 더 확고하게 그를 말렸어야 했는지 모른다. 그가 자신처럼 사사로운 은원과 주군에 대한 충성을 놓고 매순간 선택해야 하는 그 고통을 겪게 하고 싶지 않았다. 아니, 결국 모든 것을 털어내지 않으면 살아남을 수 없는 내시의 길로 접어드는 것을 말렸어야 했다. 그러나 자신은 어느 순간 계한이 욕심이 났다. 고적한 자신의 곁에 그를 가까이 두고 싶다는 그 욕심에 결국은 자신이 물러서고 말았다. 깊은 생각에 잠긴 상선은 계한의 얼굴을 멍하니 바라보고만 있었다. 계한은 자신을 불러놓고 아무런 말도 없이 그저 자신의 얼굴만 바라보고 있어 당황스러워 헛기침을 하며 상선에게 먼저 여쭈었다.

"영감, 무슨 일로 저를 찾으신 것인지……."

"아! 그래…… 왔는가! 앉게."

"예."

상선은 다시 계한을 보며 한동안 말을 하지 않았다. 그러다 깊은 한숨을 내쉬며 계한에게 말했다.

"내가 자네를 이리 부른 것은 다름이 아니라 상께서 오늘 폐위(廢位)되신 전(前) 중전마마를 만나시기 위해 암행(暗行)을 나가실 것이다. 그때 나를 따라 전하를 모셔야 하니 오늘 먼저 자네가 나가 지리와 동향을 알아두도록 하게!"

"예? 제가 어찌 그런 중한 일을?"

"자네는 충심을 다해 전하를 모시겠다고 나와 언약을 한 사람이니 절대 쉬이 일을 처리하지 않을 것 아닌가! 혹시 들어 아는지 모르지만 3년 전 처음 폐비(廢妃)께서 거하시는 와가(瓦家)에 전하께서 암행을 나가셨을 때 미리 나가 주변을 살피라 했던 내시가 남인의 하수인이었던 관계로 폐비마마께 좋지 않은 말들을 하게끔 사람들을 매수해 폐비께서 하시지도 않은 일로 곤욕(困辱)을 치른 적이 있었네. 물론 그 내시는 내가 직접 처단하였네. 이 궁에서 내시 한 명쯤 사라진다 해도 아무도 관심조차 두지 않거든. 알고 있었나?"

"아뇨. 저 같은 것이 어찌……."

"그래 몰랐다고 해도 이제 알았겠지? 그러면 지금 내가 자네에게 이 일을 시키는 것이 얼마나 중(重)한 일인지도 알겠는가? 아무도 모르게 이 일을 해야 함은 물론이요, 절대 다른 이가 눈치채게 해서도 안 되니 신중을 기하여야 할 것이네. 그리고 자네의 말과 행동이 어떤 일을 몰고 올 것인지, 자네의 말 한마디에 모든 것이 달려 있음도 알겠는가?"

"예. 알겠습니다. 충심을 다해 받잡겠습니다."

"그럼 나가보게."

"예, 상선 영감."

상선 정인호는 김계한이 남인 가문의 자제가 아니라는 확신이 있긴 했으나 아직 그를 완전히 믿을 수는 없었다. 그러나 오늘 상선은 계한을 시험대에 올리기로 마음을 굳혔다. 그가 남인 가문이든 아니든 상관없었다. 내시 된 자가 모시는 주인인 상감의 마음이 어디로 흐르고 있는지 모를 정도로 아둔한 자라면 더는 자신도 그를 눈여겨볼 필요가 없었다. 지난 환국(換局) 이후 상감의 마음이 현(現) 중전인 장 씨에게서 전(前) 중전인 민 씨에게로 흘러가고 있음을 자신은 알 수 있었다. 그것을 계한도 알고 있기를 바랄 뿐이었다.

"부디… 자네에게 내가 거는 희망을 버리지 않게 해주게."

정인호는 젊은 시절 자신을 보는 듯한 계한에게 유달리 마음이 갔다. 처음 승전색 김자현이 넌지시 말을 넣었을 때는 예사롭게 듣고 흘려 버렸었다. 그러나 시험에서 그를 보고 그가 자신처럼 마음에 칼을 품고 내시가 되고자 하는 것을 알고 나서부터는 그를 가능하면 왕의 곁에서 떼어놓고 싶었다. 자신이 그러한 것처럼 결국 고통스럽게 모든 것을 덮어야만 할 것임을, 오로지 왕께 충성스런 신하로서 자신의 본분에 충실할 수밖에 없을 것임에 그를 만류(挽留)하고 싶었다. 그런데 계한은 절대 의지를 꺾지 않았다. 결국 자주 대하면서 그를 마음에 들인 자신으로서는 그에게 해줄 수 있는 한 가능한 모든 방법을 동원해 자신처럼 힘들지 않게 도와주는 길뿐이었다. 그러기 위해서 자신의 집 안에 들여 자신의 울타리 안에 두어야 할 것 같았다. 그 결정을 앞에 두고 오늘 자신이 그를 마지막으로 시험하고 있었다. 상선 정인호는 부디 그가 올바르고 현명한 판단을 해서 왕의 뜻을 잘 받들기를 빌었다.

7장

우연(偶然)

　　내자원에서 내시 선발 시험에 합격한 후 상선 정인호 영감을
따라 궁으로 들어온 후 내시부의 교육을 두 달간 다시 받았다.
내자원의 교육이 내시가 되기 위한 원생들을 상대로 한 포괄적인
교육이 그 목적이라면 내시부에서의 두 달간 교육은 실제 내시로
서의 임무를 수행하기 위한 현실적이고 세부적인 교육이었다. 자
신이 정9품인 상경을 제수받고 사정전에 배속하여 대내감선(對
內監膳) 일을 하게 된 것이 모두 상선 영감의 뜻임을 모르지 않
았다. 승전색 김자현 영감이 왕명출납(王命出納) 임무를 주려 할
때 상선 정인호 영감이 자신이 직접 가르치겠다고 하여 사정전에
자신이 남게 되었다. 그것을 두고 상선 영감이 자신의 후계자로
계한을 낙점(落點)한 것이라는 소문이 돌아 내시부 안의 내시들
이 자신을 어려워하는 것도 알고 있었다. 그렇지만 상선 영감은

절대 계한에게 아무런 언질을 주지 않았다. 그저 묵묵히 일을 가르치고 꾸짖을 뿐이었다.

그리고 오늘 처음 상경 김계한으로서 임무를 부여받았다. 상선 영감이 자신에게 한 말이 무엇인지 계한도 알고 있었다. 지금의 중전 장 씨가 어떤 수단으로 중전에 책봉(冊封)되었는지, 어떻게 본인 소생의 왕자 윤이 세자로 책봉될 수 있었는지 너무나 잘 알고 있었다. 그렇게 대범하고 지략가인 중전이기에 내시들 중에도 중전 장 씨를 따르는 무리가 많다는 것을 모르지 않았다. 그러니 자신에게 장 씨가 어떤 대상인지 모르는 상선 영감으로서는 걱정스러워할 수밖에 없음을 모르지 않았다. 자신은 장 씨와는 같은 하늘 아래에서 숨을 쉬는 것조차 고통이라는 것을 상선 영감이 알 리가 없었다.

모처럼 비단 도포를 차려 입고 궁을 나선 계한은 폐비 민 씨가 살고 있는 안국동 와가로 향했다. 저자에서 그리 멀지 않으면서도 고즈넉한 안국동은 예로부터 고관대작(高官大爵)의 사저가 즐비한 곳이었다. 그러나 폐비 민 씨는 크고 화려한 자신의 친정집으로 가지 않고 친정이 가까운 곳에 작은 와가 하나를 얻어 그곳에 거처하고 있다고 했다. 계한은 폐비의 참뜻이 무엇인지 과연 소문과 같이 백성을 아끼는 국모(國母)인지 자신의 손으로 알아볼 수 있게 되어 마음이 달떴다.

그러던 중 활기찬 저잣거리를 뒤로 하고 안국동으로 길을 잡던 계한은 갑자기 대로(大路) 한가운데 멈춰 서고 말았다. 이십여 보(步) 앞 포목전을 돌아 나오는 여인의 모습이 너무나 눈에 익숙해서였다. 화려하진 않았으나 고운 물빛 치마에 팥죽색의 장의를 걸친 여인은 지나치는 행인들과 눈을 마주칠까 두려운 듯 고개를 숙인 채 자신의 앞을 스쳐 지나갔다. 그녀가 자신의 앞을 지나간 그 찰나에 계한은 그녀가 규원임을 알아볼 수 있었다. 하얗고 뽀얀 얼굴, 깊고 검은 반달 눈, 작지만 오뚝한 코, 그리고 자신의 입술에 느껴지던 달콤하고 부드럽던 붉은 입술…….

잊었다. 지웠다. 그리 자신했던 규원이 분명했다. 잠시 무엇인가가 그녀를 돌려세운 것처럼 그렇게 발걸음을 멈추고 뒤를 돌아보는 얼굴에서 그녀를 눈에 담고 말았다. 거느리는 몸종 하나 없이 그녀 혼자였다. 반듯한 몸가짐으로 잠시 주변을 둘러보더니 연신 고개를 갸웃거리며 한참을 그렇게 무엇인가를 찾는 것처럼 서 있던 그녀가 다시 걸음을 옮기기 시작했다. 계한은 정신없이 그녀의 뒤를 자신도 모르게 따라 걸었다. 아무것도 변하지 않은 듯 그리 단아하고 고운 그녀의 뒷모습에 자신이 어디를 향하고 있는지, 무엇을 해야 하는지도 잊어버리고 하릴없이 그녀의 뒤를 걷고 또 걸었다.

자신이 살아온 지난 17년 동안 그녀를 보고, 그녀를 가슴에 품고 살아온 세월이 7년이었다. 계한의 나이 열 살이던 그해. 부친인 윤현수 부제학의 새해 문안 인사를 대신해 찾아온 규원을 담장 너머로 처음 본 후, 한동안 계한은 시름시름 앓았다. 모친 정씨가 걱정스러워 의원을 부르고 나서야 그의 병이 상사병이라는 것을 알게 되었다. 아직 미(未)성년인 아들이 상사병에 걸렸다는 말에 정씨는 하늘이 무너지는 것처럼 놀라워했다. 결국 자신의 상사병이 누구 때문인지 알게 된 계한은 부친인 김시목 판윤에게 속마음을 털어놓았고 너털웃음을 지으며 정혼을 청해보마 하시던 말에 계한은 뛸 듯이 기뻐했다.

그로부터 보름 후 매파(媒婆)를 보내 합의를 하고 난 후 청혼서(請婚書)를 보내고 허혼서(許婚書)를 친히 받으러 정혼자 신분으로 한소골 규원의 집으로 갔을 때, 자신을 맞으러 나온 규원을 보며 얼마나 기뻤었는지…….

계한은 그녀의 뒤를 따르며 그렇게 지난 추억에 잠겼다. 열한 살의 그녀가 맑은 얼굴로 자신을 보던 그날로 돌아가고 싶었다. 한참 따라간 골목에서 작지만 그녀를 닮아 정갈한 어느 와가로 들어가는 그녀를 따르던 그가 겨우 정신을 차린 것은 지나가는 행인의 투정 때문이었다.

"아! 이보시오! 대로 한가운데에 그리 넋을 놓고 있으면 어찌하오! 보아하니 양반네인 것 같은데 다른 사람들도 생각해서 좀 비켜서 있으시오! 쯧쯧……."

"……미안하오."

행인이 한참 혀를 차더니 그를 비켜 걸어갔다. 그리고 난 후에도 한참을 그리 넋을 놓고 서 있던 계한이 한숨을 내쉬며 중얼거렸다.

"내가… 이리 한심스런 사내일 줄이야……. 버렸다! 잊었다! 지웠다! 자신했더니 아무것도 하지 못했었구나! 어리석고 옹졸한 놈이구나! 여인을 마음에서 내었다고 생각한 것이 부끄럽구나."

계한은 자신이 그녀 규원을 털어버리지 못했음에 절망하고 아팠다. 이제와 그녀를 다시 보면 무엇을 할 것이며, 그녀를 마음에서 내어놓지 못했다하여 규원을 위해 할 수 있는 일이 무엇이 남아 있다는 것인지 도무지 자신의 마음을 알 수가 없었다.

자신에게는 오늘 해야 할 중요한 임무가 있다는 사실을 떠올리고 돌아서려 하는 그때였다. 대문 소리에 아이를 등에 업고 나온 여인이 호들갑스레 그녀를 맞았다. 규원은 뛸 듯이 달려가 여인의 등에 업힌 아이를 자신의 가슴에 꼭 껴안고는 한없이 부드러운 얼굴로 바라보았다. 규원 곁에 서 있는 여인이 간혹 함소골 부제학 영감 댁에서 보았던 규원의 몸종 오월임을 계한은 알 수 있었다. 그리고 그녀의 등에는 아직 백일도 채 안되어 보이는 갓난아기가 업혀 있었다. 봄날 아지랑이처럼 뿌옇게 흐려지는 눈을 비비던 계한은 보고 말았다. 아이를 향해 계속 손을 뻗는 규원의 한없이 자애로운 얼굴을……

순간, 자신의 속에서 무엇인가가 쿵 하고 떨어져 내리는 것 같았다. 그리고 주체할 수 없이 온몸이 떨려왔다. 계한은 미친 듯이 걸어 그곳을 벗어났다. 자신이 어디로 가는 것인지 왜 이리 도망가는 것인지 알고 싶지 않았다. 그저 규원의 품에 안긴 그 작고 여린 갓난아이를 자신의 눈에 들이고 싶지 않았다. 그 아이 마저 자신의 눈에, 마음에 들이고 나면 스스로를 버티어낼 재간이 없을 것 같았다.

"이보시오! 잠시 나 좀 보시오!"

터벅터벅 정처 없이 걸어가던 계한의 어깨를 두드리는 사내로 인해 정신이 번쩍 들었다. 한 번도 본 적 없는 얼굴의 사내는 계한에게 바싹 다가들며 말했다.

"한성부 판윤 장희재 영감이 당신을 뵙자고 하시오!"

계한은 현 중전의 오라비이자 장안에서 한량으로 소문난 장희재가 자신을 찾는다는 말에 얼굴을 굳혔다.

"뉘시오? 장희재 영감이 왜 날 부르신다는 거요? 내가 무어라고?"

"아! 왜 이러시오? 지금 자네가 상선 영감의 밀명(密命)으로 폐비 민 씨의 동정을 살피려 간다는 것을 우리도 알고 있소."

계한은 어디선가 상선의 밀명이 새어나간 것을 알아차렸지만 아무렇지 않은 듯 씨익 웃으며 말했다.

"하하! 이보시오! 내 이제 내시가 되어 상경의 벼슬을 받은 지 한 달도 되지 않은 사람이오. 그런 나에게 상선 영감이 그리 중한 일을 시킬 리도 만무하지만 폐비의 사가는 안국동으로 알고 있는데 내가 지금 서 있는 곳은 그와 정반대인 것으로 아오. 난 그저 궁에 들어간 이후 처음으로 받은 외출에 들떠 우습게도 아리따운 아낙의 뒤를 따라 이곳저곳으로 구경을 다니는 내시일 뿐이오. 나의 뒤를 따랐다면 알 것 아니오? 내가 아낙의 뒤를 정신 없이 따라간 사실을."

낯선 사내는 반신반의(半信半疑)의 표정으로 계한을 한참 바라보다 가볍게 고개를 끄덕이고는 사람들 속으로 사라졌다. 계한은 사내가 사라진 곳을 바라보고 서 있다가 다시 걸음을 옮겼다. 상선 영감이 무엇을 걱정하고 염려한 것인지 알 수 있었다. 자신의 일거수일투족(一擧手一投足)을 중전 장 씨가 파악하고 있다는 사실에 소름이 끼쳤다. 무서운 사람들이었다. 하찮은 자신에게까지 눈을 붙여두었다는 사실에 계한은 온몸의 혈관들이 다 움츠러드는 것 같았다. 물론 낯선 사내 덕분에 규원에 대한 미망(迷妄)에서 빨리 벗어날 수 있었음에 감사하기도 했지만.

계한은 안국동 반대 방향의 기루(妓樓)가 성시를 이루는 곳으로 길을 잡았다. 자신의 뒤를 따르는 자에게 허점을 보여서는 안 되기에 그는 애써 기녀들이 즐비하게 줄지어 선 기루 쪽으로 걸음을 옮겼다.

"아씨! 왜 그러세요?"

"아니다! 오늘은 왠지 자꾸만 누군가가 나를 지켜보고 있는 것처럼 느껴져서 기분이 언짢구나."

"예? 그게 무슨 말씀이세요?"

"모르겠구나! 그저 그런 기분이 들어서……."

"아휴! 누가 아씨를 지켜보겠어요? 서방님이 아니시면……."

"오늘 내자원 옆 주모(酒母)가 그러더구나, 얼마 전 궁에 들어가셨다고. 궁에 들어가 계신 그분께서 내가 여기 있는 것을 어찌 알고 나를 보러 오시겠느냐?"

"쇤네 말이 바로 그 말입니다. 그러니 아씨가 잘못 아신 거라는 것이지요! 그러니 어서 들어가세요!"

"그렇지! 그래, 네 말이 맞다! 누가 있어 우리에게 관심을 두겠느냐?"

"그렇지요?"

"그래…… 오늘 괜스레 내가 마음이 허전하여 그리 생각한 것인 것 같구나. 서방님께서 궁으로 가셨다는 말을 들으니 소원하시던 일을 이루시기 위한 입궁(入宮)이니 기쁘기도 하고, 또 한편으로는 그분을 뵙기가 더 어려워져 섭섭하기도 하였단다. 내가 이리 마음을 가지면 안 되는 것을 모르지 않는데 마음이란 것이 그리 쉽게 포기할 수 없구나. 이미 짐작하고 있었던 일인데……."

"아이고! 아씨! 지난번에 보았던 그 부안댁이라는 여인의 말을 잊지 마세요. 내시도 어느 정도 품계(品階)가 오르면 성가(成家)를 해도 된다고 하지 않았어요. 그때가 되면 계한 서방님께서 꼭 아씨를 찾아오실 겁니다. 쇤네는 그리 믿어요. 그러니 마음을 굳게 잡수시고 도련님이나 건강히 잘 키우시면서 기다리시기만 하면 되셔요."

"그래, 그리 믿고 기다려야겠지. 내가 남긴 서찰(書札)을 보시고 언젠가는 우리를 기억해 주시기를 바라는 수밖에……. 그래도 난 그분께서 날 찾아오시기만 기다리고 있을 수는 없다. 내일부터는 그분을 도울 수 있는 일이 있는지 알아보아야겠다. 아버님의 누명을 벗겨 드리는 길이 곧 그분이 우리 곁에 돌아오실 수 있는 지름길이니 하루속히 누명을 벗겨 드릴 수 있는 방법을 알아보아야겠구나!"

"아이고… 아씨, 나랏일에 아녀자인 아씨께서 잘못 나서시다가는 큰 봉변을 당하실 수 있어요. 그저 도련님이나 잘 키우시고 건강히 서방님 오시기만 기다리시는 것이……."

"아니다. 내 그리 살 것이었으면 그 산골마을에 그대로 있었을 것이다. 이제 절대로 그냥 순순히 내 것을 빼앗기고 살아가지 않을 것이야. 그분을 빼앗긴 것도 억울한데 절대 그냥 있지 않을 것이다. 내 한원이에게 아비 없는 자식이라는 오명(汚名)을 남길 수는 없는 일이니 그냥 앉아 있지만은 않을 것이다. 두고 보아라!"

"그래요. 아씨, 마음이 그리하시다면 그리하셔야죠. 그러세요. 우리 총명한 아씨가 무엇인들 못하실까요. 그나저나 오늘 저녁 찬(餐)이 별로인데 어쩌지요?"

"되었다. 걱정 말고 어서 들어가자! 많이 걸었더니 허하구나!"

"예, 아씨!"

오월의 한바탕 수다를 들으며 규원은 애써 찜찜한 마음을 털어내었다. 포목전에 들러 부안댁이라 자신을 일컬은 김 씨 부인에게 이사한 소식을 전해달라 하고 돌아서 나오는 순간, 얼핏 계한을 본 것 같았다. 연한 팥죽색 도포를 차려입은 사내의 뒷모습이 왠지 낯설지 않아 순간 돌아다보았다. 그러나 분명 방금 전까지 자신의 눈에 보였던 사내는 어디에도 없었다. 그래서 계속 걸음을 옮기면서도 마음이 편하지 않아 자꾸만 뒤돌아보아졌다. 물론 그 모든 것이 오월의 말처럼 자신의 기우일 것이었다. 계한이 자신을 따라올 리도, 지켜볼 리도 없었다.

지금…… 그는 궁에, 왕의 곁에 있을 것이었다. 규원은 한숨을 내쉬었다. 오늘 저자를 다니며 계한의 소식을 알아낸 것으로 규원은 만족하기로 했다. 그렇게 원하던 대로 내시에 선발되어 궁으로 가셨다고 했다. 내자원 아이들이 자주 드나드는 주막의 주모가 한 말이니 틀림없을 것이었다. 규원은 달무리가 곱게 지기 시작하는 하늘을 바라보고 섰다가 방으로 들어갔다.

담장 너머 안국동 인근을 돌며 인심과 동정을 살피고 돌아가던 계한의 발걸음이 다시 이곳으로 향한 것은 어찌할 수 없는 일이었다. 잠시 보았던 규원과 갓난아기의 모습이 내내 그의 머리와 가슴을 답답하게 했기 때문이었다. 규원의 한숨 섞인 소리와 아이의 칭얼거리는 소리가 담장 너머까지 들려 계한은 한동안 그곳에 장승처럼 그렇게 지키고 서 있었다. 자신이 궁에 들어가 정신없이 보낸 지난 늦가을. 자신에게, 자신의 피를 받은 아이 하나가 이 세상에 나와 저렇듯 어여쁜 모습으로 하루하루를 그 어미와 함께 살아가고 있었다는 사실에 가슴이 먹먹하여 오랫동안 계한을 그렇게 서 있게 만들었다.

"어찌 이리 늦었는가?"
상선은 낮고 조용한 말로 계한에게 하문했다.
"죄송합니다. 낯선 이가 저를 따라붙어서……."
"낯선 이라니?"
"아마도 중전 장 씨의 사람인 듯했습니다. 제게 한성부로 같이 가자고 하는 것을 보니……."
"한성부?"
"예. 장희재 영감께서 찾으신다고……."

"그래 어찌하였는가?"

"다행히 여인네에게 관심을 두는 것처럼 하여 간신히 모면(謀免)하긴 했지만 앞으로는 더욱더 조심하여야 할 듯합니다."

"그래 다행이군. 그나저나 자네가 둘러본 안국동은 어떠하던가!"

"……."

"왜 말이 없는가?"

"참담(慘憺)하였습니다. 한때 이 나라 국모이시던 분이 거하시는 곳이 맞나 의심스러울 정도로 험하고 험했습니다."

"……그래? 자네는 그럼 그 모양을 보고 어떤 마음이 들었는가?"

"글쎄요. 미관말직(微官末職)에다 다른 이들이 손가락질하는 내시의 생각이 무슨 소용이 있겠습니까? 전하께서 그분에 대한 생각을 바꾸시지 않는다면 모두가 허사인 것을요."

"…그럴 수도 있으나 실상은 아닐 수도 있네."

"무슨 말씀이신지?"

"전하께서는 궁에 앉아 모든 것을 아실 수도 들으실 수도 없네. 올바른 것을 보고 듣고 알려 드리는 내시의 눈이 전하의 마음을 바꿀 수도 있단 말이네 그만큼 우리 내시의 역할이 중요하다는 말이지."

"…그래도 이미 전하께서는 전 중전 마마를 버리셨으니 다시 그분께로 마음을 돌리기 쉽지 않을 것 아닙니까?"

"자네는 그리 생각하는가? 나는 아니라네. 사람이 다른 사람을 버린다는 것은 있을 수 없는 일이라 생각하네. 나는 잠시 다른 그 무엇이 그 자리를 대신하는 것일 뿐이라 생각하네. 그래서 밀려나 마음 귀퉁이에 잠시 머물러 있는 것이지, 절대 그 마음에서 영구히 내어둘 수는 없는 것이라고 생각하네. 그래서 언젠가는 다시 그 마음의 주인으로 언제든지 다시 돌아올 수 있다고."

"……."

"자, 이제 전하를 모시고 암행을 나갈 차비(差備)를 하게. 나는 전하를 모시러 사정전으로 갈 테니 ……."

"예, 영감!"

사정전으로 향하는 상선 정인호는 계한이 자신의 시험에 무사히 통과해 준 것이 너무나 기뻤다. 아침나절, 내시부 호위에게 일러 계한을 따르라고 했다. 그에게 중전 장 씨의 오라비인 장희재 영감이 찾는다고 일러 만약 자신을 따라 나서면 그를 데리고 조용히 호위부로 오라고 했다. 그 다음일은 자신이 알아서 할 것이라고. 만약 잘 모면(謀免)하고 빠져나가면 그의 뒤를 놓치지 말고 미행(微行)하라고 시켰다. 그랬더니 계한이 돌아오기 일각 전 호위가 돌아와 방금 전 계한이 한 말처럼 그리 보고를 하였다. 물론 계한이 말하지 않은 것이 있긴 했으나 그것은 그리 걱정할 것이 못되는 일이었다. 여인 하나쯤이야 있어도 상관없었다. 계한이 현 중전의 편이 아니라는 사실을 알아낸 것으로 오늘 자신이 알고자 하는 것은 다 이룬 것이나 진배없었다.

이제 자신에게도 자신의 뒤를 이어줄 아이 하나를 얻을 수 있게 된 것이 너무나 기뻤다. 그리 결정해서인지 마음이 가벼워 발걸음도 가벼이 사정전으로 향하는 상선의 입가에는 알 수 없는 미소까지 걸려 있었다.

계한은 상선 정인호가 사정전으로 왕을 모시러 간 후에도 한참을 그렇게 서 있었다. 상선의 말은 계한의 가슴을 치고 또 쳤다. 자신은 규원을 마음에서 내어놓았다 자신했었는데 오늘 규원의 뒷모습을 보고 그 모든 것이 자신의 망상(妄想)이고 착각(錯覺)이었음을 알았다. 그래서 얼마나 고통스러워했는지 모른다. 자신이 그녀를 버리지 못했음에 또다시 자신을 비난하고 질타하느라 꽤 많은 시간을 헤매었다. 그러나 지금 자신의 앞에서 상선 영감이 한 말에 모든 것이 풀리는 듯 마음이 가벼워졌다. 사람이 사람을 버릴 수 없다는 말이…….

잠시 마음 한 귀퉁이에 간직하는 거라는 말이 계한에게는 더할 나위 없는 위로가 되었다. 이제 그의 말처럼 자신이 잠시 다른 무엇인가에 의해 그녀 규원을 마음 한편, 귀퉁으로 옮겨두는 것에 괴로워하지 않을 것이었다. 그녀를 온전히 버리는 것이 아니므로 그녀 또한 자신의 마음을 알아줄 것이기에 계한은 훌훌 털고 사정전으로 향했다. 우연히 오늘 그녀와 자신의 아이를 본 것으로 계한은 감사했다. 언제고 다시 그들을 마음의 중심에 돌려 세우는 날, 그들에게 한 달음에 달려 갈 것이라 다짐하며 걸음을 재촉했다.

8장

다가가는 길

　규원은 평시서(平市署)에 줄을 대어 시전에 필우점(筆友店)을 내었다. 양반가에 태어나 자신의 손으로 돈을 벌게 될 것이라는 생각을 하지 못했기에 오월의 걱정처럼 그리 녹록치 않았다. 그러나 함소골 친정을 나설 때 가지고 나온 패물과 전답으로 평생 가만히 앉아 놀기만 해도 한원을 잘 키울 수는 없었지만 그런대로 버틸 수 있을 정도는 되었다. 그럼에도 불구하고 자신이 시전에 필우점을 내고 규방(閨房)을 버리고 거리로 나온 것은 계한 때문이었다. 그를 도와줄 방법을 찾기 위해 규원은 가만히 앉아 있을 수 없기에 선택한 것이 필우점이었다. 지위고하(地位高下)를 막론하고 양반들에게 없어서는 안 되는 것이 문방필우(文房筆友)임을 모르지 않기에 고관 댁과 연을 맺기 위해서 규원이 생각해 낸 것이었다. 물론 오월과 쇠돌의 도움을 받긴 했으나 규중의

116

아녀자로서 점포를 경영하는 것이 쉬운 것은 아니었다. 특히나 철없는 양반댁 자제들의 농(弄)까지 들어가며 그들을 대한다는 것이 규원으로서는 결코 만만치 않았다. 그래도 지난 반년 동안 규원은 오로지 한 가지만 생각하고 그 모든 것을 버티어냈다. 계한에게 도움이 되는 일이라면 아녀자로서 정절(情節)을 버리는 일이 아니라면 견뎌내겠다, 다짐했기에 가능한 일이었다. 상품의 물건이 우수하고 단아하고 품위 있는 필우점 주인에 대해 입소문이 돌기 시작하면서 양반가의 자제와 규방 여인들이 규원의 필우점의 주 고객이 되었다. 그래서 이제 제법 많은 양반가 사람들과 어느 정도 얼굴을 익히고 가벼운 담소를 나누는 정도에 이르렀다. 그중에서도 가장 자신의 눈길을 끄는 이는 안국동 민 씨라 자신을 칭하는 정갈한 여인이었다. 해가 지고 난 후에야 계집종과 멀리서 그들을 따르는 사내 시종 한 명을 거느리고 소복(素服) 차림으로 자신의 필우점을 찾아와서는 이것저것 꼼꼼히 만져보고 물어본 후에야 자신의 마음에 드는 물건 하나를 사서 돌아가곤 하는 여인이었다. 그 여인에게서는 자신과 같은 알 수 없는 동질감이 느껴져 더욱더 눈길이 갔다. 이제, 조만간 다시 그 여인이 자신의 필우점을 찾아올 때가 되었다. 오늘 그 여인이 오면 따뜻한 차 한 잔이라도 대접해야겠다고 규원은 생각하며 국화차를 달였다.

"그래, 생각은 해보았는가?"
"예."

"그래? 그럼 자네의 생각은 어떠한가?"

상선 정인호는 기대가 어린 얼굴로 계한을 바라보았다. 지난 시간 동안 상선 영감의 뜻을 몰랐다 할 수는 없었다. 그가 자신에게 유난히 신경을 써주는 것을 모르지 않았기에 계한은 부담스러웠다. 그러던 차에 달 포전 그가 처음으로 자신의 속내를 비추었다. 자신의 양자가 되어달라는 상선 영감의 뜻에 계한은 달포간의 시간을 달라 했다. 그리고 오늘 그 답을 드리기로 한 날임에 계한은 아침 일찍 상선의 처소에 들렀다. 반가이 맞아주는 상선에게 먼저 계한은 엎드려 절하였다.

"아니, 이 사람이! 대답은 하지 않고 왜 이러는 것인가? 일어나게! 응?"

"먼저 소인이 상선 어른께 큰 죄를 저질렀으니 부디 용서하지 마십시오!"

"이 사람…… 왜 그런 말을……."

"전 상선 영감의 뜻을 알면서도 모른 척 하였나이다. 영감의 관심이 제게 큰 도움이 됨을 모르지 않았기에 그저 알면서도 받기만 했습니다."

"괜찮네. 내가 워낙 그리 표시를 내었으니 자네가 몰랐다 하면 그것이 오히려 이상스런 일이 아닌가!"

"죄송합니다. 상선 영감의 뜻을 알고 그 기대와 관심을 받아왔으면서도 저는 영감의 뜻을 받들 수는 없습니다."

계한의 말에 정인호는 한순간 말을 잃은 듯 고요히 그를 지켜보기만 했다. 예상하지 못한 말이었다. 다들 자신의 양자가 되고

자 애쓰는 것을 모르지 않았기에 흔쾌히 수락할 것이라 여겼었다. 그러했기에 지금 자신의 앞에 앉아 받들 수 없다 하는 계한의 대답에 혼란스러워 말이 막혔다. 그러나 곧 어렵게 다시 말문을 열었다.

"혹 승전색 집에 거(居)하고 있다 하더니 이미 마음을 그리 정한 것인가?"

"아닙니다. 김자현 영감 댁에 잠시 몸을 의탁(依託)하곤 있으나, 그분께도 제 한 몸 의탁하는 일은 없을 것입니다."

"…나도, 승전색도 싫다라……. 내시로 들어와 내시부 상선이나 승전색의 양자가 되는 것이 얼마나 도움이 되는 것인지, 얼마나 많은 이들이 그리되기를 원하는지 모르는 것은 아닐 테고. 혹, 그 이유를 물어도 괜찮겠는가?"

"저는… 제 가문을 이어가야 하고 부친의 함자를 후대(後代)에 전해야 하기에 그 어떤 분께도 제 몸을 의탁할 수는 없습니다."

"부친의 함자가 어찌 되는가?"

"……."

"아직 자네에게 내가 그 정도의 믿음도 주지 못한 것인가?"

"아닙니다. 단지 상선께서 마음의 평정을 잃으실까 봐 굳이 부친의 함자를 알려 드리지 않는 것이……."

"이 사람아! 내가 어디 그런 연유로 평정을 잃는 사람이던가! 냉정하기로 소문난 사람이 나 아니던가!"

"저는 지난 기사환국 때 송시열 대감의 뜻을 받자와 1년 전 세자저하의 고명사신으로 명으로 가기를 거부하시며 세자책봉의 대의에 반론상서를 올려 사사(賜死)되신 김시목 판윤의 불효자이옵니다."

상선은 계한의 대답에 강직하기로 소문나 있던 김시목 영감을 떠올렸다. 계한의 얼굴이 왠지 낯설지 않고 그의 눈이 맑고 청명했던 연유를 이제야 알 것 같았다. 그리고 그가 개인적인 은원으로 마음에 칼을 품었다던 내시 선발 시험에서의 계한이 말한 그 은원의 대상이 누구인지 알 것 같았다.

"그랬던가? 그래서 중전 쪽의 손을 잡지 않았던 것이로군. 그런 일이 있었던 거로군. 그래, 알았네. 내 자네를 욕심내는 일은 더 이상 없을 걸세. 그러나 자네도 내게 한 약속을 잊지 말게! 내 칼은 절대 자네라 하여 비켜가지 않을 걸세."

"예, 상선 영감."

"그만 나가보게."

"예."

정인호는 계한이 물러간 뒤 한참 그를 마음에서 털어내지 못하고 안타까워했다. 보기 드물게 욕심나는 사내였다. 연치에 비해 학식이 깊고 배운 바가 있어 보였고 행동거지가 반듯하고 강직했다. 그래서 자신의 곁에, 상(上)의 곁에 두려고 했다. 그런데 그가 김시목 판윤 영감의 아들이었다니…… 물론 그가 자신의 마음에 품은 왕께 해를 입히면서까지 칼을 뽑을 사내가 아니라는 것을 알고 있었지만 자신은 그를 상 곁에 둘 수 없었다. 만약 그가 자신의 감정을 절제하지 못하고 상께 자신의 개인적인 은원을 갚기 위해 보필하게 되는 날이면 기사환국 못지않게 큰 환란이 닥치지 않는다는 보장을 할 수 없었다. 이제 상선으로서 자신이 해야 할 일은 그를 상의 지척에서 떼어놓아야 했다. 상선은 승전색 김자현을 불렀다. 자신이 마음에 들인 계한에게 해줄 수 있는 일은 이것뿐이었다.

"도대체 왜 그리 말씀을 드렸는가?"

"더 이상…… 숨길 수가 없었습니다. 상선 영감께 죄를 짓고 싶지 않았습니다. 그분의 마음을 잘 알기에 이용하고 싶지 않았습니다."

"그래도 이 사람아. 대내감선일이 전하의 마음을 얻기에는 더할 나위 없이 좋은 일이란 것을 모르는가?"

"전… 전하께도 제 개인적인 마음으로 곁에서 눈을 가리고 마음을 어둡게 하고 싶지 않습니다. 그러니 너무 걱정하시지 마십시오. 그리고 본디부터 제가 원하던 일이 왕명출납이었으니 오히려 잘되었습니다."

"그래도……."

김자현은 계한의 편안한 얼굴을 보며 입을 다물었다. 그가 내심 얼마나 고민한 것인지 알 것 같았다. 그리 마음을 주었던 상선 곁에서 그에 답하지 못하고 있던 것이 얼마나 짐스러웠는지 알 것 같았다. 오늘 상선 영감이 자신을 불러 그간의 사정을 얘기했다. 자신이 계한을 양자로 들이고 싶었다는 속마음까지 내어보이던 상선 영감을 보고 자신도 그동안 계한에게 품어왔던 작은 소망을 버렸다. 상선의 손을 놓은 계한이 자신이 손을 잡아줄 리도 없었지만 계한이 절대 가문을 버릴 수 없는 이유를 알고 있었기에 이제 자신도 개인적인 욕심을 버려야 할 때임을 알았다. 김자현은 이제 그에게 그동안 숨겨왔던 것을 내놓아야 할 때임을 알았다. 고운 지함(紙函)을 그의 앞에 내밀었다. 계한이 의아해하며 지함을 열어보고는 다시 놀란 눈으로 자신을 바라보자 김자현은 조용히 말문을 열었다.

"그간 내가 자네를 위해 해줄 수 있는 일이 그런 것뿐이더군! 아이를 해산할 때 집사람이 가서 도와주었네. 크게 고통스럽지 않게 출산했다고 들었네. 그리고 그 물건은 처음 자네에게 전해주라던 물건인 것 같아 내가 간직해 두었네. 자네가 그리 버렸지만 마음까지 버린 것은 아닐 것 같아서……. 그리고 자네를 기다리겠다고 한 월명사 근처의 산골마을 집에 남겨둔 서찰도 그 안에 있으니 한번 보게. 상대의 마음이 어떠한 것인지 모르고 더이상 자네의 고집만 피우지 않았으면 하네. 안사람 말로는 지금은 시전에 작지만 정갈한 필우점을 내었다고 들었네. 좋은 물건이 많아 양반 댁 아녀자와 선비, 고관들까지 자주 들르는 좋은 점포라 하더군. 한번 가보게. 이제 자네도 얼마 있지 않아 성가를 이루어도 좋은 정8품 상제(尚際)가 될 터이니 이제 식솔들을 저리 버려두지 말게. 자네의 은원을 갚기 위해 다른 이의 가슴에 또 다른 원(怨)을 품도록 버려두는 것은 진정한 사내가 할 일이 아니네."

"뭐라 감사의 말씀을 드려야 할지……. 하지만 제가 품어줄 수도 없으면서 제 곁에 붙잡아둔다는 것이⋯⋯."

"이미 아이까지 둔 여인이 다른 길이 있다고 보는가, 그것도 양반가의 규수로 자란 여인이? 그리고 자네는 나와 달리 더 이상의 후손은 볼 수 없다 해도 노력하면 여인을, 아니, 제 안사람은 안아줄 수 있지 않는가? 다행히 자네는 여인을 안아본 경험도 있고 양물을 잘라내긴 했으나 진정으로 원하는 제 여인이라면 마음이 동할 수도 있으니⋯⋯. 어쨌든 안아주지 못해도 버려두지는 말게. 자네 그늘 안에 품어주는 것만으로도 아이와 그 어미는 의지할 곳이 생긴 것이니⋯⋯."

"⋯⋯."

계한은 김자현이 나간 자리에 홀로 멍하니 지키고 앉아 있었다. 지함 속에는 자신에게 쓴 그녀의 서찰이 있었다.

월해중원성해취(月解重圓星解聚), 여하불견인귀(如何不見人歸).

해진 달 다시 둥글어지고, 해진 별 다시 모이건만, 사람은 어이하여 돌아올 줄 모르는고! 라는 글귀에 담긴 규원의 마음이 계한의 가슴을 때렸다. 김자현의 말처럼 자신의 고집으로 그녀 규원과 아이에게 한을 남기는 사내가 되지 말아야 할 것 같았다. 처음 자신이 그녀를 놓아주려고 할 때에는 그녀가 아이를 가진 몸이라는 것을 몰랐었다. 그래서 자신을 잊고 새로운 삶을 살아주기를 바라는 마음으로 규원에게 모질게 했었다. 그리고 내자원에 있을 때에는 김자현을 통해 자신의 아이를 가진 사실을 알렸을 때, 윤현수 부제학 영감이 금지옥엽(金枝玉葉)인 규원이 아비 없는 자식을 출산토록 버려두지 않을 것이라는 확신이 들어 그녀를 또 한 번 내쳤었다. 그러나 자신도 이미 본 것처럼 그녀는 아이를 낳았고 혼자 외로이 살아가고 있었다. 계한은 더 이상 자리를 지키고 앉아 있을 수 없어 박차고 나와 시전으로 내달렸다. 마음이 가는 대로 몸이 가는 것을 더는 막고 싶지 않았다.

"혹시 결례가 되지 않는다면 국화차라도 한잔 나누시겠습니까?"

규원은 벼르고 있던 마음을 여인에게 내보였다. 곁에 서 있던 몸종으로 보이는 이가 정색하고 나서려 하자 여인이 그를 막으며 말했다.

"그러지요. 주인이 대접하고자 하는데 손이 물리치는 것은 예법에 어긋난 일이니 사양치 않겠습니다."

"감사합니다. 제가 직접 따다 말린 것이라 맛이 있을지 모르나 정성들여 달인 차이니 한잔 나누시지요."

"고맙습니다."

여인이 교자상 앞에 자리를 하고 앉아 고운 손으로 찻잔을 들어 입으로 가져갔다. 자신도 모친인 조 씨에게 규방 아녀자로 배워야 할 덕목을 익혔다 자신했었는데 마주 보고 앉은 여인의 그것에는 따를 수가 없을 듯했다.

"참으로 고우십니다."

규원은 자신도 모르게 생각을 입 밖으로 내어 말하고 말았다.

순간 당황스러움에 얼굴이 붉어져 옴을 느꼈지만 이미 엎질러진 물을 주워 담을 수는 없는 일이기에 그저 묵묵히 앞의 여인이 모른 체 넘어가 주길 기다렸다. 그런데 여인은 규원의 말에 단아하고 고왔던 얼굴에 한순간 짙은 어둠이 내려앉는 것 같더니 다시 금세 평상시의 고운 얼굴로 돌아왔다. 그리고 그녀는 왠지 모를 서글픈 미소를 지으며 규원에게 답했다.

"진정 고운 사람이라면 낭군에게 버림 받는 일은 없겠지요. 그렇지 않나요?"

"예? 무슨 말씀이신지……."

"난 진정 고운 사람이 아니라는 말이지요. 내 낭군께서는 더욱더 고운 사람을 보시려 나를 버리셨으니……. 소박맞은 아낙이 고와보았자 얼마나 곱겠소."

규원은 여인의 입에서 나온 말에 가슴이 먹먹해졌다. 항상 소복 차림이라 청상과부(靑孀寡婦)이겠거늘 하였더니 그것이 아니라, 소박을 맞았다 하였다. 어찌 자신과 그리 같은 것인지 자신도 임에게 소박맞은 것이나 다름없거늘 앞의 여인도 낭군에게 내침을 당한 것 같았다.

"저도 매한가지인 처지입니다. 저보다 더 귀한 것이 있어 저를 버리고 가신 그분을 가슴에 담고 이렇게 청승(淸僧)을 떨며 살고 있으니……. 그러나 전 결코 그분께 버림받았다 여기지 않기로 했습니다. 그분께서 언젠가 다시 저를 생각해 내시고 찾아와 주시리라 믿으니까요."

"…찾아와 주기만 하면 모든 것이 해결되는 것인가요? 찾아주신 후에도 마음을 내어주시지 않는다면 찾지 않으시는 것보다 못한 것이더이다."

"무슨 말씀이신지 아둔해서 알아들을 수가 없군요."

"예법과 도리로 몸은 곁에 있다 하나, 마음 한 자락 내어주시지 않으면 그 아픔이 더 크다는 말씀을 드린 것입니다. 그동안 몇 번 보았으나 주인도 사정이 있어 혼자인 것 같았는데……. 돌아온다 해도 온전히 마음까지 오지 않는 임이라면 오지 않은 것보다 더 고통스럽다는 말이지요. 그러니 모두 잊을 수 있다면 잊어버리고 다른 삶을 살아보시구려. 가능하다면 다른 이를 가슴에 들이는 것이 나을 수도 있으니……."

"전 그저 기다리고 있지만은 않습니다. 그분이 저에게 온전히 돌아오시도록 제가 그분을 도울 겁니다. 하루빨리 털어내고 저만의 임이 되실 수 있도록."

"부럽군요. 그대처럼 하지 못하는 내가 안타까울 뿐입니다."

"세상에 그리하지 못하는 사람이 어디 있겠습니까? 제가 이 나라 안주인이라 해도 저는 그리할 것입니다. 나라님도 따지고 보면 사내이실 텐데. 하물며 양반가 바깥어른이라고 다를 것이 있겠습니까?"

"…나라님도 따지고 보면 사내라……. 그렇군요. 그런 것이군요."

"예. 저는 그리 생각하고 살기로 했습니다. 제 아이와 저의 앞날을 위해 그분께서 제게 돌아오실 수 있도록 제가 할 수 있는 일은 다 할 것입니다. 도의와 예를 벗어나지 않으면 되는 것 아닙니까?"

"······."

자신도 몰래 마음속에 있던 말을 내어놓고 나니 규원은 앓던 이가 빠진 것처럼 시원하였다. 얼굴에 홍조를 띠고 그동안 가슴에 묻어두었던 얘기를 하고 나니 부끄럽기도 하고 민망하기도 하여 연신 헛기침만 하는 규원을 여인은 한참 바라보고 있다가 자리에서 일어섰다. 그리고 돌아서 필우점을 나서며 규원에게 나지막이 말했다.

"그대의 말에 나도 용기를 내어 한번 그리해 볼 양이오. 그대처럼 마음에 담아두었던 말을 그분 앞에서 나도 꺼내어볼 참이오. 오늘 그대와 마신 차 한 잔이 너무나 따뜻했소. 잊지 않으리다. 그럼 다시 또······."

"예. 살펴가십시오!"

고운 걸음으로 사라지는 여인의 뒷모습을 보며 규원은 눈물이 날 것처럼 아팠다. 자신처럼 아픔을 가진 그 여인이 안쓰러웠다. 저리도 고운 여인을 버린 여인의 낭군이라는 사람은 참으로 아둔하기 짝이 없는 사람이라고 한껏 욕을 하며 규원은 점포 안으로 들어갔다.

마음을 다잡고 가는 길이었다. 계한에게 규원을 보러 가는 길은 환부(患部)를 도려내는 것같이 두렵고 겁이 나면서도 기대감으로 떨리게 하는 묘한 설렘이었다. 조금만 더 가면 그녀의 필우점이 있다 했다. 계한의 발걸음은 자신도 모르게 자꾸만 급해지고 있었다. 골목 어귀를 돌아서는 순간이었다. 급히 걸음을 옮기다보니 앞을 살피지 못해 돌아오는 여인과 부딪히고 말았다. 여인이 엉덩방아를 찧으며 주저앉는 것을 보며 계한은 급히 잡아일으켰다.

"놓으시오! 어디 손을 대는 것이오!"

일으켜 세우려 잡은 손을 황급히 뿌리치며 여인이 그에게 성을 내었다. 얼굴이 울긋불긋해진 것이 몹시 부끄러운 것 같았다.

"연심아! 너를 도와주려고 한 사람한테 그리 대하면 되느냐!"

"죄송합니다. 마…… 마님!"

계한은 나긋나긋하면서도 위엄 있는 목소리의 주인에게 얼굴을 돌렸다. 그리고 그다음 순간 계한은 황급히 머리를 조아렸다.

"황공하옵니다, 마마!"

"……그대는 누구기에 나를 알아보는가?"

"소신은 왕명출납을 맡고 있는 내시 상경 김계한이라고 하옵니다. 저번 전하의 암행을 보필하여 안국동 사가에 가 뵈온 적이 있사옵니다. 소신이 감히 마마의 행보를 막았습니다. 황공하옵니다."

"…그러한가? 그래서 나를 알아본 것이로군. 그럼 아무 말 말고 그냥 지나쳐 가게. 지나가는 행인들이 우릴 이상하게 보고 있네. 자네가 고의로 나를 막아선 것이 아니니 되었네. 난 내게 쏠리는 시선이 싫으니 그만 가던 길을 가시게. 우리도 갈 길을 갈 테니."

"예, 마마! 그럼 살펴가시옵소서!"

계한은 폐비가 걸음을 옮기기 시작하자 가던 길을 다시 가려고 자신도 발걸음을 옮기려 했다. 그때였다. 폐비가 그에게 낮은 소리로 물었다.

"이보시게! 상경! 전하는…… 전하는 강녕(康寧)하신가?"

계한은 폐비가 자신에게 묻는 그 말 한마디에 그리움이 묻어 있는 것을 알 수 있었다. 한때 한나라의 국모의 신분이었던 여인으로서가 아니라, 자신을 버렸으나 자신은 마음에서 낭군을 내어놓지 못한 여인으로서의 안부를 여쭙는 것이라는 사실을 알 수 있었다.

"예, 마마! 전하께옵서는 강녕하시옵니다."

"그래? 그럼 되었네. 강녕하시다니 되었네."

그 말을 끝으로 폐비는 다시 걸음을 옮겨 모퉁이를 돌아가 버렸다. 계한은 그녀의 뒷모습을 보며 속으로 되뇌었다.

'마마는 강녕하지 못하시면서 전하의 강녕하심만 여쭈시는 겁니까? 원망이라도 하시지 않고 그리 마마를 버리신 전하를 잊지 못하시고 계시는 것입니까?'

계한은 폐비의 마음이 느껴졌다. 자신에게서 버려진 규원도 그런 마음일 것이기에 한 여인을 잠시 다른 무엇인가 때문에 마음 한 귀퉁이로 내 몰아낸 같은 사내로서 죄스러웠다. 언제쯤 전하께서는 전 중전마마의 마음을 알아주실 것인지 계한은 마음이 무거웠다. 자신이 규원에게 달려가는 이 길조차 죄스럽고 죄스러울 뿐이었다.

9장

해후(邂逅)

안국동 여인이 떠난 자리에는 오랫동안 무어라 할 수는 없으나 동변상련(同病相憐)의 그림자가 짙게 남아 있었다. 그 여인의 아픔이 자신의 것과 다르지 않아서인지 오늘따라 계한이 그리워 규원은 마음이 울적했다. 규원은 아련히 옛 추억에 젖어들었다. 처음 허혼서는 받으러 신랑 될 도령이 직접 찾아왔다는 소식에 온몸이 열병이라도 난 것처럼 달아올랐다. 오월이 달려나갔다 오더니 호들갑을 떨었다.

"아가씨! 정말 훤훤(喧喧) 미소년(美少年)이세요. 쇤네 이 나이 먹도록 저리 잘난 도련님은 뵌 적이 없구먼요. 우리 아가씨는 복도 많으시지……."

"정말이냐?"

"무엇이요?"

"정말 그리 잘나셨더냐?"

"예. 정말이에요. 못 미더우시면 직접 나가보시어요."

"무슨 그런 망측한 말을 하느냐?"

"왜요? 이제 허혼서까지 주고받았으니 가례만 안 올렸지 부부나 다름없으신 분들이 내외하실 필요가 어디 있어요?"

"그래도… 어른들께서 야단하실 터인데……."

"아뇨. 마님도 아가씨를 모시고 나오라 하셨는데요?"

"정말이니? 어머니가 정말 그리 말씀하셨단 말이니?"

"예. 정말이라니까요. 제가 언제 아가씨께 거짓부렁한 적 있어요?"

"……."

"아이고 나도 모르겠네요. 전 나가 볼 테니 보시든지 말든지 알아서 하셔요!"

"오월아!"

"왜요?"

"같이… 같이 가자꾸나!"

"그럴까요?"

오월의 잔꾀에 속아 그리 어린 시절 소꿉친우 같았던 아이가 아닌 여인으로서 처음 계한의 얼굴을 대면했었다. 정혼자라 해도 규방의 규수가 사랑채 뜰에까지 나와서 정혼자의 얼굴을 보러 나왔다고 모친에게 야단을 들었지만 규원은 야단을 들으면서도 자꾸만 웃음이 나와 몸 둘 바를 몰랐었다. 비록 모친에게 야단을 듣긴 했지만 다시 그 시간으로 돌아가도 자신은 그리할 것이었다. 계한의 얼굴을 본 이후 단 한 번도 그날, 자신의 경거망동(輕舉妄動)을 후회해 본 적이 없었다. 정말 그리 잘난 도령이 자신을 맘에 두어 부친에게 혼담(婚談)을 넣어 달라 졸랐다는 말에 너무나 기뻤었다. 7년이 지난 지금도 규원은 그날을 잊을 수가 없었다. 자신을 바라보며 활짝 웃던 계한의 얼굴이 마치 어제인 양 선했다.

"휴! 내가 오늘따라 왜 이리 마음을 잡지 못하는 것인지… 그분이 오늘따라 너무나 보고 싶은 것은 왜 그런 것인지……."

그때였다. 바깥에서 손이 들은 것인지 주인을 찾는 소리가 났다. 또 쇠돌이가 잠시 자리를 비운 것 같았다.

"저어, 이보시오! 주인장! 명나라서 온 세필(細筆)이 있다고 하던데……."

"예? 세필이요? 그것이라면……. 어찌… 어찌할고!"

규원은 점포 안으로 들어선 사내의 주문에 세필을 찾아들고 돌아서다 그만 소스라치게 놀라서 휘청거렸다. 순간 날랜 걸음으로 사내가 다가와 그녀의 팔을 잡아 자신의 가슴께로 몸을 기대게 하였다. 다리에 힘이 풀려 쓰러질 뻔한 것이 문제가 아니었다. 지금 자신의 가슴이 미칠 듯이 뛰는 것이 더 문제였다. 지난 1년 그리 애타게 기다리던 계한이 자신의 코앞에 있다는 사실이 믿기지 않아 규원은 정신을 차릴 수가 없었다.

"괜찮소?"

얼마의 시간이 흘렀을까? 계한이 그녀의 등을 살며시 두드리며 물었다. 그리도 아름답고 듣기 좋은 그의 목소리에 규원은 주책없이 흘러내리는 눈물을 감당할 수가 없었다. 홀쩍하니 키가 크고 얼굴이 하얀 잘난 자신의 사내 품에 안겨 규원은 그렇게 한참을 울었다.

"제가… 괜찮아 보이십니까?"

"…아니오."

"무정하십니다. 그리 허무하게, 그리 허망한 모습으로 가신 후 여태 저를 잊고 살아지시더이까?"

"……."

"서신 한 장 없이, 연통 한 번 하지 않고 어찌 살아지시더이까? 저는 오매불망(寤寐不忘) 도련님만 기다리다 이리 허망한 꼴로……."

"…미안하오. 내가 잘못했소! 내가 죽일 놈이오! 나를 욕하시오! 그대 속이 풀릴 때까지 나를 때리시오! 내가 그대에게 무어라 할 말이 있겠소?"

"바보 같은 분! 제게 당신이 제게 어떤 분이신데 아까운 낭군을 때리다니요. 제게 하늘 같은 당신을, 이제라도 저를 보러와 주신 것만으로도 가슴이 이리 방망이질을 하는데 당신을 어찌 때리라고 하십니까?"

"미안해서… 너무 미안해서 그대 얼굴조차 볼 면목이 없소."

"도련님, 이리 계시지 말고 안으로 들어가셔요. 보는 눈도 있고 하니."

"그래요. 그럽시다."

계한의 소매부리를 잡고 규원은 점포 안에 딸린 작은 방으로 안내했다. 쇠돌이에게 점포 문을 닫고 오월이에게 가서 한원을 데려오라 이르고 방 안으로 들어선 규원은 계한 앞에 조용히 자리를 잡고 앉았다. 자식까지 낳은 사이라 하나 하룻밤 운우지정을 나눈 것이 전부인 두 사람은 마음에 넘치는 연모의 정을 내어 표현하기가 쑥스러워 고개만 떨어뜨리고 눈조차 마주하지 못하고 그리 한참을 앉아 있었다. 그러다 계한이 용기를 내어 서안을 옆으로 밀쳐 내고 다가와 규원의 손을 자신의 손안에 가두었을 때 규원은 그저 꿈인 것 같아 믿을 수 없다는 듯 계한의 잘난 얼굴을 바라보며 다시 눈물바람이었다.

"그만 우시오, 규원. 내 그대가 울면 부끄럽고 죄스러워 어찌할 바를 모르겠소."

"죄송합니다. 앞에 계신데 꿈인 것 같아 한바탕 자고 일어나면 모두가 또 꿈일까 하여 두렵고 불안하여 자꾸만 눈물이 앞을 가립니다."

"규원!"

계한이 규원의 작고 여원 어깨를 끌어다 자신의 가슴에 꼭 껴안았다. 이리 작고 이리 약한 여인인 규원에게 자신이 그리 무거운 짐을 홀로 지우고 도망가 버린 것 같아 너무나 죄스러웠다.

"미안하오. 울지 마오……."

"예. 예. 울지 않을게요. 계한 도련님을 다시 뵙게 된 좋은 날인데 제가 울면 안 되지요! 그럼요… 그럼요……."

그렇게 1년여 만에 만난 두 사람은 끝도 없이 흐르는 눈물이

마를 때까지 부둥켜안고 울고 울었다.

"그런데 제가 여기 있는 것은 어찌 알고 오셨더이까? 월명사 아랫마을 그 집에 다녀오셨더이까?"

어느 정도 감정이 가라앉고 마음이 평온을 되찾자 규원은 검고 깊은 눈을 빛내며 계한에게 따져 물었다.

"그것이 아니오. 승전색 김자현 영감이…… 지난번 규원 그대가 내게 전해주라고 물건을 건넨 그분이 김자현 영감인데, 그분께서 규원 그대에 대해 알아보시고 모든 것을 내게 말씀해 주셨소. 그래서 나는 이리로 곧장 찾아올 수 있었던 거요."

"그러셨군요. 어떤 분이신지 모르나 진정 감사하신 분이군요. 낯선 아낙의 부탁을 들어주시고 이리 계한 도련님께 제 소식까지 알려주시다니……."

"그렇소. 그분의 도움이 아니라면 내가 뜻한 바도 이루지 못했을지도 모르오. 그나저나 규원은 그동안 어찌……."

"제가 어찌 살았나는 중요하지 않습니다. 그런 것쯤이야 다 잊어버리면 그만인 일이지요. 아녀자로 태어나 한번쯤 겪는 일이고……."

"그것이 아니라…… 아이…… 아이를 홀로 키우느라 고생이 많았을 터라……."

"알고 계시긴 했더이까?"

"그렇소. 그대가 보내준 명주 수건에 한원이라 수놓인 것을 보고 알 수 있었소. 두 사람 이름을 따서 첫아이를 그리 부르자 약속하지 않았소."

"그랬지요. 한원이 그 아이…… 그것도 아십니까? 한원이 그 아이 아들입니다. 아버님 대(代)를 이을 수 있게 아들이라 제가 얼마나 안심했던지……."

"고맙소. 우리 가문의 대가 끊이지 않게 그 아이를 지켜주어서……."

"그 아이 이제 저우 이미를 알뿐입니다. 아직 이러 이곳에 데려놓을 수 없어 오월이가 돌보고 있는데 좀 전 쇠돌이에게 이리 데려오라 해놨으니 곧 올 겁니다."

"그렇소? 그 아이를 볼 수 있다는 말이오? 오늘 내가 그 아이를 볼 수 있다니……."

계한이 목이 메어 말을 다 맺지 못해 숨을 돌리는 즈음 바깥에서 우당탕 뛰어들어 오며 오월이 숨넘어가는 소리로 규원을 불러 댔다.

"왜 이리 방정을 떠는 것이야! 쯧쯧!"

"죄송해요, 아씨! 제가 계한 도련님, 아니, 서방님께서 오셨다는 말씀에 너무 기뻐서 그만……."

"그래, 쇠돌이와 함께 어서 들어와 인사 여쭈어라! 한원이는 이리 주고."

"예, 아씨!"

한바탕 호들갑스런 오월과 쇠돌이가 인사를 하고 나간 방 안에는 규원과 계한, 그리고 그들의 아이 한원이 서로에게 빠져 눈조차 뗄 수 없는 듯 그렇게 바라보고만 있었다.

"참으로 선친을 많이 닮은 듯하오. 마치 아버님을 다시 뵙는 듯하여 너무 기뻐 숨조차 쉴 수가 없소."

"그러셔요?"

"그렇소. 너무 잘나고 잘나서 이 무책임한 아비를 탓하는 것 같소. 자신의 존재조차 모르던 아비를 얼마나 이 어린것이 원망했겠소."

"아닐 겁니다. 그 아이 부친을 뵈어 너무 기뻐서 저렇듯 계속 웃고 있지 않습니까?"

"그런 거요?"

"예. 그럼요."

아이는 정말 규원의 말이 맞는지 낯선 계한의 팔에 매달려 계속 함박웃음을 터뜨리며 발을 굴렀다. 그 모양에 계한은 어찌하여 저런 아이를 잊고 살아올 수 있었는지 이해할 수 없다며 그렇게 규원의 손을 잡고 몇 번이나 계속해서 되뇌었다.

"미안하오. 지금 당장 그대와 한원이를 데려갈 수 없는 것이 너무나 죄스럽소. 그러나 내가 아직 성가를 할 수 없으니 조금만 더 기다려 줄 수 있겠소?"

"무슨 말씀입니까? 죄스럽다니요? 저는 도련님께서 이리 찾아주신 것만으로도 너무 기쁩니다. 그런데 그리 계속 미안하다 죄스럽다 하시니 오히려 제가 더 죄송스럽습니다. 도련님께서 하시는 일에 도움은커녕 혹여 저희 모자가 방해가 되지 않을까 하여……."

"그런 말씀 마시오! 방해라니. 한때 내가 어리석어 그대와 한원이를 잠시 잊어버리고 아프게 한 것도 민망한데……. 다시는 그런 말도 그런 생각도 하지 마시오. 내게 그대와 한원이는 내 가문을 다시 일으키는 일 못지않게 소중한 사람들이오. 그러니 약속하겠소! 다음에 내가 다시 이곳을 들를 때는 그대와 한원이를 꼭 데려가겠소. 그때까지 조금만 더 참고 기다려 주시오."

"예. 그러겠습니다. 저희 모자 이곳에서 당신이 데리러 오시기를 기다리며 있겠습니다."

"고맙소. 그럼 이만 가보겠소! 밤이 깊어 이제 보는 이들도 없을 테니……."

"예. 그러셔요."

계한이 아쉬운 듯 그녀의 손을 놓고 일어섰다. 규원도 그의 뒤를 따라 대문 앞까지 나서며 자신도 모르게 잡은 그의 소맷부리를 놓지 못하고 있었다. 지금 이렇게 헤어지고 나면 앞으로 몇 달 후 그가 상제(尙際)를 제수받고 규원을 데리러 온다던 날까지 견뎌낼 것이 걱정이었다. 보지 못하고, 서로의 소식조차 알지 못하고 살 때도 그리 안 가던 세월이 이리 한번 보고 난 후에는 더욱더 더디게 갈 것이 분명하여 더 걱정이었다. 계한은 자신을 올려다보는 그녀의 촉촉한 눈빛에 마음이 덜컥 내려앉는 것 같았다. 잘근잘근 입술을 깨물며 참고 서 있는 그녀의 얼굴을 보니 온몸이 달뜨는 것 같았다. 어느새 정신을 차려보니 자신도 모르게 규원의 입술을 자신의 입술로 훔치고 있었다. 퍼뜩 놀라 그녀를 떼어내고 대문을 박차고 나가 찬바람을 맞으며 계한이 말했다.

"그만… 가리다!"

"…예. 조심해서 가십시오."

"들어가시오. 밤이 깊었소!"

"예……."

그녀를 두고 돌아서 걷는 계한은 온몸이 후끈거리고 단전 아래께가 알 수 없는 통증으로 아파오기 시작했다. 여인을 안을 수 없는 자신의 몸이 마치 사내 노릇을 할 수 있을 듯 달떠서 그렇게 욱신거렸다. 계한은 온몸에 한기를 느끼며 떨어지지 않는 발걸음을 애써 옮겼다.

"김 내관이라 했는가!"

"예, 전하!"

"자네는 어찌 생각하는가?"

"무슨 말씀이신지요?"

"내가 방금 내린 어명을 자네는 이해할 수 있겠는가?"

"소신은 아둔하여 감히 전하의 뜻을 알 수 없사오나, 폐비 민 씨를 별궁(別宮)에 들이라는 말씀을 중신들이 어찌 받아들일지 그것이 걱정이옵니다. 지금 조정은 남인의 손에 있다 해도 과언이 아니온데 중전마마의 세(勢)를 등에 업은 남인이 서인인 폐비 민 씨를 궁에 들이는 것을 두고만 볼 것 같지 않사와……. 황공하옵니다, 전하!"

자신도 모르게 마음속에 담아두었던 말을 내뱉고 말았다. 상의 얼굴이 하얗게 변해가는 것을 보며 계한은 땅에 엎드렸다. 오늘

승전색 영감이 몸이 불편하여 대신 대직(大職)을 하게 된 것이
화근(禍根)이었다. 하필 오늘같이 중요한 어명을 받잡게 되어 황
망스러웠던 마음에 자신도 모르게 주체하지 못하고 주절거리고
만 것이었다. 단 두 번 뵈었다. 한번은 전하를 모시고 암행을 나
가서 먼발치에서 뵈었고, 또 한 번은 며칠 전 규원을 만나러 가
던 길에 우연히 길에서 뵈었다. 그런데도 계한은 그분의 마음을
알 것 같았다.

"이보시게! 상경! 전하는……. 전하는 강녕(康寧)하신가?"

그날 그렇게 아픔이 절절한 얼굴로 그리 하문하시었다. 그리고
계한은 그 한마디에 폐비 민 씨가 얼마나 전하를 그리워하고 계
신지 알 것 같았다. 그래서 행여 오늘 내린 어명으로 오히려 남
인들에게 괴롭힘을 당하지 않으실까 걱정되어 자신도 모르게 일
을 치고 만 것이었다.

"김 내관! 자네는 서인 쪽 사람인가?"

"…아닙니다. 저는 남인도 서인도 아닙니다. 다만 며칠 전
길에서 폐비 민 씨를 우연히 뵌 적이 있었사옵니다. 필우(筆友)
를 사고 돌아가시는 길인 듯해 보였습니다. 그때, 소신에게 하
문하신 말씀이 '전하는 강녕하신가?' 였나이다. 그래서 소신은
걱정이 되옵니다. 그리 강건(剛健)하지 못하신 분이 이 궁에 다
시 들어오셔서 별궁에 서인(庶人)이 된 몸으로 어찌 견딜까 하
여서……."

"그런가? 내가 생각이 짧았구나. 그저 안전해 보이지 않던 그 와가에 그치를 두고 있기가 불편하여 내린 것인데……. 그 명은 없던 것으로 하지. 다시 거둬라. 그리고 오늘 밤 그대 김 내관은 폐비가 거하는 안국동 사저로 나를 따르라."

"예, 전하!"

계한은 상이 다시 사정전으로 걸음을 옮기는 것을 지켜보다 내시부로 향했다. 자신은 오늘 하지 말아야 할 말을 입에 올렸다. 전하께 불충하게도 자신의 의지를 피력하였고 결국 전하의 뜻을 꺾고 말았다. 상선 정인호 영감이 누누이 말한 사사로운 감정으로 전하를 기만한 것임을 인정하지 않을 수 없었다.

안국동 폐비 민 씨의 사가는 그저 고요하기만 하였다. 주변을 한번 살펴본 계한은 목청을 낮추어 불빛 아래 환한 방 앞에 나아가 고하였다.

"폐비 민 씨는 어서 나와 전하를 뵈오!"

그 소리에 놀라 뛰어나온 나인이 마당에 읍하였다. 그리고 곧바로 민 씨가 나와 머리를 조아리고 땅에 무릎을 꿇고 앉았다. 단아하고 고운 모습의 민 씨는 당황한 기색도 없이 상(上)께 절하였다. 그 모습이 하도 애절하고 아름다워 계한은 자신도 모르게 눈물이 날 것 같아 고개를 돌렸다. 상(上)께서도 마음이 편치 않으셨는지 다가가 폐비의 손을 잡아 세우셨다. 그러고는 황망한 듯 급히 방 안으로 들어가셨다. 계한은 문밖 자신의 자리에서 두 분이 오늘 마음을 터놓고 서로에게 서로의 마음을 드러내 보이시기를 빌어보았다. 내침을 당한 여인으로 상(上)을 향한 원망으로 고통스러운 것이 아니라, 아직도 마음에 임을 품은 여린 여인으로 그 임을 잊지 못해 고통스러운 나날을 보내고 있음을 상(上)께 내어 보이기를 기원했다.

10장
탐욕(貪慾)

촛불이 너울거리고 있었다. 상(上)과 마주 앉은 민 씨는 자신의 방정스런 가슴 소리를 혹여 들으실까 두려워 숨소리조차 편히 내지 못하고 몸을 살짝 비켜 앉으며 속으로 참고 있었다. 그런 민 씨의 모습에 자신을 원망하여 얼굴조차 보이기 싫어 그런 것으로 짐작한 상(上)은 헛기침을 하며 말했다.

"내가 그리도 보시기 싫은 것이오? 아무리 그렇다 해도 한번쯤 눈이라도 맞추어주시지 않고. 내가 잘못 찾아온 게요?"

"…아닙니다. 신첩 죄인의 몸으로 어찌 상(上)께 그런 마음을 품을 수 있겠습니까?"

"누가 그대더러 죄인이라 칭한단 말이오? 당치도 않은……."

상(上)은 그만 입을 다물고 말았다. 자신이 죄인이라 칭하고 그녀의 자리를 앗아 장 씨에게 주었으며, 폐서인 시켜 이곳 와가로 쫓아낸 장본인이 아니었던가! 참으로 민망스러워 고개를 들수 없었다.

"미안하오. 내가 이리해 놓고 그런 망발(妄發)을 하다니……. 그저 잘 있는지 알고 싶었을 뿐이오. 본디 몸이 허약한 그대가 이런 곳에서 이리 있으니 혹 병이라도 생긴 것은 아닌가 하여 마음이 천근만근(千斤萬斤)이었소. 이제 그대를 보았으니 그만 환궁(還宮)할까 하오. 그럼……."

상(上)이 자리를 털고 일어서려 하자 민 씨는 급히 소맷부리를 잡았다. 궁에서라면 생각조차 할 수 없는 일이었다. 그러나 오늘 민 씨는 규원의 말처럼 여염집 아낙이 되어볼 참이었다.

"또 소첩의 말은 듣지도 않고 가실 양입니까? 그리하실 거면 왜 이리 찾아와 제 마음을 들쑤시고 가시는 겁니까?"

"…무슨 말이오? 오늘은 그대가 다른 사람 같소! 낯설고 이상하오!"

"그러실 겁니다. 일단 좌정하여 주십시오. 오늘 소첩 전하께 드릴 말씀이 있습니다."

상(上)은 놀라웠다. 단 한 번도 자신에게 투정 부린 적 없는 현숙한 이였다. 그런데 그런 그녀가 오늘은 마치 첩(妾)에게 발걸음하려는 서방을 제 곁에 붙잡아두려 하는 본처처럼 그렇게 얼굴을 붉히며 자신의 소맷자락을 잡았다. 그 모양이 밉지 않아 상(上)은 자리에 털썩 앉았다.

"그래, 그대가 내게 하고픈 말이 무엇이오! 말씀해 보시오!"

"혹 전하께는 제 이름 석 자를 아시는 지요?"

"무슨 말이오? 그대 이름은 왜?"

"제가 민유중의 딸이라는 것 외에 저에 대해 알고 계시는 것이 있으십니까?"

"도대체 무슨 말인지 알 수가 없구려! 그대 이름이 무엇인지가 중요한 것이오?"

"예. 제게는 중요하고 중요한 일입니다. 소첩(少妾) 전하 곁에 13년을 있었으나 공주 하나 생산하지 못했습니다. 그래서 여염집 아낙들처럼 누구 어미로 불린 적도 없고 열네 살에 전하께 출가해서 부친이 저를 이름으로 불러주신 적도 없었습니다. 그래서 저는 여흥 민 씨 민유중의 고명딸로, 또한, 전하의 계비(繼妃)로 그리 불리고 그리 잊혔습니다. 그래서 감히 여쭙습니다. 전하께서는 13년을 같이 지낸 저의 이름을 알고 계시는지, 저란 여인에 대해 알고 계신지, 제게는 전하의 함자가 가슴에 새겨놓고 차마 입 밖에 내어 부를 수 없으나, 전하께서는 제 이름조차 아시지도 못하는 것은 아닌지, 저는 전하를 제 눈에 담아 아리고 쓰린 징(?)이 되어 있어도 차마 도려내지 못하고 있는데 전하께서는 저를 눈에 담으신 적이 있기나 하셨는지……. 저는 그리움으로 하루도 편히 잠을 이루지 못하고 베갯잇이 다 젖었는데 전하께서는 소첩 때문에 하루도 잠 못 이루신 밤이 있었는지, 감히 폐비가 아닌 한때 전하의 여인으로 살았던 그저 아낙으로 알고 싶었사옵니다. 그러니 속되다 나무라시지 마시고 답해주실 수 있는지요."

민 씨의 슬픈 음색이 상(上)의 마음에 칼이 되어 꽂혔다. 그저 현숙하고 아름답고 고운 여인이라고만 생각했었다. 마치 속세를 떠난 부처 같은 인자한 미소로 자신의 허물까지도 모두 덮어주는 그녀의 얼굴 뒤에 이렇게 여리고 여린 여인이 있음을 몰랐었다. 그래서 그녀를 궁에서 내치면서도 그리 아프지 않았다. 아니, 그녀는 잘 견뎌내리라 생각했었다. 그녀에게 자신은 그저 상(上)일 뿐이라고 생각했었다. 그녀에게도 자신이 사내고 정인이라는 사실을 잠시 망각하고 있었다.

"미안하오. 내가 그대를 이리 피폐(疲弊)하게 만들었구려. 그대는 강한 여인이라 생각했었소. 나를 그리워하는 마음 따위 없을 것이라고 그리 생각했었소. 그래서 그대가 이렇게 아프고 힘들 것이라고는…… 미안하오, 진여(眞女)!"

민 씨는 상이 직접 불러주신 '진여'라는 자신의 이름에 무너져 내렸다. 어깨를 안아주시는 상(上)의 가슴에 얼굴을 묻고 그동안 그리 그리웠던 임의 가슴 안에서 하염없이 울었다. 그리고 그날 밤, 상(上)은 환궁하지 않으셨다. 마음을 나눈 정인의 와가에서 단꿈에 젖어 그리 밤을 보내셨다.

"잠시 저를 따르시지요!"

"누구기에 궁인이 내시더러 함부로 따르라 하는 것이오?"

"저는 교태전(交泰殿) 나인입니다. 그러니 잠시 따르시지요!"

"그러지요."

계한은 나인의 뒤를 따라 전각 안으로 들어갔다. 첩첩히 문을 열고 들어서니 발을 드리운 체 그 너머에서 계한을 바라보는 눈길이 느껴졌다. 상대가 누구인지 알아차린 계한은 등줄기에 식은

땀이 흘러내리는 것 같았다. 그녀가 누구이던가! 자신의 아들 세자 고명을 받으러 가는 고명사신을 거부하고 세자 책봉의 대의를 의심했다는 이유로 부친을 사사하게 만든 장본인이었다. 온몸에서 끓어오르는 피가 얼굴로 차고 올라와 숨조차 내쉬기 힘들었다. 증오하는 그녀를 마주하고 앉아 있다는 사실만으로도 그는 마치 벼랑 끝에 홀로 선 기분이었다. 발 너머 이를 악문 듯, 속에서 끓어오르는 듯 작고 낮은 목소리가 들려왔다.

"그대가 김 내관인가?"

"예, 중전마마!"

"어젯밤 전하를 보필한 것이 자네라 들었는데 그러한가?"

"예, 마마!"

"민 씨를 보러 가신 것도 사실이고?"

"예, 마마!"

"전하께서 오늘 아침 환궁하신 것으로 알고 있는데……. 침수를 그곳 민 씨 집에서 드셨는가?"

"……."

"내 말이 들리지 않는가? 그곳에서 침수드셨는지 물었다!"

"예, 중전마마."

"…알았으니 나가 보게! 그리고 이 일을 입 밖에 담을 시에는 자네는 밝은 하늘을 다시 볼 수 없을 것이네. 알겠는가?"

"예, 중전마마!"

서슬이 퍼런 중전의 목소리를 뒤로하고 교태전을 물러나온 계한은 오늘 중전 장 씨가 자신을 불러 그런 하찮은 것을 하문한 까닭을 알 것 같았다. 그녀는 지금 자신의 중전 자리가 다시 폐비에 의해서 흔들릴 수도 있다는 사실에 대노(大怒)하고 있었다. 그래서 그에게 직접 진위를 알고자 한 것이었다. 계한은 순간 웃음이 나왔다. 어쩌면 중전 장 씨가 스스로의 탐욕에 겨워 스스로를 망칠 수도 있다는 생각이 들었다. 계한은 중전 장 씨가 자신의 대답에 더욱 흔들리기를 빌었다. 그리해서 부친의 누명과 가문의 복권이 하루 빨리 왔으면 했다. 상선 정인호가 자신의 마음을 보았다면 또 한 번 호통을 쳤을 것이다. 계한은 빠른 걸음으로 그곳을 빠져나왔다. 어두운 기가 가득한 교태전에 잠시라도 더 머무르고 싶지 않았다.

장희재는 늦은 밤까지 기루(妓樓)에서 질펀하게 놀다 집으로 길을 잡았다. 사인교를 타고 집으로 향하는 장희재의 모습은 마치 당상관의 그것과 견줄 정도로 화려했다. 도포에 금실을 곳곳에 넣어 화려함은 그 도(道)가 넘쳤고 갓 끈에는 명나라에서 생산되는 보옥으로 장식을 했다. 그 누구도 차림새로는 한성부 판윤이 아닌 정승 판서로 보일 정도였다. 그러나 장희재는 상관없었다. 그 누구도 자신에게 예법에 넘치는 행색을 했다고 탓하는 이가 없었다. 그저 누이가 중전이고 조카가 세자라 자신은 죽을 때까지 권세를 놓칠 리 없다는 사실이 너무나 좋았다. 적당히 기생들을 끼고 놀아도 아래 사람들이 다 알아서 자신을 대신해 일을 해주고 오히려 자신에게 잘 보이기 위해 시키지 않은 일까지 먼저 해주는 것 또한 모두가 자신과 중전인 누이에게 줄을 대기 위해서라는 사실이 만족스러웠다. 흡족한 마음에 흔들리는 사인 교에 앉아 오늘도 술에 절어 집으로 돌아가는 길이었다. 그때였 다. 담장에 붙어 정갈한 걸음으로 걸어가는 여인이 눈에 띄었다. 쑥색치마에 고운 비단신을 신은 여인은 팥죽색의 장옷을 걸치고 마치 구름 속을 걸어가듯 가볍고 곱게 걸었다. 그런데 이상하게 도 그 모습에서 눈을 뗄 수가 없었다. 뒤태만 보고도 가슴이 욱 신거리는 느낌은 정말 오랜만이었다. 장안의 수많은 기생들을 다 품어보았다. 그러나 단 한 번도 자신의 심부(心府)가 이렇듯 뛰 게 만든 여인은 없었다.

"세워라!"

"예, 나리."

오늘같이 기분 좋은 날 마음이 가는 여인 하나쯤 취하여도 될 듯싶어 장희재는 비틀거리며 여인의 뒤로 천천히 걸어갔다. 자신 의 걸음새를 들었음직도 한데 그녀는 단 한 번도 뒤를 돌아보지 않았다. 그저 묵묵히 걸어가는 일에 충실한 여인의 모습에 그는 오랜만에 꼭 갖고 장난감을 본 아이처럼 그렇게 사생결단으로 갖 고 싶고, 뺏고 싶었다.

"잠시 멈춰 서시오!"

짐짓 목소리를 근엄하게 하여 걸음을 옮기려는 여인을 불러 세웠다. 잠시 머뭇거리는 듯하더니 여인이 낭랑한 목소리로 답했 다.

"왜 그러신지요?"

그리고 여자가 돌아섰다. 장옷으로 겨우 눈, 코, 입 만 보이는 여자의 얼굴은 달빛에 반짝거리는 물결처럼 그렇게 장희재의 눈에 반짝거리며 들어왔다. 월하선녀(月下仙女)가 자신의 눈앞에 있는 듯했다. 장희재는 겨우 정신을 차리고 거들먹거리며 말했다.

"난. 흠! 난 한성부 판윤 장희재라 하오. 혹시 들어보셨소?"

규원은 필우점 문을 닫고 급히 집으로 가던 길이었다. 오늘따라 손이 많아 조금 늦어져 한원을 빨리 보기 위해 열심히 걸음을 옮기던 중이었다. 그런데 갑자기 한 사내가 자신을 불러 세웠다. 차림으로 보아 다행히 무뢰배는 아닌 것 같아 잠시 가던 길을 멈추었더니 무뢰배보다 못한 장희재란 놈이었다. 계한의 원수이자 자신과 한원에게 고달픈 행로를 걷게 만든 장본인인 중전 장 씨의 동생이며 장안제일의 악인이었다.

"예."

"그럼……. 혹시 규수의 성함이 어찌 되는지, 어느 집 규수인지 알 수 있겠소?"

"……."

"나를 알지 못하시오? 내가 누군지……."

"아닙니다. 한성부 판윤이시고, 이 나라 국모(國母)이신 중전 마마의 오라비이시며, 장차 보위를 이어가실 세자 전하의 외숙(外叔)이신 장희재 영감을 모를 리 있겠습니까? 단지, 전 영감과 나눌 말씀이 없어 그러니 이만 가던 길을 가도 될는지요?"

"혹, 말씀하실 수 없는 사연이라도……. 아니면 대로에서 이리 양반가 규수를 불러 세운 것에 화가 나신 것인지……."

"아닙니다. 단지 제가 규수가 아니라 남의 아낙인 몸이라 외간 남정네와 이리 환담을 주고받을 처지가 되지 못하여……. 그럼."

냉정하게 돌아서 가는 규원을 차마 잡지 못하고 서 있던 장희재는 시종에게 일러 그녀가 어디 사는 누구인지 알아보라 하였다. 차림새로 보아 양반가의 아녀자임이 틀림없었으나, 모처럼 자신의 가슴을 뛰게 만든 장본인을 그냥 포기할 수가 없었다. 어느 가문의 아녀자인지 알아보고 싶었다. 누구의 처(妻)인지 알아야 했다. 다시 집으로 사인교를 돌리라 하고도 계속 그녀가 걸어간 방향으로 돌아가는 몸을 어쩔 수가 없었다. 시종이 돌아오면 모두 알 것이었다. 그때까지 기다리기만 하면 되는 것이었다. 그렇게 생각하면서 장희재는 갑갑한 마음을 애써 달랬다.

오늘도 필우점 앞 나무 뒤에 숨어 그녀를 훔쳐보고 있었다. 사내로 태어나 갖지 못한 여자는 궁에 있는 여인들뿐이었다. 상(上)의 여자가 아닌 여인은 모두 자신이 원하면 다 가졌다. 물론 양반가의 아녀자는 탐하지 않았다. 누이동생인 중전이 그리 부탁한 것도 있었지만 웬만해선 자신도 그런 무리수를 두고픈 마음은 없었다. 잘못 얽혀들면 일이 커져 누이동생의 얼굴에 먹칠을 할 뿐 아니라 지금 상(上)의 눈치를 보아야 할 시기임을 알기에 포기하려 했다. 그런데 저 여인은 이상했다. 분명 외양이나 몸가짐으로 보면 양반가의 아녀자가 맞는 것 같은데 시전에서 필우점을 하고 있는 것이나 벌써 며칠째 지켜보아도 집에서나 점포에서나 남편인 듯한 이를 보지 못했다. 그리고 주변 사람들에게 물어 보아도 아이는 있으나 남편 되는 이를 본 사람은 없다 하였다. 지 서방의 말처럼 양반가의 첩(妾)이거나 아니면 소박맞은 여인일 것이라는 말이 맞을지도 모른다는 실낱같은 희망에 오늘도 체통도 던져 버리고 그녀를 지켜보고 있는 것이었다. 그런데 이상한 일이었다. 자신이 이렇듯 여인에게 집착해 본 적은 없었다. 아무리 몸과 마음이 동해도 그때뿐이었다. 다른 여인을 보면 금세 잊어버리기 일쑤였는데 이상하게 저 여인만큼은 그리되질 않았다. 또한 이렇게 멀리서 바라보기만 한 것도 처음 있는 일이었다. 자신이 갖고자 해도 넘어 오지 않는 여인은 보쌈을 해서라도 가지고 말았지 이렇듯 마음을 졸이며 주변을 맴돈다는 것은 생각조차 하지 못한 일이었다.

"나리!"

"아이고 깜짝이야! 왜 이리 사람을 놀라게 하느냐!"

"죄송하구먼요. 그런데 나리! 왜 이러고 계십니까?"

"무슨 말이냐?"

"확 저질러 버리십시오. 여태 해오신 것처럼 말입니다. 저런 하찮은 여인 하나를 갖지 못해 이리 애쓰시는 나리를 소인은 뵌 적이 없습니다요."

"시끄럽다!"

"그러시지 말고 필우점에 가서 말이라도 해보십시오. 혹시 압니까? 사실은 나리가 자신에게 말을 걸어주길 기다리고 있을지."

"그럴 리가 없다. 저리 반듯한 사람이……."

"지난번 그 양반 댁 마님처럼 그러실지도 모르잖습니까?"

지 서방의 말을 듣고 있다 보니 혹시나 그런 것이 아닐까 하는 생각이 들기 시작해 장희재는 한번 부딪혀 보아야겠다는 생각을 하였다.

머칠째 계속 필우점 주변을 맴도는 장희재 때문에 규원은 화가 났다. 무뢰배에다 악랄한 인간이 자신에게 왜 저리 집착하는 것인지 혹여 그날 밤 자신이 비아냥거려서 자존심이 상해서인지 걱정스러웠다. 워낙 안하무인(眼下無人)인 자라 자신에게 해코지를 할까 걱정이 되지 않을 수 없었다.

"쇠돌아! 오늘은 일찍 문을 닫아야겠다! 그러니 서둘러 마무리 해라!"

"예, 아씨!"

"명나라서 온 벼루 한 점 보여주시오!"

규원은 자신의 뒤에서 들리는 목소리에 놀라 뒤돌아보았다. 장희재였다. 마치 시커먼 속내를 숨긴 야차(野次)마냥 얼굴에는 억지웃음을 가득 지으며 자신 쪽으로 걸어오고 있었다. 짐짓 아무것도 모른 척 마음을 가라앉히며 규원은 쇠돌에게 말했다.

"쇠돌아! 손께서 원하시는 벼루를 가져다 드려라!"

"예, 아씨! 손님, 잠시만 기다리십시오."

쇠돌이 벼루를 찾아 들고 장희재에게 다가가자 그는 거만하게 손짓을 하며 물러서라는 듯 손을 내둘렀다. 그리고 큰 걸음으로 규원의 뒤에 바짝 다가와 나지막한 소리로 말했다.

"나를 모른 체 하실 필요 없소. 그대는 며칠 전부터 내가 그대를 보고 있음을 알고 있었다는 것을 나도 아오. 내가 알아보니 그대는 누군가에게 속한 아낙이 아니라고 하던데…… 그만 내가 내미는 손을 잡으시는 것이 어떻겠소! 이런 필우점 따위나 하기에는 그대가 너무 고운 사람인 것 같아 안타까울 뿐이오. 내가 그대에게 정경부인(正卿婦人) 부럽지 않은 부귀영화를 누리도록 해주겠소! 어떻소!"

규원은 장희재의 속내에 토악질이 올라오려 하는 것을 애써 억눌렀다. 그리고 스멀스멀 자신의 뒷목에 느껴지는 장희재의 음탕한 숨결을 피해 한걸음 걸어가며 조용하나 확고한 음성으로 답하였다.

"영감! 제가 이리 필우점을 하고 있긴 하나 당상관 벼슬을 지낸 양반가의 여식이었으며, 부군께서 지금은 비록 고향 선산에 일을 보러 가셔 계시진 않사오나 유서 깊은 가문의 종손이십니다. 양반가의 아녀자로 영감의 오늘 실수를 문제 삼지 않을 정도의 아량은 있사오니 그만 돌아가 주십시오. 이런 영감의 행보가 중전마마께 들어가면 그보다 더한 불충이 어디 있겠습니까?"

"무엇이라? 내게 지금 그대가 훈계를 하는 것이오?"

"아닙니다. 단지 중전마마의 친정 오라버니의 체통을 지키시라 권해 드리는 것입니다. 그럼 멀리 못 나갑니다만 살펴가십시오."

"이이… 내게 이리한 것을 꼭 후회하게 해줄 터이니……."

장희재가 화를 참지 못해 돌아가고 난 뒤 오랜 시간 규원은 떨리는 가슴을 부여잡고 장승처럼 그렇게 서 있었다. 오늘 자신이 장희재를 적으로 돌렸음을 모르지 않았다. 그리고 무뢰한 그가 쉽게 물러나지 않을 것임도 알고 있었다. 두려웠다. 자신이 그의 화를 돋운 것이 아닌가 하여 무서웠다. 그러나 그에게 틈을 보이면 결코 가벼이 그를 물릴 수 없음에 규원으로서는 선택의 여지가 없었다.

"서방님! 두렵습니다. 제가 참고 견딜 수 없는 일이 생길까 너무나 두렵습니다. 하루빨리 저와 한원이를 데려가 주십시오. 서방님!"

규원은 애타게 계한을 불러보았다. 그러나 규원의 사정을 알리 없는 계한에게서는 연락조차 없었다. 아직 성가를 이루어도 되는 상제(尙際)직을 제수받지 못한 계한은 그저 하루가 여삼추일 뿐이었다. 마음은 규원에게 가 있었으나 몸은 장번(長番)에 묶여 오도 가도 못하는 신세인 자신을 탓할 뿐이었다.

11장

혼례 (婚禮)

"혹, 내게 차 한잔 줄 수 있으시오?"

규원은 어지러운 마음을 다스리려 점포 안을 왔다 갔다 하고 있었다. 그런데 맑고 생기 넘치는 여인의 목소리가 규원을 시름에서 끄집어내었다. 안국동 민 씨였다.

"예에. 당연히 드려야죠. 어서 오십시오."

"이리 불쑥 찾아온 것이 결례인 것은 알고 있지만 그날 마신 국화차가 마음에서 떠나지 않아……."

"괜찮습니다. 그러지 않아도 저도 차나 한잔 할까 생각 하던 중이었습니다."

"그래요? 그럼 제가 덜 민망스럽겠군요."

"오시지요."

"예."

아무리 다시 봐도 정말 곱고 단아한 여인이었다. 나이가 몇인지 어느 댁 사람인지 전혀 알 길은 없었지만 규원은 마치 벗과 마주 앉아 있는 것처럼 그리 편하고 좋을 수가 없었다.

"본디 그리 말수가 없는 편인가요?"

"예? 뭐라 하셨습니까?"

"오호? 다른 생각에 빠져 계셨나 보군요."

"예. 죄송합니다. 오늘 조금 마음에 쓰이는 일이 있었던 탓에…… 며칠 안 보이시기에 혹여 무슨 일이 있으신 것은 아닌가 하고 염려하였습니다."

"왜? 제게 마음이 쓰이시는 건지 궁금하군요. 제가 벗도 혈육도 아닌데."

"이런 말씀 드리면 이상하실 테지만 왠지 부인께는 저와 같은 슬픔이 느껴져서 말입니다."

"같은 슬픔이라? 혹 주인장도 소박을 맞으신 게요? 소문처럼?"

"예? 소문이 그리 났더이까?"

"…예. 대가 댁 며느리였을 거라는 소문이…… 미안합니다. 이런 말씀 전하는 것이 얼마나 천박한 것인지 모르지 않으면서……."

"아닙니다. 소박이라면 소박이지요. 하룻밤 운우지정을 나눈 임께 버림받은 몸이었으니……."

"그래요? 그런데 지금은 아니라는 말씀으로 들리네요?"

"예? 예. 얼마 전 부인과 국화차를 같이 나눈 그날 제게 오매불망 기다리던 임이 찾아오셨더이다."

"오호? 진심으로 기뻐할 일이군요. 감축(感祝)하오."

"예?"

"왜 그리 놀라시오?"

"아, 아닙니다. 그런데 제게 보기에는 부인께서도 그날과 달리 얼굴색이 많이 좋아지셨습니다. 무슨 좋은 일이라도 있으신 겁니까?"

"그리 보입니까?"

"예."

"사실…… 제게도 황송한 일이 있었습니다. 모두가 주인장의 충고 덕분이라 여겨져 이리 감사를 드리려고 오늘은 일부러 들른 것이라오."

"제가 부인께 충고를 해드리다니요?"

"그날 주인장이 그러셨잖소! '나라님도 따지고 보면 사내이실 텐데…' 그 말에 나도 용기를 내어 낭군께 속사정을 말씀드렸더니 그분께서 나를 다시 불러주시마 하고 가셨다오. 비록 지금 당장은 여러 가지 사정으로 복잡하여 힘들다 하여도 조만간 다시 당신 곁으로 부르시마 약속하시고 가셨다오. 이 모든 것이 주인장 덕이오."

"제가 아둔하여 잘은 모르겠으나, 어찌 되었든 잘되셨다니 참으로 다행입니다. 항시 너무 고운 얼굴에 슬픔이 묻어 있어 안타까웠는데……."

"그렇던가요? 그리 내 얼굴에 슬픔이 보이던가요?"

"죄송합니다. 아직 어린 여인이 연치 높은 분께……."

"괜찮소! 나이 많은 것이 무슨 대수겠소! 그런데 혹 주인장의 성함을 알 수 없을지?"

"예? 제 이름은 왜? 무슨 연유로……."

"이런……. 내가 또 이리 결례를 범하는군요. 나는 민진여라고
하오. 지난 세월 그리 까맣게 잊고 있던 이름이었지만 그분께서
내게 '진여'라고 불러주실 때 그때 내 이름이 참으로 좋은 이름이
라는 것을 알았소. 그래서 주인장도 이름을 알면 그리 불러 드리
고 싶소. 소중한 존재를 부르기 위해 부모가 주신 이름을 숨기고
살 필요가 없지 않을까 해서. 그러나 원하지 않는다면……."

"아닙니다. 저는 윤규원이라 합니다."

"규원(奎源)이라……. 좋은 이름이군요. 앞으로는 그리 불러
드리겠소."

"감사합니다."

"이제 그만 돌아가 보아야 할 것 같군요. 혹 시간나면 내 집에
도 한번 놀러 오시오. 난 안국동 초동골에 살고 있다오. 규원처
럼 기품 있고 언행이 바른 사람을 내 곁에 둘 수 있다면 얼마나
기쁜 일이겠소? 그리해 줄 수 있겠소?"

"예, 그리하지요."

곧 민 씨 여인이 자리에서 일어났다. 그리고 고운 그녀의 얼굴
에 한순간 묘한 빛이 어리더니 조용히 규원의 귓가에 속삭였다.

"참, 내가 한 가지 잊은 것이 있소. 난 민 유 자 중 자를 쓰시
는 어른의 여식이오. 그럼 조만간 한번……."

"예에……."

규원이 민 씨 여인의 말을 채 알아차리기 전에 여인은 정갈한

걸음새로 이미 점포를 걸어나가고 없었다. 규원은 그녀가 나가고 난 뒤 그저 멍하니 그리 서 있었다. 아무리 규중에서 세상 물정을 모르고 살았던 자신이었지만 방금 민 씨 여인이 하고 간 말이 무엇인지 모르지 않았다. 민유중 대감의 딸이 자신이라 했다. 자신의 이름이 민진여라고 말했다. 그 깨달음의 순간, 규원은 바닥에 머리를 조아리고 엎드렸다.

"아이고 이를 어째! 중전마마께 그동안 내가 그리 불충한 일을 어찌한 것인지……."

규원은 현숙하고 고운 전(前) 중전 민 씨가 자신의 필우점에 와서 자신과 차를 나누고 담소를 나눈 그 여인임을 알아차리고 나자 죄스러움에 몸 둘 바를 몰랐다. 감히 제 사내 얘기를 그분께 하고, 그분께 사내에게 속을 드러내어 보라 충고를 한 자신이 황망스러웠다. 그분의 사내가 누구이던가! 상(上)이 아니시던가! 규원은 그리 오래 제 정신을 차리지 못해 땅만 치고 있었다.

"자네, 이 길로 바로 갈 텐가?"

"예? 그럼요. 규원이 제가 오기만 기다리고 있을 겁니다."

"이이… 이보시게! 상제(尙際)! 어찌 그리 여인의 속을 모르는가! 물론 자네가 달려가 아이와 규수를 데리러 왔다 하면 기쁘기야 하겠으나 여인으로 태어나, 그것도 규방의 규수로 태어나 혼례를 올리지 못하고 한 사내의 아낙으로 살아간다는 것이 얼마나 통탄스러운 일이겠는가! 자네 마음이 급하겠지만 며칠 참으시게! 내 안사람에게 일러 혼례 절차대로 준비하라 할 터이니……."

"영감!"

"난 자네를 남으로 생각하지 않네! 자네의 성가는 내게도 기쁜 일이네."

"영감……."

"그러니 내게 이 혼례를 맡겨보시게! 응?"

"예, 영감! 그럼 부탁드리겠습니다. 이 은혜 잊지 않겠습니다."

"이 사람, 은혜라니……. 하하하."

계한은 승전색 김자현의 말처럼 그녀를 예법에 어긋남이 없이 자신의 곁으로 데려오고 싶었다. 평생 자신의 곁에서 힘들게 살아갈 규원에게 다른 규수들처럼 혼례라도 올려주고 싶었다. 그렇게 하는 것이 규원을 자신의 곁에 묶어두는 죄책감을 조금이나마 덜어주는 것이 될 것 같았다.

며칠 뒤, 집을 나서는 규원에게 김 씨가 찾아온 것은 그리 놀랄 일이 아니었다. 청혼서(請婚書)를 들고 규원의 집을 찾아온 김 씨는 오랜만에 본 규원을 안고 기뻐하여 춤까지 덩실덩실 추었다. 규원은 계한에게 들은 김자현 영감의 처가 바로 자신과 한원의 목숨을 구해주고 한원을 받아준 부안댁, 아니, 김 씨라는 사실에 반갑고 그녀가 가지고 온 계한의 청혼서가 또한 반가웠다. 곱고 붉은 비단보에 쌓인 청혼서를 받고 규원은 예를 다하여 절한 뒤 펼쳐 보았다.

[제가 장성하였으나 아직 배필을 정하지 못하였습니다. 엎드

려 아뢰건대 현숙한 그대 규원을 감히 배필로 청합니다. 부디 저의 뜻을 받아들여 허락해 주시면 저희 집의 경사요, 다행이겠습니다. 김계한]

진정으로 아름다운 글이었다. 규원은 흐르는 눈물을 닦아내며 지필묵을 꺼내 바로 허혼서(許婚書)를 적어 내려갔다.

[저 또한 장성하였으나 아직 배필을 얻지 못하였습니다. 엎드려 받자옵건대 도련님께서 혼인을 청하시니 감히 따르지 않겠습니까? 허락해 맞아주시면 저로서는 광영이겠습니다. 윤규원]

부친께서 하셔야 하는 것임을 모르지 않으나, 이미 가문을 떠난 몸이고 자신은 부친과 가문에서는 산 자가 아니었기에 친히 친필로 허혼서를 적어 내려가는 규원의 두 눈에는 눈물이 마르지 않았다.

"그만 울고 납채(納采)도 받으시게! 물론 예전에 다 받았던 물건일 테지만 규수 손에 없을 거라고 계한 그 사람이 다시 보낸 것이라네. 그리고 이것은 납폐(納幣)일세! 좋은 예물과 채단(綵緞)을 넣지 못해 미안하다 하였네. 그리고 혼례일은 그 사람이 급한 것 같아 보여 내일 사시(巳時)로 하기로 했네. 규수는 어떤가?"

규원은 그저 머리만 끄덕였다. 계한이 보내준 납폐함 안에는 옥가락지 한 쌍과 비녀, 그리고 비단 한 필이 들어 있었다. 규원은 계한이 정성스럽게 보내준 예물에 너무나 감사했다.

"이보시게. 내 그때도 한번 말했지만, 내시의 아낙으로 살아가는 것은 쉽지 않은 일이네. 아직 음양의 이치를 다 깨우치지 못한 규수야 그저 임의 곁에 사는 것만으로도 기쁜 일일 테지만 세상사가 다 뜻대로 되지 않는 법이라네. 그러니 마음을 단단히 잡수시게! 그래야만 아들과 같이 행복하게 살아갈 수 있는 것이네……"

그러나 김 씨 부인의 걱정은 규원에게는 들리지도 않았다. 그날 밤, 규원은 어찌 그 밤을 보냈는지 기억조차 없었다. 그저 이제 계한의 아낙으로 그와 같이 자고, 그와 같이 일어날 수 있다는 것만으로도 기쁜 나머지 도통 잠을 이룰 수가 없었다.

드디어 혼례 날이 밝았다. 연지곤지를 고운 볼과 이마에 찍어 붙이고 다홍색 바탕에 모란꽃과 연꽃, 더불어 장수(長壽)와 길복(吉福)을 의미하는 물결, 바위, 불로초, 어미봉황, 새끼봉황, 호랑나비가 수놓아져 있었고, '壽如山, 富如海'와 같이 부귀와 장수를 축원하는 글귀가 수놓인 활옷을 입은 규원은 천상 선녀였다. 멀리서 풍악을 울리며 말을 타고 계한이 규원의 집 마당으로 들어섰다. 현사당례(조상을 모신 사당에 혼인에 대해 고하는 예)도 하지 못하고 초자례(부모에게 혼인례를 맞아 인사하는 예)도 올리지 못했으며, 전안례(신랑이 신부의 집에 가서 신부의 주혼자(主婚者)에게 기러기를 드리는 예)를 올릴 장인도 없었지만, 규원과 계한은 애써 슬픔을 속으로만 삼켰다. 교배례와 서천지례

(지신명에게 부부로 열심히 살겠다는 것을 서약하는 의식)와 서배우례(서로 좋은 배우자가 될 것을 서약하는 의식), 합근례를 마치고 합방례(부부로서 첫날밤을 치르는 의식)를 치르기 위해 방 안에 마주 보고 앉은 두 사람은 그때서야 서로를 끌어안고 참았던 눈물을 쏟아내었다.

청사초롱이 켜지고 초야를 치르기 위해 마주하고 앉았던 계한은 조용히 일어나 사모관대(紗帽冠帶)를 벗어 머리맡에 곱게 제쳐 두었다. 그리고 다시 규원의 앞에 다가와 앉은 계한은 족두리와 용잠, 도투락댕기를 머리에서 벗겨내고 활옷의 대대를 풀자 황색 삼회장저고리와 다홍 대란치마가 곱게 드러났다. 계한은 떨리는 손으로 그녀의 저고리와 치마끈을 풀고 가지런히 옷가지들을 챙겨두고는 스윽 한번 그녀의 얼굴을 보더니 촛불을 불어 끄고 그녀의 손을 잡아 원앙금침(鴛鴦金針)으로 가 반듯이 누웠다. 그녀의 심부에서 터질듯 요동치는 소리가 계한에게까지 들렸다. 그녀 못지않게 요란스런 소리를 내는 자신의 심부 소리도 들렸다. 그러나 거기까지였다. 겨울의 어느 날 월명사 푸른 밤에 넘치는 애욕을 참지 못해 그녀를 안았던 혈기 왕성한 청년 계한은 이제 없었다. 그날처럼 자신의 온몸이 열에 들뜨고 미칠 듯이 그녀의 분내가 자신의 코를 간질였다. 그러나 기대로 물든 그녀의 두 눈이 자신을 바라보자 계한은 자신의 처지가 떠올랐다. 아직도 가끔 잊어버리곤 했다. 자신이 이제 여인을 안아줄 수 없는 사내라는 것을……. 계한은 그녀를 안아줄 수 없는 자신을 한탄

하며 그녀에게서 등을 돌려 누웠다. 그리고 계한은 슬픔이 가득 밴 목소리로 말했다.

"그만, 주무시오. 피곤할 터이니⋯⋯."

규원은 계한이 자신에게서 등을 돌리며 그의 어깨가 파르르 떨리는 것을 보았다. 그가 아파하고 있었다. 자신을 안아주지 못해 그 죄책감으로 고통스러워하고 있었다. 규원은 계한의 등에 자신의 얼굴을 살포시 가져다 대었다. 그리고 속삭였다.

"서방님! 저는 이제 더 이상 소원이 없습니다. 이리 서방님의 곁에서 서방님의 아낙으로 살아갈 수 있다는 것만으로도 저는 충분합니다. 그러니 부디 저를 불쌍히 여기지 말아주십시오. 저는 불쌍한 여인이 아닙니다. 서방님의 넘치는 사랑을 받고 있는 행복한 여인입니다. 그러니 제발⋯⋯ 그리 제게서 등을 돌리고 그리 혼자 가슴 아파 하지 말아주십시오. 그저 저를 꼭 안아주시기만 합니다. 그것으로 저는 세상 그 누구보다 행복한 여인이 될 것입니다."

계한은 그녀 규원의 속삭임에 더욱 가슴이 무너져 내리는 것 같았다. 다른 여인들이 가슴 졸이며 초야를 맞아 여인으로서, 한 사내의 아낙으로서 음양의 이치를 깨우치며 그리 서로 몸을 나누고 마음을 나누고 살아갈 길을 자신이 그녀에게서 뺏은 것은 아닌지 하는 죄책감으로, 안쓰러움으로 그녀의 얼굴을 마주 볼 수 없을 것 같아 등을 돌린 것이었다. 그런데 그녀 규원은 그저 자신을 안아주기만 해달라고 청하고 있었다. 계한은 애써 마음을 다스리며 그녀에게로 돌아누웠다. 그리고 그녀를 자신의 가슴에 끌어당겨 꼭 안았다. 뜨겁고 물컹한 그녀의 몸이 그에게 바싹 다가왔다.

그때였다. 계한은 자신의 몸이 불구덩이에 빠진 것 같았다. 단전부터 활활 타올라 오는 불길에 자신의 온몸이 달아올랐다. 자신의 얼굴을 바라보는 그녀의 얼굴이 너무나 사랑스러웠다. 당혹스러운지 혀로 입술을 축이는 그녀를 바라보던 계한은 알 수없는 이끌림에 그녀의 입술을 덥석 물었다. 입술을 훑고 입안을 유영하는 그의 혀가 입술만으로 만족하지 못하고 그녀의 뜨거운 목덜미를 따라 내려가기 시작하자 규원은 온몸이 따끔거리는 것 같았다. 참을 수 없는 그 무엇인가가 자신을 집어삼키고 있었다. 계한이 목덜미를 따라 내려와 그녀의 가슴을 들추어내어 한입 물었다. 아직 한원이 빨아대는 통에 부푼 젖가슴이 아이가 빨아댈 때와는 다르게 아리고 아파왔다. 규원은 계한의 가슴을 부여잡고 자신도 모르게 허리를 비틀었다. 그리고 규원의 귀에는 익숙하지 않은 욕정이 가득 실린 자신의 신음 소리가 들렸다.

"아아, 서방님. 아아⋯⋯."

그녀의 몸은 타버릴 듯 뜨거웠고 자신도 모르게 허리를 비틀며 하복부를 계한에게 밀어붙이며 신음했다. 순간 계한은 가슴을 빨던 입술과 그녀의 가슴과 배를 헤엄쳐 다니던 자신의 손을 후다닥 걷어 들이고는 몸을 일으켜 방을 뛰쳐나갔다. 선선한 바람이 부는 마당에 버선발로 뛰쳐나온 계한은 어서 차가운 바람이 자신의 몸을 훑고 지나가 자신의 몸을 식혀주기를 빌었다. 또다시 까맣게 잊어버린 자신이 우스울 뿐이었다. 어찌 그리도 쉽게 잊어버리는 것인지……. 자신이 규원을 안아줄 수 없는 사내라는 것을 그리 쉽게 잊고 마는 자신을 용서할 수가 없었다. 끝까지 안아주지도 못할 것이면서 그녀의 몸에 불을 지핀 자신이 용서되지 않았다. 이윽고, 다시 불 켜진 방에는 곱게 몸을 세우고 앉아 있는 규원의 그림자가 보였다. 작은 떨림이 이는 어깨가 방 밖에 홀로 선 계한의 눈에도 보였다. 그녀가 소리 죽여 울고 있었다. 초야부터 그녀를 저렇듯 혼자 슬피 울어야 하는 처지로 만든 자신을 계한은 저주하며 그렇게 긴긴 밤이 어서 가기를 빌었다.

12장
밀명(密命)

곱게 쪽진 머리의 규원은 정말 행복한 새색시처럼 아름다웠다. 계한의 세숫물을 직접 준비해서 방 앞에 선 규원은 살며시 방문을 열었다.

"서방님, 기침하시지요? 이제 그만 아침 드실 시간입니다."

계한은 새벽에서야 눈을 붙였다. 규원이 깊은 잠에 든 후에야 조용히 방으로 들어가 몸을 뉘였다. 그래도 그녀의 곁에서 쉬이 잠을 잘 수가 없었다. 성가하기를 얼마나 기다렸는지 몰랐다. 지난 두 달 동안 그녀를 지척에 두고 곁에 데려올 수 없다는 것이 얼마나 고통스러워했는지 모른다. 그런데도 막상 그녀를 제 사람으로 하고 나니 더 고통스러웠다. 그녀의 곁에서 아무것도 하지 못한 채, 그저 그녀의 살 냄새와 분 냄새를 맡으며 지낸다는 것이 얼마나 치욕적인 것인지 미처 몰랐었다. 그래서 결국 그는 밤을 꼬박 새웠다. 아침에 규원이 곱게 일어나 보통의 새색시처럼 옷맵시를 다듬고 있는 것을 물끄러미 바라보다 그녀의 손목을 잡아다 자신의 가슴에 안고 싶었다. 그런데 결국 아무것도 못하고 그저 그녀가 나가는 뒷모습을 바라보고 있었다. 그런데 잠시 눈을 붙였나 했더니 곱고 청명한 목소리로 그녀가 자신을 불렀다. 온몸이 좀 더 자리에 누워 있어야 한다고 아우성이었다. 그러나 그녀가 자신을 부르는 그 소리가 너무나 좋아 얼른 그녀를 보고 싶어 일어났다.

"나 가오. 잠시만 기다려 주시오."

계한은 서둘러 옷을 갈아입고 방문을 열었다. 햇살이 그녀의 얼굴에 고운 그림자를 남기고 있었다. 그 덕분에 깨끗하고 고운 이마가 유난히 반짝거렸다.

"세수부터 하세요. 오월이가 아침을 준비하고 있으니……."

"너무 이른 것 아니오? 이리 급히 아침을 준비하는 이유라도 있는 것이오?"

"저어, 한원이와 같이 아버님 계신 선산에 다녀왔으면 하는데… 아니 될까요?"

"아녀자와 아이가 가기에는 먼 거리인데 괜찮으시겠소?"

"예. 저도 한원이도 소원하던 일입니다."

"고맙소, 내가 당신에게 먼저 말하지 않아도 미리 이리 말해주어서."

"무슨 말씀입니까? 혼례를 올려 김 씨 가문에 발을 들여놓은 여인으로 시어른 산소를 찾아뵙고 인사 여쭙는 것이야 당연한 일인 것을요."

"그래도 고맙소!"

"어서 준비하시어요."

규원은 계한의 곁에 서서 너무나 행복에 겨워 눈물이 날 것 같았다. 이리도 다정하고 이리도 다감한 사내가 자신의 낭군이라는 것이 눈물이 날 정도로 기쁘고 좋았다. 그녀가 건넨 명주 수건에 얼굴을 닦는 계한의 얼굴에도 행복한 웃음이 넘쳐흘렀다.

"자, 그럼 우리 아들과 아침이나 먹으러 가봅시다."

규원은 그의 뒤를 따라 방으로 들어가며 방에 앉아 이것저것 만지고 놀고 있던 한원을 품에 안아 드는 계한의 모습에 그저 웃기만 했다.

"우리 한원이는 장차 무엇이 되려 하니? 그리 먹는 것이 좋아서 어디 대장부가 될 수 있겠니?"

"어허! 그런 말 마시오! 아이 때는 많이 먹어야 하오. 그래야 다음에 대장부로서 제 여자 한 명쯤은 보호할 수 있는 건장한 사내가 될 것 아니오? 그렇지 않니? 원아?"

계한의 한양놀이에 한원이 까르르 웃음보를 터뜨렸다. 태어나 지금껏 아비의 얼굴조차 보지 못한 아이였다. 그런데 한원은 어느 날 갑자기 나타난 계한이 전혀 낯설지 않은 것인지 '아부! 아부!' 부르며 서툰 말로 아비를 찾으며 따랐다. 그런 모양을 보며 계한과 규원은 그저 아이를 안고 기뻐 시종일관 웃음을 감출 수가 없었다.

"그런데 혹 아버님과 가문의 복권은 언제나 가능할지……."

"아직, 아직은 무어라 할 것이 없소. 중전 장 씨와 남인이 득세를 하고 있는 실정이라 내가 어찌해 볼 도리가 없는 것이 안타까울 뿐이오."

"전 중전마마께서 복위(復位) 되실 가능성은 없는 것입니까?"

"글쎄, 내가 어찌 그런 것을 알겠소. 오로지 전하께서 하시고자 하는 바에 달려 있는 것 아니겠소."

"얼마 전 전하께서 전 중전마마를 찾으셨다 들었습니다. 혹 사실인지요?"

"그것을 당신이 어찌……."

"사실이군요. 저어, 실은 제가 폐위되신 전 중전 마마를 몇 번 뵈온 적이 있습니다. 저희 필우점에 자주 찾아주셔서 말씀도 나눠주고 하시었습니다."

"그런 일이……."

"하옵고 저더러 초동골 사저로 한번 다녀가라 하셨는데 서방님께 여쭙고 싶었습니다. 그분을 제가 찾아뵙는 것이 서방님께 해(害)가 되진 않을는지요?"

"해(害)라니요? 당치도 않습니다. 그저 지켜보는 눈들이 많으니 조심하시오. 그분께서 적적하시어 당신과 담소라도 나누시고자 하는 것 같은데 당연히 뵙고 와야 할 일지요."

"예. 그럼 수일 내에 한번 다녀오겠습니다."

"당신이 고생이 많소."

"별말씀을요. 저는 한 번도 고생스럽다고 생각한 적 없습니다."

"규원, 고맙소."

"서방님도 참 뭐가 고맙다고 그러셔요."

계한이 한원을 팔에 안고 다른 팔로 규원의 어깨를 살짝 끌어 당겨 주었다. 규원은 계한의 작은 몸짓에도 너무 기뻐 얼굴을 붉혔다.

"내일은 출입번(出入番) 일이니 당신도 마마께 들러도 좋을 것이오. 그분께서 외로우셔서 그런 것 같으니 당신이 말벗이나 되어드리는 것도 괜찮을 듯싶소. 지금 그분은 마음 줄 곳 한곳 없는 적막강산(寂寞江山) 아니겠소."

"예. 그렇지 않아도 한번 다녀 가라시던 말씀이 마음에 걸리던 차였는데… 그러지요."

"우리 한원이도 데려가시구려. 마마께서 적적(寂寂)하실 테니 아이 재롱을 보는 것도 좋을 듯싶은데……."

"예. 우리 한원이에게도 광영된 일이니 그리하지요. 퇴청은 언제쯤……."

"내일은 좀 늦을 것이오. 자시(子時)쯤일 것 같소."

"예……."

혼례를 올리고 한 집, 한 방에서 아이와 같이 도란도란 얘기를 나누며 이리 지낸 것도 벌써 오늘로 사흘째였다. 낮에는 아이와 더불어 같이 보내어 시간이 쉬이 흘렀지만 밤이면 서로의 숨소리까지 들리는 고요 속에 계한과 규원은 서로의 가슴에 서로를 의지한 채 잠들기를 노력해야 했다. 아직 서로의 숨소리조차 익숙하지 않아 낯설고 불편했지만 그래도 연모하는 이의 품에 안겨 잠들 수 있어 행복했다. 그와 오래전 그날처럼 하나가 될 수 없다는 안타까움에 작은 아쉬움 하나 정도 가지고 있다 해도 그것이 그보다 더 큰 연모의 정을 가로막을 수는 없었다. 오늘은 아이가 피곤했던지 일찍 잠이 들어 계한과 규원도 일찍 잠자리에 들었다. 보드랍고 향기로운 그녀의 살 냄새가 마음을 어지럽혔지만 계한은 그녀의 등을 토닥이며 편히 잠들기를 기다렸다. 그녀의 사내로 자신이 해줄 수 있는 것이 고작 제 여자가 깊이 잠들 수 있게 안아주는 것이 전부라는 사실이 고통스러웠지만 그래도 그녀가 없는 날들보다는 덜 고통스러울 것이라는 사실에 계한은 스스로를 위로했다.

"소인이 진정 죽을죄를 지었사옵니다. 부디 용서하여 주십시오."

"아니, 이보시오. 규원! 그대가 무슨 죽을죄를 지었는지 모르나, 나 또한 죄인이라 그대를 용서하여 줄 재간이 없으니 이를 어쩌면 좋겠소?"

"예? 마마?"

"호호. 아닙니다. 농입니다. 그저 반가운 이를 보니 기쁨에 내가 한번 농을 한 것이니 그리 놀랄 것 없소. 아직 그리 여리고 순한 사람이 어찌 어미가 되었는지……. 그런데 아이가 참으로 잘생겼소."

"아닙니다, 마마. 어린아이는 다 이렇다 하더이다."

"무슨! 내 이리 잘난 도령을 본 적이 없거늘. 아이 이름이 무엇이오?"

"한원이라 하옵니다."

"한원?"

"예. 이 아이 아비 되는 이의 이름과 제 이름자를 따서 지은 것입니다. 집안 어른이 계시지 않아 그리 지은 것이라 이름이 품새가 없습니다."

"그래요? 그럼 어떻습니까? 아이가 이리 건강하고 잘났으면 된 것을."

"그런데 규원의 바깥양반은 무엇을 하는 이요?"

"……."

"왜? 말하고 싶지 않은 것을 내가 괜히 물은 것이오?"

"아닙니다. 가문이 지난 기사환국에 연루되어 몰락하여 여러 가지 사정이 생겼기에……."

"저런. 기사환국이라면… 어느 가문이오?"

"판윤 김 시 자 목 자 어른이십니다."

"김시목 판윤이라고요?"

"예."

폐비의 얼굴에 순간 죄스러움이 스치고 지나갔다. 자신의 복위를 주청하고 세자의 책봉이 불가하다고 상서를 올린 판윤이 결국 남인들에 의해 사사되었을 때 귀한 한 사람이 또 자신으로 인해 죽음을 맞이한 것 같아 가슴이 무너졌었다. 그런데 그 일가와 이렇게 마주하고 앉게 되는 날이 올 줄은 몰랐기에 더 죄스러웠다.

"그분의 손이군요. 이 아이 한원이가, 그럼 아이 아비는 지금 어디……."

"며칠 전에 상제(尙隮) 직을 제수 받은 김계한이라 하옵니다."

민 씨는 말을 이을 수가 없었다. 궁궐에서 십여 년을 보냈다. 하물며 내명부 수장이던 자신이 상제(尙隮) 직이 어떤 것임을 모르지 않았다. 이리 고운 아이와 아이까지 있는 이가 내시가 되었다는 말에 민 씨는 그동안 규원의 얼굴에서 보았던 수심(愁心)이 무엇 때문인지 알 것 같았다.

"내가… 내가 다 부덕한 탓에 생긴 일이라오. 그대 낭군이 그리 모진 길을 가게 된 것도, 그대 시아비가 그리 비명횡사(非命橫死)한 것도 다 내가 국모로서의 역할을 하지 못해 생긴 것이니, 내가 그대에게 진정으로 미안하오, 규원."

"아닙니다. 소인에게 그리 말씀하시면 안 됩니다. 어찌 이 모든 것이 마마의 잘못이라 하십니까? 소인배들이 자신의 영달을 얻고자 한 그릇된 욕심이 빚어낸 것이지요."

"그리 말해주니 고맙소. 그러나 내 마음의 빚은 덜어질 것 같지 않소. 앞으로 내가 힘닿는 대로 그대를 도와줄 테니 우리 정답게 친 동기간처럼 그리 의지하고 지내도록 하세."

"황송하옵니다, 마마!"

규원은 폐비 민 씨의 따스한 말에 그동안 쌓였던 마음의 응어리들이 풀어지는 듯했다. 저리 따뜻하고 고운 심성을 가지신 분에게 이리 험난한 시간을 살게 한 그들을 용서할 수가 없었다. 아이와 함께 자주 들르겠다. 여쭙고 돌아서 나오는 규원의 눈에는 여느 때와 달리 굳은 결의가 보였다.

계한은 상(上)의 부르심에 달려가 엎드렸다. 성가로 인해 며칠 번(番)을 서지 않은 계한이 궁에 들자마자 상께서 찾으신다고 하여 계한은 급히 달려갔다.

"그래, 승전색에게 들으니 그대가 며칠 전에 성가를 했다고?"

"예. 전하! 소신 감히 성가를 이루고 처자를 거느리게 되어 몸 둘 바를 모르겠습니다."

"그래, 들어보니 일찍 정혼을 하였었다고?"

"예, 전하."

"그래, 내 눈에도 자네 김 내관은 양반가의 자제로 보였었네. 그래 자네 부친의 함자는 어찌 되시는가?"

"양반이라 하오나 함미한 가문이라 말씀드릴 것이 없나이다."

"그래? 자네의 외양을 보면 함미한 가문에서 태어난 사람 같지 않았는데… 자네 안사람은 어떤 가문인가?"

"처 되는 이의 가문도… 저와 별반 다를 것이 없습니다, 전하."

"어허! 이 사람 보게! 꼭 뭔가를 내게서 숨기려고 하는 이처럼 왜 그리 허둥대는가? 됐네. 괜히 자네가 성가를 했다기에 궁금한 마음에 물은 것이니 그리 마음 쓸 것 없네."

"황공하옵니다, 전하."

"내 오늘, 자네를 부른 것은 안국동 그 사람 때문일세. 그 사람을 책임지고 보살펴 줄 이가 필요한데 내 보기에는 자네가 합당한 것 같아서, 아니 되겠는가?"

"아니옵니다. 어찌 소인이 감히 전하의 명을… 명 받잡겠사옵니다."

"그래, 그럼 이리 가까이 오게……."

"예. 전하!"

사정전을 나서는 계한의 발걸음은 다른 때와 달리 가벼웠다. 상의 깊은 어중을 알고 나니 그는 마치 하늘을 나는 것 같았다. 기사환국이 뭔가 잘못된 것임을 알아차리시게 된 상께서 은밀히 다시 조사를 하라고 지시하셨다고 했다. 그래서 혹시 있을지 모르는 일을 대비하고 폐비 민 씨의 안전을 위해 아무도 모르게 내시부 호위를 배치하고 계한에게 폐비의 고초(苦草)를 돌봐 살피라고 하셨다. 그리고 교태전 주인을 바꾸실 것이라 하셨다. 이제 천천히 하나씩 다시 제자리로 찾아가기 위한 초석이 놓여진 것이나 다름없었다. 계한은 모처럼 편안한 마음으로 상선 영감에게로 향했다. 상의 밀명을 전달하기도 해야 했지만 자신의 성가를 위해 상선 영감이 애써주셨다는 김자현의 말에 감사를 표하기 위해서였다.

"영감! 계십니까?"

"들어오시게!"

"예, 영감. 그럼 들어가겠나이다."

계한이 방 안으로 들어서자 상선은 등을 돌리고 서 있었다.

"영감! 전하의 밀명입니다."

"이리 주시게."

계한의 말에 돌아선 상선은 아무 표정 없는 얼굴로 그저 빤히 그를 바라보며 손을 내밀었다. 그리고 계한이 건넨 교지를 받아 읽고 난 후 조용히 서안 위에 올려놓고는 다시 돌아섰다. 순간, 그의 긴 팔다리가 언제 그리 빠르게 움직인 것인지 어느 사이 계한의 목에 상선의 장검이 빛을 발하고 있었다.

"무… 무슨 일이십니까? 제게 이리 검을 겨누시는 이유라도?"

"내가 자네를 궁으로 데리고 올 때 자네에게 받은 언약이 있었네! 기억하는가?"

"예. 영감! 그런데 그것이 왜……."

"오늘 자네가 전하와 한참 밀담(密談)을 나눈 것으로 알고 있네. 오늘의 이 밀명이 자네가 상의 심중을 흔들어 얻어낸 것인가?"

"영감. 그러니까 지금 제가 영감과의 약속을 어기고 제 사사로운 은원을 풀기 위해 전하를 움직였다는 말씀이십니까?"

"그러네. 아닌가?"

"아닙니다. 제게 무슨 힘이 있어 전하를 움직이며, 제 사사로운 은원을 위해 전하를 움직일 만큼 전하께서 저를 총애(寵愛)하시지도 않는다는 사실을 모르시지 않을 겁니다. 그런데 왜 이리 저를 겁박하시는 겁니까?"

"그럼. 자네 안사람이 어찌 초동골 마마 사저에 드나든다는 말인가? 내게 해명을 해보시게! 그렇지 않으면 약속대로 자네의 목을 내가 취하겠네. 어서!"

상선의 얼굴을 올려다보니 그의 진심이 느껴졌다. 상선의 상에 대한 충성심이야 궁에 들어와서 뼈에 사무치게 알게 되었다. 자신의 부모를 음해(陰害)한 원수가 상의 외조부라는 것을 알고도 끝내 주군인 전하를 위해 부모의 원수 갚기를 포기한 상선 영감이었다. 그런 상선이 자신의 주군을 개인적인 원한으로 함부로 움직이는 것을 보고 있을 사람이 아니었다. 오늘 그의 오해를 풀지 못하면 진정 그의 손에 목이 달아날 것임을 계한은 모르지 않았다.

"영감. 제 안사람은 부제학 윤현수 영감의 여식입니다. 저 같은 자를 만나 가문에서 내침을 당한 불쌍한 여인이긴 하나 심성이 굳고 고운 여인입니다. 그러다 보니 필우점을 하면서 초동골 마마와 몇 번 얼굴을 익히게 되었고, 그로 인해 오늘 그 어른의 말씀을 받들기 위해 인사차 들른 것으로 압니다. 오늘 처음 들른 것임을 영감께서도 잘 알고 계실 겁니다. 그 어른과 어떤 말씀을 나누었는지는 저도 알 수가 없습니다만, 저는 제 안사람을 잘 압니다. 마음을 나누는 벗이 되어 드리고 싶다고 하던 안사람의 진심을 알기에 저도 그리하라 한 것입니다. 물론 제가 사사로이 장씨 일족에게 원한이 있는 것은 사실입니다. 그들과 같은 하늘 아래 살 수 없는 저입니다만, 저희 내외의 몇 마디에 전하와 마마께서 이리 마음을 바꾸실 것이라며 제가 굳이 이리 가문을 이어나가야 하는 장자로서의 책무마저 버리고 이리 궁에 들어올 필요가 없지 않았겠습니까? 오얏나무 밑에서는 갓 끈도 고쳐 매지 말라는 선현의 말씀이 오늘 문득 떠오를 뿐입니다."

상선은 계한의 항변(抗辯)에 오랫동안 침묵만 지키고 있었다.

그리고 잠시 후 칼을 거둬들였다. 계한은 상선이 자신을 바라보며 천천히 칼집에 칼을 다시 넣는 것을 지켜보았다.

"내, 오늘 자네를 시험해 본 것이네. 전하께서 자네의 어디를 믿고 그런 밀명을 내리신 것인지 모르나, 난 자네의 가문과 자네의 복수심이 화(禍)를 불러올까 두렵네. 지금부터 자네가 초동골 마마를 보필하기 위해서는 어쩌면 자네의 목숨까지 내어놓아야 할지 모르네. 현 중전을 따르는 남인들과 장 씨 일족이 자네를 매수하고 위협할지도 모르네. 그러나 자네는 그들과 절대 타협을 하지 않을 테지. 원수와 타협할 사람이 아니니… 그런데 그리 대쪽같이 굴어서는 진정으로 초동골 마마를 잘 보필할 수 없을 것이네. 그 어른이 복위(復位)되고 안 되고는 이제 우리들이 하기 나름일세. 그것을 장 씨 일족과 남인들도 알게 될 테니 그쪽에게 어떠한 빌미도 주어서는 안 되네. 만약 자네가 개인적인 은원을 앞세워 그들에게 방어할 기회를 주게 된다면 마마의 복위는 뜻대로 되지 않을 걸세. 그러니 부디 자네의 마음을 숨기게. 그리고 적과도 같이 어울릴 수 있는 배포를 가지게. 아니, 그들의 편에 선 것처럼 행동하게. 그렇게 그들의 시선을 돌려놓아야 자네가 진정으로 전하의 뜻대로 마마를 보필할 수 있을 것이네. 알겠는가? 전하께서 때를 기다리고 계시다는 것을 자네도 알 것이네. 자네가 할 일은 그때까지 그들의 시선을 다른 곳으로 돌려주는 것이네. 그러니 오늘부터 장희재와 중전을 마음에서 지워 버리게. 깨끗이 지우고 오로지 전하를 위한 충심만 채워 넣게. 그리할 수 없다면 자네는 이 밀명을 받들지 못할 것이네. 알겠는가?"

"예, 영감."

"그럼 나가 보게. 자네가 어찌하는 것이 마마의 빠른 복위를 위한 일인지 고심(苦心)해 보게."

계한은 상선의 말에 무거운 발걸음을 집으로 향했다. 자신은 장 씨 일족과는 같은 하늘 아래 숨을 쉬는 것조차 용납할 수 없는 사람이었다. 부친의 목숨을 앗아가고 모친과 어린 누이동생이 자진토록 한 것이 모두 그 일족 때문이었다. 그런데 이제 와서 상과 전 중전마마를 위해 그들과 어울리고 그들의 개 노릇을 하는 척 하라는 상선 영감의 말을 쉽게 받아들이기 어려웠다. 자신은 아직 마음의 수양이 부족하여 원수와 같이 말을 섞고 원수와 같이 자리를 할 정도의 준비가 되어 있지 않았다. 계한은 규원이 기다리고 있는 집으로 향하는 길이 쉽사리 비워내 지지 않는 은원에 끝이 없어 보였다.

13장
위장(僞裝)

　종사관이 전한 말이 장희재에게는 기가 막힐 뿐이었다. 그 여인이, 그리 정갈하고 고운 여인이 한낱 내시의 여자였다니 이해할 수가 없었다. 사내도 아닌 사내의 여자로 남고자 자신을 밀어내었단 사실이 믿기지 않았다. 지난 보름 동안 잠시도 그 여인이 머릿속에서 떠나지 않았다. 물론 곱고 아름다운 여자들은 숱하게 보아왔다. 일찍이 역관(譯官)이던 부친을 따라 명(明)나라며·왜(倭)며, 안 가본 곳이 없었다. 물론 가는 곳마다 그 나라의 여자도 안아보았다. 본디 호색한(好色漢)인 부친이었기에 자신을 닮은 그를 오히려 좋아라 하며 여자들을 보내주기까지 해서 이미 세상 여자들은 다 안아보았다고 생각했었다. 그런데 이상하게 그 여인, 규원이라는 그 여인에 대한 욕심은 스스로도 이상하게 여기질 만큼 다른 것이었다. 그날 단칼에 자신을 거부하는 그녀에게 화가나 돌아서는 길에 한성 최고 명기(名技)라는 월아를 안았다. 그러나 평소와 달리 아무리 그녀를 안아도 채워지지 않는 그 무엇인가가 있었다. 결국, 머릿속을 맴도는 규원을 털어내지 못하고 사내 장희재로서 생각지도 못한 일을 하고 돌아섰다. 중도에 여인을 잠자리에서 내쫓아 버린 자신이 이해가 가질 않았다. 그런데 오늘, 그녀 규원이 내시의 여자라는 보고를 받고 나니 울화(鬱火)가 치밀어 올라 주체할 수가 없었다. 그리 존중해 줄 가치조차 없는 여인이었는데… 그리 곱게 물러날 필요 없는 여인이었는데… 내시에게 시집가는 여자들이야 뻔했다. 몰락한 가문의 여식들이 입을 줄이기 위해서, 혹은 한 재산 받아 친정을 위한다는 핑계 아래 내시에게 몸을 의탁(依託)하는 것이 다반사이고 보면 그녀도 그런 여자임에 틀림없었다.

"젠장! 별것도 아닌 여자를 그리 마음에 품고……. 이 장희재가 미친놈이라는 소리까지 들어가며 월아 년을 물리친 것이 고작 그런 여인 때문이었다니……."

그는 더 이상 한성부 안에 있을 수 없었다. 관복을 벗어 던지고 월아에게 향했다. 하지 않았던, 아니, 못했던 일도 마무리 짓고 술도 질펀하게 마시면서 규원이라는 별것 아닌 여인을 깨끗이 털어버려야 했다.

"서방님! 오늘도 말씀이 없으십니다."

"아? 그렇소? 미안하오. 내가 생각할 것이 있어……."

"혹 궁에서 무슨 일이라도 있으셨는지요? 요 며칠 안색이 안

좋아 보이십니다."

"아니오. 그래, 초동골 마마는 어떠하시던가요?"

"그냥 평안을 가장하고 계신 듯합니다."

"무어라 했습니까? 평안을 가장하고 있다니요?"

"국모이든 천것의 아낙이든 여인은 연모하는 이의 곁에 있어야 비로소 행복한 것입니다. 그런데 그분은 마음에 들인 분 곁에 있지 못하시면서 아무렇지도 않은 듯 계시려니 그런 척 하고 계실 뿐이라는 말씀이지요."

"마마 같은 분도 진정 그러실까요?"

"예. 여인이란 모두 같은 것입니다. 양반이든 상것이든……."

"……."

계한은 규원의 말을 듣고 한동안 침묵을 지키고 있었다. 규원은 계한의 얼굴에 며칠 수심이 가득해서 불안하고 궁금했지만 그가 먼저 내어놓지 못하는 것임에 채근하지 않았다. 계한이 어떤 일로 고심 중이라 해도 그가 언젠가는 자신에게 속내를 내어 보일 것을 믿기에 그저 묵묵히 기다려 주는 것이 도리라 여겼다.

"그럼, 저녁 진지 준비할까요?"

"아니오. 규원, 잠시 나와 함께 다녀 올 곳이 있소."

"예? 어디 말입니까?"

"가보시면 알 것이오."

그리 계한과 같이 나선 길이었다. 계한의 뒤를 따라 걸어가며 그가 안국동으로 접어들 때에야 자신들의 행보가 어디로 향해 있는지 알 것 같았다. 분명 며칠 동안 고심하던 일이 이 행보와 무

184

관하지 않음을 알아차린 규원은 계한의 그림자를 따를 뿐이었다. 주변을 살피던 계한이 규원과 같이 폐비 민 씨의 와가로 들어섰다. 헛기침 소리에 안에 있던 나인이 뛰어나와 규원을 반겨 맞았다.

고요한 방 안. 들어서자마자 큰절을 한 계한이 폐비 민 씨의 얼굴을 올려다보기만 할 뿐, 아무런 말도 없자 조심스러운 듯 먼저 민 씨가 하문했다.

"그대 얼굴이 낯설지 않구려! 혹 한번 보았던 그 상경(尚更)이 아니오? 아니, 이제 상제(尚際)라고 했던가?"

"예. 맞습니다. 마마! 그리고 이 사람 규원의 지아비이기도 하옵니다."

"그래. 그래서 두 사람이 다 그리 알 수 없지만 편안했던 것이구려. 그런데 오늘은 무슨 일로 내 집에 오신 게요?"

"먼저 말씀부터 낮추십시오. 저는 전하의 밀명으로 이제부터 마마를 보필하게 되었습니다. 제 안사람과 제가 마마를 충심으로 보필하여 반드시 마마께서 복위하실 수 있도록 할 것이옵니다."

"어허! 이보시게! 상제. 복위라니……. 그런 불측한 말을 입에 담으면 어찌 되는지 모르는가?"

"알고 있습니다. 그러나 이미 전하께서 그리 마음을 잡수셨고 마마의 복위를 위해 소신이 이리 곁을 지키게 하셨으니 걱정하지 마시옵소서."

"전하께서? 전하께서 진정 내 복위를 거론(舉論)하셨다는 건가?"

"예. 이제 얼마 있지 않아 마마를 다시 교태전으로 부르신다 하셨습니다."

"진정 그리 말씀하셨는가? 전하께서?"

"예. 그런데 마마께서도 아시는 바와 같이 아직 남인이 득세 (得勢)하는 조정이라 전하께서는 먼저 조정에 뿌리 내린 남인의 가지를 먼저 자르겠다고 하셨습니다. 하와 소신이 마마 곁에 있으면서 앞으로 어쩌면 이해하기 어려운 일들을 겪으시게 할지도 모릅니다. 그러나 한 가지, 소신을 믿고 끝까지 소신의 충심을 의심하지 말아주십사 하는 간언을 드리려고 오늘 제게 목숨과 같은 내자와 같이 들른 것입니다."

"…자네가 하는 말이 정확히 무엇인지 모르나, 분명 자네는 받잡기 어려운 어명을 받았나 보구려. 그래서 내가 자네를 의심하고 믿지 못하게 될지도 모르는 그런 일이 생길 수도 있다는 것 아니오?"

"예. 그러하옵니다."

"알았소. 자네가 어떤 일을 하던 자네의 목숨 같은 규원을 믿고 자네를 믿으라는 말 아니오? 그 말을 하려 이 밤에 내게 내외가 같이 들른 것이구려."

"예. 마마!"

"알았네. 그리하지. 내 자네를 믿고 자네 안사람인 규원 저 사람을 믿지. 그러니 걱정 말고 자네가 받은 밀명대로 하시게."

"예. 황송하옵니다. 그럼, 보는 눈이 많아 이만 물러가겠사옵니다."

"그러게."

초동골을 벗어나 자신들의 와가로 돌아오는 길 내내 규원은 아무것도 묻지 않았다. 그저 계한이 하고자 하는 바가 어쩌면 자신과 계한에게 견디기 어려운 고통이 될 수도 있을 것이라는 불안한 마음에 무거워진 발걸음을 옮기기만 했다.

"업히시오."

계한의 소리에 놀라 깊은 생각에 잠겨 있던 규원이 앞을 바라보니 자신의 발 앞에 넓은 계한의 등이 버티고 있었다.

"무슨… 서방님, 왜 이리……."

"어서 업히시오. 내 언젠가 한번 꼭 규원을 업고 밤길을 걷고 싶었소. 오래전 허혼서를 받으러 그대 집으로 달려갈 때 내가 속으로 약속한 것이었소. 그대 가는 길이 평탄하게, 행복하게 해주겠다고. 그런데 그러질 못할 지도 모르겠소. 지나온 세월도 그러했는데 앞으로도 어쩌면 그대를 많이 힘들게 할지도 모르니 오늘 그대에게 미리 약을 처방해 두려 하오. 아프지 않게 미리 예방을 해두면 혹 그대가 덜 아프지 않겠소?"

"그러시지요. 그럼 그 약이란 것을 받아 두지요. 그리하는 것이 서방님의 마음을 편히 하시는데 도움이 되신다면."

"……."

계한은 규원을 등에 업고 천천히 밤길을 걸었다. 이리 연모하는 여인을 험한 길로 같이 끌고 갈 것을 생각하니 마음이 너무 아팠다. 장희재와 중전 장 씨의 눈을 전 중전에게서 돌리기 위해 앞으로 자신이 어떤 모습으로 변할지 그녀에게 얼마나 실망을 안길지 모르는데 그녀 규원이 잘 참고 견뎌줄지 걱정이었다. 규원이 계한의 목에 자신의 팔을 감으며 얼굴을 목덜미에 묻었다.

"제게는 마음 두지 마셔요. 저는 서방님만 믿고 따라갈 터이니 서방님께서 하시고자 하는 대로 행하십시오. 저는 걱정하지 않을 겁니다. 서방님께서 저에게 어떤 모습을 보이셔도 그것이 진심이 아니라는 것을 명심하겠습니다."

"…고맙소. 그대가 내 안사람이라는 사실이 내게는 항상 기쁨이오. 그러니 잊지 마시오. 내게 그대 외에 다른 이를 마음에 들이는 일은 없을 것이라는 사실을……."

"예, 서방님."

그의 말을 들으며 아마도 그가 자신에게 상처가 되는 일들을 할지도 모르겠다고 생각하며 규원은 계한의 따스한 등에 자신의 몸을 온전히 기대었다.

"영감! 어떤 내관이 영감을 뵙기를 청합니다."

"뭐? 내관이? 내게 내관 따위가 뵙기를 청해?"

"예."

"허어! 이제 이 장희재가 내관 따위와 어울릴 정도로 우스워 보인다는 것이냐? 난 그리 한가한 사람이 아니니 쫓아 보내라!"

"하온데 영감! 그자가 만약 영감께서 자신을 만나지 않겠다하시면 초동골 폐비 민 씨 때문이라 전하라 했습니다. 어찌 하올까요?"

"뭐? 폐비?"

"예."

"…들여라!"

장희재는 초동골 폐비라는 말에 온몸에 털이 곤두서는 것 같았다. 그렇지 않아도 사정전에 심어둔 내시가 얼마 전 상(上)께서 급히 내관 한 명을 불러 폐비와 관계된 밀명을 내렸다고 했다. 그 일로 중전이신 누이동생이 전전긍긍(戰戰兢兢)하고 있음을 모르지 않는 장희재로서는 도대체 자신에게 찾아온 내관이 무엇을 전하기 위해 온 것인지 궁금하였다. 이윽고, 종사관의 안내로 방안에 들어선 내관의 얼굴을 보며 장희재는 놀라움을 금지 못했다. 세상에 잘난 사내, 잘난 여인을 많이 보았다. 그런데 앞에 선 내관의 얼굴처럼 그리 잘난 사내를 여태 본 적이 없었다. 본디 내관들이 키가 크고 몸이 길어 보기에 아름다운 몸을 가진 것을 모르지 않았다. 그들은 사내의 몸이나 사내로서의 기운이 흐르지 않기에 몸이 여인처럼 길고 키 또한 오랫동안 자라 보통의 사내보다 더 수려(秀麗)한 몸을 가진 이가 많았다. 그런데 앞의 내관은 그저 아름다운 몸만 가진 것이 아니라 힘이 넘치면서도 고왔다. 또한, 얼굴은 희고 이목구비가 뚜렷했으며 넓은 이마는 반짝이고 두 눈은 검고 깊어 그 깊이를 가늠할 수가 없었다. 온전한 사내였다면 도성 안 여인들의 가슴깨나 울렸을 얼굴이었다.

"흠흠! 그래, 자네가 날 보자고 한 이유는?"

자신도 모르게 너무 오랫동안 앞에 선 자를 훑어본 사실이 당혹스러워 장희재는 애써 점잖게 말을 던졌다.

"소인, 왕명출납을 하는 상제(尙際) 김계한이라 하옵니다."

"김계한? 낯설지 않는 이름이군. 혹 내가 자네를 아는가?"

"아닙니다. 소인 오늘 영감을 처음 뵙습니다."

"그래? 그런데 왜 날 찾아왔는가? 폐비 민 씨 때문이라 하던데……."

"저… 제가 며칠 전 전하께 밀명을 받잡았사온데 아무리 생각해도 그리 따르기에는 너무나 망극(罔極)한 일이라……. 이리 영감을 찾아뵙고 의논을 드려야 할 것 같아 감히 뵙기를 청했사옵니다."

"밀명?"

"예, 영감!"

"그래? 이리 가까이 오게! 밀명이라니?"

장희재가 먹이를 발견한 맹수처럼 자신에게 다가들며 눈을 빛내는 것을 보며 계한은 마음을 다잡았다. 지금부터 자신은 오로지 상(上)의 충성스러운 신하 상제 김계한일 뿐이라고……. 부친 김시목도, 모친인 정 씨도, 누이동생인 계희도 알지 못하는 그저 내시 김계한일 뿐이라고 다짐하며 장희재의 곁으로 다가갔다. 지금은 자신의 은원 따위를 생각할 때가 아니었기 때문이었다.

며칠째 계한이 평소 하지도 않던 술에 절어 밤이 깊어서야 들어왔다. 그리고는 그녀를 본 척도 하지 않고 등을 돌리고는 코까지 곯아대며 잠을 잤다. 아침이면 으레 세숫물에 세안을 하며 따스하게 말을 주고받던 일도 없어졌다. 그저 휑하니 세수를 하고는 쏜살같이 방으로 들어가 버렸다. 그런 다음 서둘러 아침을 먹고 의관을 정제한 후 외출을 하는 것으로 하루 일과를 시작했다.

규원은 그가 말하던 어떤 일이 시작되었음을 알아차렸다. 그러나 그 일과 자신에게 이리 냉하게 대하는 것이 무슨 상관이 있는 것인지 알 수가 없었다. 단지 그녀에게 처방했던 약이라며 자신을 업어주었던 그날, 그 따스한 기억을 곱씹으며 규원은 그저 묵묵히 그를 따를 뿐이었다. 담 너머 빠른 걸음으로 가는 계한의 뒷모습을 그리 규원은 바라보기만 했다.

"영감! 오늘은 어디로 가실 양입니까?"

"오늘? 오늘은 자네에게 내 큰 상을 내릴 생각이네. 중전마마께서 자네가 우리에게 폐비 민 씨의 동정(動靜)을 살펴주어 얼마나 기뻐하시던지. 자네 덕분에 폐비 일파가 조정에 줄을 대려 하던 자를 끊어냈으니 당분간 폐비 쪽에서는 아무것도 알지 못할 것이네. 그래서 꼭 내게 자네에게 큰 상을 주라 신신당부 하셨네. 그러니 오늘은 자네가 깜짝 놀랄 곳으로 데려가 주지. 어서 날 따르게."

계한은 오늘도 초동골에 들러 쓸데없는 트집을 잡아 상궁과 나인을 한바탕 괴롭히고는 장희재에게 향했다. 벌써 여러 날 째, 장희재와 같이 술을 마시고 그와 함께 시중잡배(市中雜輩) 같은 행동을 하며 어울리고 있었다. 지나가는 여인을 희롱하고, 아녀자에게 겁을 주고, 힘없는 양반을 괴롭히며 밤이 깊어질 때까지 놀았다. 물론 계한은 그런 놀이를 좋아하지도, 술을 즐기지도 않았지만 장희재가 하는 대로 따랐다. 그러면서도 무뢰배인 듯한 그의 눈이 가끔 무서울 정도로 매섭게 반짝이는 것을 계한은 놓치지 않았다. 아직 그가 자신을 완전히 믿지 않음을 계한은 알고 있었다. 그래서 폐비 민 씨에게도 그 상궁 나인들에게도, 하물며 규원에게도 그리 모질고 냉정하게 대했다. 자신에게 늘 따라 붙는 눈길이 아직 머물고 있음에 그는 자신이 아닌 자신으로 요 며칠을 보냈다. 오늘도 기루 쪽으로 방향을 잡는 것 같아 계한은 당혹스러웠지만 표정을 드러내지 않았다. 지금은 자신의 작은 행동 하나에도 일이 틀어질 수 있음에 계한은 살얼음판보다 더 조심스러워하며 장희재를 따라갔다. 장희재가 들른 곳은 한성에서 제일이라 소문난 월아의 기방이었다. 단골이어서인지, 아니면 중전의 오라비여서인지 버선발로 뛰어나오는 기생들에게 둘러싸여 장희재와 같이 기방으로 들어선 계한은 다른 때와 달리 장희재가 문밖에 서서 방 안으로 들어오지 않자 묘한 생각이 들어 장희재를 돌아보았다.

"초향아! 오늘 네가 그 사람을 기쁘게 해주면 내가 내일 아침에 두둑한 돈 주머니를 줄 테니 잘 모셔라. 알겠느냐?"

"예, 영감! 염려 마시어요."

"저어, 영감! 제가 어찌 여인을……. 이리 하심은 아니 되옵니다."

"아니 되긴! 양물을 잘랐다 하나 음경(陰莖)은 남아 있을 것 아닌가? 내가 오늘 자네에게 환락의 기쁨을 알려주라 명해놨으니 잘해보시게. 자, 월아야! 우리도 가자! 어서 가서 우리도 한번 뒹굴어보자! 응?"

계한은 장희재의 말에 그만 주저앉고 싶었다. 그의 말처럼 고환(睾丸)을 거세해 영원히 사내로서의 구실을 할 수는 없지만 음경마저 거세한 것은 아니니 여인을 안을 수 있을지도 모른다. 그러나 연모하는 규원이 곁에 있어도 발기(勃起)가 되지 않았다. 승전색 영감의 말로는 자신은 사내로서 규원을 한번 안아본 적이 있기에 여인을 안고 싶어 하는 욕망만 있으면 음경이 남아 있으니 노력하면 가능할지도 모른다고 했었다. 그러나 혼례를 올리고 규원과 같이 동침(同寢)을 히시 시작한 지난 한달 동안, 단 한 번도 그녀를 안아줄 수 없었다. 몸과 마음은 끓어오르고 터질 것처럼 열에 들떠 미칠 지경이었으나 정작 자신의 음경에는 아무런 변화가 없었다. 그래서 그녀를 두고도 진절머리 나게 긴 밤을 홀로 지새웠다. 그런데 오늘 장희재가 자신에게 할 수 없는 일을 해보라며 기생아이 방에 자신을 밀어 넣었다. 수치스러웠다. 아직 그리 나이 들어 보이지 않는 기녀아이가 자신의 옷에 손을 뻗쳐 오자 계한은 수치스럽고 당혹스러워 기녀의 손을 사정없이 뿌리쳤다. 그러나 기녀는 장희재가 주기로 한 재물에 욕심이 난 것인지 쉬이 물러설 기미가 아니었다. 순식간에 훌훌 옷을 벗어던져 속치마와 속저고리로 차림이 된 기녀가 자신에게 달려들며 몸을 비벼왔다. 아무리 어떠한 일도 다 하겠다고 맹세한 계한이었지만 그것만은 도저히 할 수 없었다. 가능치도 않는 일이기도 했지만, 또한 다른 여인 때문에 규원을 배신할 수는 없었다. 몸을 섞지 않아도 여인을 자신 곁에 가까이 두는 것만으로도 규원에게 죄를 짓는 것 같아 그리할 수는 없었다. 그래서 몸을 곤추세워 앉으며 곱게 기녀를 뿌리치며 계한이 말했다.

"되었네. 되었으니 그냥 주무시게. 자네도 알다시피 난 내시라네. 알지? 내가 자네를 안을 수 없는 남자라는 것. 그러니 걱정 말고 주무시게. 난 이곳에서 그냥 앉아 쉴 테니. 내가 영감에게 는 자네에게 대접을 잘 받았다 할 터이니 걱정 말고."

"정말이십니까?"

"그래, 그러니 그만 쉬게."

"그럼 나리도 그쪽에서 눈 좀 붙이셔요."

"그러지."

계한은 기녀가 낮게 코를 골며 잠이 들 때까지 부처처럼 그렇 게 윗목을 지키고 앉아 있었다. 오늘은 이곳에서 밤을 지새워야 할 것 같았다. 장희재가 아침에 기루를 나갈 모양이니 계한 자신 도 같이 이곳에 남아 있어야 했다. 그가 시키는 대로 여인을 안 을 수는 없다 해도 한밤중에 집으로 돌아가 그의 의심을 살 필요 까지는 없을 듯했다. 계한은 자신이 돌아오기를 기다리며 애태울 규원이 눈앞에 어른거려 괴로웠지만 두 눈을 꼭 감고 꼬박 앉아 밤을 새웠다. 물론 규원도 한원을 재우고 그리 윗목을 지키고 앉 아 그가 돌아오기만 기다린 밤이었다.

14장
투기(妬忌)

월아를 품에 안고 누운 장희재의 마음은 다른 곳에 가 있었다. 누이동생의 신신당부로 그자 계한과 가까이 지내긴 했지만 실은 자신은 그자가 마음에 들지 않았다. 자신과 다르게 잘나고 품위 있는 얼굴이 싫었다. 모친을 빼닮아 뛰어난 외모의 누이동생과 달리 자신은 우락부락하여 절대 잘났다고 할 수 없는 얼굴이었기에 자신이 가지지 못한 것을 가진 계한이 더 싫었다. 거기다 작고 두툼한 자신과 달리 크고 날렵하며 보기 좋게 잘난 몸을 가진 것도 마음에 들지 않았다. 그러나 그 둘 모두를 다 제쳐두고서라도 계한이 싫은 이유는 따로 있었다. 그가 규원의 주인이라는 것 하나만으로도 이미 그와는 같은 자리에 있기조차 싫었다.

"지금, 그자가 우리 쪽에 완전히 기울도록 하지 않으면 장차 우리에게 어떤 일이 생길지 알 방법도, 대책을 마련할 방법도 없다는 것을 잊지 마셔요. 그자에게 줄 수 있는 것은 다 내어주십시오. 요즈음 그자가 가끔 민 씨의 집에 가서 패악질을 한다고 들었습니다. 그자의 말처럼 자신을 다음 상선으로 만들어주겠다는 약속이 지켜지지 않으면 그자는 절대 우리 편에 서 줄 사람이 아닙니다. 그러니 절대 함부로 대하지 미시고 그자를 잘 이용해서 상(上)의 마음도 알고 민 씨를 영구히 제거할 수 있도록 해야 합니다."

누이동생인 중전이 한 당부가 없었다면 장희재는 김계한처럼 마음에 들지 않는 자를 자신의 곁에 두고 싶지도 않았고, 그자의 아낙인 규원을 저리 곱게 버려두지도 않았을 것이다. 당장 그녀를 보쌈해다 자신의 여자로 만들고 말았을 것이었다.

오늘같이 길고 긴 밤이면 그는 규원을 품에 안고 뒹구는 망상에 사로잡혀 눈을 붙이기 힘들었다. 처음, 계한의 뒤를 밟고 돌아온 종사관의 보고에 얼마나 기가 막혔는지 모른다. 규원의 하잘것없는 내시 사내가 바로 김계한이라는 사실을 받아들이기 힘들었다. 규원의 사내가 내시라는 것만 알고 있을 때와 바로 김계한이라는 것을 알게 되었을 때는 사뭇 달랐다. 자신이 함부로 대할 수 없는 이용가치를 가진 내시가 규원의 사내라는 것이 자신을 함부로 움직일 수 없게 만들어 더욱더 미칠 것만 같았다. 몸과 마음이 그녀를 갈망하고 있음에 애써 한 걸음 뒤로 물러서서 그저 지켜보기만 해야 한다는 것이 그를 미치게 했고 술 마시게 만들었다.

오늘 계한에게 기생아이를 붙여주면서 규원이 이 사실을 알게 되었을 때 받을 모멸감과 고통을 생각하니 그나마 조금 위안이 되는 것 같았다. 언제든 그녀는 자신을 뿌리친 대가를 톡톡히 치러야 할 것이었다. 그러기 위해서 계한을 좀 더 타락의 늪으로 끌어들여야 했다. 저리 맑고 곱기만 한 사내로 그녀 곁에 두고 싶지 않았다.

"자네! 잠을 잘 자지 못한 얼굴인 것 같은데… 초향이가 자네를 아주 죽여놓은 것 같네."

"무슨 그런 농을. 내시인 제가 여인을 품고 잔다고 한들 무엇을 할 수 있었겠습니까? 영감 덕분에 그냥 안고 잠만 잤습니다."

"그런가? 그래, 여인을 안고 잠드니 어떠하던가?"

"예?"

"사실 난 평소에 궁금한 것이 많았다네, 자네들은 어찌 성가를 하고 아낙을 기쁘게 해주는지."

장희재의 노골적인 말에 계한은 당혹스러웠다. 세상 사람들 누구도 자신에게, 아니, 내시에게 그런 것을 물어보는 사람이 없었다. 그들도 장희재와 같이 궁금하고 알고 싶지 않은 것은 아니겠지만 누구도 감히 입 밖에 내어 묻지 않았다. 그만큼 민감하고 어려운 것이었다. 그런데 장희재는 아무렇지도 않은 듯 음흉한 미소까지 띠고 물어보고 있었다.

"아직 소인 연치(年齒)가 얼마 되지 않아서인지 그런 것에 대해 잘 알지도 못할 뿐만 아니라, 안사람이 워낙 현숙한 사람이라 그런 문제로 얘기를 나눠본 적이 없어서⋯⋯."

"흠. 그런가? 자네는 아직 어려서 그렇다고 치고 자네 부인은 자네보다 한 살 더 많다고 하지 않았나? 그럼 자네 부인은 이제 한참 운우지정(雲雨之情)에 눈 뜰 연치가 된 것 같은데⋯ 여인의 현숙함이야 우리 사내 앞에서만 그리하는 것이고, 자네도 생각이 많겠군."

"⋯⋯."

"이제서 말이지만 몇 달 전에 내 어쩌다 필우(筆友)가 필요해 자네 안사람이 하는 점포에 간 적이 있었다네. 그때 자네 부인의 모습을 보고 사내로서 눈을 뗄 수가 없었다네. 내 그리 곱고 아름다운 여인을 본 적이 없었다네. 그래서 혹여 어느 댁 규수인가 싶어 아랫것들에게 한번 알아보라 했었지, 내 후실로 들일까 하고. 그랬더니 알고 보니 내관(內官)의 처(妻)라고 하더군. 그래서 내 참 많이 안타까워했었네. 그런데 그 고운 여인이 자네 안사람이라는 말을 듣고 얼마나 당혹스러웠던지. 내가 이리 말하는 것은 자네 안사람에게 혹한 사내가 나뿐이 아닐 것 같아서 하는 말이네. 그곳을 드나드는 수많은 사내들이 나와 다르지 않을 것이니⋯⋯."

"⋯⋯."

"그리고 내가 알기론 여인들에게 특히 음양의 이치를 아는 여인들에게 사내가 안아주지 않는 밤은 죽음보다 더한 고통이라고 하던데⋯⋯. 이참에 기생아이에게 여인을 기쁘게 해주는 법이라도 좀 배워보게! 내가 미리 언지를 해둘 테니."

"아닙니다. 되었습니다. 아직은 그럴 필요는 없을 듯합니다."

"어허! 그리 가벼이 여길 문제가 아니라네. 아직 자네가 여인을 잘 몰라 그리 태평스러운 것 같은데 나중에 후회하지 말고 미리 공부 좀 해두게. 다 자네가 남같이 않아서 하는 말이네."

"……"

"그래, 그건 그렇고 민 씨 집에 드나드는 조정 중신들이 누구인지, 무엇을 작당(作黨)하는 것인지 알아보았는가?"

"아직 제가 심어놓은 나인에게서 아무 보고를 받지 못해서 아직은… 조만간 알아보겠습니다."

"그럼 그래야 할 것이야. 자네에게 상선 자리를 약속한 것은 그만한 성과를 이루었을 때 얘기란 것을 잊지 말게. 우리 중전마마는 결코 만만한 분이 아니시네. 물론 자네도 익히 알 터이지만……"

좀 전까지도 능글스런 음담패설(淫談悖說)을 늘어놓던 장희재는 어디로 간 것인지 그의 어둡고 음침한 눈이 위험한 빛을 발하는 것을 보며 계한은 자신의 심부(心府)가 조여드는 것 같았다. 재삼 느끼는 것이었지만 장희재는 세간(世間) 사람들이 알고 있는 무뢰배에다 한량만이 아니었다. 보이는 것이 전부가 아니라는 것을 장희재를 보면서 알게 되었다. 남인과 중전이 지금까지 그 권력을 놓지 않고 지켜온 뒤에는 세상 사람들의 눈을 현혹시키면서 사실상은 모든 것을 조종하는 장희재가 있었기 때문이라는 생각을 지울 수가 없었다. 이 세상에서 가장 그 속을 알 수 없고 음험(陰險)한 인물과 같이 움직이고 같이 있어야 한다는 것은 마치 칼끝 위를 걸어가는 것과 같음에 계한은 다시 한 번 자신의 마음을 다 잡았다.

규원은 한원을 품에 안고 담 너머 계한이 걸어오는 모습을 말없이 지켜보았다. 지난밤도 결국은 눈을 붙이지 못했다. 혼례를 올린 후 궁에 출입번(出入番)을 서지 않는 날이면 반드시 자신과 한원의 곁을 지켜주던 계한이 어제 아무런 말도 없이 그렇게 밖에서 돌아오지 않았다. 규원은 긴 밤을 잠 못 이루고 홀로 어둠을 지키고 앉아 깊은 생각에 빠졌었다. 계한이 어떤 일을 하고 있는지 모르지 않았다. 그가 초동골 마마를 위해 전하의 밀명을 받잡고 있음을, 그래서 장희재와 어울리고 있음을 모르지 않았다. 그런데 그 모든 것을 알면서도 불안한 마음을 지울 수가 없었다. 쇠돌이가 오월에게 주절거리던 말을 우연히 듣고 부터는 더욱 그러 하였다. 만약 그 말이 사실이라면 계한이 자신이 아닌 다른 여인을 취(取)했다는 사실을 어찌 받아들여야 할지 규원은 마음이 너무나 어지러웠다.

"왜? 나와 계시오?"

"……."

"왜 그러오?"

"아닙니다. 어서 오시어요."

"험. 피곤하니 좀 쉬어야겠소."

피곤해 보이는 얼굴의 계한은 규원을 보며 퉁명스럽게 던지듯 말하고는 그냥 스쳐 지나갔다. 그리 아끼고 사랑하는 아들 한원에게 눈길도 주지 않고 사랑채로 향하는 계한의 뒷모습에 규원은 스스로를 채찍질했다. 믿고 따라야 했다. 자신과 한원을 위하는 마음 하나만은 진심임을 믿어 의심치 않았다. 그래서 그가 자신에게 등을 돌리고 잠드는 날이 계속되어도 참을 수 있었다. 그의 마음이 변한 것이 아니라고 믿을 수 있었기에, 이리 자신을 냉하게 대하는 것 또한 혹여 자신에게 해(害)가 미칠까 두려워서라는 것을 믿었기에 가능했다. 그런데 오늘, 마음에 들인 독(毒)이 자꾸만 자신을 갉아먹어 들어왔다. 듣지 말아야 할 말은 제멋대로 들어와서 이미 그녀의 마음속을 어지럽히고 있었다. 계한의 뒷모습에서 눈길을 떼지 못하고 섰던 규원은 오월에게 한원을 맡기고 계한이 있는 사랑채로 향했다.

규원을 애써 피하고 사랑채로 들어온 계한은 밤을 꼬박 새운 탓에 몸은 축 늘어질 정도로 피곤하였음에도 잠을 청할 수가 없었다. 마주하고 앉아 들었을 때에는 말이 되지 않는다 생각했던 것들이 규원을 보고 나니 마음을 어지럽혔다. 자신과 같이 하는 것만으로도 기뻐하던 규원의 말을 지나치게 믿은 건 아니었는지, 자신과 달리 이 혼례가 진심으로 그녀가 원한 것이었는지. 규방의 규수로 태어나 자신과 하룻밤을 보낸 후 한원이를 가진 몸으로 다른 방도가 없어 이곳에, 자신의 곁에 있을 수밖에 없었던 것은 아닌지 하는 의구심이 자꾸만 머리를 들었다.

"잠시 들어가겠습니다."

"아! 그러시오."

어둡고 험한 생각에 빠져 있던 계한은 규원의 단아한 목소리에 황급히 마음의 그늘을 털어내었다.

"피곤하신 것 같은데 쉬시지 않으시고요."

"아니오! 견딜 만하오. 아직 해가 중천인데 어찌 누워 있겠소?"

"저어 그런데 어제는 어디 계셨습니까? 또 판윤 영감과 같이 다니신 겁니까?"

"……"

순간, 계한의 마음속에는 두 가지 생각이 불쑥 들었다. 진실대로 말해 규원을 상심하게 할 것인지, 아니면 규원을 위해 진실을 숨길 것인지…….

"그냥… 술을 마시다 보니 과(過)해서 잠이 들었소."

"예에, 그러셨군요."

규원의 말에는 많은 것들이 녹아 있었다. 자신을 믿고 따라달라던 계한이 오늘 처음 자신에게 거짓을 말하고 있다는 사실을 어찌 받아들여야 할지 규원은 마음속에 일어나는 검은 구름을 애써 미소로 덮었다.

"그러시면 차 한잔 하시렵니까?"

"차라니?"

"마음이 어지럽고 잠이 오지 않을 때 제가 자주 마시는 국화차가 있습니다. 같이 한잔 하시렵니까?"

"…마음이 어지럽고 잠이 오지 않을 때가 많았던 것이오?"

계한이 작은 소리로 중얼거리는 듯 말하자 규원이 다시 되물었다.

"예? 무어라 하셨습니까?"

"아니오. 한잔 하십시다."

혼례를 올린 이후 지금껏 대낮에 이렇게 서로 마주앉아 차를 마셔본 적이 없었다. 같은 이불을 덮고 잠을 자는 부부이긴 했지만 아직 서로가 같이 얼굴을 맞대고 앉아 있는 것조차 어색하고 편하지 않았다. 계한은 그녀의 얼굴을 바라보다 자신의 마음속에 휘몰아치고 있는 생각 한 자락을 입 밖에 끄집어내었다.

"그대는 나와 함께하는 것이 진정으로 행복하오?"

그가 내뱉은 말과 무심한 듯한 얼굴이 규원을 아프게 했다. 마치 그는 행복하지 않다고 말하고 있는 것 같았기 때문이었다.

"예. 서방님은 아니십니까?"

"아니오. 난 진정으로 행복하오. 단지 그대가 나처럼 사내도 아닌 사내와 같이 살기에는 앞으로 남은 시간이 너무 길다는 사실이 요 며칠 마음에 걸렸소."

계한은 규원이 흠칫 놀라며 자신을 바라보자 규원의 눈빛에서 진실을 캐내기라도 할 듯 뚫어져라 쳐다보았다. 그러나 그녀의 눈빛에서 그는 아무것도 알아낼 수가 없었다. 그저 자신의 말에 놀라고 당황스러워 보일 뿐이었다. 이윽고 그녀가 조용하지만 또렷한 어조로 말했다.

"전, 당신 곁에 있을 수 있어 더없이 행복합니다. 그저 당신께서 제 손을 잡아주시기만 하여도 제 가슴은 마치 놀란 어린 새의 가슴처럼 그리 뜁니다. 당신께서 저를 당신 품에 안아주시면 저는 공기 중에 제 몸이 흩어질 것처럼 그렇게 황홀합니다. 어쩌다 당신께서 제 입술이라도 훔치시면 저는 그저 죽을 것만 같습니다. 이것이 제 마음입니다. 당신께 향하는 저의 마음입니다."

계한은 규원의 말을 듣고 있기만 했다. 그녀가 자신의 마음이 진심이라고 믿어달라고 말하고 있었다. 눈가가 촉촉하게 젖어들며 말하는 그녀의 말이 온전히 믿기지 않는 자신이 오히려 안타까웠지만 그녀의 말에 자신의 모든 것을 걸고 싶었다.

"그래도……. 여인에게 사내란, 제 자식의 아비이기 전에 자신을 품어주고 안아주는 남정네여야 한다고 하던데. 난, 그대에게 남정네로서 아무것도 해줄 수 없소. 그런데 그 마음이 얼마나 오래갈 수 있겠소?"

"지금 무엇을 걱정하시는 건지요?"

"혹, 그대가 원한다면 언제든지… 언제든지 내가 사라져 드리겠소. 그러니……."

"지금 제게. 당신께서 떠나주시겠다! 그리 말씀하시는 겁니까?"

"그렇소."

"왜요?"

"왜라니? 무슨 말이요?"

"저보다 더 당신께 필요한 여인이 생겼습니까? 아니, 아닙니다. 이리 제가 투기(妬忌)를 하게 될 것이라곤 생각지도 못했었습니다. 기생아이 따위에게……."

규원이 애써 마음을 접으며 자리에서 일어나려 했다.

"무슨 말이오? 기생아이라니? 규원, 말씀 좀 해보시오."

"저도 귀가 있어 알고 있습니다. 당신께서 어젯밤 월아의 기방에서 어느 기생아이와 같이 밤을 보내신 것을. 저와는 아무것도 하실 수 없다는 분께서 기생아이와는……. 죄송합니다. 이리 못난 모습을 보여 드려서."

계한은 규원의 팔을 잡았다. 얼른 고개를 돌리는 규원의 얼굴에 반짝이는 것이 눈물임을 모르지 않은 계한은 가슴이 미어질 것만 같았다. 이리 곱고 이리 소중한 여인을 상대로 괜한 생각을 한 자신이 너무나 싫었다. 그리고 규원을 울린 자신을 용서할 수가 없었다.

"아니오. 내 기방에서 밤을 새우기는 했지만 진정, 그대를 배신하는 그 어떤 행동도 한 적이 없소. 연모하는 그대에게조차 사내구실도 못하는 내가 어찌 기생아이와 그리할 수 있다고 생각하시는 거요? 진정 그리 생각하시는 것은 아니지요? 규원, 말 좀 해보시구려."

계한이 당혹스러워하며 그녀의 몸을 끌어 당겨 안았다. 그렇게라도 하지 않으면 그녀가 어느 순간 사라져 버릴 것만 같았기 때문이었다.

"전, 서방님께서 그저 이리 안아주시기만 해도 됩니다. 평생이리 안아주시기만 해도 전 후회하지 않을 겁니다. 당신 곁에 있는 것이 제게는 유일한 행복입니다. 그러니 부디……."

계한은 너무나 고운 말만 내뱉는 그녀의 입술을 자신의 입술로 막아버렸다. 어젯밤. 이리 고운 여인이, 이리 마음 약한 여인이 자신을 기다리며 얼마나 아파했을지, 괜한 걱정을 했을지 알 것 같았다. 따스한 그녀의 입술을 헤집고 그녀의 보드라운 혀를 자신의 혀로 감았다. 작고 여린 그녀의 몸이 마치 열에 들뜬 것처럼 뜨거워지는 것 같았다. 자신의 몸도 그녀 못지않게 달뜨기 시작했다. 그녀가 자신의 품 안에 안겨 있다는 사실이 그를 알 수 없는 갈망(渴望)으로 이끌었다. 규원의 머리를 손으로 받치고 바닥으로 살며시 뉘였다. 그녀의 입안을 헤매는 자신의 혀와 그녀의 저고리 섶을 열고 그녀의 가슴을 찾는 자신의 손을 계한도, 규원도 알지 못했다. 그저 두 사람은 서로의 마음이 시키는 대로 몸이 원하는 대로 서로에게 빠져들었다. 그리고 계한은 자신의 몸에 치닫는 욕정에 어느덧 그녀의 몸을 짓누르며 입술을 그녀의 입에서부터 점차 목덜미로, 그리고 다시 목덜미에서 뽀얗고 하얀 가슴으로……. 그렇게 해가 아직 중천에 있음도, 이곳이 사랑채임도 잊어버리고 그녀의 몸에 그의 것임을 증명하는 낙인을 찍기에 정신이 없었다. 하복부가 마치 터질 것처럼 그렇게 팽팽하게 부풀어 오르는 것을 느끼며 계한은 그녀의 치마 자락을 걷어 올리며 속바지 허리를 묶은 끈을 찾아 헤매고 있었다. 그의 손길이 그녀의 허리에 닿자 그녀의 입술에서 기대감으로 꽉 찬 신음이 흘러 나왔다.

"서방님! 아직… 아직 대낮이온데……."

계한은 그녀의 입술에 다시 자신의 입술을 부딪치며 속삭였다.

"그래서요? 그래서 지금 저를 말리시려는 겁니까?"

"……."

그녀가 대답조차 하지 못할 정도로 달아올라 있음을 알아차린 계한은 그녀의 입술을 다시 찾으며 중얼거렸다.

"어쩌면… 어쩌면 규원! 가능할지도 모르겠소. 어쩌면 이번에는 당신과 함께할 수 있을지도……."

그가 그녀의 손을 잡아 자신의 하복부로 이끌었다. 그가 인도한 그곳에는 그도, 그녀도 믿지 못할 일이 벌어지고 있었다. 바지 앞섶을 팽팽히 들고 일어선 계한의 존재에 놀라 계한의 얼굴을 올려다보았다. 그때였다. 바깥에서 오월의 목소리가 들렸다.

"서방님! 서방님! 손님이 오셨습니다."

"이보시게! 상제! 날세! 장희재! 안에 있는가?"

계한과 규원은 바깥에 온 손님이라는 자가 장희재라는 사실에 화들짝 놀라 얼른 일어나 옷맵시를 갈무리했다. 그러나 곱게 빗은 머리가 다소 헝클어지고 입술이 부풀어 올라 붉은 규원의 모습은 천상 사내의 사랑을 듬뿍 받은 여인의 모습이었다. 얼른 숨을 고르고 옷맵시를 가다듬고 달려나가는 계한을 따라 규원도 방문을 나섰다.

그러나 규원은 마당에 선 장희재가 자신을 바라보는 무뢰한 시선에 그 자리에 멈춰서고 말았다. 마치 자신들이 방금 전 무엇을 하고 있었던 것인지 알고 있다는 듯 빤히 바라보는 눈길이 민망스러워 규원은 어디론가 숨어 버리고 싶었다. 천천히 장희재의 눈길이 그녀의 헝클어진 머리와 붉은 뺨, 터질 듯 부어오른 입술로 옮겨갔다. 그리고 곧, 그 속을 알 수 없는 검고 어두운 그림자에 잠겨들기 시작하는 것 같았다. 마치 첩(妾)을 투기하는 본처(本妻)처럼 그렇게 표독스런 얼굴로 계한과 규원의 얼굴을 번갈아 보는 장희재를 보며 규원은 계한의 뒤로 가 조용히 숨었다. 왠지 오늘 보어서는 안 될 것을 보인 깃처럼 그렇게 마음이 불편했다. 정작 자신들의 은밀한 순간을 방해한 장희재를 질타할 수 없는, 알 수 없는 두려움이 밀려드는 것을 규원은 온봄으로 느꼈다.

15장
진심(眞心)

　잠시 사랑채 안은 고요 속에 휩싸여 있었다. 상석(上席)에 앉은 장희재와 그 맞은편에 앉은 계한, 그리고 두 사람 사이에 다른 방향으로 다소곳이 앉은 규원. 처음으로 세 사람이 한곳에 모여 앉았다. 방금 전 이곳에서 있었던 자신들의 모습이 채 사라지지 않은 방 안에 입을 굳게 다문 장희재와 같이 자리하고 앉았다는 것이 불편하기 짝이 없어 계한은 얼른 말을 꺼낼 수가 없었다.

　"어허! 이 사람! 자네 부인을 내게 소개해 줘야 하지 않겠나? 불쑥 찾아왔다고 이리 앉혀두면 내가 자네 부인에게 몹쓸 사람이 되지 않겠는가?"

　언제나 느낀 것이지만 재빨리 안색을 바꾸며 능글스럽게 말을 건네는 장희재가 새삼 무섭기까지 했다. 조금 전의 그 어둡기만 하던 눈빛을 어디로 간 것인지.

"죄송합니다, 영감. 부인, 이 어른은 한성부 판윤 장희재 영감이시오. 부인도 아시지요?"

"예. 익히 들어 존함은 알고 있었으나 이리 얼굴을 미주하니 송구스러울 뿐입니다. 양반가의 아녀자이나 아직 연치가 어려 이리 먼저 인사도 여쭙지 못함을 이해해 주시기 바랍니다."

"아, 아닙니다. 남녀가 유별한데 제가 이리 함께 보자고 하여 죄송스러울 뿐입니다."

장희재는 몸을 약간 돌려 앉아 자신에게는 규원의 얼굴 옆선만 겨우 보였으나, 그녀의 앉은 모양과 말할 때 조용하나 자신의 뜻을 실어 전하는 말씀씨가 너무나 마음에 들었다. 여태 자신이 상대해 온 여인들과 다른 기품 있는 그녀를 보고 있자니 새삼 갖지 못한 것에 대한 욕구가 더욱 자신을 치고 올라오는 것 같았다.

"실은 오늘 이리 갑자기 댁에 들른 것은 다름이 아니라 어젯밤에 내가 이사람 계한을 데리고 기방에서 유숙(留宿)하고 대낮에 이 사람을 들여보내고 나니 마음이 편하지 않아서……. 이 사람에게 기녀를 들인 것도, 이 사람을 그리 바깥 잠을 자게 한 것도 다 내가 한 일이라 해명(解明)이라도 해드려야 할 것 같아서 이리 무례를 범하였습니다."

"영감! 이미 이 사람도 알고 있사오니 그런 말씀은 하지 않으셔도……."

"아니네! 아무리 자네가 내관이라 하나 그래도 여인을 안고 그 여인과 바깥 잠을 잔 것을 부인께서 어찌 탓하지 않겠는가? 그래서……."

"아니옵니다, 영감!"

장희재는 은근히 계한이 어제 기생과 동침을 하였다는 것을 규원에게 알려주려 계한의 만류에도 일부러 말을 멈추지 않았다. 그런데 규원이 중간에 자신의 말을 다 듣지도 않고 가로막고 나와 당황스럽기도 하고 아무런 동요조차 하지 않는 맑은 얼굴의 그녀를 이해할 수가 없어 다시 짐짓 걱정스러운 척 말을 이었다.

"아니오, 부인. 내가 다 이 사람에게 권해서 그리한 것이니 마음 상하지 마시오. 이 사람은 극구(極口) 사양(辭讓)하였오. 절대 그리할 수 없다고……."

"알고 있습니다. 이분께서 그러한 분이 아니심도, 그리고 바깥 잠을 주무시긴 해도 절대 기생 아이나 안고 주무실 분이 아니란 것을 믿고 있사오니 그런 일이라면 염려하시지 않아도 될 듯하옵니다. 제게 이분이 한 분 뿐인 정인이시듯 이분께도 저 하나뿐임을 믿사옵니다."

규원의 작으나 분명한 말에 장희재는 말을 잊었다. 자신에게 지아비를 의심하지 않으니 걱정할 필요 없다고 말하는 그녀를 보니 더욱 알 수 없는 상실감이 치밀어 올랐다. 자신의 눈앞에서 서로를 바라보며 웃음을 주고받는 두 사람을 보며 장희재는 두 손을 힘껏 마주 잡았다. 그들에게 조금의 빈틈도 보이지 않음에 울화병만 생길 것 같았다.

"아씨! 주안상 대령했습니다."

"그래, 어서 들여라!"

오월의 활기찬 소리에 방 안에 흐르던 알 수 없는 긴장감이 일순간 사라지는 듯했다.

"되었다고 했는데 이 사람, 고집이 보통이 아닌 듯합니다."

"이찌 집에 찾아오신 손을 대접도 않고 보낸다는 말씀이신지요. 괘념치 마십시오."

"고맙습니다."

장희재는 눈을 돌리지 못하고 계속 규원만 바라보고 있었다. 그녀의 말 하나하나가 그의 가슴에 파문을 만들고 있었다. 간질간질한 뭔가가 저 깊은 곳에서 스멀거리고 올라오는 것 같아 얼굴까지 붉어지는 것 같았다.

"영감! 소인 손이 부끄럽습니다. 제 안사람에게 인사는 그만하시고 제 술 한잔 받으시지요."

"하하하, 그래그래, 한잔 주시게나!"

장희재는 자신이 술이 고픔이 아니라 자신과 같은 방 안에 앉아 있는 규원이 고픔에 연신 계한이 건네는 술잔을 받아 마셨다. 몇 잔 연거푸 마시고 나니 술에 취한 것인지, 규원에 취한 것인지 얼큰하게 취기가 오르기 시작하였다. 그리고 그 취기는 장희재로 하여금 대담한 행동을 하게끔 했다.

"혹. 부인께서 한잔 주시면 안 될는지요? 술은 자고로 계집이 따라야 제 맛이라 했거늘 이리 고운 부인께서 한잔 주신다면 더욱 그 술맛이 좋을 듯하오만!"

순간 계한의 눈빛이 어두워져 갔다. 규원은 계한의 경직된 얼굴 근육이 뭉치고 주안상 아래로 내려와 있던 손이 주먹을 쥔 채로 부르르 떨리고 있는 것을 보며 장희재가 던진 무례한 말에 조용히 답했다.

"영감께서 말씀하신 그 계집이란 자고로 기루에서 웃음과 기예(技藝)를 파는 계집을 일컫는 것이지, 규방의 아녀자에게 하실 말씀은 아닌 듯하옵니다. 영감께서 이리 말씀하실 인품이 아니신 것으로 알고 있사온데, 아마 어제 제 낭군과 마신 술이 과(過)하셔서 그런 듯하옵니다. 제집에 오신 손님에 대한 예의로 같이 앉아 접대를 하는 것 또한 여기까지인 듯하옵니다. 하옵고 무식한 아녀자라 영감께서 저희 어른께 긴한 말씀을 나누시려 오신 것도 모르고 이리 무례를 범했나이다. 저는 안채로 이만 물러나 있겠사오니 말씀들 나누십시오."

"하하하, 이런. 제가 크게 결례를 범했습니다. 부인 말씀처럼 술이 과해 그리한 것이니 부디 용서하시지요."

장희재는 곱게 절하며 나가는 규원의 뒷모습을 보며 술잔을 든 자신의 손이 심히 부끄러웠다. 그저 저자에서 농지거리 상대의 여인과 다름을 알면서도 술기운을 빌어 한번 건넨 자신의 농을 저리 물리고 나가는 것을 보니 더더욱 그녀가 욕심났다. 그녀가 쉽게 자신이 가질 수 없는 높은 곳에 핀 꽃이라는 생각에 새삼 앞에 있는 계한이 부럽고 또한 얄미웠다. 장희재가 다시 술잔을 내어밀자 계한은 아무 말 없이 다시 잔에 술을 따랐다.

규원은 떨리는 몸을 애써 진정시키며 사랑채 바깥뜰에 한참을 서 있었다. 방을 나서던 순간 계한에게 머리를 조아리며 눈으로 부탁했다. 자신 때문에 일을 그르치지 말라고, 자신은 괜찮다고. 그러나 지금 떨리는 몸으로 선 규원은 당장 뛰어 들어가 그자의 뺨을 올려 부치고 싶었다. 규방의 규수로, 부제학의 고명딸로, 그리고 잘나고 호기로운 계한의 아내로 그런 대접을 받아본 적이 없었다. 장안에 떠도는 장희재의 소문을 들어 알고 있었지만 저리 파락호에, 몰염치한 시중잡배일 줄은 몰랐다. 계한이 자신의 원수를 마주 보고 앉아 제 여자가 원수의 농지거리까지 당하고 있음에 얼마나 참기 어려울 것인지 알기에 규원은 애써 자신을 달래며 안채로 향했다. 가문의 복권과 폐비마마의 복위가 걸린 일이라 분노를 안으로 삭이고 애쓰고 있을 그가 안쓰럽고 안쓰러 웠다.

긴 저녁이 어찌 지나갔는지 몰랐다. 사랑채에 자리를 마련하라는 계한의 명에 오월이 툴툴거리며 이부자리를 가지고 사랑채로 내려간 뒤에야 계한이 지치고 어두운 얼굴로 방으로 들어섰다. 대낮부터 늦은 저녁까지 계속된 술자리에 계한이 얼마나 고통스러웠을지 모르지 않는 규원으로서는 방으로 들어서는 계한을 따뜻하게 안아주는 것 외에는 다른 어떤 것도 할 수 없었다. 계한이 온몸을 축 늘어트린 채 규원의 가슴에 얼굴을 맞대고 안긴 채 한참을 가만히 있었다.

"괜찮소? 내가 이리 못나고 이리 궁핍하여 그대를 그리 욕을 보이다니……. 나를 용서하지 마시오. 귀하고 고운 그대에게 그런 모멸감(侮蔑感)을 안겨준 이 못난 지아비를 부디 용서치 마시오."

계한이 그녀의 등으로 팔을 돌려 살포시 안고는 자신의 가슴으로 끌어당겼다. 그리고 자신보다 못난 제 사내를 먼저 걱정하는 모습에 미안하고 죄스러워 그녀의 등을 길고 하얀 손으로 쓰다듬었다.

"그런 말씀 하시지 마세요. 전 오히려 서방님께서 그 무도(無道)한 자와 마주 앉아 그 긴 시간 고초를 겪으셨을 것을 생각하니 걱정스럽기만 했습니다."

"아니오. 내가 미안하오!"

"아닙니다. 제가……."

규원이 자신의 얼굴을 올려보며 극구 괜찮다고 하는 모양을 보던 계한은 곱고 아름다운 그녀의 눈동자와 입술이 너무나 고혹적이어서 검지로 자신도 모르게 그녀의 입술 선을 따라 그렸다. 잠시 계한의 눈이 먼 곳을 향한 듯 깊은 생각에 잠겼다. 월명사에서 그녀를 안았던 그 밤. 물에 젖어 온몸이 열에 뜨거웠던 17세의 그녀는 아직 성숙치 못해 그저 고운 여인이기만 했었다. 그럼에도 그는 그녀를 안지 않고는 견딜 수가 없었다. 양반가 자제로 익히 듣고 배운 대로라면 그녀를 얌전히, 그리고 편안히 쉬게 했어야 했음에도 그는 그녀를 놓아줄 수 없었다.

그런데 오늘 19세의 그녀는 그저 고운 여인만이 아니었다. 낮에 자신이 만든 욕정의 흔적들이 그녀의 입술에, 그리고 그녀의 목덜미에 남아 있어 농염(濃艶)한 자태를 뽐내던 기루의 기생보다 더 자신을 달아오르게 했다. 계한은 그제야 혼례를 앞두고 자신을 불러 한 승전색 영감의 말이 이해가 되었다. 태어날 때부터 고자인 내시들과 달리, 이미 성장한 후에 고환을 제거한 자신은 다를 것이라 했다. 남성으로서의 성장 자체가 이뤄지지 않은 다른 이들과 달리, 계한은 이미 규원을 안았던 사내로서의 경험과 그 느낌을 알고 있어 노력여하에 따라 남녀 간의 교합(交合)이 가능할지도 모른다 했었다. 계한은 오늘 김자현 영감의 말처럼 자신이 다른 어떤 여인도 아닌 규원에게서 사내로서의 욕구를 찾은 듯했다. 오늘 낮, 장희재가 자신들을 방해하지 않았다면 지금 어떤 모습으로 규원과 있을지 모른다는 생각에 미치자 온몸이 다시 뜨거워지기 시작했다.

계한은 천천히 그녀의 입술에 자신의 입술을 부딪쳤다. 그리고 그녀의 보드랍고 따뜻한 입술을 가두었다. 눈앞의 제 여인을 안고 싶다는 욕정이 자신을 집어삼킬 듯 커져 갔다. 계한은 입술을 부딪친 채로 그녀의 몸을 안아 들고 보료 위에 조심스레 눕혔다. 그러자 잠시 당황한 듯 보이던 규원이 얼굴에 홍조를 가득 띤 채로 자신의 목에 팔을 둘러 자신의 몸 위로 그를 끌어당겼다. 그녀의 젖가슴이 뭉클 자신의 가슴에 부딪히고 그녀의 아랫도리와 자신의 아랫도리가 한 치의 틈도 없이 맞부딪혔다. 계한은 자신의 몸이 다시 알 수 없는 기운에 휩쓸리면서 바지 앞섶을 치고 올라서는 자신의 음경을 느낄 수 있었다. 그녀에게 몸을 비비면 비빌수록 자꾸만 치고 일어서는 자신의 일부에 놀란 계한은 참을 수 없는 욕정에 그녀의 입술을 놓고 얼른 그녀의 저고리를 벗겨

내었다. 치마끈을 풀어내고 속적삼을 벗기고……. 계한은 자신의 거칠고 급한 손길에 그녀가 다칠지도 모른다는 생각을 하면서도 늦출 수가 없었다. 그녀가 놀라워하면서도 그저 순순히 자신을 따라주는 것에 고마워하며 얼른 자신의 옷가지들까지 벗어 던졌다. 눈앞에 보이는 규원의 알몸이 촛불 너머로 어른거리고 자신의 길고 날렵한 몸이 주체할 수 없이 그녀에게 향하고 싶어 떨려 왔다. 불빛 아래 고스란히 알몸을 드러내고 부끄러운 듯 웅크리고 누운 규원에게 계한은 정신없이 달려들었다. 어서 빨리 규원에게 가고 싶은 마음뿐이었다. 오로지 그녀의 몸 안에 자신을 묻고 싶은 생각뿐이었다.

"서방님… 불을… 불은 끄셔야……."

규원의 수줍은 속삭임에 그제야 계한은 자신이 촛불마저 끄지 않았다는 사실에 화들짝 놀라워하며 얼른 촛불을 불어 껐다. 그리고 계한은 다시 그녀 규원의 몸 위로 쓰러졌다. 급한 마음을 다스리지 못하고 계한은 규원의 다리를 한껏 벌리고는 자신의 일부를 아직 채 준비조차 되지 않은 그녀의 몸 안으로 밀어 넣었다. 아픔이 섞인 규원의 신음 소리에 계한은 당황스러웠지만 자신이 사내를 버리고 난 후 처음으로 제 여인을 안게 된 기쁨에 그녀를 위한 그 어떤 것도 할 수 없을 정도로 그는 급했다. 그녀가 자신의 몸을 꼭 안고 애써 고통을 참느라 입술을 깨물고 있음을 알면서도 계한은 멈출 수가 없었다. 자신이 여인을, 규원을 다시 안을 수 있게 된 사실만 생각했다. 거칠게 들이닥치는 계한에게 자신을 온전히 내어주며 그에게 아직 자신의 몸이 준비되지 않았음을 말할 수 없었다. 그가 자신을 다시 안고자 한다는 것 그 하나만으로도 자신은 되었다 생각했다. 그가 자신을 찢어버릴 듯 사납게 부딪치며 들어와도 그녀는 아무렇지도 않는 듯 참으며 그의 어깨를 물고 견뎌내었다. 그의 얼굴이 땀으로 흠뻑 젖어들고 그의 숨소리가 여름 장대비처럼 거칠게 몰아치며 쉼 없이 달려들고 빠져나가기를 반복하더니 순간 모든 것을 놓아버린 듯 그리 큰 신음 섞인 한숨을 내어 쉬고는 그녀의 몸 위로 무너져 내렸다. 규원은 자신의 몸 위에 땀으로 범벅이 된 계한의 등을 쓸어주었다. 장한 자신의 사내였다. 규원은 자신이 그에게 해줄 수 있는 것이 아직 남아 있다는 것이 너무나 기뻐 그의 등을 어루만지고 또 어루만졌다.

술에 취해 계한의 사랑채에서 잠깐 잠이 들었던 장희재는 조용히 계한의 집을 빠져나가야겠다고 생각하며 어두운 집 안을 걸었다. 그러나 마음과 달리 자신의 발걸음은 대문이 아닌 안채로 향했다. 작은 대문 하나 너머 그녀가 있다는 사실에 잠깐 그림자라도 보고 가고 싶었다. 어찌하여 자신이 이리 다른 사내의 계집에 연연(戀戀)해하는 것인지 이해가 되지 않았지만 그래도 상관없었다. 눈앞에 어른거리는 규원을 한 번 더 보고 간다고 오늘이미 자신이 한 실수가 없어지지 않을 것임에 소리를 낮춰 안채대문을 넘어섰다. 순간, 어두운 안채의 뜰에 선 장희재는 자신의 눈앞에 보이는 광경에 움직일 수가 없었다. 방 안에는 마치 태어날 때부터 하나인 듯한 두 그림자가 서로에게 몸을 꼭 붙이고는 그렇게 서로의 입술과 손길에 취해 있었다. 자신의 심장이 쿵 하고 떨어지는 소리가 들렸다. 계한과 규원이 틀림없었다. 이윽고 사내인 듯한 그림자가 여인인 듯한 그림자를 품에 앉아 들고는 자리에 눕혔다. 그리고 곧 여인에게서 옷가지를 하나씩 벗겨 나갔다. 어름어름 보이는 여인의 굴곡지고 여린 몸이 촛불에 너울너울 춤을 추고 있었고, 다급한 듯 자신의 옷을 벗어 던지던 사내가 여인에게 달려드는 것이 또렷이 보였다. 그리고 얼마 있지 않아 다시 몸을 일으킨 사내가 촛불을 꺼버렸다. 꺼진 방 안에서 부스럭거리는 소리가 들리더니 곧 여인의 비명 섞인 신음 소리와 거친 사내의 숨소리가 자신의 귀를 때렸다. 그 소리는 점차 커지기 시작하더니 이제 거친 사내의 숨소리와 더불어 찰싹거리는 살과 살이 부딪히며 나는 소리가 자신의 귀에 천둥소리처럼 크게 들렸다. 장희재는 더 이상 듣고 있을 수 없어 몸을 돌렸다. 그때 여인의 신음과 사내의 신음 소리가 들렸다. 그리고 이내 방 안은 조용해지고 잦아드는 숨소리로 가득했다. 그 자리에 서 있을 수 없어 두 주먹을 불끈 쥐고 장희재는 뛰기 시작했다. 자신의 귀를 소란스럽게 하던 그 소리가 무엇을 의미하는지 모르지 않았다. 그리 청초하던 규원의 헐떡임과 신음 소리가 지금 그녀가 어떤 상태임을 말하는지 말해주는 듯했다. 계한은 내시였다. 그러나 사내구실을 완전히 하지 못할 거라고 생각했던 계한이 태생부터 고자가 아닌 자여서 생식기능만 없다 뿐이지 여인을 안아줄 수 있는 자라는 것을 잊고 있었다. 내시가 성가를 하고 여인을 만족시켜 주며 살아간다는 말을 간혹 듣긴 했지만 계한이 그러한 내시일 것이라곤 생각지도 못했었다. 규원의 몸 위에서 허덕이는 계한의 모습이 장희재의 눈에는 너무나 선명하게 보이는 듯했다. 그것을 생각하는 것만으로도 가슴이 쇠꼬챙이로 후벼 파는 듯 아파왔다.

열여덟 살에 처와 혼례를 올리고 스무 살에 기생아이를 첩으로 들였다. 그리고 여태껏 시중잡배라, 한량이라 불리어질 정도로 수많은 여인을 농락해 온 자신이 다른 사내의 여인을, 그것도 내시의 여인을, 규원을 가슴에 들이고 말았음을 장희재는 심부의 통증으로 알 수 있었다. 지난 몇 달간 그 수많은 여인들은 생각나지 않고 오로지 규원만 떠올랐다. 기생 월아를 안고 그녀의 몸속에 자신을 던지고도 전혀 기쁘지 않았다. 자신이 왜 그런 것인지 모르고 갑갑했었다. 그런데 오늘 밤 자신이 왜 그런 것인지 알 것 같았다. 이 세상에 수많은 여인들이 있다 해도 상관없었다. 오로지 지금 자신이 안고 싶고, 자신의 팔 안에 가두고 싶고, 자신의 몸이 속하고 싶은 여인은 오직 한 사람 규원. 그녀뿐이었다. 서른을 훌쩍 넘기고 나서야 처음으로 진정으로 안고 싶은 여인이 비로소 생긴 것이었다. 장희재는 그 사실이 너무나 어처구니없어 웃음이 나왔다. 자신의 처지가 우습고, 자신이 마음에 들인 여인이 다른 사내의 여인이라는 사실이 우습고, 그 여인이 내시의 여자라는 사실이 더욱 우스웠다. 처음에는 작게 자신을 비웃으며 시작한 웃음이 이제 담장 너머 개가 놀라 따라 짖을 만큼 큰소리가 되어 있었다. 자신이 진정으로 원하고 갖고자 하는 여인은 오로지 한 사람. 자신이 내시의 여자라 비웃었던 그 여인,

규원뿐임에 장희재는 배를 움켜잡고 웃었다. 자신의 웃음소리가 커지면 커질수록 그의 가슴에는 규원에 대한 마음이 꼬챙이가 되어 자신을 찌르고 또 질렀다.

16장
일상(日常)

계한은 그녀 규원의 잠든 얼굴을 가만히 지켜보았다. 규원이 자신의 품 안에서 평온하고 행복해 보여 너무나 감사했다. 자신 하나 때문에 가족과 생이별까지 한 그녀에게 자신이 사내로 아무 것도 해주지 못함에 지난 시간은 고통이었다. 한원을 보며 그녀 에게 감사했지만 막상 그녀에게 자신이 줄 것이 없다는 사실에 그녀를 자신의 곁에 붙잡아둔 것에 대해 회의에 빠진 그였다. 그 러나 오늘 그녀의 얼굴을 보며 태어나 처음으로 자신이 사내인 것이 좋았다. 그녀를 너무 급하게 안고 당황스러워 어찌할 바를 몰랐다.

정말 오랜만이었다. 내시의 길로 들어서고 그녀와 혼례를 올린 후 처음 있는 일이었다. 열여섯 살의 풋 사내로 월명사에서 그녀 를 안고 난 후 처음이었다. 그랬기에 급하고 너무나 어설픈 자신에게 그녀가 실망한 것은 아닌가 해서 더 이상 그녀의 얼굴조차 마주 볼 수 없어 등을 돌리고 누웠었다. 그런데 규원이 그에게 바싹 다가와 얼굴을 등에 대는 것이 느껴졌다. 축축한 무언가가 그의 등을 타고 흐르는 것에 놀라 계한은 그녀에게로 돌아누우려 했으나 그녀는 그의 몸을 더 꼭 안으며 움직이지 못하게 했다. 그녀가 울고 있다는 그것만으로도 그는 얼어붙어 버린 것처럼 움직일 수 없었다. 자신이 그녀를 신경 쓰지 않고 마음대로 급히 안아서 그녀가 상처라도 입은 것은 아닌지 하는 불안감으로 계한은 두려운 마음에 그저 그녀가 눈물을 거둘 때까지 그렇게 가만히 있었다. 이윽고 그녀가 낮고 쉰 목소리로 그의 등 뒤에서 중얼거렸다.

"전⋯ 다시는 서방님 품에 안겨 잠드는 일 따위 없을 거라 생각했어요. 당신께서 저를 안아주시는 일도 그리고 당신이 제게 그리 마음을 두고 계심도 알 수도 없을 것이라 그리 생각했었어요. 그런데 이제 알 것 같아요. 얼마나 제게 당신이 소중한 사람인지, 그리고 당신께 제가 어떤 의미의 여인인지, 승전색 영감의 부인께서 그리 말씀하셨어요. 진정으로 그 여인을 연모하지 않고는 절대 여인을 다시 안아주기 힘들 거라고. 그런데, 그런데 서방님께서 저를 그리 안아주셨으니⋯⋯. 서방님께 저란 여인이 어떤 것인지⋯⋯."

"규원, 이제 그만 우시오. 그리고 이 손 좀 놓아주시오. 내, 그대 얼굴에 흐르는 눈물마저도 닦아주지 못하는 그런 사내이고 싶지 않소. 내가 마음이 급해 그대를 아프게 한 것 다 알고 있소.

내 사죄드리고 싶소. 그러니 제발 그대 얼굴이라도 볼 수 있게 해주시오."

"아뇨. 제게 사죄라니……."

규원이 계한의 말에 놀라 하며 그의 몸을 안고 있던 손을 빼내었다. 천천히 계한이 규원에게로 돌아누웠다. 얼굴과 얼굴이 부딪힐 것처럼 그렇게 가까이에서 규원의 얼굴을 본 적이 없던 계한이었다. 사내 나이 열여덟이 결코 적은 나이라 할 수는 없었지만 그렇다고 여인과 이렇게 민망한 모습으로 이렇게 가까이 마주하고 있어도 아무렇지 않을 정도로 계한은 경험이 많지 않았다. 그래서 얼굴에 피가 확 쏠리는 것 같아 규원의 검고 깊은 두 눈을 차마 마주 볼 수 없었다.

"미, 미안하오. 내가 아직 당신에게 기쁨을 주는 방법을 몰라 그러한 것이니 다음에……. 다음에는 좀 더 노력하겠소. 그러니 그리 울지 마시오. 시작이 어려운 것 아니오?"

"서방님은 참으로 바보 같으십니다. 제가 서방님께 서운해서 이리 운다고 그리 생각하시는 겁니까? 아닙니다. 전 서방님께서 저를 안아 주신 것에 너무나 감사해서……. 쉽지 않은 일이라 들었습니다."

"아마도……. 앞으로도 오늘처럼 이리 규원을 안아주는 것이 쉽지 않을지도 모르오. 오늘은 내, 장희재 그치의 수작에 나도 모르게 이리 마음이 동한데다 그대가 그리 속살이 비칠 듯한 잠자리 옷을 입고 곁에 누워 있으니……. 허나, 내 약속하리다. 규원, 그대가 나에게 하나뿐인 여인이니 앞으로는 내 좀 더 그대를 자주 안아줄 수 있도록 노력해 보려 하오."

"저는 이리 당신께서 절 안고 싶어 하시는 것만으로도 되었습니다. 제가 당신께 여인일 수 있다는 것으로도 전 충분히 행복합니다."

"그래도 난 그대가 나를 위해 조금만 애써주셨으면 하오. 어제처럼 그리 속살이 비치는 잠자리 옷이라던가, 아님 그대가 내게 몸으로 먼저 다가와 준다던가, 그래서 내가 그대를 자주 안아줄 수 있었으면……."

"서방님……."

규원은 계한의 다소 노골적인 말에 부끄러웠다. 그러나 나이든 내시들의 얘기를 들은 계한으로서는 자신이 한번 규원을 안고 난 후라 어쩌면 그들의 말처럼 서로가 노력하면 정상적인 부부들처럼 그리 살 수도 있을 것이라는 생각에 부끄러움도 잠시 잊었다. 그런데 그녀가 자신의 가슴으로 얼굴을 묻으며 안겨오자 자신이 너무 과(過)한 말로 규원을 난처하게 한 것 같아 부끄러운 마음에 얼른 그녀의 몸을 안아 자신의 품안에 가뒀다. 그리고 애써 오지 않는 잠에 취한 듯 가볍게 코를 고는 시늉을 했다. 그러자 곧 규원도 그의 가슴에 얼굴을 묻고는 잠을 청하는 것 같았다. 얼마 되지 않아 그녀의 고른 숨이 그의 가슴에 느껴졌다. 계한은 규원의 정수리에 자신의 입술을 가져다 대고는 그녀의 몸을 자신의 몸으로 꽁꽁 동여매고 한참 동안 사랑스러움에 그렇게 그녀를 안고 잠을 청하지 못했다.

"아씨! 기침하셨어요?"

"응? 그래… 잠시만 기다려라!"

오월이 방 앞에서 자신을 부르는 소리에 규원은 애써 몸을 일으켰다. 온몸이 흠씬 두들겨 맞은 것처럼 쑤시고 아팠다. 어젯밤 계한에게 오랜만에 몸을 내어주고 그를 받아들인 것이 자신에게 꽤나 힘든 일이었던 것인지 평소에 절대 하지 않던 늦잠을 잔 사실에 규원은 당황스럽기까지 했다. 겨우 몸을 일으켜 세워 앉고보니 계한의 잠든 모습이 두 눈 가득 들어왔다. 평소에도 잘난 사람이라 생각하고 있긴 했으나, 오늘 아무런 표정 없이 누운 그의 얼굴은 그저 잘난 사람만은 아니었다. 듬직한 남편이었고, 믿을 수 있고 기댈 수 있는 언덕이었다. 그런 그가 자신의 곁에 있다는 사실에 새삼 감사하고 감사했다. 불현듯 어젯밤의 정경들이 떠올라 부끄러움에 규원은 이부자리를 그의 어깨까지 덮어주고 조용히 일어나 방을 나왔다.

"그래, 무슨 일이냐? 서방님께서 아직 기침전이니 조용히 말해 보거라!"

"예. 그것이 어제 사랑채에 드셨던 손님께서 아침에 방문을 열어보니 안 계시더라고요. 그분이 중요하신 분이라고 서방님께서 잘 모시라고 하셨는데……."

"그냥 두어라. 급한 일이 계셨겠지. 그러니 극성떨지 말고 아침이나 준비해라."

"예. 아씨."

"뭔 일이 있소? 누가 어디로 갔다는 거요?"

자신의 뒤에서 갑자기 들리는 계한의 목소리에 규원은 애써 떨리는 마음을 진정시키며 고개조차 돌리지 못하고 문안인사를 건넸다.

"서방님, 벌써 기침하셨어요? 평안히 주무셨는지요?"

"예. 부인도 잘 주무셨는지……."

"예. 서방님 덕분에……."

갑자기 그의 얼굴을 대면하자 어젯밤의 일이 확 치밀고 올라와 얼굴이 붉게 달아올라 규원은 고개를 숙였다.

"어머! 아씨! 왜 그러세요? 얼굴이 갑자기 왜 그렇게 발개지셔요?"

"애! 오월아!"

"아이고! 아씨! 부부지간에 뭘 그리 부끄러워하세요? 어제 혹시 두 분이……."

"흠흠! 애야! 그만하고 일이나 해라!"

"예, 서방님!"

오월이 비죽거리며 안채 마당을 가로질러 가는 것을 보며 계한은 헛기침을 하며 규원을 바라보았다. 오월의 말처럼 부부지간에 마땅히 있어야 할 일이었고, 정상적이고 일상적인 일들에 규원이 그리 부끄러워하고 서 있는 것이 너무나 사랑스러워 보여 계한은 조용히 다가가 그녀의 등 뒤에서 그녀를 살포시 끌어당겨 안았다.

"당신은 항상 이리 어린아이처럼, 이리 수줍은 얼굴로 내 곁에 있어주시오. 평생! 알겠소?"

"예, 그리하지요. 당신 곁에 그리 있기만 하면 되는 것인가요?"

"그래요. 그래 주면 좋겠소!"

"그리할게요. 그것이 소원이시라면……."

"그래. 그래 주시오."

"예."

그의 가슴에 등을 붙이고 규원은 아침햇살이 너무 아름다워 보인다고 생각했다. 이렇게 아름다운 아침에 그의 품에 안겨 있다는 사실이 너무나 행복했다.

"부인, 오늘은 나와 같이 저자에 나가 구경이라도 하겠소?"

"저자 구경이요?"

"그래요. 우리 가족끼리 한 번도 그리 구경 다녀본 적 없었지 않았소. 그러니 오늘 하루 우리도 남들처럼 아무것도 생각지 말고 그리 하루를 놀아봅시다."

"그러셔도 되면 저야 좋지요. 우리 한원이도 좋아할 것이고……."

"그럽시다."

오월과 쇠돌이는 마치 천진난만한 아이마냥 좋아라 했다. 한원을 업고 저잣거리를 누비는 오월은 딱 신명난 아이의 얼굴이었다. 그 얼굴을 보며 규원은 자신도 마치 몇 년 전으로 돌아가는 것처럼 그렇게 기분이 좋았다. 어린 시절 그녀가 부친의 손을 잡고 처음으로 나가본 저자에서처럼 그렇게 달뜨고 행복했다.

"아씨! 이것 좀 보셔요! 이리 예쁜 것은 처음 봐요. 아씨도 오셔서 보셔요."

"저 아이가 또… 원래 저리 경박한 아이가 아닌데 예쁜 장신구만 보면 저리 정신을 차리지 못하니……."

"그렇소? 그럼 정말 예쁜 것인지도 모르니 한번 봅시다."

"…그럴까요?"

오월이 극성을 떨고 있는 장신구점에 가보니 그녀의 말대로 예쁜 것들이 꽤나 있었다.

"이것도 예쁘지요? 저것도……."

"그래, 예쁘구나!"

"아씨가 필우점이랑 집 장만한다고 패물을 파시지 않았다면 저보다 더 예쁜 것들로 가득할 텐데……. 부제학 영감의 금지옥엽이신 우리 아씨 손에 고운 옥가락지 하나도 없으니……."

"오월아!"

"왜요? 제가 틀린 말 했나요? 서방님 댁이 그리되지만 않으셨으면 우리 아씨 혼례식날 비단이며, 패물이며 바리바리 받으셨을 텐데……. 겨우 옥가락지 하나 받으시고 아씨가 그리 시집가실 줄 쇤네는 정말 몰랐구먼요. 안 그래요?"

오월이 제 서방을 보며 말하자 쇠돌은 당황스러운 듯 오월의 손을 잡아끌며 계한에게 가볍게 목례를 하고는 저만치 걸어가 버렸다. 자신들을 위한 같은 사내로서의 쇠돌이의 배려임에 계한은 규원의 손을 자신의 손 안에 감싸 쥐었다.

"오월이가 한 말은 잊으셔요. 그냥 저 아이 아직도 옛날을 잊지 못해 저러는 것이니……."

"아니오. 저 아이 말이 다 옳소. 우리 집안이 이리되지 않았다면 그대의 손에 칠보며, 금이며 당신께서 가진 패물 전부를 다 내어주셨을 모친이셨소."

"저도 압니다. 어머님께서는 그리하실 분이라는 것을요, 몇 번 뵈었을 때도 제게 너무나 잘해주셨는데……. 그분의 며느리로 같이 하지 못해서 정말 아쉬워요. 정말 좋은 며느리가 되어 드릴 수 있었는데."

"지금도 당신은 좋은 며느리요. 내게 아름답고 현숙한 아내고, 내 아이의 현명하고 좋은 엄마이니……."

"그리 생각해 주시다니……."

"자자, 우리 이제 정말 저자 구경이나 합시다. 따르는 이들도 없고 하니 정말 우리 두 사람만 있어 좋지 않소? 자, 그만 가봅시다."

"예."

그가 내민 손을 잡고 규원은 계한이 이끄는 대로 따라 갔다. 그가 앞장서서 걸어가고 그 뒤로 그의 발자국을 따라 쫓아가며 그의 손이 주는 믿음과 그의 손이 주는 따뜻함에 규원은 구름 위를 걸어가는 듯 행복했다. 한참을 걷다 보니 지치고 배가 고팠다. 뱃속에서 곡기를 바라는 아우성치는 소리에 순간 너무나 창피스러웠는데다 그가 피식 웃기까지 해서 규원은 그의 뒤에 숨어버렸다. 장터 국밥집으로 규원을 이끌고 간 계한은 그녀에게 국밥을 시켜 주고는 잠시 다녀올 데가 있다 하고 사라졌다. 규방의 아녀자로 살아온 그녀에게 장터 국밥집에서 혼자 국밥을 먹고 있는 상황이 그리 익숙지 않아 고개조차 들지 못하고 연신 입에 국밥만 밀어 넣고 있었다. 얼마를 그리하고 있었는지 그저 열심히 먹고 있는 규원 앞에 계한이 돌아왔다.

"어디 다녀오시는지요? 저 혼자 이리 두고 가시면, 누가 저를 업고 가면 어찌 하시려고 걱정도 안 되시더이까?"

"하하하! 규원! 그런 걱정은 하지 않았소. 만약 그대를 업고 가는 이가 있다면 그자는 이미 죽은 목숨이오. 내 도성 안을 전부 뒤져서라도 그자의 목을 따고 말 것이니. 그러니 걱정하지 마시오."

"참, 서방님도. 그리 자신만만해 하시는 연유를 알 수가 없군요. 다른 사람이 업어가지 않는다 해도 제가 서방님 두고 도망이라도 가면 어쩌시려고……."

"하하하! 그건 더 걱정 안 하오! 그대는 나밖에 모르는 내 사람인데, 왜 날 두고 도망을 간단 말이오?"

"어머! 서방님 그 대단한 자만심은 어디서 비롯된 것인지, 저는 알 수가 없습니다. 왜 제가 서방님밖에 모르는 여인이라 생각하시는지."

"그럼. 아니란 말입니까? 난 그런 줄 알고 있었는데? 규원 당신은 나를 너무나 깊이 연모해서 내가 아닌 다른 사람에게는 눈길 한번 제대로 주지 않는 그런 사람이라 알고 있었는데 아닌 거요? 그렇담 정말 내가 이 물건을 잘 사온 것이구려! 하하하! 내가 이리 앞날을 내다보는 눈이 있어 천만다행이오. 자, 손 좀 이리 줘보시오. 내 그대에게 내 여인이라는 징표를 해줘야 할 것 같으니……."

규원은 계한의 넉살스런 말에 그저 한없이 웃기만 하고 있다 그가 자신의 손을 잡아끌어 자신의 앞으로 당기자 백주대낮임에 부끄러워 당황스럽기만 했다. 그러나 곧, 그녀의 손가락에 칠보 반지의 차가운 기운이 전해져 오자 그녀는 너무나 기뻐 왈칵 눈물이 쏟아져 내렸다. 그가 자신을 국밥집에 버려두고 그리 황급히 달려갔다 온 것이 무엇 때문이었는지, 그가 그 반지를 사러 가며 자신에게 줄 마음에 얼마나 기뻐했을지 알 수 있었기에 더욱더 기쁨의 눈물을 감출수가 없었다. 열여덟, 열아홉 아직 젊은 부부의 고운사랑은 그렇게 두 사람의 마음만큼 깊고 아름다웠다.

해질녘 하루 종일 구경을 하느라 걸어 다닌 탓에 지치고 힘들어하는 규원을 등에 업고 대로를 걸어가는 계한을 보고 길을 가던 사람들이 멈춰 서곤 했다. 양반가 사내들은 손가락질을, 상민인 사내들은 부러움에 탄식을, 장옷을 머리에 쓰고 지나던 규방의 규수들은 수줍은 꿈을, 쓰개치마를 눌러 쓴 상민 여인들은 제 사내에게 바라볼 좋은 견양으로 그렇게 시선을 멈추고 그들에게서 떨어지지 않는 발걸음을 애써 옮겼다.

머리에 장옷을 푹 눌러 쓰고 부끄러움에 얼굴조차 들지 못한 채 계한의 등에 업힌 규원의 가슴은 제 사내 계한의 넘치는 사랑과 천 년의 세월과 억만금의 재산과도 바꿀 수 없는 자신의 연모의 정에 마음과 몸이 달아올라 그저 묵묵히 그의 등에 얼굴만 비비고 있었다.

17장
과(過)한 마음의 시작

계한은 규원과 한원의 배웅을 받으며 궁으로 번(番)을 서러 갔다. 오늘부터는 숙직(宿直)이라 저녁을 같이 나누고 일찍 집을 나선 길이었다. 지난 며칠 동안 아이와 규원으로 인해 삶이 얼마나 아름다운 것인지 다시 깨닫게 된 시간이었다. 부친이 그리 억울하게 누명을 쓰고 돌아가시고 모친과 누이가 싸늘한 주검으로 자신의 눈앞에 누운 모습을 보고부터 자신에게 세상은 그저 죽지 못해 살아온 지옥 같은 곳이었다.

그런데 그녀 규원과 혼례를 올리고 난 후부터 자신에게도 살아야 목적이 생겼고 연모라는 것이 얼마나 아름다운 감정인 것인지 알게 되었다. 이렇게 그녀와 한원을 두고 궁으로 가는 발걸음조차 옮기기가 어려워지는 것 같아 계한은 자꾸만 뒤돌아보아지는 자신이 참으로 행복한 사내라는 생각을 떨칠 수가 없었다. 가던 길을 멈추고 다시 돌아보며 손 흔드는 자신에게 환한 웃음과 함께 대답해 주는 그녀 규원을 다시 한 번 안아주고픈 마음을 애써 달래며 계한은 어두운 밤길을 재촉했다.

그리 좋고 흐뭇한 마음으로 저자를 지날 무렵이었다. 자신의 앞을 가로 막는 건장한 사내의 그림자에 길을 비켜서려던 계한에게 사내가 달려들었다. 그리고 다음 순간, 계한은 자신의 하복부에서 알 수 없는 통증과 자신의 몸속에 차고 딱딱한 이물감이 느껴져 눈을 들어 상대를 바라보았다. 몇 번 장희재와 술을 나누고 돌아올 때 자신의 뒤를 밟던 그 사내였다. 그 사내가 왜 자신에게 이리 험악한 짓을 한 것인지 알 수가 없었다. 지금 자신이 장희재에게 얼마나 중요한 존재인지, 중전에게 자신이란 존재가 어떤 역할을 하는 자인지 모르지 않는 그가 왜 자신에게 이리 대하는 것인지 아무리 생각해도 해답이 떠오르질 않았다. 해답을 찾지 못하고 사내 얼굴과 자신의 배에 와 박힌 칼을 번갈아 보고 있는데, 사내가 자신의 몸에서 칼을 빼내었다. 그리고 왈칵 뜨겁고 찐득한 것들이 왈칵 쏟아지기 시작했다.

"이이… 이런 짓을 하다니… 네 이놈 장희재!"

"시끄럽다! 어디 한낱 내시 주제에 영감의 함자를 입에 올리는 것이냐!"

순간 사내가 둔탁한 주먹으로 뒷목을 내려치자 계한의 눈앞이 흐려지기 시작했다.

"규원… 한… 원아……."

규원과 한원의 이름을 부르던 계한은 그렇게 서서히 의식을 잃어가기 시작했다. 검은 그림자의 사내가 계한을 어깨에 들쳐 메고 어둠 속으로 사라지고 난 후 그곳에 계한의 흔적은 아무런 것도 남아 있지 않았다. 가까운 곳, 더 어둡고 그림자 진 골목 어귀에서 그 모든 것을 지켜보던 검은 그림자의 얼굴에 미소가 얼핏 어린 것처럼 보였다. 그리고 얼마 후, 그 그림자마저도 애초에 그 자리에 없었던 것처럼 그렇게 사라지고 말았다.

"그게 무슨 말이십니까?"

"계한 그 사람이 번을 서러 궁에 들지 않았다고 했습니다. 그래서 걱정이 되어 무슨 일이라도 있는 것인가 해서 이리 온 것인데……."

"무슨 말씀이지 알아들을 수가… 알 수가 없습니다. 어제저녁 일찍 저녁을 드시고 번을 서러 가신다고 나가신 분이 어찌하여 궁에 오시지 않았다는 겁니까? 그럴 리가 없습니다. 그럴 리가……."

"이보시오, 상제 부인! 그게 무슨 말씀이시오? 그럼 그 사람 계한에게 무슨 일이라도 생긴 거라는 말입니까?"

"저도 알 수가 없습니다. 그저 그분께 혹 나쁜 일이 생기지 않았을까 하는……. 분명 번을 서러 가신 분이……."

"이러고 있을 때가 아닌 것 같소! 내시부 호위를 풀어 일단 먼저 그 사람을 찾아보겠소. 그러니 너무 걱정 말고 계시구려. 무슨 일이야 있겠소? 잠시 급한 일이 생겨 그 일부터 볼 수도 있는 것이니……. 일단 정신을 차리고 우리 그 사람부터 찾아보십시다. 아시겠소?"

"예, 영감. 하오나……."

"아무 일 없을 겁니다. 그럴 겁니다."

승전색 김자현이 황급히 달려가는 것을 보면서도 규원은 마당 한가운데에 그리 서 있기만 했다. 아침 일찍 승전색 영감이 집에 찾아와 놀란 가슴으로 나가 맞았는데 그가 전한 말은 도대체가 알아들을 수가 없는 말들이었다. 어제저녁 그리 환하게 웃음을 지으며 나간 계한이었다. 궁으로 번을 서러 가며 손까지 흔들어 주던 그였다. 그런데 그가 그 길로 궁에 들어가지 않았다니. 그 가 어디로 무슨 급한 일이 생겨 번을 서지 않고 갔다는 것인지 알 수가 없었다. 그에게 그런 일이 있을 리 없었고, 또 있다 해도 사사로운 일 때문에 자신의 책무(責務)를 저버릴 사람이 아니라 는 것을 모르지 않는 규원이기에 그녀의 심부는 불안한 마음으로 오그라들 것 같았다.

"아씨! 너무 걱정 마시어요! 서방님께 별일 있을 턱이 없잖아 요. 이리 고운 아씨와 우리 잘난 아기씨가 계신데……. 혹시, 그 장희재 영감이 또 술판에 끌고 가신 것인지도 모르니 제 서방에 게 일러 한번 다녀오라고 할까요?"

"뭐라고? 장희재 영감이?"

"예. 그분께서 요즘 계속 서방님께 술자리를 권하고 계시니 혹 입궐하는 길에 모시고 갔을지도 모르는 일이니……."

"그래. 그럴 수도 있겠구나! 쇠돌이에게 어서 채비하라고 해 라! 내 직접 판윤 영감 댁에 갈 터이니……."

"아이고 뭐 하러 아씨가 직접 가요? 그 불한당 같은 이가 아씨를 마음에 두고 있는 것을 모르지 않으시면서……."

"지금 서방님의 행방을 알 수 없는데 그런 일 따위가 무슨 상관이란 말이냐! 빨리 채비나 해라! 어서!"

"예, 아씨. 알겠습니다."

오월이 쇠돌을 데리러 가는 것을 보며 규원은 마음 한구석에서 피어오르는 불안감에 다리가 후들거리고 손이 저려왔다. 진정 장희재와 술이라도 마시고 어느 기방에 주저앉아 있으면 얼마나 좋을지……. 규원은 마음이 천근만근이었다. 어떻게 그 먼 길을 걸어온 것인지 무슨 정신으로 식전부터 장희재의 집 문턱을 넘어선 것인지 아무런 것도 기억나지 않았다. 오로지 자신의 임이 이곳에 계셔주시기만 바랄 뿐이었다.

영감께서 기침 전이라 기다리라는 하인의 말에 규원은 사랑채 마당 한가운데에 서서 오로지 장희재가 일어나기를 기다렸다. 그가 방문을 열고 옷가지를 제대로 갖춰 입지도 않은 채 느물거리고 나올 때까지 규원은 긴 기다림에 쓰러질 것 같았다. 일부러 옷맵시를 살피지 않고 나선 것처럼 윗저고리를 풀어 헤친 채 그리 단정치 못한 모습의 장희재가 연신 하품을 하며 규원에게 물었다.

"이리 아침 일찍부터 상제 부인께서 무슨 일이신지요?"

"죄송합니다, 영감. 아녀자가 이리 결례를 범함을 용서하십시오."

"뭐, 결례라고 할 것까지야……. 그래, 무슨 일이시오?"

"저어, 혹시 저의 바깥어른과 같이 계시지 않으시는지?"

"누구요? 그 사람을 왜 내 집에서 찾으시는 게요? 아직 이른 아침이니 댁에 계실 것 아니오?"

"그게, 저… 어제 번을 서신다고 나간 분께서 궁에 들어가지 않으셨다고 해서서."

"번을 서러 나간 사람이 정작 궁에는 가지 않았다? 허허허! 그 사람이 기생 년에게 붙잡혀 간 것은 아닌지요? 상제가 하도 잘나서 기루의 기생들이 하룻밤 같이하기를 소원하더니. 아이고, 이런 내가 말을 잘못한 것 같습니다. 부인 앞에 이런 말씀을 하다니. 그래도 혹 모르니 한번 가보시지요. 월아의 기루에 초향이라는 기생이 있는데……."

"예. 그리하지요. 감사합니다. 이른 아침부터 결례가 많았습니다. 영감께서 그리 말씀하시니 그럴 수도 있을 것 같사와……. 그럼 이만……."

평소 단아한 규원이 예의에 어긋남을 모르지 않을 것임에도 자신의 말을 자르고 황급히 돌아서는 것을 보던 장희재는 야비한 웃음을 지었다. 그녀 규원의 급한 발걸음이 대문을 나서는 것을 확인한 장희재는 윗저고리의 옷고름을 천천히 동여매며 참았던 웃음을 내뱉었다.

"그래서… 그대에게 내가 그리 말했지 않았소? 나를 그리 냉대하지 말라고. 그냥 내게 왔으면 좋았을 것을. 그 하찮은 사내 구실도 제대로 못하는 내시를 위해 나를 무시한 죄요. 그대 사내가 그런 꼴을 당한 것은."

"혹여… 그분을 보시면 제게 연통을 넣어주십시오. 부탁드립니다."

"그리하겠습니다. 그러니 걱정하지 마시고 돌아가 계십시오. 은원을 만들 분도, 그렇다고 사람을 가벼이 보거나 하여 화를 당하실 분도 아니시니 잠시 다른 일로 다른 곳에 들르러 가셨을 수도 있지 않겠습니까? 제 기생질 10여 년에 그분처럼 그리 단정하고 잘난 분을 뵙지 못했습니다. 그러니 혹여라도 그런 부질없는 걱정일랑 마시고 기다리고 계시면 저도 최대한 아이들 시켜 찾아보고 연통 드리겠습니다."

"고맙습니다."

"이년 초향이가 상제 나리를 꼭 찾아 연락드릴 테니."

"그럼 믿고 갑니다. 부탁드리겠습니다."

"예, 아씨."

초향의 배웅을 받으며 기루를 나선 규원은 쓰러질 것 같았다. 장희재의 집에도 기루에도 없었다. 계한의 그림자조차 찾지 못한 규원의 마음은 더 이상 지탱하기조차 힘들었다.

"아씨! 힘내시어요! 지금 아씨께서 여기서 쓰러지시면 아니 되는 것 아시지요? 도련님 생각하시고 힘내셔요."

"그래, 그래야겠지. 그런데 오월아, 내 이리 마음이 불안하고 걱정스러운 까닭이 왜 그런지 모르겠구나."

"아씨, 생각해 보셔요. 아씨가 처음 함소골 본가를 한밤중에 나오실 때 어찌하고 오셨는지. 산목숨을 죽은 목숨으로 만드시면서까지 서방님 한 분 믿고 오로지 서방님만 생각하고 그리 나오셨지요? 그런데 이런 일로 그 믿음이 흔들리면 안 되는구만요. 우리 서방님께서 어디 아씨를 두고 다른 곳으로 가실 분이시던가요? 절대 그럴 일 없구먼요. 저는 그리 믿어요. 그리 아씨도 마음 약하게 드시지 마시고 얼른 기운 내셔서 다른 곳도 찾아보시자고요."

"그래, 나보다 네가 더 낫구나."

"무슨 그런 말씀을……."

"그래, 내 한 곳 더 들러보고 갈 터인데 너는 쇠돌이와 저자를 한 번 더 찾아 보거라. 혹여 서방님을 뵌 본이라도 있을지 모르니……."

"예. 그럼 그리할게요."

"나중에 보자꾸나."

"예."

쇠돌이와 오월이 종종걸음으로 달려간 후 규원은 초동골로 방향을 잡았다. 폐비마마를 위해 밀명을 받드는 사람이니 혹시 폐비마마께는 뭔가를 남기고 어디론가 비밀업무를 수행하러 간 것은 아닌지 확인해야만 했다. 오로지 그것에 희망을 걸고 가는 자신이 한심스러웠지만 그래도 그 작은 희망에 자신의 모든 것을 걸고 싶었다.

"어찌 오신 거요? 당분간 이곳으로 오지 못할 거라 하지 않으셨던가요?"

수발 상궁의 말에 규원도 적잖이 당황스러웠지만 그래도 한

가닥 희망의 끈을 놓고 싶지 않았다.

"마마를 좀 뵙고자 왔습니다."

"잠시 기다려 보시지요."

수발 상궁이 방으로 들어가고 난 뒤에도 규원은 마음이 허허로웠다. 만약에 이곳에서까지 아무런 단서(端緒)도 얻지 못하면 어찌해야 할지 걱정스러웠다.

"들어오시랍니다."

"예."

수발 상궁의 독촉에도 규원은 발걸음을 옮길 수 없었다. 확인해서 알게 될 것이 두려웠다.

"그래, 오랜만이네. 자네가 당분간 날 보러 오지 못할 것이라 상제가 그리 말해 섭섭했었는데. 어쩐 일인가?"

"마마. 혹……."

그 순간 규원은 터지는 울음을 참을 수가 없었다.

"왜 그런가? 무슨 일이라도 있는 것인가?"

"죄송합니다. 마마 앞에서 이런 모습 안 보이려고 했는데 어쩌다 보니 송구스럽습니다."

"자네 어찌 그런가? 비록 여려 보이기는 해도 자네가 얼마나 심지(心地) 있는 사람인지 알고 있는데 이리 마음 약하게 우는 것을 보니 이상하네. 말해보게, 왜 그런 것인지."

"그 사람이… 마마! 그 사람이 어제저녁 궁으로 번을 선다고 나가고는 아무 곳에도 보이지 않습니다, 궁에도 집에도."

"이 사람아! 그래서 내게 지금 상제를 찾아오셨는가?"

"예. 마마⋯⋯."

"어쩌누. 이 일을. 이리 고운 규원에게 그리 장한 상제에게 그런 일이⋯⋯ 어쩌누."

"마마! 그 사람 정말 모르십니까? 정말?"

"어쩌누⋯⋯."

하염없이 안타까워하시는 폐비를 뵙고 초동골을 벗어나 다시 돌아오는 길에 규원은 한없이 흐르는 눈물에 결국 주저앉고 말았다. 그가 없어져 버렸다. 마치 세상에 처음부터 없던 사람처럼 그렇게 흔적도 없이 사라지고 없다는 것이 너무 두려워 규원은 움직일 수조차 없었다. 그가 만약 잘못된 것이라면 더 이상 자신은 살아갈 수 없을 것 같았다. 규원은 지나가는 사람들이 미친 여자 바라보는 것처럼 자신을 본다는 것도 모른 채 그렇게 주저앉아 울고 또 울었다.

18장
일부종사(一夫從事)의 길

규원이 대문을 나서자 지나가는 행인 몇몇이 걸음을 멈추었다.
장옷을 걸치지 않은 그녀의 모습은 기루의 기녀와는 다르나, 알
수 없는 색기가 흘렀다. 양반가의 아녀자로, 한 사내의 여인으로
그저 순후(淳厚)하고 음전한 것이 미덕인 것으로 알고 살아온 지
난 세월이었다. 그러나 이제 규원은 그렇게 살 수 없었다. 자신
의 유일한 정인이자 아이의 아비인 계한이 연락도 없이 사라진
것이 벌써 사흘째이다 보니 그의 생사(生死)조차 알 수 없으면서
그저 양반가의 아녀자로서 덕목(德目)만 지키고 앉아 있을 수 없
었다.

"쇠돌아! 앞장서라!"

"그런데, 아씨. 꼭 이리하셔야 합니까?"

"그럼 어찌 하리! 그냥 지아비가 무슨 일을 당한 것인지도 모

르면서 그림같이 앉아 규방을 지키고 있을까?"

"그런 것은 아니지만, 체통이 있는데 어찌 그런 무뢰배를 만나러 가신다는 것인지. 그것도 그 모양으로……."

"쇠돌아, 적어도 난 그리 앉아서 당하고만 있지는 않으련다. 그분께 어떤 일이 생긴 것인지조차 모르고 이리 넋 놓고 있지는 않으련다. 내 이런 모습에 차후에 그분께서 야단하시면 이 목숨 끊어 아녀자의 체통을 지키는 한이 있더라도 내 지아비를 위해 못할 것이 뭐가 있겠느냐? 그러니 어서 앞장서라."

"예, 아씨."

쇠돌이 꺼려하는 이유를 모르지 않았다. 자신도 그리 다짐하고 얼굴에 분칠을 하고 나선 길이었지만 발걸음이 제대로 떼어지지 않았다. 무뢰배인 장희재와 그런 거래를 하러 가는 길이 두렵고 떨리지 않는 것은 아니었다. 그러나 자신은 꼭 계한의 생사를 알아야만 했다. 그리고 만약 이 일이 장희재의 간교(奸校)에 의한 것이라면 자신이 그를 용서하지 않을 것이었다. 그러하기에 반드시 그자를 만나야 했다. 만나서 확인해야만 했다. 멀리 장희재의 고래 등 같은 구십 아홉 칸 기와집이 하늘을 찌르고 있었다.

"서방님. 혹여 이미 불귀(不歸)의 객이 되셨다면 그 원한을 갚을 것이고, 혹여 살아 계시면 어디 계시든 찾아낼 것입니다. 그러기 위해 잠시 이리 성장을 하고 같은 자리에 앉기조차 싫은 그자와 얼굴을 대면하는 것이니 부디 용서하여 주십시오."

규원은 쇠돌의 뒤를 따라 걸으면서 하늘너머 어딘가에 있을 그를 향해 용서를 빌었다.

"아씨! 다 왔습니다. 어찌할까요?"

"고해라!"

쇠돌이의 목청껏 부른 소리에 달려 나온 청지기는 찾아온 사람이 의외의 인물임에 놀라 허둥지둥 뛰어 들어갔다. 아직 등청(登廳) 전인 장희재에게 알리러 가는 청지기의 날쌘 걸음에 규원은 마음을 다 잡았다. 곧, 청지기의 안내에 따라 사랑채에 들어선 규원은 장희재의 놀라 어쩔 줄 모르는 모양을 보며 그가 이른 아침부터 자신의 발걸음에 얼마나 놀라워하고 있는지 알 수 있었다. 평소와 달리 얼굴색까지 하얗게 질린 그를 보며 규원은 애써 미소를 지으며 앉았다. 이제 모든 것이 자신에게 달려 있었다. 그리고 자신이 꼭 해야만 하는 일이었다.

"아침부터 송구스럽습니다, 영감!"

"무, 무슨 말씀을 그래, 어찌 오신 길입니까?"

"다름이 아니오라 물론 영감께서도 익히 아시는 바와 같이 제 낭군께서 벌써 사흘째 연락도 없이 돌아오시지 않고 계십니다. 규방의 아녀자로서 이리 함부로 부화내동(浮華來同)하는 것이 도리에 어긋남을 모르지 않사오나 제가 찾아볼 수 있는 곳은 이미 다 찾아보았으나 낭군의 흔적조차 찾을 수 없어 평소 영감께서 저희 어른을 친동생처럼 아끼고 보살펴 주신 것이 생각나 이리 감히 찾아뵈었습니다."

"허허! 그 무슨… 제가 그 사람 상제를 얼마나 아끼고 존중하였는지는 부인도 아실 것입니다. 그래서 저 또한 백방으로 찾고 있으나 그 흔적조차 없으니 실로 안타까울 뿐입니다."

"하와 저도 초동골 폐비에게까지 가서 닦달을 해보았으나, 아는 바가 없다 하여 하늘이 무너지는 것 같습니다. 이를 어찌하면 좋을는지요?"

"혹, 도적떼에게 화를 당한 것은 아닌지……."

"아닙니다. 그럴 리가 없습니다. 그분께서 그리 허망하게 가실 분이 아닙니다. 그리고 설사 그런 일이 있다하면 그 시신(屍身)이라도 찾아 모셔 드리는 것이 그분의 아낙으로 할 일이라 생각되어 이리 영감께 도움을 청하려 들었습니다. 절 도와주실 수 있으십니까?"

"어허! 제가 무슨 힘이 있어 부인을 도울 수 있다는 말입니까?"

"영감은 한성부 판윤이 아니십니까? 이 한성 안에 영감의 손길이 닿지 않는 곳이 없다 하거늘 하물며 한낱 사람을 찾는 일이야 영감의 마음 잡수시기에 달린 것 아닙니까?"

"그렇긴 하나, 한성부 군졸들을 사사로운 일로 움직일 수는 없는 일이니……."

장희재가 은근한 말투로 청을 물리려 하자 규원은 자리에서 일어나 장희재 앞에 머리를 숙여 절했다. 그 모습에 당황한 장희재는 너무나 놀라 벌떡 일어나 같이 머리를 조아리며 절을 받았다.

"왜? 왜 이리하시는 겁니까? 제게 이리 절까지 하시다니……."

"규방의 아녀자로 태어나 어린 시절 부모님께서 짝지어 주신 그분 외에 다른 사내의 이름조차 가슴에 담지 않고 살아온 세월이었습니다. 그분께서 집안이 몰락하여 살고자 택하신 길이 내시의 길이라 하심에 묵묵히 그분을 따랐습니다. 그런데 오늘 그분의 생사조차 알 수 없어 이리 맥을 놓고 있자니 진정 아녀자로서 지켜야 하는 덕목이 무엇인지조차 흔들립니다. 체통과 체면을 중시하여 그저 그분께서 생사의 길에서 저의 도움을 간절히 바라고 있을지도 모르는 이 현실을 외면하고 있기에는 그분께서 살아오신 세월이 너무 가련하십니다. 그러니 영감! 그분만 찾아주시면 제가 그 은혜에 꼭 보은(報恩)해 드리겠습니다. 하오니 시신이라도 찾아만 주십시오!"

그제야 장희재는 자신의 앞에 엎드려 우는 규원을 보고 음흉한 웃음을 지었다. 어제저녁까지만 해도 그녀가 이리 자신을 찾아올 것이라곤 생각하지 못했었다. 그것도 이렇게 고운 얼굴로, 이렇게 이른 아침에 자신을 직접 찾아올 것이라곤 상상조차 할 수 없었다. 며칠 전 김계한을 없애고 나서 마음이 급하였다. 청지기 지가의 말처럼 보쌈이라도 해 와서 규원을 자신의 여자로 만들고 싶었다. 이미 죽은 계한이 다시 살아올 리도 없고 언젠가 그의 죽음을 알게 되면 청상과부(靑孀寡婦)로 살아갈 규원이었다. 과부를 보쌈하여 취(取)하는 것은 나랏법으로 탓하지 않는 일이라며 꾐을 하는 지가를 호통쳐 내보내 놓고도 꿈자리가 뒤숭숭했다. 밤새 그녀를 취(取)하는 꿈을 꾸고 낮에도 온통 그녀 생각뿐이었다.

처음, 밤길을 곱게 걸어가는 그녀의 뒷모습에 가슴이 쿵 하고 내려앉았었다. 그리고 그녀가 한 사내의 아낙이라는 말에 더욱더 가슴을 쳤다. 그러나 곧 그녀가 사내도 아닌 내시의 여자라는 소식에 은근히 기대를 했었다. 공만 잘 들이면 언젠가는 자신의 여자로 만들 수 있을 것이라는 기대를 저버리지 않았었다. 그런데 그 모든 것이 무너진 것이 며칠 전 밤이었다. 새벽녘 그리 아름다운 모습의 그림자를 보고 그 두 사람이 얼마나 서로에게 귀한 사람인지 알 수 있었다. 그래서 자신도 모르게 질투에 눈이 멀어 결국 일을 내고 말았다. 자신의 진심을 몰라주는 그녀가 얄미웠고 제 구실도 못하는 내시 주제에 이토록 아름답고 고운 여인을 아낙으로 만든 계한이 미워 그를 죽이라 했다. 어둡고 습한 골목길 한 귀퉁이에 서서 부관의 칼에 찔려 피 흘리는 계한을 보며 얼마나 통쾌했는지 모른다.

그러나 다음날 아침, 세상의 모두를 잃은 듯한 창백한 얼굴의 규원을 보고 가슴이 무너져 내렸었다. 계한을 죽인 통쾌함은 단하루를 가지 못했다. 그녀 규원이 미친 듯이 계한을 찾아다닌다는 말을 듣고 가슴이 왜 그리 아팠는지 자신도 알 수가 없었다. 그래서 그녀를 단념하려 했다. 그것이 자신이 규원에게 한때나마 품은 마음을 헛되이 하지 않는 길이라고, 욕심에 눈이 멀어 한사람을 가벼이 죽이라 한 것에 대한 사죄라고 생각하기로 했다. 그런데 오늘 이토록 고운 얼굴로 자신을 찾아와 시신만이라도 찾아달라고 애원하는 규원을 보니 다시 한줄기 희망이 얼굴을 들었다. 그녀 규원이 변한 것 같았다. 화려한 외양도 그러하거니와 계한이 이미 죽었을지도 모른다는 확신을 한 듯한 말에 그녀가 하겠다는 보은이 무엇인지 알고 싶어졌다.

"험! 그것은 내가 해드릴 수 있는 것이 아님을 아시면서 이리 부탁을 하시니……. 그럼 부인께서 제게 과연 무엇을 해주실 수 있는지 들어보고 정해도 되겠소?"

"무슨 말씀이신지……."

"부인도 나도 그가 살아 있을 것이라는 믿음보다는 이미 불귀의 객이 되었을 것이라는 것에 더 기울어진 듯하오만……."

"……."

"내가 시신을 찾아드리면 부인께서는 그때 내게 무엇으로 보은을 해주시겠습니까?"

"제게는 큰 재산도 없고……."

"다시 여쭙지요. 제가 그 사람 상제의 시신을 부인 앞에 찾아다 주면 부인은 제게 무엇을 주시겠습니까?"

"……."

"부인을 제게 주시겠습니까?"

"무슨…… 말씀이신지?"

"시신을 찾아드리면 그만 제게 와주십시오. 부인을 향한 제 마음이야 말씀드리지 않아도 알고 계시지 않습니까? 사실 그 사람 계한의 안사람이라는 사실을 몰랐을 때부터 부인께 향하는 제 마음을 모르셨다 하시지는 않겠지요?"

"……."

"그 사람의 안사람이란 사실을 알고 제가 얼마나 낙담하고 있었는지도 아십니까? 하니… 그 사람이 죽고 없는 마당에 아직 젊은 부인께서 그리 혼자 늙어 가실 필요가 뭐에 있겠습니까? 부인께서 제게 오신다고 언약만 해 주시면 사흘 안에 그 사람 계한의 시신을 찾아드리지요."

규원은 장희재의 말에 계한이 없어진 일이 그와 무관하지 않음을 알 수 있었다. 그는 이미 계한이 이 세상 사람이 아니라고 단정짓고 말하고 있었다. 규원은 심부가 떨려 대답조차 할 수 없었지만 애써 평정을 유지하고 되물었다.

"그 말씀은 저더러 영감의 첩실이 되라 그 말씀이신지요?"

"물론. 부인 같은 분을 감히 첩이 되라 하는 것이 얼마나 모멸감을 드리는 것인지 알고 있으나 제게는 벌써 못나고 보잘것없으나 조강지처가 있으니 어찌할 수 없는 일임에 양지하시고……."

"그리하지요. 그분의 시신을 찾아주시면 3년 상을 치룬 후에 영감의 첩이 되어드리지요. 그러나 반드시 그분의 시신을 찾아주시는 경우에 이 약조가 성립되는 것임을 기억하여 주십시오. 그리고 만에 하나 그분이 살아 돌아오신다면 오늘 영감과 제가 나눈 말씀은 영원히 없던 일로 잊어주십시오. 그분께서 아시면 당신 때문에 나리와 제가 이리 어려운 일까지 한 것에 몸 둘 바를 몰라 하실 것입니다. 물론 그 약조도 없는 것이 되는 것이고요."

"그러지요. 내 지금도 그 사람이 살아 돌아오기를 기다리는 사람으로 그런 말씀은 하실 필요도 없는 일이고……. 자, 그럼 그리 알고 한성부 군졸들을 풀어 찾아볼 테니 부인은 그만 댁으로 돌아가 쉬시지요. 내 하루속히 좋은 소식을 들고 찾아가 뵙겠소."

"감사하옵니다. 그럼……."

"살펴가시오!"

장희재는 규원이 고운 자태로 방을 나가 대문을 벗어날 때까지 구름 위를 걸어가는 얼굴로 멍하니 서 있었다. 청지기 지가가 헐레벌떡 뛰어 들어와 규원이 무사히 돌아갔음을 고하는 그 순간에서야 장희재는 겨우 정신을 차린 듯 등청을 서둘렀다. 이제 부관에게 일러 계한의 시신을 수일 내에 다시 가져오라고 시키면 모든 것이 끝나는 것이었다. 오래 가슴에 품고 있던 여인이 제 것이 된다는 사실에 장희재는 교자를 타고 한성부로 가는 길이 멀고도 멀었다.

거들먹거리며 등청길에 오른 장희재를 숨어 지켜보던 규원이 쇠돌에게 명했다.

"쇠돌아! 너는 어서 저자의 뒤를 따라가거라! 그리고 그자의 부관이나 한성부 군졸들이 한성부를 나서면 절대 놓치지 말고 따르거라! 저자가 반드시 서방님의 행적을 알고 있을 것이다. 혹여, 살아 계신다면 서방님을 지켜 드려야 하고 혹여, 돌아가셨다면 반드시 누가 죽인 것인지 알아내어야 한다! 알겠느냐?"

"예, 아씨!"

"어쩌면 네 신상에 좋지 않은 일이 생길지도 모른다. 그렇지만 꼭 서방님의 소식을 알아내다오. 부탁한다, 쇠돌아."

"아씨, 쇤네 걱정은 마십시오. 쇤네, 아씨 덕에 오월이와 백년가약(百年佳約)을 맺고 이리 오순도순 살아왔습니다. 하니 제게어떤 일이 생긴다 해도 서방님 소식을 꼭 알아서 돌아올 테니 걱정 마시고 얼른 도련님께 가 계십시오."

"그래, 고맙구나. 부디 몸조심 하거라."

"예, 아씨."

규원은 쇠돌의 모습이 눈에 보이지 않을 때까지 그를 지켜보다 걸음을 초동골로 옮겼다. 이제 계한의 실종이 장희재의 짓이라는 것은 틀림없었다. 단지 그의 짓이라는 증좌(證左)가 필요할 뿐이었다. 그리고 그 증좌를 손에 쥐면 그에게 단죄를 해줄 사람은 오로지 폐비마마뿐이시라는 것을 규원은 모르지 않았다.

"이런 이런, 그렇게 무도한 자를 보았나! 그래, 그러고도 남을자라는 것을 내 모르지 않았지만 그래도 중전의 오라비라는 자가, 그것도 한성부 판윤이라는 자가 그토록 흉악한 짓을 하다니……. 내 용서할 수가 없구나! 자네가 이토록 가슴 아픈 일을당하는 것을 보고만 있지 않을 것이네. 상제가 나를 위해 장희재따위와 어울리다 일이 이 지경이 된 것이니 이를 상(上)께 고(告)하여야겠네. 밖에 임 상궁 있는가? 어서 들라!"

"예, 마마!"

수발 상궁에게 서신을 적어 부원군 대감께 보내고 규원과 마주 하고 앉은 폐비는 그제야 그녀의 얼굴이 다른 날과 많이 다르다는 것을 알아차렸다.

"그러고 보니 오늘 자네의 모습이 낯설구먼. 이리 곱게 화장을 하고 그자의 집에 갔더란 말인가? 왜? 왜 그리했는가?"

"마마, 쇤네 상제와 다시 해후하기 전 홀로 필우점을 운영할 때부터 장희재가 제게 다른 마음을 품고 몇 번 괴롭힌 적이 있었 나이다."

"그자가… 그랬더란 말인가?"

"예. 그래서 쇤네 오늘 그자가 상제의 일에 관여한 것인지 아닌지를 알아보기 위해 이리 분단장을 하고 그 음험한 자의 앞에 앉았더이다. 이런 제 자신이 저 또한 싫습니다만 상제의 안전이 먼저였습니다. 제가 기루의 기녀가 되면 어떠하고, 저자 의 사당패가 되면 어떠하리까? 그분께서 살아 계심을 알 수 있 고 그분을 살릴 수만 있다면 쇤네 한 몸이야 쇠똥 밭인들 마다 하겠습니까?"

"이 사람 규원, 얼마나 고통스러운가? 내 자네가 한 말을 한시 도 잊은 적이 없네. 상도 사내이시다며 먼저 마음을 내어 보이 라 했지? 그래서 난 상께 내 마음을 드러내어 보였었다네. 그때 난 알게 되었네. 사내를 사모하는 여인에게 그 사내를 위해 하는 일은 그 어떤 것이 되었든 수치가 될 수 없음을. 오늘 자네의 이 런 모습을 보니 내 그저 가만히 앉아서 상을 기다리고 있기만 했 던 지난날들이 부끄러울 뿐이네. 그래, 나 또한 미력(微力)하나 상제를 찾는 일에 힘을 보탤 터이니 너무 걱정 말게. 이리 고운 안사람을 두고 상제가 어찌 허망하게 떠나겠는가? 우리 같이 기다려 봄세."

"예, 마마! 황송하옵니다."

폐비가 규원의 손을 잡고 어루만져 주었다. 마치 친정 어미처럼, 자매처럼 그렇게 따뜻한 폐비의 손이 주는 따스함에 규원은 사흘 만에 마음 놓고 소리 내어 울었다. 계한이 장희재에게 해코지를 당하지 않고 건강히 살아 돌아오기를 바라면서도 어쩌면 벌써 자신에게 돌아올 수 없는 길을 떠난 것은 아닌지 하는 불안한 마음을 털어버릴 수 없었던 규원이었다. 그런 그녀의 마음을 알아주고 같이 그를 걱정하고 기다려 주겠다는 폐비의 말에 규원은 더 이상 평정을 유지하고 있을 수 없어 목이 잠기도록 소리 내어 울었다.

장희재의 집을 나서며 느꼈던 그 말할 수 없는 모멸감과 치욕에 규원은 반드시 그 죄에 걸맞은 죗값을 치르도록 하겠다고 손을 부여잡았다. 시댁인 김 씨 가문을 몰락으로 이끌었던 장본인이나 다름없었다. 그런 그가 이제 사사로운 욕심에 의해 계한의 목숨까지 취한 것이라면 그와 중전 장 씨의 몰락을 두 눈으로 꼭 보아 시가와 낭군인 계한의 원한을 갚을 것이라고 규원은 다짐하고 다짐했다.

'서방님! 이 규원, 일부종사(一夫從事)의 뜻을 정확히 모르옵니다. 허나, 서방님께서 불귀(不歸)의 객이 되셨다면 그 뒤를 쫓아 자진하는 것이 옳다고 할지 모르겠사오나 규원은 그리하지 않을 것이옵니다. 만약 이미 그리되셨다면 전 반드시 서방님을 그리 만든 자를 지옥 불에 집어던지고 난 후에야 뒤를 따를 것이오

니 이 규원을 기다려 주십시오.'

규원은 두 눈에서 그 끝을 알 수 없는 굳은 결의가 반짝이는 것에 폐비는 규원의 손을 잡아 자신의 손안에 꼭 잡아주었다. 규원을 위해 당장 해줄 수 있는 일이라는 것이 그런 것들뿐임이 아타깝고 미안스러웠다.

19장

죽음에서 돌아온 자(者)

온몸에서 마치 피가 다 빠져나가고 아무것도 남아 있지 않은 것처럼 그렇게 축 늘어진 채로 며칠이 지났다. 그러나 그는 마치 세상으로 돌아올 생각이 없는 사람처럼 아무런 미동(微動)도 없었다. 그를 흙구덩이 속에서 처음 꺼낼 때만 해도 이렇게 살아 있는 사람일 것이라는 생각은 하지 않았다. 그저 죽은 짐승도 정갈히 해서 바로 묻어주는 것이라 배웠던지라 사람이 그렇게 엎어진 상태로 허술하게 흙으로 뒤덮여 있는 그를 보며 그대로 지나칠 수 없었다. 그런 모양으로는 날이 어두워지면 산짐승들이 시신을 훼손하고 말 것 같았다. 어떤 곡절(曲節)로 그리 죽었는지 알 수는 없었지만 그도 한때는 누군가의 사랑하는 아들이요, 어쩌면 마음을 나눈 이의 정인이었을지도 모르는 이었을 것이다. 그래서 그를 그 구덩이 속에서 끄집어내었다.

그런데 그는 죽은 자가 아니었다. 미약(微弱)하지만 숨을 쉬고 있었다. 그래서 황급히 자신의 움막으로 데려왔다. 그리고 흙 묻은 옷가지들을 벗겨내고 몸을 닦으며 그는 너무 놀라 나자빠지고 말았다. 그 얼굴이 낯선 자의 얼굴이 아니어서가 그 첫째요, 자신이 알던 정상적이던 사내가 아닌 고자인 그의 몸이 그 둘째였다. 그동안 얼마나 많은 일들이 있었는지 어렴풋이 알 것 같았다. 몇 년 전까지만 해도 훤한 미소년이던 도련님이 그사이 이런 몰골로 자신의 움막에, 그것도 배에 깊은 자상(刺傷)까지 입고 정신조차 없는 상태로 누워 계시게 되리라곤 생각지도 못했던 일이었다. 아직 초가을이라 자신이 사냥을 해서 겨울을 날 밑천을 장만할 때까지 이곳에서 몸을 추스를 수 있도록 최선을 다할 생각이었다. 그는 계한의 몸 위에 따뜻한 고라니의 가죽을 덮어주고는 다시 활과 칼을 들고 움막을 나갔다.

계속 한 여자가 구슬피 울고 있었다. 울다가 지쳐 쓰러지고 다시 일어나 울기를 계속하는 것을 보며 계한은 너무 답답했다. 그녀를 달래주고 싶었는데 그러지를 못해 마음이 너무 안타까웠다. 그녀를 애타게 불러도 그녀는 그의 말이 들리지 않는 듯 고개조차 돌리지 않았다. 아니, 들리지 않는 것이 분명해 보였다. 그녀에게 무슨 일이 있었는지 알 수 없었지만 그래도 그녀의 아픔을 덜어주고 싶었다. 규원. 그녀가 무엇 때문에 그리 울고 있는 것인지는 알 수 없었지만 그녀의 슬픈 얼굴을 보는 것은 너무나 아픈 일이었다. 그녀를 달래주고 싶었다.

"울지 말아요. 제발 그만 울어요. 당신이 우는 모습을 보니 내 마음이 너무 아파요. 그러니 그만 울고 이쪽을 좀 봐요."

계한은 미친 듯이 그녀를 불렀지만 답은 여전히 없었다. 그는 자신이 직접 몸을 일으켜 그녀 쪽으로 가고자 했다. 몸이 말을 듣지 않았지만 그래도 그녀가 울고 있는 것을 지켜 볼 수 없었다.

"이보시오! 규원! 제발 그만 좀 우시오! 그 울음소리가 나를 미치게 만드오! 그러니 제발 이제 그만 좀 하시오!"

계한은 손끝에 잡힐 듯 말 듯한 그녀의 얼굴이 너무나 안쓰럽고 안타까웠지만 더는 가까이 가지 못하고 실신하고 말았다. 까마득히 멀어지는 그녀의 얼굴이 너무나 소중했다.

"정신 차리십시오, 도련님! 이놈 걱정 그만 끼치시고 이제는 일어나십시오. 그리하셔야 합니다. 무슨 일이 있었는지 모르오나 정신을 차리시고 그만 일어나 앉으십시오."

계한은 자신의 얼굴을 찬 수건으로 연신 닦아내며 자꾸만 귀찮게 하는 자의 소리에 더는 그냥 누워 있을 수 없었다. 당장 일어나 그자의 입을 막아야 했다.

"거참! 시끄… 럽게 구는구나. 먹쇠야, 그만 좀… 떠들어라. 내 어제 늦게 잠자리에 들었더니 너무 곤하구나. 그러니……."

"도련님, 눈을 떠보세요."

"거참! 먹쇠 네 이놈! 웃……."

계한은 자꾸만 자신을 괴롭히는 먹쇠란 놈이 손에 잡히면 경을 칠 것이라 생각하며 몸을 일으키다 창자가 끊어지는 듯한 고통에 너무나 놀라고 고통스러워 다시 자리에 누웠다.

"왜… 이리 아픈 것이냐? 내게… 도대체 내게, 무슨 일이 있었던 것이냐?"

"도련님께서는 자상을 입으셨습니다. 그러니 당분간은 몸을 움직이기 힘드실 겁니다. 그나마 이렇게 의식을 되찾으신 것만으로도 다행이라 생각하십시오."

"넌……. 그래, 우리 사냥터 산지기가 아니더냐?"

"예. 도련님! 쇤네 산지기 맞습니다. 이제 알아보시겠습니까?"

"그래……. 그런데 자상이라니? 왜 내가 자상을 입었더란 말이냐? 내가 사냥을 하다 다치기라도 한 것이더냐?"

"아닙니다."

"그런데 왜?"

"그건 쇤네도 모릅니다. 쇤네는 그저 흙구덩이에 묻혀 있던 도련님을 꺼내 이곳으로 모시고 왔을 뿐 아무것도 모릅니다."

"왜? 왜 내가 구덩이에? 무슨 말이야? 도대체 알아들을 수 있게 말해라! 도대체……."

"도련님! 그것은 오히려 쇤네가 묻고 싶은 말입니다. 나리가 돌아가셨다는 말씀은 저도 들었사오나, 어쩌다 도련님께서……."

"뭐라 했더냐? 아버님이 어떻게 되셨다고?"

"도련님!"

"아버님이 어떻게 되셨다고? 돌아가셨다니 무슨 말이냐? 응?"

"도… 련님……."

"무슨 말이냐? 도대체 왜 아버님이 돌아가셨다는 것이냐? 언제? 그 말이 정녕 진실이냐?"

산지기는 말을 할 수가 없었다. 자신이 모르는 계한의 지난 몇 년간의 일에 대해 아무것도 말해줄 수 없었다. 오히려 모든 것을 다 알고 있는 계한이 그에게 하문하는 까닭이 더 이해가 되지 않았다.

"도대체……."

계한은 한동안 계속 '도대체'란 말만 계속 반복하며 멍하니 앉아 있었다.

하루가 얼마나 길고 어두운지 계한은 미칠 것만 같았다. 지난 16년을 살면서 이렇게 허황된 이야기는 들은 적이 없었다. 그런데 산지기가 하는 말 중 그 어느 것도 알아들을 수가 없었다. 왜 아버님이 사사(賜死)를 당하고 모친과 어린 누이가 왜 그리 모질게 자진을 하셨는지, 그리고 자신이 왜 심하게 자상을 입은 채로 산속 흙구덩이에 묻혀 있게 되었는지, 또한 산지기가 걱정스럽게 꺼내던 그 자신의 몸의 비밀도……. 그의 말이 모두 진실이라면 자신이 지난 2년간의 기억을 잃어버렸다는 것인데 왜, 무엇 때문인지 알 수가 없었다. 꼭 알아내어야 했다. 자신이 그런 짓까지 해가며 살아 있어야 했던 지난 2년 동안 도대체 무슨 일이 있었는지, 어떻게 살아 왔는지, 왜 이런 일까지 당할 수밖에 없었던 것인지…….

계한은 안타까움에 홀로 산지기 움막을 나와 섰다. 스산한 초가을 바람이 불고 있었다. 하늘을 날던 한 쌍의 새가 잠시 나뭇

가지에 내려와 머물렀다 다시 하늘을 오르기를 반복하는 것을 보며 계한은 가슴 한편이 무너져 내리는 것 같았다. 자신에게도 저리 고운 여인이 있었다.

윤규원. 그녀와 지난 달 같이 월명사를 다녀오는 길에 하루를 같이했었다. 너무나 아름다운 그녀의 뒷모습을 바라보며 그녀 뒤를 무심히 따라갔던 길이었다. 혼례 전 기도를 드리러 갔다는 말에 먹쇠 녀석까지 따돌리고 따랐던 길이었다. 그리고 겨우 잔꾀를 내어 오월을 애써 따돌리고 그녀의 수발을 자신이 들겠다고 다짐하며 좋아 했다. 그런데 살얼음이 낀 강가에서 얼음을 지치고 싶다던 그녀를 말리지 못해 그녀에게 만들어준 썰매 덕에 그녀가 물에 홀딱 젖은 채 자신을 바라보았을 때 자신의 안에 있던 사내란 놈이 울컥 쏟아져 나왔다. 결국 그녀를 그리 곱고 아름다운 그녀를 자신의 욕심에 짓밟고 말았다. 그래도 그날 밤. 자신과 규원은 행복했다. 정말 행복한 꿈을 꾸었고 정말 행복해 질 것이라고 생각했었다.

그런데 지금 자신의 이 꼴을 보니 그녀가 자신을 얼마나 원망할지 보지 않아도 알 것 같았다. 가슴이 너무 아파서 계한은 걷기 시작했다 아직 상처가 다 낫지 않아서인지 걸음을 옮길 때마다 아프고 고통스러웠지만 계속 걸었다. 그렇게 한참을 걷다 계한이 정신을 차리고 나니 어느덧 저잣거리에 나와 있었다. 그것도 함소골로 향하는 어귀에 서 있었다.

"바보가 따로 없구나! 나란 놈이 바보구나! 지금 이 모양으로 규원을 만나 어찌하려고 무엇을 하자고 이러는 것인지……."

돌아서야 함을 알기에 계한은 다시 멍하니 저자를 걸었다. 지금 자신이 해야 할 일은 따로 있었다. 자신의 가문에 닥친 일이 어찌 된 것인지 무엇 때문에 자신이 이런 몰골로 그렇게 험한 일까지 당하여 산지기 움막에서 눈을 뜨게 되었는지 알아내야만 했다.

"아씨… 이제 그만 좀 찾아 다니셔요! 쇠돌이 그 사람이 하는 말 들었잖아요. 장희재 그자의 부관이 괜히 산만 뒤지고 다니다 돌아왔다고 하지 않던가요? 장희재 그자도 못 찾아내는 서방님을 아씨가 어찌 찾는다고……. 이러시는 게 벌써 며칠 째인지 알고는 계셔요?"

"모른다. 내가 그런 것들까지 세고 있을 정신이 있겠니?"

"아씨! 그러시지 말고 그만 들어가세요."

"되었다. 너나 들어가라. 난 상선 영감 댁에 들렀다가 갈 테이니……."

"아씨! 제발……."

오월도 알고 있었다. 그녀의 주인인 아씨 규원은 한번 한다고 하면 어린 시절부터 결국 해내고 마는 성품이었다. 물론 계한 서방님과 알콩달콩 신혼살림을 차린 후로는 조금 느슨해지기도 했지만 그도 딱 그때뿐이었다. 서방님이 사라지고 난 후 규원은 점차 예전의 강하고 단단한 아씨로 돌아와 절대 그 의지를 꺾을 수가 없었다. 모든 것을 서방님 찾는 일에 쏟겠다고 잘되던 필우점도 헐값에 급히 넘기고는 오로지 하루 종일 찾아다니는 것이 전부였다. 그랬기에 오늘도 늘 하던대로 상선 영감 댁까지 들렀다가 올 것임에 오월은 그녀의 말에 따라 혼자 집으로 발걸음을 돌렸다.

그때였다. 자신의 앞을 스쳐 지나가는 사람의 모습에 놀라 가던 걸음을 멈추었다. 계한과 비슷해 보였다. 큰 키와 유연하고 씩씩한 걸음새가 딱 계한의 모습이었다. 오월은 잠깐 전에 본 사내의 모습을 찾기 위해 저잣거리를 헤매었다. 그러나 찾을 수 없었다. 사내의 모습은 사라지고 아무것도 보이지 않았다. 오월은 맥없이 다시 걸어 집으로 향하면서도 자꾸만 돌아다보아졌다.

"분명히 계한 서방님이었는데……. 내가 잘못 본 것일까?"

오월은 혹시 계한을 본 것으로 자신이 상상하는 것이 아닐까 하는 걱정을 하며 집으로 돌아갔다. 어쩌면 아씨와 자신의 걱정이 오월의 앞에 서방님의 모습을 닮은 그림자마저도 서방님으로 보고자 하는 것일지도 모른다고 생각하며 아씨가 걸어 간 상선 영감댁이 있는 방향으로 사라진 그 그림자 같은 사내의 모습을 애써 지웠다.

어렵게 청해 마주하고 앉은 자리였다. 장번이라 상선이 사가로 나오기를 얼마나 기다렸는지 모른다. 그 오랜 기다림 끝에 상선 영감과 마주앉은 규원은 작은 흔들림조차 없었다. 오늘 이 자리에서 계한과 규원 자신의 어떠한 치부를 드러내어도 상관없다 각오하고 들어온 자리였다. 그를 찾을 수만 있다면 가문의 복권 따위 하지 않아도 된다 생각했다. 물론 계한이 들으면 아니 된다

말릴 일임을 모르지 않지만 지금의 규원은 가문보다는 낭군이, 아이 아비가 우선이었다. 그런 그녀의 마음을 아는지 상선 영감이 어렵게 입을 먼저 열었다.

"그렇게 찾아도 흔적조차 찾을 수 없는 것을 보니 어쩌면 그 사람은 이미……."

"아닙니다. 상선 어른! 절대 그럴 리가 없습니다. 그 사람은 저를 두고 그리 허망하게 갈 사람이 아닙니다."

"그렇지만 부인! 이미 한성부 군졸들까지 동원해서 찾아도 흔적도 없던 그 사람이 어떻게 살아 있다고 그리 단정하는지……."

"그분께서는 꼭 하셔야 할 일이 있습니다. 그래서 혹 장희재 그자가 그분을 죽이려 했다 해도 그리 쉽게 당할 리 없습니다."

"꼭 해야 할 일이라……. 예전 내시 선발 시험 때, 나는 계한 그 사람에게서 원한에 사로잡힌 칼날 같은 복수심을 보았습니다. 혹 해야 할 일이 복수입니까?"

"예. 맞습니다. 그분은 가문과 그분을 그리 살게 한 현 중전과 장희재에게 꼭 복수를 하셔야 두 눈을 감으실 분이니까요."

"그랬군요. 그래서 이번 상(上)의 밀명 또한 그렇게 쉽게 받아들인 것이군요."

"예."

"그럼 혹 어느 가문인지?"

"혹, 판윤 김시목 영감을 기억하시는지요?"

"판윤 김시목 영감이시라면 세자 고명을 받아오기를 거부했다는 이유로……."

"예. 그분이 바로 제 시어른 되십니다."

"그런 사정이…… 그 사람이 그 어른의 자제였군요. 그래서 그리 강단 있고 그리 충직했던 것이로군요."

"……."

"상께 고해서 상제를 찾는 일에 도움을 드리겠습니다. 그렇지 않아도 상께서도 그분의 일이 잘못되었다 하시고 그 자제되는 이를 찾아라, 밀명을 내리신 일이 있습니다. 그 사람이 너무 입이 무거운 것이 사단의 원인이었군요. 미리 말했더라면 쉬이 일이 해결될 수도 있었을 터인데……."

"영감! 진정 그 말씀이 참입니까?"

"예, 부인."

"정말 감사하옵니다. 이 은혜 저희 내외 반드시 영감께 보은하겠나이다."

"아니, 됐습니다. 제가 사사로이 상제 그 사람을 도우려 하는 것이 아니니 그리 말씀하실 필요 없습니다. 그러니 안심하시고 돌아가 계십시오. 그러면 제가 댁으로 찾아뵙고 연락드리겠습니다."

"예, 영감."

규원은 상선 정인호 영감의 자택을 빠져나오며 마치 이미 계한이 살아 돌아온 것처럼 느껴졌다. 이제 상과 상선 영감까지 계한을 찾아주겠다 하였으니 그리 멀지 않은 장래에 그를 반드시 찾아내어 자신의 앞에 데려올 것이 분명했다. 규원은 자신도 모르게 신명이 나서 빠른 걸음으로 저자를 가로질러 집으로 걸음을 옮겼다.

그때였다. 앞에 상민으로 보이는 여인 두 사람이 대로 한가운데에서 넋을 잃고 서 있었다. 그리고 그들은 마치 무엇인가에 홀린 듯 그렇게 맞은편을 바라보고 알 수 없는 미소를 짓고 있었다. 규원은 여인들의 묘한 미소가 궁금해 그들이 바라보는 방향으로 몸을 돌려 찾아보았다. 무엇을 그리 열심히, 그리 골똘히 바라보는 것인지 알고 싶어서였다. 그들의 시선이 머무는 곳에 한 사내가 서 있었다. 그리 여인들이 넋을 잃고 바라볼 정도의 훌륭한 옷매무새를 갖추지도 아랫것들을 거느리지도 않은 혈혈단신의 사내는 열댓 걸음쯤 떨어진 거리에서 자신 쪽으로 멍하니 바라보고 서 있었다. 아무것도 가지지 못한 듯 보이는 그 사내는 얼굴이 희고 아름다웠으며 큰 키에 보기 좋은 아름다운 몸을 가진 수려한 미모의 사내였다. 그래서 여인들이 눈을 떼지 못하고 대낮에 보기 흉한 행태로 사내의 얼굴을 훔쳐보고 있었던 것이었다.

규원은 햇살이 너무 강해 그 사내의 얼굴이 정확히 보이지도 않고 규방의 아녀자로 추한 행태를 보이는 것이 민망스러웠기 때문에 돌아서려했다. 그런데 그 순간 그늘이 한 자락 그의 얼굴에 드리워졌다. 그리고 우연히 그 얼굴에 눈길을 돌린 규원은 숨조차 쉴 수가 없었다. 꿈이었다. 꿈이 아니고서야 그토록 그리던 이가 대로 한가운데에 서 있을 리가 없었다. 숨소리조차 낼 수 없었던 규원은 자신도 모르게 체면을 던져 버리고 달리기 시작했다. 자신의 눈앞에 보이는 것을 믿을 수가 없었다. 분명 계한이었다. 그가 저 만큼 앞에 서서 자신을 바라보고 있었다. 규원은 규방의 아녀자로 해서는 안 되는 일임에도 장옷을 벗어 들고 그에게로 달려가 멍하니 자신의 모습을 바라보고 서 있는 그의 품에 안겼다.

계한은 달려오는 규원의 모습을 보며 역시 자신이 잘못 본 것이 아님에 당황스러웠다. 장옷을 벗어 던진 그녀의 모양을 보니 머리에 쪽을 올리고 비녀를 꽂고 있었다. 그것이 무엇을 뜻하는 것인지 모르지 않는 계한이었다. 그녀가 이미 누군가의 아낙이 되었음을, 아니, 자신이 아닌 다른 사내의 여인이 되었음을 말해 주는 것이었다. 자신의 품에 달려든 규원의 몸을 다른 이들이 볼 수 없게 돌려 세우고는 살포시 밀어내었다.

"이러지 마시오! 규원! 보아하니 이미 혼례를 올린 것 같은데……. 누가 보면 어찌하려고 이러는 것이오?"

자신의 몸을 밀어내며 속삭이는 말에 규원은 놀라움을 금할 수가 없었다. 혼례를 올리고부터는 자신을 안아주기를 좋아하던 다정다감했던 이가 계한이었다. 그리고 그의 행방이 궁금해 애달파 했을 것을 뻔히 아는 그가 자신에게 이리 냉하게 대하는 것이 너무나 이상스러워 규원은 서운한 마음에 그를 흘겨보았다.

"서방님?"

규원은 계한의 얼굴을 올려다보며 작은 목소리로 답했다. 그러자 계한은 얼굴을 붉히며 그녀의 몸을 애써 자신에게서 떼어내며 고개를 돌렸다.

"서방님, 저 규원입니다. 저에게 이리 대하시다니……. 제가 반갑지 않으십니까?"

"물론, 반갑습니다. 규원 낭자! 그러나 비록 한때 정혼자이긴 했으나 그대 차림을 보아하니 다른 사내의 아낙인 것 같은데 이리 대로에서……. 그대에게 흠이 될까 두렵습니다."

규원은 계한의 말에 순간 온몸이 얼어붙는 것 같았다. 그가 하는 말이 이해되지 않았다. 그가 자신을 부르는 이름 또한 이해되지 않았다.

"서방님! 혹 저를 놀리시는 것이라면 그만하셔도 됩니다. 지금도, 지금 서방님을 찾은 것만으로도 전 충분히 놀랍고 떨립니다. 그러니 제발 이제 그만 놀리십시오. 저 규원입니다. 서방님의 아낙 윤규원입니다. 진정 저를 계속 놀리실 양이면 집으로 돌아가셔서 하셔도 늦지 않습니다. 그러니……."

"진정… 으로 하시는 말입니까? 규원 낭자? 어찌 내가 그대의 낭군이 될 수 있다는 겁니까? 집안이 몰락했다 들었습니다. 그것도 나라에 큰 죄를 지어 어른이 사사를 당했다고 들었습니다. 제 몸 또한 이미 사내가 아니라 들었습니다. 그런데 어찌 그대가… 내 아낙이라고 하는지 알 수가 없습니다."

규원은 계한의 눈이 말하는 진실을 그제야 볼 수 있었다. 그가 변한 것처럼 보였다. 아니, 그가 예전 자신을 보며 수줍게 얼굴을 붉히던 열여섯 그 나이 때처럼 그렇게 설렘 가득한 눈으로 바라보고 있었다. 규원은 그의 손을 잡아 자신의 가슴에 얹고 다시 천천히 말했다.

"진정이옵니다. 진정 기억이 나지 않사옵니까? 그렇게 저와 우리 아이 한원을 잊으셨다고 하시는 겁니까? 서방님께서 무슨 일을 당하셔서 이리 잠시 저와 보낸 그 시간들을 잊었다 하시는 지 모르지만 분명 전 서방님의 아낙이 맞습니다. 그리고 서방님 은 지난 달포 동안 아무런 말씀도 없이 사라지셔서 저와 가솔(家率)들이 찾아 헤매고 있던 차입니다. 기억은 천천히 몸을 편히 하시면 돌아올 것입니다. 그러니 먼저 집으로 가시어요. 가신 후 에 천천히 다시 말씀 나누시어요."

계한은 규원의 고운 음성이 전하는 말에, 맑고 투명한 검은 눈 동자에 자신이 그녀와의 시간들을 제대로 기억하지는 못하나, 분 명 산지기의 말처럼 자신의 기억보다 2년이란 세월이 더 흘렀음 을 들었기에 그녀가 하는 말이 사실일 것이라 믿고 싶었다. 아 니, 그녀 규원이 그리 말하는 것을 보면 분명 자신이 기억하지 못하는 지난 2년간의 기억 속에 그녀와 같이 한 시간들이 더 있 었을 것임도 그리고 그녀의 말처럼 규원 그녀가 자신의 아낙일 것임을 믿고 싶었다. 한때 자신들이 꾸었던 행복한 꿈……. 그 꿈이 이루어진 것이라 믿고 싶었다.

계한은 규원의 손에 이끌려 천천히 걸어가면서 자신의 심부가 마치 고장난 것처럼 격하게 뛰고 있음에 부끄러워 고개조차 들 수가 없었다. 그녀가 자신의 아낙이라는 사실 하나만이 계속 머 릿속을 어지럽게 하였다. 그러나 순간 자신의 몸의 비밀을 말하 던 산지기의 말이 계한을 멈춰 서게 했다. 산지기의 말에 자신 스스로 제 몸을 확인까지 해보지 않았던가! 고자인 자신의 그녀의 사내로 살면서 규원이 얼마나 애통하게 살았을지 보지 않아도 알 것 같았다. 어쩌면 자신의 몸에 있던 자상이 그런 것들과 연관이 있지는 않을지……. 계한은 그녀에게 잡힌 손을 뿌리치고 달리기 시작했다. 아직 규원에게 돌아갈 수 없었다. 적어도 자신에게 생긴 일들이 누구에 의해서인지는 알아야 했다.

"서방님! 어디 가시어요! 서방님! 으흐흑!"

흘깃 돌아본 그 자리엔 땅바닥에 쓰러진 채 울고 있는 규원이 보였다. 다시 그녀에게 가고 싶은 마음을 애써 누르며 그는 정신없이 달렸다. 자신에게는 모든 것이 너무나 무서운 현실이었다. 규원과의 일을 모두 인정하고 나면 차마 인정하고 싶지 않은, 산지기의 말처럼 부친께서 사망하셨다는 그 사실도 인정해야 할 것 같아 도망쳤다.

20장
자아(自我)

마치 넋이라도 나간 듯 대로를 헤매는 계한의 모습은 그야말
로 광자(狂者)였다. 지나가는 행인들과 부딪히고 사죄의 말 한마
디 없이 그저 멍한 얼굴로 정면만 바라보는 그를 보고 사람들은
일순간 욕설을 하거나 불쌍하다는 듯 혀를 차고는 스쳐 지나갔
다. 어디로 가는 것인지, 누구에게 가는 것인지조차 모르고 무조
건 걷고 또 걸어 아무 곳이나 주저앉았다. 긴 담장에 몸을 기대
고 앉아 지나가는 행인들의 야릇한 시선들을 받고 있다는 것도
모른 체 계한은 땅에 무엇인가를 쓰고 있었다.

규원(奎源).

머릿속을 떠나지 않는 이름 윤규원. 그녀가 자신의 여자라는
사실과 그 사실 못지않게 그녀의 평탄한 인생을 망친 장본인이
바로 자신이라는 사실이 너무 고통스러웠다. 왜 자신이 이렇게

되어버린 것인지, 도대체 부모님은 어떻게 해서 돌아가신 것인지 알고 싶었다.

"아니! 이보시게! 계한이! 자네 여긴 웬일인가? 그 꼴은 또 무엇인가?"

그리 낯설지 않은 나이 든 사내가 자신의 앞에 구부리고 서서 인사를 건넸다.

"누구… 시온지?"

"어라? 이 사람이 지금 나하고 무슨 농을 하고 싶은 겐가? 이제 상제가 되었다고 나는 안중에도 없다 이건가? 이 사람아! 나 윤 초시에게 그렇게 하면 아니 되는 것일세. 그래도 내가 자네에게는 스승 아닌가? 내자원 윤 초시를 모른다 하면 내시가 아니지. 암! 그러니 그런 농은 그만하게!"

"내자원 스승이라고요?"

"이 사람, 농이 과하구만!"

"윤 초시 어른이라고 하셨습니까?"

"그래그래, 자네가 왜 이러는지 모르지만 우선은 일어나게 정 8품씩이나 되는 벼슬아치가 그리 땅바닥에 앉아 있는 것은 예가 아니네!"

"예."

"어서 들어가세나! 자네 몰골이 말이 아니구먼!"

"……."

계한은 윤 초시가 이끄는 대로 그를 따라 내자원으로 들어갔다. 한때 자신이 이곳에서 수학했다는 그의 말을 떠올리며 뭔가 기억하고 있는 것이 있는지 둘러보았다. 그러나 불행히도 아무런 것도 떠오르지 않았다. 멀리 몇몇 아이들이 그를 보고 달려왔다.

"형님! 계한 형님! 아니, 이제 상제 어른이라 불러야 하지요?"

"상제 어른!"

아이들이 그를 둘러싸고 인사를 하며 반갑게 맞아주었지만 계한은 그들도 누구인지 알아볼 수가 없었다. 전부 다 낯설지는 않았지만 모르는 이들이었다. 계한의 멍한 얼굴을 바라보던 윤 초시는 일단 그를 자신의 방으로 데리고 들어갔다.

이곳저곳 열심히 둘러보는 계한의 모습이 아무래도 이상해 윤 초시는 그를 자리에 앉히고는 다시 천천히 그의 얼굴을 바라보았다. 분명 김계한이 맞았지만 그의 얼굴에는 당혹감이 가득했다. 자신이 알고 있는 김계한은 절대 이렇게 자신의 감정을 고스란히 드러내어 놓는 이가 아니었다.

"혹, 자네 신상에 무슨 일이라도 생긴 겐가? 자네가 어째 다른 사람 같네. 내가 아는 김계한이 아닌 것 같네! 무슨 일인가? 응?"

"저어… 실은 제가 지난 2년을 기억하지 못합니다."

"뭐라? 지난 2년을 기억하지 못한다고? 자네 지금 그 말이 무슨 말인가? 왜 기억을 하지 못한다는 것인가?"

"그건 저도 알지 못합니다. 그저 심한 자상을 입고 죽다 살아났는데 깨어보니 제게 너무 많은 일들이 생긴 후라……."

"그럼 지금 자네는 스스로가 자신을 버린 것도 그리고 자네가 상제라는 벼슬을 하는 내시라는 것도 모르고 있다는 말인가? 그럼 내자원에서의 생활도 기억에 없고?"

"예."

"어쩌다……. 그래, 상처는 다 나았는가?"

"그럭저럭 운신(運身)할 만큼은 됩니다."

"다행이구만. 그런데 이 일을 어쩐다? 내시부에 알려서 우선 승전색 김자현 영감부터 나와 보시라 해야 하겠군."

"승전색 영감이라면?"

"자네가 스스로 양물을 자르고 이곳으로 들어올 때 무슨 연인지 모르지만 자네를 내게 천거(薦擧)하신 분이지. 물론 그 후로도 물신양면 자네를 도와주신 분이니 지금 자네에게 그분보다 더 도움이 될 사람은 없지 싶어. 우선 내 방에서 좀 쉬고 있게나. 내가 아이를 시켜 연통을 해볼 테니."

"예. 초시 어른. 감사합니다."

"기억도 잃고 목숨마저 위협을 받았다 하더라도 그래도 자네가 죽지 않은 것을 다행으로 생각하시게. 살아 있는 것으로 되었지 않은가? 쇠똥 밭에 굴러도 저승보다는 이승이라고 했네. 나도 자네 사정은 모르지만 평소의 자네는 너무 준엄해서 내가 불편했었는데 지금의 자네는 정감 있고 편안한 사람 같으이. 아마 자네에게 모진 일이 생기기 전의 진짜 자네 모습일 테지. 쯧쯧. 이리 다정다감하고 순후한 사람이 어쩌다가 그렇게 되었는지……. 그럼 쉬시게."

윤 초시가 나가고 난 후 계한은 잠시 머리를 다리 사이에 끼우고 앉아 머릿속에 떠오르는 여러 가지 생각을 비워내었다. 생각하고자 하면 할수록 바늘이 머릿속을 파고들 듯 쑤셔오는 고통에 우선은 자신에 대해 잘 안다는 승전색 영감을 기다려 보기로 했다.

"서방님! 어디 가시어요! 서방님! 으흐흑!"

조금 전 대로에서 그의 발걸음을 끝까지 잡아끌던 규원의 흐느낌이 다시 그의 마음을 아프게 했다.

"아씨! 이 무슨 모양이세요?"

"⋯⋯."

"아씨! 도대체 왜 이러는 거예요? 정신 좀 차리셔요! 여보! 이리 좀 나와보세요! 아씨가⋯⋯."

오월은 넋을 잃은 사람처럼 걸어오던 규원에게 달려간 순간 아무런 말도 없이 무너져 내리는 주인을 받쳐 안고 자신의 서방을 불렀다. 하얀 백지장 같은 얼굴로 돌아온 그녀를 보며 오월은 도대체 무슨 일이 있었던 것인지 알 수 없어 불안했다. 혹여 계한 서방님이 돌아가셨다는 소식이라도 듣고 오신 것인지 불안한 마음에 발만 동동 굴렀다. 한참을 그렇게 까무룩 정신을 잃은 규원이 자신의 손을 꼭 잡고 있던 오월을 불렀다.

"오월아, 혹시 서방님께서⋯ 서방님께서 오시지 않았느냐?"

"예? 무슨 말씀이셔요? 서방님이 집에는 왜?"

"오시지 않았단 말이냐? 그럼 도대체 어디로⋯⋯."

"혹시, 만나셨어요? 아씨! 말씀 좀 해보셔요!"

"잠시 전 상선 영감을 뵙고 돌아오던 길에 대로에서 부딪혔는데……. 그분이, 날 기억하지 못하시더구나."

"예? 도대체 무슨 말씀이세요? 서방님께서 아씨를 몰라보더란 말씀이신가요?"

"아니, 그분은 날 규원 낭자라고 부르셨다. 그분은 내가 당신의 아내가 된 것도, 우리 한원이가 생긴 것도 아무것도 모르시더구나. 오월아, 내 손을 뿌리치고 달려가시는데 난 주저앉아 울기만 했다. 그분을 잡고 나를 기억해 보라고, 나와 같이 집으로 가자고 매달렸어야 했는데 그저 땅바닥으로 무너져 내린 내 두 다리가 일어서지지가 않더라. 어쩌면 좋으냐? 그분이 영영 나와 한원이에게 돌아오시지 않으면……."

"아씨! 그런 말씀 마세요! 정확한 것이야 알 수 없지만 어디 그분이 아씨를 생각하시는 마음이 보통 분이신가요? 지금은 무슨 사연이 있어 아씨를 두고 잠시 가셨겠지만 조만간 돌아오실 거예요."

"그럴까?"

"그럼요."

"그런데 왜 이리 내 마음이 아픈지 모르겠다. 혹시 그분이 우리 모자를 버리고 다시 오시지 않는 것은 아닌지 하여 숨조차 쉴 수가 없구나."

"아이고! 우리 아씨! 서방님 때문에 마음고생 하시더니 평소 강단 있고 당찬 우리 아씨는 어디로 가시고 이리 약한 말씀만 하시는지… 그래도 살아 계시다는 것을 알게 된 것이니 다행이지 않습니까?"

"그래, 그렇구나! 그래. 살아 계시다는 것을 알았으니 얼마나 다행인지 내가 잠시 그 생각조차 하지 못했구나. 어리석은 아녀자라 어쩔 수 없었구나."

"아씨도 참. 지금 아씨가 제정신이신가요? 어찌 되었든 살아 계신 것을 확인했으니 되었습니다. 그럼요. 그렇게 생각하시고 얼른 일어나셔요. 도련님 생각도 하셔야죠."

규원은 오월의 위로에 다시 몸을 일으켜 앉았다. 오월의 말이 옳았다. 생사를 알지 못해 밤낮으로 고통스럽던 지난 달포 동안 그가 살아 있다는 것만 알면 자신은 아무래도 상관없다고 생각하지 않았던가! 그런데 계한이 살아 자신의 앞에 서 있는 것을 보고 돌아와 놓고도 자신을 잠시 기억하지 못한다 하여 이리 통탄해 하다니, 참으로 간사하다는 생각이 들었다. 이제부터 다시 그를 찾아 나서면 되는 일이었다. 장희재 그자의 손에 죽임을 당하지 않은 것을 확인하였으니 그다음은 살아 있는 그를 다시 찾는 것이야 어려운 일이 아니었다. 그가 자신의 발로 돌아오지 않으면 한 달이든 1년이든 반드시 그를 찾아내어 예전의 계한을 돌려놓고 자신의 곁으로 돌아오게 하면 되는 일이었다.

"오월아! 쇠돌이를 들라 이르거라."

"예. 그리할게요."

오월이 제 서방을 부르기 위해 나가고 난 뒤 규원은 먹을 갈기 시작했다. 상선 영감께 이 소식을 전하고 행여 생길지 모르는 또 다른 위협으로부터 그를 지켜야 했다. 상선 영감만이 기억조차 없이 거리를 헤매는 계한을 구해줄 사람이라 규원은 그리 생각하였다. 날랜 걸음으로 쇠돌이가 서신을 들고 상선 영감 댁으로 달려가는 것을 보며 규원은 두 손을 마주잡고 마음을 다스렸다. 이제부터 자신이 좀 더 강해져야 했다. 자신에게는 지켜야 할 사람이 있었다. 그리고 지금 그 누구보다 그녀의 현명한 판단과 재빠른 행동이 필요한 때였다. 자신만이 낭군과 어린 아들을 지켜낼 수 있다는 생각에 규원은 이를 악물었다.

"자네! 정녕 나를 모르시겠는가?"
"예, 영감."
김자현은 계한의 눈동자를 뚫어져라 바라보며 물었다. 그러나 계한의 텅 빈 눈동자에는 자신에 대한 기억이라곤 한 점도 없는 것 같았다. 아마도 가문에 불어 닥친 환국이 있기 전 부모님과 단란했던 한때에 머물러 있는 것 같았다.
"어허! 도대체 누가 자네를 이리 만들었는가?"
"아무런 기억이 없습니다. 소생이 어쩌다 깊은 자상을 입은 채로 산에 버려졌는지, 언제 그런 일이 생긴 것인지, 아무것도 모릅니다. 다만 산지기의 말로는 처음 발견했을 때 조금만 늦었더라면 산짐승들의 먹이가 되었을 거라고 하더이다."
"이이… 누군지 정말 몹쓸 사람들이구만. 산 사람을 그리 산에 내 팽개치다니. 그래 혹시 비적들의 소행은 아닌가?"
"무엇을 들고 나간 것인지 알 수가 없으니 무엇이 없어진 것인지도 알 수 없습니다. 그저 호패는 그대로 품 안에 있었다 하니 비적들의 소행으로 보기에는……."

"그럼 도대체 누구의 소행인지……. 참, 이러고 있을 때가 아니지. 상선 영감이 자네 안사람의 청으로 시위들을 풀어 도성 안을 뒤지고 있네. 그 어른께도 자네가 이곳에 살아 있다는 것을 알려 드려야 할 것 같네."

"상선 영감이라고 하시면?"

"그분도 자네를 나 못지않게 위하시는 분이니 걱정 마시게. 참, 자네, 선친의 일도 알고 계시네. 내게 진즉 말하지 않았다고 역정을 내시더구먼."

"선친이라면…… 혹시 아버님을 아시는지요?"

"자네…… 설마 그 일마저 잊어버렸는가?"

"예. 제 기억은 부친과 사냥을 나간 것이 끝입니다."

"쯧쯧. 자네가 호되게 생사의 기로에서 헤매다 보니 몸이 아픔을 기억하고 싶지 않았나 보이. 자네 아버님이신 김시목 영감이 그리 허망하게 가시고 모친과 어린 누이마저 하루아침에 주검으로 발견된 것을 본 자네로서는 그 기억을 지우고 싶었을 걸세. 거기다 부친의 복수를 위해 스스로 자신의 양물까지 자른 자네이기에 더욱더 그날들은 기억조차 하고 싶지 않았을 걸세."

산지기에게 들었던 것과 다를 것이 없는 말에 계한은 승전색 김자현이 그의 과거에 대해, 그리고 가문에 일어난 일에 대해 소상하게 알고 있을 것만 같았다. 지금 당장 꼭 알아야 하는 것들을 알려줄 수 있는 유일한 사람일지도 모른다는 생각에 바짝 다가앉으며 물었다.

"영감은 어떻게 그리 소상하게 아시는 겁니까? 제가 기억조차 하지 못하는 것을 어찌……."

"자네 부친에게 사약을 전달한 내시가 바로 나일세. 그리고 난 자네를 부친의 시신을 모시러 온 그 험한 자리에서 처음 보았네."

"……."

"물론, 그때 내가 자네 부친의 억울함을 풀고 싶으면 내시가 되라고 일러주었지. 그 말대로 자네는 스스로를 버리고 나를 찾아왔고. 어쩌면 내가 자네를 이리 만든 것인지도 모르겠네. 다 내가 잘못 일러주어 이렇게 된 것인 것 같아서……."

"영감! 제가 기억이 없다 하나 영감의 말씀을 듣고 가슴에 맺히는 것이 없거늘 왜 그리 스스로를 탓하시는 것입니까? 그러지 마십시오."

"미안하이. 일단 상선 영감이 오시면 다시 얘기하기로 하고 좀 쉬고 있게나. 지금은 내가 자네에게 너무 아픈 일들을 쏟아내어 자네 가슴이 미어질 터이니……."

"예. 그럼 잠시 좀 쉬겠습니다."

"그래. 그리하게."

계한은 김자현의 말대로 그의 입을 통해 알게 된 자신의 가족들 얘기에 명치가 저려왔다. 자신의 부친과 사냥에 나섰을 때 부친이 자신에게 한 말이 있었다. 세자 고명사신으로 갈 바에는 차라리 스스로의 목숨을 끊고 말겠다고. 요부 장희빈의 소생을 국본으로 세우는 일에 한 올의 힘도 싣지 않을 거라고. 안국동 전 중전마마의 복위를 위해서 초개처럼 목숨을 버릴 각오를 하고 있다고. 그러시면서 어머니와 누이동생을 부탁하셨다. 그렇게 당부의 말씀을 하시던 아버님이 고작 한 달 사이에 사약을 받았다면 그 원인이 무엇인지, 누가 그렇게 만든 것인지 짐작하고도 남음이 있었다. 그래서 아마 자신이 그토록 마음에 품은 규원의 가슴에 못을 치고 그녀와의 약속을 버리는 짓도 서슴지 않았던 것이리라. 생각이 다시 낮에 잠깐 보았던 규원의 모습에 머무르자 계한은 몸을 일으켜 다시 걸음을 윤 초시의 사랑으로 옮겼다.

"이보시게. 그렇지 않아도 내가 자넬 찾아 나서려 했네. 상선 영감께서 오셨네."

"예? 상선 영감께서요?"

"그래. 어서 들어가게나."

"예, 초시 어른."

방 안에 들어선 계한은 온화한 미소를 띠고 상석에 앉아 있는 상선 정인호를 바라보았다. 자신의 기억 속에는 승전색 영감과 마찬가지로 아무런 기억조차 없는 사람이었다. 그러나 그의 눈은 말하고 있었다. 자넬 찾았다고. 걱정했노라고. 그리고 살아 돌아와 주어 고맙다고……

"영감께 인사 여쭙니다."

"아니, 그러지 말게. 아직 온전치 못한 몸이라 들었네. 그냥 앉게."

"하오나……."

"그냥 앉으래도! 자네가 이리 살아 돌아와 준 것으로 난 되었네. 자네에게 어려운 소임을 맡긴 후 어느 날 사라져 버려 상(上)께서도 걱정이 이만저만이 아니셨네. 다행일세. 이리 무사한 모습으로 돌아와 주어서."

"죄송합니다. 염려를 끼쳤습니다."

"아니네. 그렇지 않아도 자네 안사람 되는 이가 자네를 오늘 만났다고 찾아달라는 서신을 내게 보내서 시위부가 나서서 찾고 있던 길이었네. 아무리 생각해도 자네 부인은 참으로 영민한 사람일세. 자네의 안전이 걱정된다고 하더구먼. 누군가로부터 또다시 위해를 당할지도 모른다고. 기억조차 없는 상태로 무방비로 당하게 할 수는 없다고. 그 짧은 순간 자네의 상태를 정확히 파악해서 대처를 하다니……."

"제 안사람이라면 규원 낭자가?"

"허! 규원 낭자라? 하긴 2년간의 기억이 비었다고 하더니……. 승전색의 말처럼 자네가 너무 힘들어 그리한 모양이군."

"……."

"그럼 상께서 내린 밀명은 어찌해야 하는 것인지……."

"밀명이라 하옵시면?"

"아, 자네가 그 일을 당하기 전에 자네가 하던 일이 있었네. 그러나 이제 기억조차 잃은 자네에게 그 일을 마무리하라고 하긴 무리일 것 같고. 다른 이를 한번 알아봐야겠구먼."

"영감. 혹시 그 일이 중전 장 씨와 상관이 있는 일인지요?"

"허허. 그냥 두게. 알려고도 하지 말고. 그냥 자네는 몸과 기억을 회복하는 일에 신경 쓰게나."

"아닙니다. 말씀해 주십시오. 기억이 없다 해도 상의 백성이요. 내시부의 내시입니다. 하오니 제가 맡은바 소임은 다하도록 해주십시오. 부탁드립니다."

"이 사람이……."

상선은 더 이상 계한의 간청을 뿌리치지 못하고 그에게 상(上)이 내린 밀명을 전했다. 그리고 밤이 깊어진 후 상선 영감이 떠나고 난 뒤 내자원을 나선 긴 그림자는 규원의 집으로 향했다.

21장
상여(喪輿)

계한은 너무나 호들갑스런 반김에 정신을 차릴 수 없었다. 자신을 보고 죽은 사람이 되살아난 것처럼 맞아주는 오월과 쇠돌에 놀라고 당황스러웠던 것은 그나마 시작에 불과한 일이었다. 방안에 들어서자 작고 하얀 아이가 자박자박 걸어와 자신에게 와락 안기며 함박웃음을 터뜨렸다. 자신의 무릎께밖에 오지 않는 아이는 다리에 바싹 매달려 떨어지려 하지 않았다. 분명 처음 보는 아이였는데 너무나 보고 싶었다는 듯 계속 '아! 아!' 거리며 다가드는 아이를 애써 떼어놓은 그에게 들려준 규원의 말은 그를 방바닥에 주저앉게 만들기에 충분했다.

"서방님, 한원이가 아마도 오랜만에 뵙는 부친이라 반가워 그리하는 것이니 놀라지 마십시오. 안 계신 동안 제법 말이 늘어 계속 종알거립니다."

"부친? 설마 그대 규원과 나의 아이라는 것이오?"

"아직… 서방님의 기억이 돌아오지 않은 겁니까?"

"부친이 사사를 당하셨다는 것과 모친과 누이가 자진했다는 것도 기억나지 않소. 그리고 그대와 내가 이리 혼례를 올리고 우리에게 이렇게 어여쁜 아이가 생긴 것도 또한 기억이 나지 않소. 난 그저 산지기의 움막에서 깨어났을 때, 그 한 달 전쯤 부친과 사냥을 하러 그곳에 간 기억만 간신히……."

"그럼, 당신께서 어떻게 기억을 잃고 산지기 움막에 계시게 된 것인지도 모르신다는 것인지요?"

"내가 배에 깊은 자상(刺傷)을 입고 산속에 버려져 있었다는 것 외에는 산지기도 아무런 것도 모르더이다."

"그럼……. 서방님께서 다치셨다는 겁니까? 제가 염려한 것처럼 그자가 서방님을 죽이려 한 것이었다는 게지요?"

"그자라니? 누구를 말씀하시는 거요?"

규원은 계한의 앞으로 바싹 다가들며 그의 두 손을 자신의 손으로 감싸 지었다. 그리고 그녀는 계한의 검고 총명한 눈을 들여다보며 낮고 조용한 음성으로 그간의 일들을 상세하게 말했다. 그녀의 얘기가 계속될수록 계한의 두 눈은 불타는 것처럼 붉게 변해갔다. 자신의 기억 속에 있는 얘기가 아닌 그녀의 기억과 그녀의 마음이 담긴 얘기를 들으며 계한은 그의 가문의 몰락과 그의 내자원 생활, 한원의 출생. 그리고 다시 그녀와의 해후, 혼례 등 모든 얘기를 들으며 그는 장희재의 파렴치함에, 그리고 극악함에 혀를 내둘렀다. 긴 밤 끝도 없이 규원의 입을 통해 알게 된 얘기들은 이제 그의 기억처럼 그렇게 자리를 잡았고, 규원은 잡고 있었던 손을 만지작거리며 그에게 마지막으로 자신이 하고픈 말을 입 밖에 내어 말했다.

"오늘… 당신께서 계시던 그곳이 누구의 집 근처인지 아세요? 상선 정인호 영감의 사가가 바로 그곳이에요. 저는 그댁에서 당신과 저의 얘기를 모두 말씀드렸습니다. 그 자리에서 전 상(上)의 의중을 알게 되었습니다. 상선 영감께 상께서 직접 판윤 김시목의 일이 잘못된 것이니 그 식솔들을 찾아오라 하셨다 합니다. 그러니 이제 가문의 복권을 위해 당신께서 위험한 일을 더는 하실 필요 없으십니다. 이제 저와 한원이 그리고 당신, 이렇게 우리 세 식구끼리 조용하고 아늑한 곳으로 가서 살아도 되지 싶습니다. 서방님 생각은 어떠신지요?"

"규원, 내가 사실 오늘 상선 영감을 뵙고 돌아오는 길이오."

"그럼 왜 아무 말씀도 하시지 않고……."

"당신의 생각과 뜻을 알고 싶었소. 내게 상께서 중대한 임무를 주신 것이라 하지 않았소? 그런데 내가 이리 기억을 하지 못하니 이런 불충이 어디 있겠소? 그대 말처럼 우리 세 식구 조용한 곳으로 가서 살아도 그대 말처럼 무방할 것이오. 그러나 난 상의 신하로 상께서 내리신 밀명을 받잡을 수 있다면 그리하여야 할 것 같은데……. 내가 잘못 생각 하는 것이오?"

규원은 계한이 걱정스러운 얼굴로 그녀를 건너보며 물어오자 조금의 망설임도 없이 대답했다.

"그러실 줄 알았습니다. 기억이 잠시 없다 하여도 서방님은 그리하실 분이라는 사실을 저는 알고 있었습니다. 서방님께서 그리 험한 길을 간다 하시고 홀연히 떠나시고 난 후에도 기약 없는 날들을 기다리면서도 서방님만 향할 수밖에 없게 절 만드시는 유일한 분이었으니까요. 그렇지만 저도 평범한 아녀자에 불과해서 잠시 제 헛된 희망을 말씀드렸습니다."

"규원!"

"그리하십시오. 그리하심이 옳은 일이다 생각하실 거라 이 규원도 익히 생각하고 있었습니다. 그럼, 사람들 내왕이 없는 지금 잠시 마마께 가심이 어떠하실까요? 그간 걱정이 이만저만이 아니셨습니다. 서방님이 상께 받은 밀명을 그자들도 알고 있으니 서방님의 생환(生還)이 그들에게는 그리 반가운 일이 아닐 수도 있습니다. 그러니 우선은 조심하시는 것이……."

"그런 것까지 생각하다니, 규원 그대의 생각 깊음이 나 때문에 비롯된 것인지 걱정스럽기까지 하오. 내가 그대를 이렇게 위험에 빠트린 것인가 해서……."

"서방님……."

"내가 그대를 위험하게 하는 사람이라면 차라리 그대와 함께 하지 않은 것이 나을 뻔했을지도 모르겠소."

"아닙니다. 저는 비록 서방님 곁에 있다 죽을지라도 서방님 없이 혼자 울며 사는 것보다는 백배, 천배 나은 일입니다."

"고맙소. 진정으로 감사하오."

"서방님……."

"자네는… 사람이 왜 그런가? 자네 부인을 그리 힘들게 하더니만 이리 멀쩡한 모습으로 이리 나타날 거면 진작 좀 오던지…….."

"죄송하옵니다. 그런데 제가 죄송하지만 작은 사고가 있어 지난 2년여 간의 기억이 없사옵니다. 이런 상태로 제가 뭘 할 수 있을지 모르지만 그래도 전 상께 드린 약속을 지키고 싶사옵니다. 그러니 제가 앞으로 어찌했으면 좋겠사옵니까?"

"…이런 일이 있을 것이라고는 생각을 못했었네. 자네의 말이 사실이라면, 상께서 자네에게 내린 밀명을 받잡기는 힘들 것 같긴 하네. 그런데 자네가 상의 밀명을 버릴 수는 없다 하는 그 마음만은 내 높이 사네. 그러니 이제 상의 밀명은 다른 이에게 넘기고…….."

"마마, 혹시 상께서 내린 밀명이라는 것이, 아녀자의 짧은 생각이기는 하나 마마의 복위를 위한 장 씨 일파의 죄상을 파헤치는 것이 아닌지요? 그래서 이 사람이 장희재에게 접근해 그들과 같이 어울려 다닌 것이 아닌지요?"

규원은 폐비 민 씨가 계한을 걱정하여 밀명을 받잡지 않아도 된다고 만류하는 것을 들으며 불현듯 떠오른 생각에 여쭈었다.

"자네까지 알 필요 없네. 그만하면 되었다 하지 않나. 아직 몸도 성치 않은 사람에게 내 개인적인 욕심으로 부탁만 할 수는 없지, 암."

"아니옵니다. 부인 생각이 옳소. 내 비록 기억은 없으나 신하된 자로 어찌 상의 밀명을 저버릴 수 있겠소? 그런데 왜 갑자기 물으시오?"

"그렇다면, 그 밀명 제가 대신 받잡으면 안 될는지요?"

"무슨 말씀이시오?"

"규원!"

폐비 민 씨와 김계한은 규원의 말에 소스라치게 놀랐다.

"제 생각으로는 장희재가 분명 이 사람을 이리 만든 장본인이 틀림없을 것 같습니다. 그런데 문제는 이 사람을 이리 만든 것도 아무런 증좌가 없다는 거지요. 그 파렴치한 놈을 반드시 모든 이들 앞에 세워 그에 합당한 벌을 받도록 하고 싶습니다. 그러기 위해 그 장희재에게 이 사람이 죽은 것으로 하는 것이 나을 것 같습니다. 그리고 그자와 제가 한 약속이 하나 있습니다."

"무슨 약속을 했다는 거요?"

"그런 자와 무슨 약속을 했다는 겁니까?"

계한과 폐비 민 씨는 놀라움을 넘어 불안한 얼굴로 동시에 규원을 바라보았다.

"처음 이 사람이 없어지고 사흘 뒤 그자에게 이 사람의 시신이라도 찾아주면 삼년상을 치르고 난 뒤 그자에게 가기로 약속했습니다."

"규원!"

기가 찬 말이었다. 그것은 도무지 인간된 자가 할 짓이 아니었다. 행방을 알 수 없는 남편의 시신을 찾아주는 조건으로 규방의 아녀자를 탐하는 장희재의 욕심은 용서할 수 없는 것이었다.

"그러니 지금은 이 사람이 산 자로 있는 것보다는 죽은 자로 있는 것이 그자의 간교한 술책과 그자들이 저질러 온 죄를 들추어내기에 좋을 듯합니다. 이렇게 하면 어떻겠습니까? 당장 시신 한구를 구해서……."

계한과 폐비 민 씨는 그녀의 말이 끝나고 나서도 한참 동안 선뜻 말을 꺼낼 수 없었다. 지금 규원의 말이 현시점으로 봐서는 최선임을 모르지 않지만 그래도 규원이 너무 위험에 노출되는 것임에 계한은 그녀의 말대로 할 수가 없었다.

"규원……. 물론 지금으로서는 그 방법이 최선일 수 있지만 그러다가는 규원, 자네가 너무 위험하네. 그런 일을 하도록 자네 서방과 내가 허락할 것이라고 생각하시는가?"

"그렇지만 저는 이렇게 해서라도 마마께서 복위하실 수만 있다면 그것으로 되었습니다. 가문의 복권과 이 사람의 원수를 한꺼번에 갚을 수 있는 길이기도 하고, 저를 아껴주시고 품으로 안아주신 마마를 위하는 길임을 모르지 않기에 제가 이리라도 할 수 있는 일이 있다는 것만으로도 충분히 감사하옵니다. 그러니 제가 이 사람 대신 명을 받잡을 수 있도록 도와주십시오."

"그렇게… 그렇게 해주십시오. 이 사람이 원하는 대로 해주십시오. 위험한 일이 없도록 제가 이 사람의 그림자가 되어 곁에서 지키겠사옵니다."

계한이 그녀의 마음을 헤아렸다는 듯 고개를 끄덕이며 민 씨에게 허락해 달라고 고했다.

"이보시오. 그런 말 하지 말게. 내가 어찌 자네들을 그런 위험에……."

"마마! 저희 내외가 상께, 마마께 해드리고 싶은 작은 것마저도 그리 물리치지 마십시오!"

"이 사람들이……."

그러나 민 씨는 그들을 말릴 방법이 떠오르지 않았다. 규원의 말대로 그 길이 어쩌면 제일 빨리 장 씨 일족의 죄상을 파헤칠 수 있는 길이 될 것이라는 말이 틀린 것이 아님을 자신도 모르지 않았다. 그러나 그 일에 어쩌면 아직 젊은 그들 부부의 앞날에 어떤 일이 닥칠지 알 수 없는 일이기에 그녀는 쉬이 허락할 수도, 그렇다고 안 할 수도 없어 참으로 난감했다. 자신을 위해 젊은 부부가 위험 속으로 들어가는 것을 말리지 못하는 자신의 처지에 스스로가 원망스러울 뿐이었다.

"아씨! 잠시 나와보십시오. 어서요, 아씨!"

"왜 그런 것이냐? 무슨 일로 이리 소란을 떠는 것이냐!"

"판윤 영감께서……."

"판윤 영감께서 왜?"

안채 뜰에 한성부 판윤 장희재와 그의 부관, 그리고 군졸 몇이 서 있었다. 그리고 그 뒤로 거적으로 둘둘 말아 지게 위에 얹은 것이 있었다. 순간 규원은 땅바닥에 스르르 주저앉았다. 그녀의 두 눈에서 눈물이 주르륵 흘렀다.

"영감… 영감! 오늘 이리 많은 사람들과 어찌 같이… 같이 오신 겁니까? 그리고 저 물건은 무엇입니까? 저리 흉한 물건을 들고 왜 제집에 오신 겁니까?"

장희재는 규원의 놀란 모습에 마음 한편이 편하지는 않았지만 그래도 한번은 해야 할 일이었고 자신의 부관이 계한의 시신을 찾느라 얼마나 고생했는지 알기에 잠시 잠깐 동안, 규원의 슬픔보다는 그녀가 자신에게 한 약속을 생각하기로 했다. 이제 그녀가 자신에게 올 날이 얼마 남지 않았다는 것만 상기하기로 했다. 그녀를 가지려면 이 방법 외에는 없다는 것만 기억하기로 했다. 그렇게 찜찜함을 털어내려 애쓰며 말했다.

"저기… 그대가 찾던 이를 찾아왔소. 이미 달포가 넘어 훼손될 대로 되어 얼굴을 알아보기는 힘들지만 입은 옷가지들이며 호패(號牌)가……. 우리가 찾던 상제인 것 같소. 한번 보시오. 그럼 우리는 이만……."

장희재가 제식구들을 데리고 나간 뒤에도 한참 동안 그저 멍하니 마당에 주저앉아 있던 규원은 서서히 몸을 움직여 거적에 둘둘 말린 시신 쪽으로 걸어갔다.

"아씨! 험하게 그리 보실 것 뭐 있습니까? 이제 그자들이 갔으니 그만 일어나십시오."

오월이 규원의 귓가에 속삭였다. 굳이 보는 이도 없는데 왜 험한 시신을 보려 하는지 알 수 없어 오월이 하는 말임을 모르지 않았지만 규원은 조용하게 나무랐다.

"내가 그리 일렀건만. 쯧쯧. 그자가 우리를 감시하고 있을 것이라고 그리 일렀건만 모든 것을 진실이다 생각하고 행동하라 했었다. 알겠느냐?"

그날 밤, 장희재는 다 썩어버린 시신을 부여안고 해가 지고 밤이 될 때까지 우느라 목이 다 쉬어버린 규원 얘기를 그녀의 집을 지켜보던 이들로부터 보고를 받았다. 장희재는 그제야 마음 한 자락에 있던 불안함을 털어내었다. 원래 버렸던 자리가 아닌 그와 조금 떨어진 곳에서 발견된 것과 그리 오랫동안 산에 방치되어 있었던 시신을 산짐승들이 그대로 두었다는 것이 아무래도 미심쩍었다. 그리고 얼굴부분이 훼손이 심한 것 또한 찜찜했었다. 그런데 규원이 시신을 확인하고 그리 구슬피 울었단 사실에 만족스러웠다. 이제 삼년상을 치르고 나면 자신의 발로 걸어오기로 한 규원을 기다리기만 하면 되었다. 물론 그 3년이란 세월이 짧다고는 할 수 없으나, 그녀 나이 이제 열아홉 살임에 조금 더 참아도 그녀를 온전히 가질 수 있단 사실에 만족하기로 했다.

"지 서방 게 있느냐?"

"예, 영감!"

"지금 당장 상제 김계한의 초상(初喪) 준비를 위해 아이 몇과 상을 치름에 허술함이 없도록 만반의 준비를 해서 다녀오너라! 또한 그 집을 드나드는 이들을 상세히 알아오는 것 또한 잊지 말고."

"예. 영감 마님!"

그리고 사흘이 흘렀다. 입에 밥 한 톨도 넣지 않았다는 말을 듣고 당장 달려가 그녀에게 그리 슬퍼할 필요 없다고, 이제 자신에게 오면 비록 첩이라 할지라도 정경부인 못지않게 부귀를 누리도록 해주겠다고 말하고 싶었다. 그런데 애써 참았다. 섣불리 나서서 일을 그르칠 수 없었다. 하루하루가 여삼추였지만 참을 수 있는 만큼 참아야 했다. 그리고 오늘 드디어 계한의 상여(喪輿)가 나가는 날이었다. 그녀 규원의 인생에 한때 서방이라고 불리었던 계한이 드디어 없어지는 날이었기에 장희재는 애써 마음을 진정시키고 규원의 집으로 조문(弔問) 차 향했다.

도착해 보니 계한의 상여가 나가는 날임에도 소위 높은 관직에 있는 사람들은 그림자조차 보이지 않았다. 판윤까지 지낸 그의 아비를 생각해서라도 몇몇은 발걸음을 할 것이라 생각했는데 궁에서 나온 상선과 승전색, 그리고 얼굴이 익숙한 몇몇 내시들이 전부인 초라한 발인(發靷)이었다. 아직 어린 규원의 아들은 하녀인 오월의 등에 업혀 잠들어 있었고 규원은 마당에 주저앉아 넋을 잃고 울고 있었다. 아무리 한더위는 지났다 해도 아직 초가을이라 겹겹이 껴입은 삼베 상복에 규원은 땀과 눈물로 범벅이 되어 있었다. 상여를 부여잡고 서서 '서방님! 서방님!' 하고 통곡하는 규원의 곡(哭)소리에 장희재는 더 이상 듣고 있고 싶지 않았다. 사람의 마음이란 것이 간사해서 이제 곧 자신의 여자가 될 것이라고 생각하니 그녀가 계한에게 내어주는 마지막 마음까지도 욕심나고 탐이나 견디기가 어려웠다. 무엇이 그리 안타까운 것인지 규원의 간절한 곡소리는 곁에 서서 바라보던 이들의 가슴을 울리고 남음이 있었다.

"서방님! 이리 저 혼자 두고 북망산천(北邙山川) 그리 쉬이 가실 바에는 왜 제게 그리 다정하셨더이까? 처음 저를 버리고 내자원으로 가실 때에 그냥 저란 여인을 잊고 마시지, 왜 다시 제 앞에 나타나 그리 웃으시고 그리 연모한다 하지 마시지……. 이제이 긴긴 세월 저는 어찌 살아갑니까? 서방님이 안 계신 이 세월을 어찌 살라고 그리 허망하게 가시는 겁니까? 진정 너무하십니다. 너무하세요! 우리 한원이 아비 얼굴도 모르는 아이로 만들어놓고 그리 쉽게 가시면 우리 한원이는 누구를 아비라 부른단 말입니까? 그 아이 사내로 살아가는 길에 누가 있어 그 아이를 인도해 준단 말입니까? 너무 하십니다. 너무……."

장희재는 규원의 말이 가슴을 치고 들어와 하나씩 쌓이는 것 같았다. 그저 이 여인을 가지고 싶었을 뿐이다. 그저 이 여인이 탐나 그녀를 갖고자 했을 뿐이었다. 그런데 이 여인은 너무 자신의 가슴에 큰 자리로 차지하고 말아 결국 그녀의 사내를 죽이면서까지 가지고 싶은 여인이 되고 말았다. 계한이 그녀의 사내가 아니었다면 그렇게 허망한 꼴은 되지 않을지도 모르는 일이었다.

'상제… 미안하네! 내, 그대에게 이 한 가지만은 약속하지. 그대의 여인이었던 규원과 그대의 아들 한원이는 내가 아무 걱정 없이 살도록 곁에서 잘 돌봐줌세. 이건 사내로서의 내가 하는 약속이니 부디 편하게 가시게. 내가 자네에게 한 짓은 내 죽어 저승 가면 자네에게 꼭 엎드려 빌겠네. 미안하네……'

발인제(發靷祭)가 끝나고 상여가 대문을 나가는 것을 보던 장희재는 그곳을 떠났다. 더 이상 그곳에 남아 있다가는 상복을 입은 규원에게 자신의 가슴속 말들을 늘어놓지 않을 자신이 없기 때문이었다. 규원이 그리 찾던 계한을 자신이 죽였다고 그리 말하고 말 것만 같았다. 청지기 지 서방에게 일러 일하러 온 아이들을 데리고 조용히 물러나라 이르고 규원에게 미안한 마음에 술이라도 한잔 할 생각으로 기루로 향했다.

그날, 이름뿐인 계한을 실은 상여는 아무도 몰래 고개를 넘고 또 넘어 진정한 자신의 가족들이 기다리는 곳에 가서 고이 안장(安葬)되었다. 잠시 계한을 대신했었기에 그의 분수보다 더 좋은 곳을 안식처로 삼을 수 있었고, 남은 가족들도 그에 상응하는 대가를 받아 다가오는 겨울 걱정은 하지 않아도 되어 다행이었다.

그날 밤, 규원의 집에는 검은 옷차림의 한 사내가 또 담을 넘어 조용히 규원의 방으로 들어갔다. 며칠을 곡기는 입에조차 대지 않았던 규원은 검은 복장의 사내를 보고도 놀라지도 않고 그를 앞에 두고 허겁지겁 차려진 밥상을 받았다. 그 모습을 보고 있던 사내는 애써 웃음을 참으며 규원을 바라보기만 했다. 이제부터 규원과 자신의 앞에 닥칠 일들은 잠시 잊어버리고 오늘 하루만은 그녀 곁에 있어주고 싶었다. 앞에 앉아 있는 규원이 너무 예뻐 보였다. 저리 고운 여인이 자신의 여자라는 것이 꿈만 같았다. 자신을 위해 기꺼이 위험 앞에 나서기를 두려워하지 않는 자신의 여자, 규원이 너무나 고맙고 어여쁘고 또 고마웠다.

22장
간자(間者)

"뭣이라! 누가 어디로 갔다고?"

"그 내시의 처가 초동골 폐비의 사가로 아침 일찍부터 찾아가 울고불고 난리도 아니랍니다."

"누가 그리 말하더냐?"

"영감께 전하라며 부관 나으리가 다녀가셨습니다."

"그래?"

"예. 어찌하올까요?"

"자네가 어서 가서 무엇 때문에 그리하는지 알아보고 오너라!"

"예, 영감!"

장희재는 규원이 아침 일찍부터 폐비의 사가로 간 것이 이상했다. 그녀가 초동골까지 이 아침에 찾아간 것도 그러하거니와 어제 겨우 상여(喪輿)가 나간 마당에 그리 경망(輕妄)스럽게 행동할 리 없는 규원이 그리한 것이 더욱 이상할 따름이었다. 어제 그녀의 통곡 소리에 가슴이 저려 더 이상 계한의 장례식을 지켜볼 수가 없었다. 그래서 애써 억누르고 돌아서 기루로 향했었다.

그러나 어찌 된 것인지 술도, 기녀도 내키지 않아 결국은 집으로 돌아왔다. 끓어오르는 연심 하나를 주체하지 못해 계한을 죽인 자신마저도 마음이 편하지 못한데 하물며 그녀 규원의 마음이 어떠할지는 미루어 짐작할 수 있었다. 그런데 그런 그녀가 이리 가벼이 거동한 까닭을 알아야 했다. 그녀가 왜 그곳, 폐비에게 상주의 몸으로 달려간 것인지 그녀의 심중을 알아야 했다. 규원에 대한 자신의 마음이 아무리 크다 해도 그녀가 누이와 세자의 적인 폐비의 사람이라면 자신의 손으로 없애야 했다. 그런 생각들로 지 서방이 다시 돌아오기를 기다리는 시간이 자신에게는 마치 지옥이나 다름없었다.

"마마! 제발! 알려주십시오. 제 낭군 상제 김계한에게 무슨 일을 시키신 것입니까? 무엇을 시키셨기에 제 낭군이 그리 허망하게 죽임을 당하신 것입니까? 이 천녀(賤女), 아무리 내시의 아낙이긴 하나 그 사람은 제게 하늘같은 낭군이었습니다. 그러니 왜 그리 죽은 것인지 그 이유라도 알아야겠나이다. 알려주십시오. 그래야 제 낭군을 죽인 자를 찾아내어 그자에게 복수라도 할 것이 아닙니까?"

"아니… 이 사람이 마마께 이 무슨 무례인가? 네 낭군이 죽은 것과 우리 마마가 무슨 상관이라고 이리 소란을 떠는 것이냐?"

"모른다니? 말도 되지 않습니다. 그럼 누가 안다는 말입니까? 마마께서 모르신다니……. 이럴 수는 없습니다. 마마의 복위를 위해 제 낭군을 부리셨음을 제가 모를 것이라 생각하셨습니까? 왜요? 저도 죽이셔서 마마의 계획이 세상에 드러나지 않게 하지 그러셨습니까? 저도 같이 죽여주십시오! 간청입니다. 제게 아무 말씀도 해주시지 않고 돌아가라고만 하시니 마마가 더 의심스럽습니다. 그리하시면 제가 허망하게 그냥 돌아갈 것이라 생각하십니까? 아뇨, 만약 그리 생각하신다면 오산이십니다. 제가 아무것도 말씀해 주시지 않는다면 절대 마마를 용서하지 있을 것입니다. 그래도 좋습니까? 그래도 되옵니까?"

"이 무례한 사람을 보게! 여기가 어디라고 그리 함부로 지껄이는가! 살고 싶지 않은 모양이구나! 썩 물러가시오!"

수발 상궁과 나인들의 질타에 하는 수 없이 규원은 폐비가 있는 방 쪽을 하염없이 바라보고 있다가 일어나 천천히 걷기 시작했다. 그녀의 두 눈에는 눈물이 넘쳐흘렀으며 상복 차림의 그녀는 마치 넋이 나간 것처럼 지나가는 사람들이 자신을 바라보는 것도, 자신이 어디로 가는 것인지도 인식하지 못하는 듯 그리 넋빠진 모습이었다. 그녀가 터벅터벅 걸어 집으로 돌아오는 길을 끝까지 숨어 지켜보고 있던 그림자는 집 안으로 들어가는 규원을 확인하고 난 후 미친 듯이 달음질을 쳤다.

"정녕 그리했단 말이지?"

"예. 폐비에게 그리 발악(發惡)을 하더니만 미친 사람처럼 넋을 놓고 걸어 집으로 돌아갔습니다. 그런데 마치 걸음을 옮겨가는 모양을 보고 있으니 그 을씨년스러움이 마치 죽은 자의 것과 같았사옵니다. 산사람의 것이라곤 볼 수 없었습니다."

"그랬더란 말이지……."

"예, 영감. 어찌 하올까요? 계속 지켜보라 하올까요?"

"…아니다. 이제 그만 물리거라. 이제 되었다."

"예, 영감."

장희재는 마치 세상을 다 얻은 듯 그리 기뻤다. 오늘 그녀가 감히 폐비의 사저를 찾아 갔다는 말에 지아비를 하늘같이 섬기는 여인이기에 더더욱 그녀의 그런 마음이 사랑스러웠다. 그리고 그 마음이 언젠가는 자신에게 올 것이라는 것이 또한 너무나 기뻤다. 이제 그녀를 얻었으니 다음은 폐비를 완전히 제거하는 길만 남았다.

"지 서방! 게 있는가?"

"예."

"입궐(入闕) 차비를 하여라! 중전마마를 뵐 것이다!"

"예, 영감."

"그리고 김 내시 집에 쌀 두 가마를 가져다주어라. 이제 서방이 없어 녹봉조차 없을 것이니, 앞으로 삼년상이 끝날 때까지 지 서방 자네가 알아서 그들을 살펴주어라. 알겠느냐?"

"예."

"그자가 그리 쉽게 죽다니……. 누가 그자를 죽인 겁니까? 혹시 폐비 쪽에서 무슨 눈치라도 챈 것 아닙니까? 그래서 죽인 것입니까?"

"아닙니다. 그런 것은 아니니 마마께서는 걱정 마십시오."

"그리해서 그럼 그자를 대신할 이도 없는데, 이제 폐비의 동정은 누가 살핀단 말입니까?"

"그건 천천히 생각해 보시기로 하고, 마마, 하옵고 드디어 이 오라비에게도 정인이 생겼습니다."

"무슨? 무슨 말입니까? 정인이라니요? 지금 이 시국에 오라버니께서는 그런 말씀이나 하시고 계실 때라 여기십니까?"

"압니다. 알지만 그리 탓만 하지 마십시오."

"그럼 어찌할까요? 잘했다고 칭찬이라도 할까요?"

"아닙니다. 그저 이 오라비에게도 진정 마음을 나눌 여인이 한 명쯤은 있어도 되지 않겠습니까?"

"진정이십니까? 이번에는 정말 진심이신 겁니까?"

"예. 이 제 마음에 그 여인이 떡하고 들어 있어 마음이 너무나 기뻐옵니다."

"오라버니, 오라버니가 정 그러시다면 한번 데려오십시오."

"무슨 말씀이십니까? 아직 정식으로 제집에 들인 사람도 아닌데……."

"그러니 한번 봐야겠습니다, 오라버니와 평생을 같이할 수 있는 사람인지. 아닌지."

"황공하옵니다. 소신, 마마의 은혜를 꼭 전하겠나이다."

"오라버니, 그 여인을 정녕 마음에 들이셨나 봅니다. 오라버니께서 이리 기뻐하시는 것은 처음 봅니다."

"......."

중전 장 씨는 여자를 우습게 여기던 제 오라비가 자신의 농에 얼굴까지 붉히고 앉아 있는 것을 보면 이제야 진정한 오라비의 사람을 찾아낸 것 같아 안심이 되기도 하였다. 늘 부초처럼 마음을 잡지 못하고 떠다니던 오라비가 걱정스러웠는데 이젠 그런 걱정은 하지 않아도 될 것 같았다.

"그래, 폐비는 어찌하고 있습니까?"

"아직 의심할 만한 것은 없습니다."

"항상 지켜보십시오. 폐비가 살아 있고는 오라버니도 저도, 나아가 세자도 안전할 수 없습니다."

"예."

"이번에도 세자의 고명을 받아오지 못하면 우리의 앞날이 어찌 될지 알 수가 없습니다."

"그래서 소신이 직접 다녀올까 합니다."

"무슨 말씀이십니까? 오라버니께서 직접 가시다니. 그건 안될 말씀이십니다. 오라버니께서 도성을 비우신다면 누가 있어 세자와 저를 보호한단 말입니까?"

"제가 그 생각을 아니 한 것이 아닙니다. 그러나 세자저하의 고명을 받잡기 위해서는 목숨을 걸고 나설 자가 필요하온데 저 말고 누가 그리하겠습니까? 그러니 반드시 제가, 이 장희재가 고명을 받아 올 것이오니 너무 염려하시지 마십시오."

"믿겠습니다, 오라버니. 저와 세자는 오라버니만 믿겠습니다."

"예. 믿으십시오. 저만 믿으시면 됩니다. 암요."

장희재가 오전 일찍 입궐한 후 아직 퇴청하지 않았다고 했다. 그가 퇴청하고 나면 반드시 어떤 행동을 할 것이었다. 그리고 만약 그가 퇴청 길에 규원과 자신이 있는 이곳으로 온다면 규원의 말처럼 모든 것이 뜻대로 될 것이다. 장희재의 마음에 남아 있는 규원에 대한 의심을 완전히 걷어내기 위해 계한은 늦은 밤 그림자처럼 폐비마마께 들러 사정을 말씀드리고 돌아왔다. 그리고 오늘 아침 규원은 처참한 몰골로 폐비마마의 사가에 찾아가 일부러 그리 험한 짓을 하고 돌아왔다. 오로지 장희재의 신뢰를 얻기 위해 규원은 대성통곡하고 마치 미친 여자처럼 한바탕 넋두리를 하고 돌아왔다. 자신을 지켜보던 이가 쏜살같이 달려가던 것을 규원은 희미한 미소를 지으면 바라보았다. 그리고 지금 그 소식을 듣고 달려올 장희재를 기다리고 있었다.

그러나 계한은 그것이 두려웠다. 어쩌면 자신이 잘못한 것인지 모르겠다는 생각이 들었다. 그녀가 얘기한 계획대로 같이하겠다고 동조한 것이 어쩌면 잘못인지도 모른다는 생각을 떨칠 수가 없었다. 계한은 장희재의 마음이 두려웠다. 규원에게 향한 장희재의 마음이 그저 가벼운 것이 아님으 은 같은 사내인 자신도 알 수 있을 정도였다. 규원은 그저 객기요, 집착이라고 했지만 계한은 장희재의 진심이 느껴졌다. 그는 결코 규원을 쉬이 보고 단순히 그녀를 취하고자 하는 것만은 아니었다. 그자가 가슴에 규원을 정인으로 들인 것임을 알 수 있었다. 그것이 계한은 두려웠다. 혹여 자신이 규원을 지키지 못하게 되는 것이 아닌가 해서 두려웠다. 그 두려움에 어두운 방 안을 지키고 있지 못해 계한은 아무도 보지 못한 구석진 자리에 나가 밝은 햇살을 받으며 바람을 쏘이고 있었다.

"서방님! 왜 그리 떨고 계십니까? 무엇이 그리 두려운 것입니까?"

규원은 꽤 오랫동안 계한의 모습을 지켜보고 있었던 것 같았다. 아침 일찍 자신이 폐비마마의 사가로 갔을 때에도 그는 자신의 뒤를 멀리서 따르며 두려워했다. 규원은 그가 두려워하는 이유를 알 수가 없었다. 아니, 사실은 알고 있었다. 그는 자신이 위험해질 것을 두려워하고 있음을 모르지 않았다. 그리고 그 두려움이 무엇에 기인한 것인지도 규원은 알고 있었다.

"아니오! 그냥 햇살이 너무 좋아서 이리 마냥 앉아 있을 뿐이오."

"서방님, 저를 염려하시어 그리 두려워하시고 계십니까?"

"……."

"이 규원, 그리 나약한 여인이 아닙니다. 서방님의 아낙입니다. 그저 필부로 쉽고 편한 길 가실 수 있음에도 그리하시지 않고 대의를 위해 두렵고 어려운 길을 마다하시지 않았던 서방님의 아낙입니다. 그러니 그리 염려하시지만 마시고 절 꼭 안아주십시오."

"규원……."

계한은 규원의 위로에도 자꾸만 머리를 드는 불안함을 지울 수가 없었다. 자신이 두려운 것이 진정 장희재뿐인 것인지 자신이 없었다. 아니, 사실은 그녀가 진정 그 자신을 사모하고 있는지 걱정스러웠다. 자신은 내시였다. 사내구실을 제대로 할 수 없는 내시인 자신이 온전한 사내인 장희재를 상대로 그녀를 두고 싸우고 있다는 사실에 자신이 없었다. 지난 2년여 동안의 기억이 없는 그로서는 그녀가 자신의 아내라는 사실만 알고 있을 뿐 그녀의 진심이 손에 잡히지 않아 두려웠지만 그렇다고 말할 수 없었다. 그래서 지금 무섭고 두려워 참을 수가 없었다.

"아씨! 장희재, 그자가 옵니다."

"그래. 알았으니 부산떨지 말고 조심해라."

규원은 계한이 다시 몸을 숨기는 것을 보고 있다 조금 전까지 계한이 앉아 있던 햇살 아래에 얼른 몸을 쭈그리고 앉았다. 그녀의 모습은 그야말로 슬픔에 겨워 넋을 잃고 앉아 있는 영락없는 청상과부의 한 서린 얼굴이었다.

"부인, 그러고 앉아만 계시면 죽은 상제가 돌아온다 하더이까? 이제 그만 정신을 차리셔야 하오. 그래야 죽은 상제도 편안히 가실 것이오."

"영감, 그리하면 진정 서방님은 편안하실까요?"

"그럴 것이오."

"아뇨. 아닙니다. 그분은 제가 당신의 죽음을 모른 척한다고 구슬피 울고 계실 것입니다. 이리 그냥 덮어버리기엔 그분의 삶이 너무나 안타깝습니다. 전 이대로 그냥 있을 수 없습니다. 그러니 영감! 절 좀 도와주십시오. 그분을 그리 죽게 한 자를 용서할 수 없습니다. 아니, 모른다 하는 그분을 저는 더 용서할 수가 없습니다. 도와주십시오. 제발 도와주십시오."

"그분이라 함은……."

"초동골 마마 때문이옵니다. 그분이 아직도 버리지 못한 복위에 대한 꿈 때문에 무슨 밀명을 내렸음이 분명하온데 '아니다! 모른다!' 하시는 것이 미심쩍습니다. 그러기에 왜 그리 허망이 가셨는지 전 꼭 알아야겠습니다. 그래서 은원을 꼭 갚아주고 싶습니다."

"정말 그리하고 싶소?"

"예. 그리하지 않으면 그분께서 편안히 눈을 감지 못하실 것입니다. 그러니 영감, 제발 도와주십시오."

"알았소! 내 있는 힘껏 도와 드리리다. 그러니 방으로 들어갑시다. 혹여 보는 눈들이 있을지 모르니 방 안으로 들어가 조용히 다시 얘기를 나누어 봅시다."

"예. 들어가시지요."

방 안으로 들어가 자리를 차지하고 앉은 장희재는 규원의 모습에 잠시 할 말을 잃었다. 상복을 입고 자신의 앞에 자리를 한 그녀는 한 폭의 그림처럼 고왔다. 분내 물씬 풍기는 여인들의 아름다움에만 익숙했던 자신이었다. 그런데 규원은 그런 화려한 아름다움이 아니라 청초하고 단아한, 그러면서도 깨끗한 아름다움으로 자신을 미혹시키고 있었다. 그 어떤 분내보다 더 향기로운 향내가 그녀에게서 났다. 장희재는 애써 머리를 흔들며 자신의 마음이 흔들리지 않게 가다듬었다.

"부인! 내가 상제의 원한을 풀 수 있도록 도와드릴 테니 무조건 나를 믿고 따라와 주시겠소?"

"예. 그분의 원한을 갚을 수 있기만 하다면, 무슨 일이든 하겠습니다."

"위험할 수도 있소. 그래도 하시겠소?"

"예. 그 정도 각오는 하고 있습니다. 그러니 어떤 일이든 시켜만 주십시오."

"그럼, 이제부터 그대는 안국동 폐비에게 찾아가 어제의 일을 사죄드리고 그의 사람이 되시오."

"예? 하오나 어찌 원수에게 머리를 조아리라 하십니까?"

"아니오! 머리를 조아리라는 것이 아닙니다. 그저 그리 하는 척하라는 거지요."

"하오면, 안국동 폐비에게서 제가 알아내어야 하는 것이 무엇입니까?"

"그들이 복위를 위해 가까이 하는 이가 누구인지, 어떤 방법으로 복위를 꾀하고자 하는 것인지 알아내 주시면 되오."

"그것으로 돌아가신 분의 원한을 풀 수 있사옵니까?"

"있소. 내 반드시 폐비의 목숨으로 상제의 원한을 갚아주겠소."

"진정이시지요? 진정 그리 약속하셨습니다."

"나 장희재, 한성부 판윤이자 이 나라 중전의 오라비로, 세자의 외숙으로 약속드리겠소."

"그럼, 그리하지요. 제 손으로 반드시 그리하지요."

스스로에게 다짐하는 듯 두 손을 모르고 앉아 결의를 다지는 그녀를 보며 그는 힘을 실어주기 위해 동생인 중전의 말을 전했다.

"그리고 내일 입궐하기 전에 들를 테니 나와 같이 입궐할 채비를 하고 기다리시오. 중전마마께서 그대를 보시자 하시었소."

"예? 중전마마께서요?"

"그렇소. 곧 내자 될 이라 했더니 꼭 한번 보자고 하시었소."

"이리 황송할 데가……. 가문의 광영이 따로 없사옵니다."

"하하하! 그럴 것 없소. 이제 곧 한 식구가 될 테인데……."

장희재의 너털웃음에 벽장속에 숨어 있던 계한은 두 주먹을 불끈 쥐었다. 장희재의 웃음을 따라 규원의 가늘고 고운 웃음소리가 곧이어 들렸다. 어둠 속에 웅크리고 앉아 그들이 있는 방쪽을 시선을 고정한 채 계한은 두려움에 몸을 떨었다. 아름다운 규원을 보고 저리 흠뻑 취한 장희재가 계한은 끝도 없이 두려웠다. 그자가 진정으로 갖고 싶은 것이 무엇인지 잘 알기에 계한은 이를 악물고 머리를 숙이고 기다렸다. 그가 돌아가기를, 그리고 규원의 소원대로 모두가 잘되기를…….

오늘은 규원의 고운 머릿결에 얼굴을 묻고 그녀를 품에 안고 잠들고 싶었다. 그녀의 안에 자신을 넣고 장희재 그자가 그리도 갖고자 애달파 하는 규원을 안고 잠들고 싶었다. 그렇지 않으면 이 두려움을 떨칠 수가 없을 것 같았다. 그런 생각들을 하며 계한은 스스로가 내시라는 생각조차 하지 못한 채 진정한 사내로서의 욕망으로 몸을 떨고 있었다.

23장
상(上)의 진심(眞心)

앞장선 상선의 뒤를 따라 중전의 처소로 향하는 발걸음이 천근만근(千斤萬斤)이었다. 어찌해야 할지 자신이 없었다. 초동골 사람이 자신에게 올린 글을 보고 경악을 금할 수가 없었다. 자신이 상제에게 내린 밀명이 무엇이었는지 기억하지 못할 리가 없었다. 초동골 사람을 다시 중전에 복위(復位)시키고자 마음을 굳힌 것은 벌써 오래전이었다. 현 중전이 자신의 마음을 앗아간 정인(情人)이라면 초동골 사람은 마음의 위안이 되고 의지가 되는 신인(信人)이었다. 만약 자신이 그저 저자의 필부였다면 정인인 옥정과 한평생 즐거이 살면 될 것이었다. 그러나 자신은 한나라의 임금이었다. 그저 연모의 감정 하나만을 가지고 살아가기에는 절대 책무와 도리에서 벗어날 수 없는 한 나라의 군주라는 사실을 애써 상기시켜야 했다.

"전하! 어찌 기별도 없이 이리 황망히 드셨더이까?"

"그냥, 후원을 거닐다 중전이 생각나서 온 것이니 괘념치 마시오."

"전하……."

"내가 언제부터 중전의 침소에 연락 없이 오면 안 되는 이가 되었소? 우리 두 사람이… 이제 그리된 것이오?"

"전하! 황송하옵니다."

"아니오. 내가 오늘 괜히 마음이 허허로워서 잠시 그런 것이니 괘념치 마시오. 한데 요즈음, 판윤은 잘 있소?"

"예. 전하께서 이리 제 오라비까지 염려하여 주시니 황송할 따름입니다."

"내게는 사사로이는 처남이니 어찌 모른다 할 수 있겠소? 그 사람이 본시 너무 혈기 왕성하고 앞뒤를 모르는 안하무인이라 그 것이 늘 걱정될 뿐이오."

"이제 오라비도 예전의 그 한량이 아니옵니다. 그러니 너무 염려하지 마십시오. 또한 제가 경거망동하지 않도록 일러놨으니 이제는 염려하시지 않아도 될 것이옵니다."

"옥정아, 아니, 중전! 내 그대의 오라비이자 사사롭게는 내 처남인 판윤의 손을 놓는 일이 없도록 하라 일러주시오. 지난번처럼 다시 풍속을 해치는 일이 생긴다거나 크고 작은 일들에 연루된다면 나 또한 어찌할 수 없다는 것을 잊지 말라고. 내 말 알아듣소?"

"예. 전하……."

'이것이 내가 그대를 아끼는 사내로 충고 해 줄 수 있는 마지막일 것이오.'

상은 중전의 고운 얼굴에서 눈을 뗄 수가 없었다. 저리 고운 여인이 어찌하여 그리 험하고 악한 마음을 품은 것인지. 상은 교태전을 나와 근정전으로 향하는 길 내내 안타까움으로 마음이 무거웠다. 하긴 처음부터 옥정이 그리 사악한 여인은 아니었다. 순수하고 아름답던 그녀가 어찌하여 저리 변한 것인지 상은 마음속에 남아 있는 순수했던 옥정에 대한 그리움으로 발걸음이 무거웠다. 모든 것이 자신의 잘못이었다. 자신이 옥정을 저리 만들고만 것이었다.

"세자에게 갈 것이다. 동궁전으로 가자!"

"전하! 밤이 야심하온데 침수 드셔야 내일……."

"괜찮으니 어서 앞장서라! 잠시 세자의 모습만 보고 돌아설 테이니."

"예, 전하!"

동궁에는 늦은 밤임에도 환하게 불이 밝혀져 있었다. 서안 앞에 자리를 한 세자는 등을 꼿꼿이 세우고 앉아 서책에 몰두하여 바깥 그림자에는 신경조차 쓰지 않는 듯 보였다. 그 모습을 지켜보던 상은 어두운 얼굴로 잠시 그 모습을 바라보다 발길을 다시 근정전으로 옮겼다.

이제 결정을 내려야 했다. 더 이상 방관만 하고 있을 수는 없는 일이었다. 자신의 밀명을 받은 상제까지 죽인 판윤이었다. 물론 그것은 어디까지나 다른 이들의 눈에 보이는 것에 불과하고 계한이 다행히 목숨은 건졌으나 기억도 없고 몸이 아직 온전하지 않아 잠시 그리 죽은 사람이 되었다는 상선의 말을 전해 들었다. 그리고 그 속에 다른 계획이 숨어 있다는 것 또한 상선에게 들어 익히 알고는 있으나 용납되지 않는 일이었다. 다행히 김계한이 살아 있다 하나 내시부의 조사에 따르면 한성부 종사관이 김계한을 찌르고 시신을 유기한 것은 사실이라 했다. 그 사실만으로도 판윤의 죄는 더 이상 중전의 오라비라 하여 덮어둘 수 없었다. 그런데다 꿈조차 꾸지 않고 있는 초동골 사람이 손을 써 세자의 고명을 거부하도록 만들었다고 그리 고해왔었다. 그리고 충직하고 올 곧던 김시목을 사사하라 하면서도 한자락 망설임 없이 죽였다. 그런데 이제 와서 다시 돌이켜 보니 억울한 그 죽음이 불러온 결과가 지금 상 앞에 펼쳐져 있었다. 앞날이 창창하던 양반가의 자제가 스스로 내시의 길로 들어서게 했으며, 그에게 다시 밀명을 내려 목숨을 위태롭게 했다. 그리고 다시 그의 처까지 백척간두(百尺竿頭) 앞에 세워놓게 되었다. 그런데 자신은 아무것도 내어놓지 못하고 이리 망설이고 있다는 것이 너무나 부끄러웠다. 사내로서 정인을 지키고자 하는 마음이 앞서 종국에 나라의 근간을 흔들고 충직한 신하를 잃고 말았다. 그런데 그 사실을 받아들이는 것조차 힘겨워하고 혼란스러워하는 자신이 너무나 못나고 어리석어 그 밤 상은 늦은 밤까지 잠을 이루지 못했다. 이제 손에서 놓아야 했다. 피바람을 몰고 온 여인 하나를 놓지 못해 다시 정국을 피바람 앞에 흔들리게 할 수는 없었다.

"오라버니께 이 서찰을 전하라!"

"예, 마마!"

중전은 상께서 어젯밤 늦게 자신의 침소에 찾아와 오라비의 안부를 물었다는 사실이 아무래도 마음에 걸렸다. 거기다 바로 근정전으로 돌아가시지 않고 동궁으로 발길을 옮겼다가 침소로 돌아가셨다는 궁인의 보고가 아무래도 마음에 걸렸다. 자신을 향해 측은한 눈빛으로 바라보시던 것이며 자신을 옥정이라 부르시던 것이 마음을 짓눌렀다.

처음 궁에 들어와 상을 뵌 순간부터 자신의 마음에는 오로지 상 한 분뿐이셨다. 군왕이 아니어도 좋았다. 그저 저자의 필부라 해도 자신은 상을 연모하는 마음을 멈출 수 없을 것 같았다. 그러나 상의 곁에는 항상 중전을 비롯한 수많은 여인들이 있었다. 그들과 상의 마음을 나누어 가지는 고통을 참을 수가 없었다. 그런 고통을 겪을 바엔 차라리 자신의 심부를 팔아서라도 상의 마음을 온전히 가지고 싶었다. 그래서 중전 민 씨를 폐하는 일이라면 그 일이 어떤 대가를 주는 일이라도 상관없었다. 상의 마음을 독차지할 수 있는 일이라면 그것으로 족하다 생각했다.

그런데 그것이 이제 스스로가 권력을 탐하게 만들고 스스로에게 죄를 짓고 있었다. 그리고 그 죄가 자신의 올가미가 되어 이리 마음을 잡히고 몸까지 잡히게 될 것이라곤 생각지도 못한 일이었다. 그러나 이미 돌이키기에는 너무 먼 길을 와버렸음을 모르지 않았다. 이제 세자가 고명을 받아 상의 뒤를 이어 왕위에 오르는 것만이 자신과 가문을 지키는 길임을 모르지 않기에 처음에 시작한 일에 하나를 더 더하고 그 위에 또 더하는 일이 계속되고 있어도 어찌할 수가 없었다.

"전하! 소첩의 마음을 모르시지 않으면서 그리 폐비에게서 의리를 지키시고자 하는 전하의 마음을 저는 이해할 수가 없습니다. 연모도 아니라 하시면서 도대체 무엇이옵니까? 대체!"

"마마! 무슨 말씀이신지……."

"아니다! 혼자 하는 말이니 괘념치 말거라!"

"마마……."

"그냥 한번 떠난 사내의 마음에 연연하는 내 처지가 우스워 그러는 것이니 너희는 신경 쓰지 마라. 저자의 필부의 아내나 한 나라의 중전이나 모두가 다 여인인 것은 마찬가지인데 왜 나는 자신의 남정네를 가지고 싶은 것이 죄가 되는 것인지……. 난 그것이 이해할 수가 없구나."

"마마!"

"되었다! 그만 물러들 가라! 혼자 있고 싶다!"

수발 상궁과 나인들이 물러간 뒤 혼자 교태전 뜰을 거닐며 생각에 잠겨 있던 그녀의 발걸음을 사로잡은 이가 있었다. 남색 당의를 차려 입고 그 흔한 분 한 점 바르지 않은 듯 한데도 맑고 고운 얼굴에 단아하고 정갈한 품새가 궁 안의 여인이었다면 상의 눈길이 머물까 두려운 미색이었다.

"누구인가?"

"판윤 영감께서 이곳으로 가 중전마마를 뵈라 하셔서……. 소인, 중전마마의 상념을 함부로 깨트린 죄 죽어 마땅하옵니다."

고운 자태로 머리를 조아리며 절을 올리는 여인이 오라비가 보낸 그 '정인'이라는 사실에 중전은 마음이 따사로워지는 것 같았다. 오라비의 말처럼 진정 마음을 나눌 이를 찾은 듯해 보여 다행이라 생각했다. 외로운 이였다. 불쌍한 이였다. 자신이 너무나 큰 꿈을 꾸어 그 뜻을 받드느라 그리 험한 일만 하는 안쓰러운 이가 오라비였다. 세상 사람들은 오라비를 일컬어 무뢰배, 난봉꾼이라고 불렀지만 모든 것이 그녀 자신의 영달을 위해서라는 것을 모르지 않은 그녀로서는 오라비의 정인이 너무 어여쁘게만 느껴졌다.

"혹 그대가 내 오라비가 데려오겠다던 윤 씨인가?"

"예. 소인 윤규원이라 하옵니다."

"그래, 내 너를 보자고 한 이유가 무엇이라고 생각하느냐?"

"판윤 영감께 해가 될 것인지, 아닌지 보시기 위함이라 생각합니다."

"그래, 둔한 여인은 아닌 것 같구나! 한번 말해 보거라! 너는 네 스스로가 해가 된다고 생각하느냐? 아니면 득이 된다고 생각하느냐?"

"전, 그분께 아무것도 아닙니다. 지금 제겐 그분께 나누어 드릴 마음이 없습니다. 그러니 그분께 해가 될지 득이 될지도 알 수가 없습니다. 지금 소인에게는 오로지 북망산천으로 간 제 서방의 원한을 갚는 일이 먼저이옵니다. 그러니 원한을 갚고 난 다음 영감께 해가 되든, 득이 되든 그때 판단하여 주시옵소서."

"지금은 마음 한 자락도 내 오라비에게 내어줄 수 없다고 하였느냐?"

"예."

"너는……. 그래, 적어도 사특한 여인은 아니구나. 내 오라비
는 세인(世人)들이 보는 것과 달리 마음이 약하고 여린 분이시
다. 나 같은 동생을 두지 않았더라면 그저 저자에서 한량이라는
소리는 들을지라도 저리 세간의 손가락질을 받는 이는 되지 않았
을 것이다. 그러니 부디 다른 이들처럼 오라비의 겉모습만 보지
말고 진심을 보아줄 수 있는 그런 진전한 정인이 되어주었으면
싶구나."

"……."

"지금 당장이 아니라 그대 서방의 원한을 다 갚고 나면 그리
해 달라는 것이다. 알겠느냐?"

"예, 마마."

"그럼 그만 물러가라! 오늘은 혼자 있고 싶구나!"

"예, 마마!"

몸을 낮추고 교태전을 뜰을 거닐고 있는 중전 장 씨에게 작별
을 고하고 물러서는 규원의 눈에는 중전 장 씨의 모습이 같은 여
인으로서 마음이 쓰이고 아팠다. 장희재의 채근에 서둘러 궁궐에
들어와 교태전 뜰 한쪽 구석에 기다리고 있었다. 그때 들은 것이
바로 중전의 혼잣말이었다.

"그냥 한번 떠난 사내의 마음에 연연하는 내 처지가 우스워
그러는 것이니 너희는 신경 쓰지 마라. 저자의 필부의 아내나 한

내시의 여자 317

나라의 중전이나 모두가 다 여인인 것은 마찬가지인데 왜 나는 혼자 자신의 남정네를 가지고 싶은 것이 죄가 되는 것인지…….
난 그것이 이해할 수가 없구나!"

규원은 그 말이 자꾸만 가슴 한구석을 먹먹하게 했다. 초동골 마마나 중전 장 씨나 한 사내를 마음에 둔 여인일 뿐이었다 계한을 생각하는 자신의 마음과 중전과 초동골 마마의 마음이 다를 것이 없었다. 그것이 규원 자신의 마음을 괴롭히고 불편하게 했다. 세상 여인들 모두 그 지위와 신분에 관계없이 연모하는 사내를 위한 마음은 같은 것임을 모르지 않기에 더 가슴이 먹먹했다.

"중전을 만나 보았소?"
"예."
"그래 어떠했소?"
"무엇이 말입니까?"
"중전 장 씨를 본 소감이…….."
"중전 장 씨라……. 그도 여인이긴 마찬가지더이다."
"그건 무슨 말이요? 중전이 여인임을 모르고 있던 것도 아니고 중전이 여인이라 어떠했다는 것이오? 혹시 잊으셨소? 중전은 내 가문을 이리 만든 장본인이고 초동골 폐비마마를 그리 만든 원흉(元兇)인데 그저 여인이라니…….."
"그저 그분도 상을 연모하는 여인일 뿐이더란 말입니다. 그분도 필부의 아내였다면 아무런 일 없이 그저 연모하고 연모받으며 살아갈 그런 여인일 뿐인데 어쩌다 상의 여인이 되어 그렇게 마음을 다스리지 못하고 그리 탐욕에 물든 것인지 안타까울 뿐이었습니다. 또한 형제간의 우애가 각별해 보였습니다. 장 씨의 장희재를 걱정하는 마음이 깊어 보였사옵니다."

"규원……."

"염려 마시어요. 그렇다고 제가 중전을 동정하여 은원도 구별하지 못하는 그런 어리석은 여인은 아닙니다. 단지 안타까운 마음을 잠시 가졌다고 해서 그리 말씀드리는 것입니다. 서방님! 다음에 상(上)께서 이 일로 상(賞)을 주시겠다 하시면 그저 필부로 돌아가 저와 같이 살겠다, 그리 말씀하여 주실 수 있사옵니까?"

"그게 무슨 말이오?"

"서방님께서 높은 관직을 하사받으시고 입신양명(立身揚名)하시고 나면 지금 제게 가지신 마음이 변할까 두렵습니다. 그리고 사대부가의 다른 사내들처럼 첩을 들이고 그와 서방님의 마음을 나누어 가지게 될까 두렵습니다. 그래서 제가 중전마마처럼 그리 변할까 두렵습니다."

"규원, 난 절대 그리 하지 않을 것이오! 그러니 걱정하시지 마시오. 내 그대의 뜻대로 상께 청하겠소!"

"서방님, 감사합니다. 그럼 저는 초동골 마마께 가야겠습니다."

"그러십시다. 준비하시오!"

"아닙니다. 서방님은 여기 계십시오. 아직 깊은 밤이 아니라 다니시다 장희재의 눈에 발각되면 어찌하려고 그러시옵니까? 쇠돌이를 데리고 다녀올 터이니 염려 마시고 여기서 기다리시지요."

"그럼 조심해서 다녀오시오."

"다녀오겠사옵니다."

규원을 또다시 위험에 나서게 한 것이 마음에 걸렸다. 사내로서 해서는 안 되는 일이 있다면 그것이 바로 제 여인을 보호하지 못하고 위험 앞에 내세우는 것임을 모르지 않았다. 계한은 마음이 무거워 더 이상 방 안에 우두커니 기다리고 있을 수 없었다. 멀리서 그녀의 그림자라도 지켜보고 있어야 마음의 짐이라도 덜수 있을 것 같았다. 지금 자신의 목숨 따위에 연연할 때가 아니었다. 만약 규원에게 무슨 일이라도 생긴다면 자신은 스스로를 용서할 수 없을 것 같았다. 지난 2년의 기억이 없다 하더라도 지금의 자신에게 규원은 이미 목숨보다 더 소중한 여인이었다. 마음을 굳히고 자리를 박차고 일어서려 했을 때였다. 낮은 목소리로 자신을 부르는 소리가 들렸다.

"상제! 상제 안에 있는가?"

"누구시오?"

"날세! 정인호!"

"상선 영감! 어찌 제 집에까지……."

"상께서 자네를 데려오라 하셨네!"

"상께서요?"

"그래. 그러니 나를 따르시게!"

어두운 골목을 지나 한참을 앞장서 걸어가던 상선이 정자 앞에서 걸음을 멈추었다. 그리고 정자 위의 검은 그림자를 보며 머리를 조아렸다. 늠름한 뒤태만으로도 사람의 머리를 숙이게 하는 무엇인가가 있었다.

"전하! 소신 상제 김계한을 데려왔나이다!"

"그래?"

상께서 계한을 넌지시 바라보았다. 그리고 그는 계한의 손을 덥석 잡았다.

"내, 상선에게 들었다! 다행이구나. 그런데 기억을 잃었다고? 내가 다 부덕하여 그대에게 그리 몹쓸 일을 당하게 하여 내 그대 볼 면목이 없다."

"전하! 소신이 미욱하여 상의 밀명을 받잡지 못한 것만으로도 죽어 마땅한 몸을 이렇게 신경 써주셔서 감읍할 따름이옵니다."

"상제……."

"전하! 하옵고 소신 긴히 올릴 말씀이 있사옵니다."

"그래? 무엇이냐?"

"중전 마마와 장희재 영감의 일이옵니다."

"그… 래? 무엇이냐?"

"이번에 저를 죽이고자 한 사람이 영감이라는 심증은 있사오나 물증은 없습니다. 그러나 한 가지 이상한 것이 있어 소신이 주변을 감시하다 알게 된 것인데 다름이 아니라 세자저하의 고명을 받기 위해 장희재 영감이 주변의 시전상인들에게 제법 큰돈을 거둬들이고 있습니다. 그 돈을 명으로 보내고 있다 하니 한번 살펴주십시오."

"명으로 보낸다니 누구에게? 왜?"

"소신이 알기론 명의 고관대작(高官大爵)에게 세자저하의 고명을 얻는데 도움을 달라고 재물을 보내는 것으로 알고 있습니다. 소신 또한 세자저하의 고명을 받는 것이 얼마나 중요한 것인지는 알고 있습니다. 그러나 고명을 받기 위해 백성들의 고혈을 짜 갖다 바치는 일은 부당하다 생각되옵니다."

"그래, 그대의 말이 옳다. 세자의 고명을 얻기 위해 그런 짓까지 한다는 것은 나를 우롱한 것이나 다름없다. 내 그를 그냥 두지 않겠다!"

"전하! 하옵고 소신 소원이 있사옵니다."

"무엇이냐?"

"소신을 전하 곁에서 물리쳐 주시옵소서."

"그것이 무슨 말인가?"

"소신과 제 처가 이 일을 무사히 끝내고 나면 그저 평범한 필부로 돌아갈 수 있도록 윤허하여 주시옵소서."

"그 말은……."

"예. 소신의 관직을 삭탈(削奪)하여 주시옵소서."

"그것이 진정 너의 소원이더냐?"

"예. 소신은 그저 평범한 필부가 되어 제 처와 자식을 위해 살고 싶사옵니다. 그것이 제 처의 소원이라 하옵니다."

"허허! 자네 처는 욕심이 없는 여인이구나. 다른 여인들은 그저 너나 할 것 없이 모두들 부귀영화를 꿈꾸는데."

"저도 그리 알았습니다. 그런데 규원이, 제 처가 그리 말하더이다. 본디 여인들은 부귀영화보다 제 낭군의 사랑이 먼저라고. 중전마마와 폐비마마께옵서도 같은 마음이시라고."

"중전과 폐비도?"

"예. 같은 여인이라고 했습니다. 낭군의 사랑에 목말라 하고 낭군 곁에 유일한 여인이기를 원한다고……."

"그러하다 하던가?"

"예, 전하. 그래서 소신은 제 처의 유일한 사내가 되기를, 제 처의 안식처가 되기를 바라옵니다. 부귀영화보다 더 제 처가 바라는 것이라 하오니……."

"그래, 자네가 원하는 대로 해주겠네. 그리고 자네 집안의 재물과 노비는 물론, 모든 것을 복권해 줄 터이니 그대가 원하는 대로 그리 살게."

"전하……. 소신 이 은혜 평생 잊지 않겠사옵니다."

"그대 두 사람이 내게 해주는 것에 비하면 나는 그대들에게 아무것도 해주지 않는 것이나 다름없으니 오히려 내가 더 부끄럽도다!"

"전하! 황공하옵니다."

상의 그림자가 사라지고 보이지 않을 때까지 계한은 무릎 꿇고 앉아 그 은혜에 감사하고 또 감사했다. 이미 중전에게서 마음을 돌린 상의 진심을 느낄 수 있었다. 그 결정이 같은 사내로서 얼마나 어려운 것인지 모르지 않았다. 중전으로서는 어질고 현명하지 못하다 할지라도 현 중전은 상께는 첫정이자 유일한 정인임을 모르지 않았다. 그래서 그 정인을 자신의 손으로 베어내는 상의 마음이 얼마나 아프고 힘이 드실지 계한은 그 고통에 마음이 무너져 내리는 것 같았다.

24장
증험(證驗)과 몰락(沒落)

"영감! 접니다."

"아! 어서 오시오!"

"잠시 여쭐 말씀이 있습니다."

"들어오시오."

"하오나……."

"부인! 이제 그리 너무 격(隔)을 두지 말았으면 하오. 내가 부인에게 그리 먼 사람이오? 아직도?"

규원은 장희재가 잡아끄는 손에 이끌려 사랑채로 들어가면서도 자꾸만 돌아보았다. 행여 어디선가 자신을 지켜보고 있을 계한이 혹 마음 쓸까 걱정스러웠다. 그러나 지금은 장희재 입안의 혀처럼 굴어야 할 때이기에 규원은 그의 손에 이끌려 방으로 들어섰다. 방 안에 들어서자 자리를 잡고 앉은 장희재는 그저 아무 말 없이 규원을 바라보기만 했다. 절대 쉬운 자가 아니었다. 이쯤하면 다른 사내들 같으면 벌써 엎어지고 남음이 있었다. 그런데 장희재는 결코 정적을 무너뜨리는 일에는 한 치의 틈도 보이지 않았다. 규원은 장희재 앞에 조용히 자리를 잡고 앉았다.

"말해보시오, 부인! 무슨 일이기에 이 밤에 내 집까지 오셨는지……"

"나리! 오늘 저녁 폐비 사가에 서인들 몇이 모였었습니다."

"서인들이라니? 누구를 지칭하는 것이오?"

"이판 김선호, 부제학 한진흠, 호판 오승현 영감, 그리고 제가 알지 못하는 몇몇이 있었습니다."

"그들이… 그들이 무슨 말을 나누는지 들었소?"

"아뇨. 그러나 그들이 무슨 수결을 하는 것인지 지필묵이 들어가는 것을 두 눈으로 똑똑히 보았습니다. 무엇일까요? 무엇을 논하고 무엇에 수결한 것일까요? 그들이 하고자 하는 것이 무엇인지……"

"이조판서 김선호는 본디 출신이 중인이라 하여 우리 마마를 탐탁지 않게 생각하던 이였고, 부제학 한진흠은 후궁 소생의 왕자를 세자로 봉(封)하는 자체를 반대하던 이였고, 호판은 나와의 사사로운 은원이 있는 자이니 그들이 그곳에 있었다면 아마도 그 목적은 하나일 것이오. 중전마마와 세자저하를 해치는 일! 그것이 그들이 하고자 하는 일일 것이오."

"…그럼 이제 어찌하실 양입니까?"

"일단, 부인은 계속 감시를 해주시오."

"그리하지요. 하오나 증거를 잡지 못하면 조정 대신인 그들을 어찌 함부로 할 수 있겠습니까?"

"그런 걱정은 하지 마시오. 증거를 잡지 못하면 만들어서라도 그들을 용서하지 않을 것이니……."

"영감!"

"그자들이 상제를 해쳤을 수도 있소. 그자들이라면 소리 소문 없이 내관 한 사람쯤 얼마든지 죽일 수 있는 자들이니……."

"그자들이 제 낭군을 죽였을지도 모른다 했습니까?"

"그럴 것이오. 폐비가 상제와 내가 각별히 지내는 것을 모르지 않았을 테니. 이제 상제의 복수를 할 날도 그리 멀지 않았소."

"영감, 진정 그리될까요?"

"그리될 것이오. 내가 꼭 그리 만들고 말 것이오. 그러니 걱정 마시오."

"영감, 감사하옵니다. 그리만 된다면 제가 이 머리카락을 잘라 영감의 당혜를 삼아드리겠습니다."

"부인!"

장희재는 규원의 고운 두 눈에서 눈물이 흘러내리는 것을 보며 그녀의 두 손을 자신도 모르게 덥석 잡았다. 그녀가 먼저 마음을 내어주기 전에는 참을 것이라 생각했었다. 그런데 자꾸 자신의 마음이 흔들리고 있었다. 그녀의 작은 몸짓에도, 그녀의 작은 웃음에도, 그녀의 떨어지는 눈물에도 마음이 흔들려 주체할 수가 없었다. 장희재는 자신의 품으로 규원을 당겨 안았다.

잠시 머뭇거리던 규원이 거부하지 않고 담담히 자신의 품에 안겨드는 것을 보며 장희재는 실낱같은 희망이 다시 끓어오르는 것 같았다. 그녀의 아름다운 몸이 자신을 부르고 있었다. 장희재는 참을 수 없는 욕정에 그녀를 방바닥으로 밀어붙였다. 그녀의 몸 위에 자신의 몸을 싣고 그녀의 옷고름에 손을 가져다 대었다. 규원이 몸을 뒤틀며 자신을 밀어내려 하는 것을 모르지 않았지만 장희재는 거부하는 그녀를 풀어주고 싶지 않았다. 자신의 여인으로 만들고 싶었다. 그녀의 몸을 취하고 자신의 곁에 두고 싶었다. 그러나 거기까지였다. 더 이상 욕심을 내면 그녀가 자신에게 오지 않을 것임을 애써 기억해 냈다. 그래서 이를 악물고 참으며 그녀를 안아 일으켰다. 그리고 정중히 규원에게 사죄했다.

"미안합니다. 그저 잠시 춘몽(春夢)에 무례를 범한 것이니 내 사죄를 받아주시오. 내가 그대와의 약조를 어길 생각이 아니었음도 알아주시오. 부탁이오. 내 그대가 상제의 상(喪)을 탈상하는 날, 그날을 기다릴 것이오."

"너무 괘념치 마십시오. 저도 이제는 영감을 믿습니다."

"고맙소, 부인!"

"영감! 밤이 깊었으니 저는 이만 물러가겠습니다."

"그리하시지요."

규원이 가볍게 머리를 숙이고 나가고 난 뒤에도 장희재는 한참을 떨리는 가슴을 다독이며 앉아 있었다. 그러나 자꾸만 가슴보다 몸이 먼저 그녀를 목말라 하고 그리워하는 것에 자신을 언제까지 단속할 수 있을지 점차 자신이 없었다. 장희재는 이른 춘몽을 털어버리고자 달빛 교교한 뜰을 하릴없이 걷고 있었다.

"서방님! 이제 그만 나오셔도 됩니다."

규원은 장희재의 집을 지나 한참을 걸어도 계한이 모습을 보이지 않아 그를 불렀다. 그러나 그는 자신의 말에 대답조차 하지 않고 그저 어둠 저 너머에서 천천히 자신의 곁으로 다가와 섰다.

"왜 그러세요?"

"무엇이 말이오?"

"오늘따라 말씀이 없으십니다. 무슨 걱정거리라도……."

"아니오. 그저 오늘 마음이 쓰이는 일이 있어 그러니 걱정하실 것 없소."

"무엇이 그리 서방님 마음을 힘들게 하십니까?"

"아니오. 그저 그대에게 너무 많은 짐을 지운 것이 아닌가해서 마음이 무거워 그러니 괘념치 마시오. 자 밤이 깊었으니 어서 갑시다!"

"예. 그러지요."

규원의 말이 채 떨어지기도 전에 계한의 발걸음이 성큼성큼 앞장서 갔다. 규원은 계한의 큰 걸음을 따라 무심히 걸으며 마음속에 작은 파문이 일어나는 것 같아 심란했다. 분명 그에게 무엇인가 걱정거리가 있는 듯한데 자신에게 말을 않는 것 같아 보였다. 그것이 무엇 때문인지 알 수는 없지만 자신에게 숨기고 있는 것이 분명했다. 규원은 계한의 마음속에 스며든 어두운 그림자가 부디 별것 아니기를 빌었다.

"참, 서방님! 이러고 있을 때가 아닙니다."

"무슨 말이오?"

"오늘 그자가 호판과 이판, 그리고 부제학 영감을 향한 적의를 드러내었습니다."

"무슨 일이 있었던 거요?"

"오늘 폐비 마마께 세 분이 찾아오셨는데 그 사실을 듣고 바로 복위를 꾀하기 위한 모임이라고 생각하더군요. 증거를 찾지 못하면 만들면 된다고 할 정도니……. 조만간 중전 쪽이 움직일 겁니다."

"그럴 것이라 예상 했었소."

"이제 어찌할까요?"

"좀 더 장희재 그자 주변을 파고들어야 할 것이오."

"그래야겠지요. 그런데 이 일이 성사되고 나면 현 중전은 어찌 되는 것입니까?"

"그것이 무슨 말이오? 폐(廢)해지든 그도 아니면 사사되든 그 죄의 경중에 달린 것이겠지요."

"그분도 그저 연모하는 사내를 가슴에 품은 여인일 뿐인데."

"규원! 그대는 누구의 사람이오? 죄 없는 폐비마마가 그 여인 때문에 겪은 고초를 모른단 말이오? 그대 심중(心中)에 변화라도 생긴 것이오?"

"서방님, 무슨 그런 말씀을? 설마 다른 마음이라도 생기신 건가요? 말씀에 다른 의미가 있어 보입니다."

"아, 아니오. 내 잠시 너무 마음이 격해서 그런 것이니……. 미안하오. 천천히 오시오. 내 잠시 마음을 추스르고 돌아가리다."

하얗게 변해 버린 얼굴을 애써 숨기며 계한은 어둠속으로 달려 나갔다.

"서방님……."

규원의 마음은 검고 깊은 수렁에 빠진 것처럼 어둡고 무거웠다. 무엇인지 알 수 없는 작은 틈이 계한과 자신을 갈라놓기 시작하는 것 같아 그가 달려간 길에서 눈을 뗄 수가 없었다.

"자, 이것을 그대가 폐비의 방 안에 가져다 두기만 하면 되오."

"이것이 무엇입니까?"

"지난번 내가 말한 증거요."

"하옵시면?"

"그렇소. 이제 더 이상 지체할 시간이 없소. 명(明)에 세자 고명을 얻고자 시전상인들에게 거둬들인 재물에 대해 위사부에서 조사를 하고 있소. 더 이상 지체하다가는 나는 고사하고 중전마마와 세자 저하께까지 화가 미칠 것 같소. 그리되면 물론 상제의 원수를 갚는 것도 물 건너가 버리고 말 것이오."

"영감!"

"그러니 내일 묘시(卯時) 경 한성부 군졸들이 들이닥치기 전에 꼭 폐비의 방 서안에 숨겨두어야 할 것이오. 알겠소?"

"예."

"부디 조심하시오. 혹여 그대가 위험해지는 일이 생기면 안 되니 만약… 만약 어찌할 수 없는 상황이 생기거든 그대는… 모른다 하시오."

"영감!"

규원은 장희재의 두 눈이 자신을 바라보며 물기가 촉촉해져 오는 것을 애써 외면하고 싶었다. 그러나 그는 그러한 자신의 감정을 숨기고 싶어 하지 않는 듯 묵묵히 규원을 바라보며 낮은 목소리로 말했다.

"상께서 중전께 경고를 하셨다 하오. 만약… 이 일이 내 뜻한 바로 되지 않으면 나는 다시는 그대를 볼 수 없을지도 모르오. 내일 그대를 다시 본다면 세상에 그보다 더 좋은 일은 없겠지만 만약 그렇지 못할지도 모르겠소. 그러니 이 한마디만 해드리고 싶소. 이 장희재, 세상에 태어나 수많은 여인을 안고 그들을 희롱했을지 몰라도 그대 규원을 만나고 난 뒤, 나는 백옥같이 깨끗하오. 내게 그대는 첫정이오. 내 마음에 들인 여인은 그대가 처음이오. 그대를 먼저 만나, 상제 그 사람보다 먼저 만나 그대를 내 사람으로 만들지 못한 것에 대한 원통함이 다시 그대를 보지 못할지도 모른다는 두려움보다는 크지 못하오. 그러니 부디 조심하여 주시오. 그대를 보지 못하면 나도 이미 죽은 사람이라는 것을 꼭 기억해 주시오."

"영감……."

"그만… 가보시오. 오늘은 지 서방이 댁까지 모실 것이오. 그럼 내일 다시 보십시다."

"예, 영감."

장희재는 규원이 나가는 것조차 보지 않고 몸을 돌려 앉았다. 어쩌면 그녀를 보는 마지막이 될지도 모른다는 사실을 받아들이고 싶지 않았다. 어제 나인으로부터 서신 한 통을 전해 받았다. 중전께서 은밀히 알아보신 후 자신에게 보내신 서신이었다. 지난번 보내주신 염려의 서신과는 다른 것이었다. 시위부가 움직이기 시작했다는 것은 상(上)의 마음이 이미 중전께도, 세자저하께도 떠나고 계심을 말하는 것이었다. 그러니 이제는 폐비를 죽이지 않으면 자신도 중전도 나아가 세자저하마저도 살아남지 못할지도 모른다. 그간 너무 많은 일들을 저질러 왔다. 그리고 그 일로 인해 모든 공든 탑이 무너질지도 모른다는 사실이 장희재를 아프게 했다. 그녀 규원을 위해 아무것도 해주지 못하고 이렇게 그녀를 보는 것조차도 마지막이 될지도 모른다는 사실이 너무 아팠다.

장희재의 청지기 지가가 물러가고 난 다음에서야 계한이 모습을 드러내었다.

"내일 묘시입니다. 한성부 군졸들이 묘시까지 폐비마마의 사가에 들이닥칠 것이라 했습니다. 그리고 이것을 제게 폐비마마의 방 안 서안에 넣어두라 하였습니다."

규원은 계한에게 장희재가 맡긴 것을 내놓았다. 장희재가 규원에게 맡긴 수결서였다. 폐비를 옭아매기 위해 증거를 조작한 것이었다. 계한 앞에 내놓은 것은 호판과 이판, 그리고 부제학이 수결한 폐비 복위를 위한 충성 서약서였다.

"이것을 그자가 그대에게 맡기더란 말이오?"

"예."

"그자가 미친 것이 아니라면, 규원 당신이 장희재를 완벽하게 속이지 않고는 있을 수 없는 일이오. 아니, 그자가 미친 것이오. 자신들의 생사가 달린 것을 당신에게 맡기다니……. 이것은 자신의 목숨을 맡긴 것이나 진배없다는 것을 모르는 것인지……."

"그자는 지금 궁지에 몰려 사리판단이 불가능할 테지요. 시위부가 움직였단 것은 상께서 자신들을 의심하고 있다는 것임을 모르지 않는 그자가 그리 저를 믿고 의지하는 것이야 당연한 것이지요. 지난 모임 때 나누어 쓰신 시를 제게 주십시오. 그 시를 폐비마마 서안에 가져다 놓아야겠습니다."

"그러시오. 난 이 길로 상께 이 수결문을 올리고 올 터이니……."

"예."

그러나 말은 그렇게 해 놓고 발걸음을 떼지 못하고 계한은 장희재가 규원에게 준 수결문을 손에 들고 그녀를 바라보고 있었다. 그리고 그는 규원이 듣고 있음도 깨닫지 못하는 듯 작은 소리로 혼잣말을 했다.

"그자… 장희재가 그대에게 품은 마음이란 것이 난 두렵소."

"서방님, 무슨 말씀이십니까?"

"아니, 솔직히 난 두렵소. 그자의 진심에 그대가 흔들릴까 두렵소. 아무래도 난 못난 사내인 모양이오. 제 여인을 사지에 몰아넣은 것도 모자라 믿지 못해 혼자 속만 태우는 못난 사내요. 미안하오. 쓸데없는 말만 늘어놓다니……. 다녀오겠소."

규원이 위로의 말 한마디 할 겨를도 주지 않고 달려가는 계한을 보며 규원은 몸도 마음도 무엇에 짓눌리는 것처럼 그렇게 힘겨웠다.

"서방님! 무엇이 서방님께 그리 약한 마음을 가지시게 한 것인지요? 그 약한 마음이 서방님을 상(傷)하게 할까 그것이 저는 두렵습니다."

그 밤, 날이 새고 아침이 밝은 후에도 계한은 끝내 돌아오지 않았다. 모든 것을 준비하느라 바쁘기도 하고 만약의 경우를 위해 배수의 진을 치기 위해 준비를 해야 함을 모르지 않았지만 그래도 규원은 불안하고 마음이 무거웠다. 그러나 자신이 해야 할 일에 전심을 기울이고자 했다. 얼마 전부터 몸이 무겁고 불편하여 짐작 가는 바가 없지 않았으나, 그저 마음이 편하지 않은 탓으로 돌리고 길을 나섰다. 묘시 전에 자신에게는 반드시 해야 할 일이 있었다. 자신의 뒤를 따르는 자가 있는지 여부를 살피며 초동골로 걸음을 옮겼다.

이제 모든 것은 이미 시위를 벗어난 시(矢)일 뿐이었다. 중전과 장희재는 자신들이 저지른 악행의 죗값을 받아야 했다. 필부의 여인이 아니었기에 스스로의 연모를 위해 자신이 버린 국모로서의 덕과 인이 시(矢)가 되어 자신에게로 돌아오는 것을 중전 장 씨는 받아들여야 했다. 다만, 그것이 필부의 여인이 아닌 한 나라의 군주의 여인이기에 받아들여야 하는 것임을 몰랐던 현 중전이 안타까울 뿐이었다. 자신과 마주 보고 앉은 이 여인은 익히 알고 있던 것을 현 중전 장 씨는 몰랐기에 오늘의 이 사태를 겪게 된 것이었다.

"규원, 그대가 나를 위해 애써준 것을 잊지 않을 것이다. 오늘 이 일의 결과가 어찌 되든 그대는 내게 이미 형제나 마찬가지이니……. 고맙네. 그대와 상제의 은공을 잊지 않을 것일세."

"마마! 제게 마마는 감히 존경하옵는 이 나라의 국모이시기 이전에 친동기간이나 마찬가지이신 분입니다. 그러니 동기를 위해 위험을 무릅쓴 일을 두고 어찌 은공을 따질 일이라 하겠습니까?"

방 안에 마주 앉아 장희재 일파가 치고 들어오기를 기다리며 규원과 폐비는 그렇게 서로를 위로하고 있었다. 그리고 그날 장 씨 일파의 모든 것들이 무너져 내렸다. 초동골에 들이닥쳤던 한성부 군졸들은 증거를 찾은 것이 아닌 장 씨 일파를 무덤으로 끌고 갈 자신들의 죄의 증험을 가지고 돌아갔고 시위부에서 조사한 내용과 한성부에서 제출한 위증의 증험들로 중전 장 씨는 폐(廢)하여지고 장희재는 일이 잘못되었음을 알고 도망가 도포 명령이 내려졌다. 그리고 모든 일은 일단락되는 듯했다.

그러나 그날 밤, 장 씨 일파의 몰락이 알려지고 난 후 규원은 혼절하고 말았다. 좋지 않던 몸으로 애써 맡은 바를 수행하고자 하다 보니 그 한계에 달한 것이었다.

"혹 병이라도 생긴 것인가? 왜 저 사람이 저리 혼절하여 깨어날 줄을 모르는 것인가?"

혼절하였다는 연통에 한 달음에 달려온 계한은 안절부절이었다. 의원의 진맥이 지체되어 더욱 마음이 험하였다.

"저어, 이 말씀을 어찌해야 할지……"

"말해 보시게. 무슨 일이신가? 혹 저 사람이 죽을병이라도 생긴 것인가? 어서 말해보게."

혼절한 규원이 걱정되어 의원을 불러 왔으나, 의원은 입을 열지 않고 그저 계한의 눈치만 바라 볼 뿐이었다.

"이 사람이 도대체 왜 그런 것인가? 저 사람의 병이 그리 깊은 것인가? 그렇지 않아도 얼마 전부터 몸이 무겁다 하였네. 그런데 일이 이 모양이 되도록 내 저 사람을 돌보지 못했으니……. 어서 말해주시게."

"저어, 부인께서는 지금 홀… 몸이 아니십니다."

"……."

"아직 아이가 온전히 자리를 잡지 못한 상태여서 조심하셔야 하니……."

"지금 무어라 했는가? 저 사람이… 규원이 홀몸이 아니라 했는가?"

"예."

"자네 혹 내가 어떤 사람인지 알고 있는가?"

"예."

"그런데 저 사람이 홀몸이 아니라 말할 수 있다는 말인가?"

"가문의 대를 잇기 위해 양자도 들이기도 하는 마당에 부인의 아이면 곧 어른의 아이도 아닐는지요?"

"무어라?"

"그럼… 소인은 이만."

의원이 그리 말하고 나간 후에도 계한은 움직일 수 없었다. 그녀 규원에게 무슨 일이 생긴 것인지……. 규원이 아이를 가졌다는 말에 계한은 그 자리에 못 박혀 일어서지도, 앉아 있지도 못한 채 그저 넋을 놓고 있었다. 얼마나 그리하고 앉아 있었을까? 표정 한 자락 없는 말간 얼굴로 계한이 오월을 불렀다.

"오월아!"

"예, 나리."

"이 길로 승전색 김자현 영감 댁에 가서 안어른을 모시고 오너라."

"예? 왜 안어른을?"

"규원이… 아니, 저 사람이 아이를 가졌다. 그러니 그 댁 안어른의 도움이 필요하지 않겠느냐?"

"예? 아씨가 아기씨를 가지셨다고요? 어찌 그런 일이 있답니까? 말이 되지 않는 일입니다. 나리도 아시지 않습니까?"

"그러니… 그 어른을 모시고 오라 하는 것이다."

계한은 모든 것이 꿈인 듯했다. 자신에게 닥친 일들을 받아들이기에는 너무 많은 것들이 한꺼번에 들이닥치는 것 같아 허허로이 일어서 걸음을 옮겼다. 어디로 가는 것인지, 무엇을 하고자 하는 것인지 자신도 알 수가 없었다. 얼마 전 장희재의 집을 나오던 규원의 붉은 얼굴과 단정하던 그녀의 머리가 흐트려지고 옷가지도 몹시 구겨져 있던 밤이 머릿속을 어지럽혔다. 그리고 장희재 그 일파가 몰락했다는 말을 듣고 규원이 혼절한 것이 마음에 괭이가 되어 꽉 숨통을 막았다.

25장
연모(戀慕)라는 이름의 덫

　늦은 밤. 상(上)께서 교태전을 찾은 탓에 나인들은 정신이 없었다. 이미 침수(寢睡)에 든 중전께 알리어 겨우 상을 맞아들이실 때에는 이미 교태전으로 행차하신 지 일각(一刻)이 지난 후였다. 그러나 교태전 주인과 나인들이 준비하는 그 일각 동안 상께서는 아무런 말씀도 하시지 않고 그저 조용히 교태전 뜰을 지키고 서 계실 뿐이었다. 교태전 안주인이 상을 받들러 나오지 않아 기다리는 그 시간 동안 그저 화려하고 아름답던 모란이 진 자리에 말라가고 있는 줄기를 안쓰러워하시면 쓰다듬기만 하고 계셨다. 마음이 너무나 아파 근정전을 지키고 앉아 있지 못해 나선 길이었다. 마지막으로 자신의 정인에게 그녀의 손을 놓아버릴 수밖에 없음을 상께서 직접 말씀하시어야 했다. 그래야 할 것 같아 이 깊은 밤에 교태전을 찾으신 것이었다.

"미리 연통(煙筒)을 주지 않으시고……. 소첩 지난밤에는 상께서 오실까 하고 미리 다과상을 준비하고 기다렸더이다. 하온데 오늘 밤은 오시지 않으리라 생각하와 일찍 잠자리에 들어 이리 기다리시게 했나이다. 용서하소서. 얼른 다과상을 들라 할 테이니……."

"되었소. 다과상은 필요 없으니 중전도 앉으시오."

상의 얼굴이 너무나 처연해서 중전은 그저 말없이 따를 수밖에 없었다. 무슨 일이 있었기에 상께서 저리 서글픈 얼굴로 자신을 바라보는 것인지 중전은 걱정스러웠다. 오늘 오라비인 장희재가 드디어 폐비를 제거할 증좌를 손에 넣어 모든 것이 계획대로 되었다는 연통을 받고 홀가분한 마음에 일찍 잠자리에 들었던 중전이었다. 그런데 그 기쁜 소식을 들은 지 얼마 지나지도 않았는데 상께서 자신의 처소를 찾아주신 것이 좋은 일인이 아닌지 걱정스러워 상의 눈치를 살펴보았다. 그러나 아무것도 알아낼 수가 없었다. 한동안 그저 중전의 얼굴만 바라보고 앉았던 상께서 조용한 목소리로 그녀의 이름을 불렀다.

"옥정아."

한때 대왕대비전의 나인이었을 때 상께서 자주 불러주셨던 이름이었다. 그러나 요즘 들어 한 번도 그렇게 불러 주시지 않았었기에 '옥정아'라고 부르시는 말에 일순간 걱정은 어디론가 날아가 버리고 행복했던 과거로 돌아간 것 같아 가슴 한쪽에 따뜻한 물결이 일렁거리기 시작하는 것 같았다.

"예, 전하."

"내가 너를 처음 만난 것이 벌써 십여 년이 지났구나. 처음 너를 본 그 순간부터 내 가슴엔 너 하나뿐이었다. 내가 진정으로 연모하고 아낀 여인은 너 하나뿐이었다. 알고 있었느냐?"

"……"

중전 장 씨는 느닷없는 상의 고백에 가슴이 먹먹해져 와 얼른 대답을 하지 못하고 머리만 끄덕였다.

"그런데… 그것으로는 모자라더냐? 사내로서 온전히 네게 준 마음 하나만으로 만족하고 살 수는 없더냐? 그래서 그리 초동 골 그 사람을 괴롭히고, 그 사람 목숨마저 갖기를 원했더냐? 안쓰러운 사람이다. 마음으로 한 번도 품어주지 못한 불쌍한 여인이다. 그런 여인의 목숨까지 꼭 필요했던 것이냐? 네가 가진 것들로 부족하더냐?"

중전 장 씨는 그제야 모든 것이 잘못되었음을 알 수 있었다. 오늘 밤 오라비가 한 일이 다 잘못되어 오히려 그 화(禍)가 자신들에게 닥친 것임을, 그래서 상께서 이 늦은 밤 자신의 침소로 찾아오신 것임을……. 그리고 이제 정말 상을 놓아드려야 할 때임을…….

"전하, 저는 그저 전하께서 필부(匹夫)였기를 얼마나 빌었는지 모릅니다. 그저 제 사내이기를, 몸도 마음도 제 사내이기를. 그것이 일국의 군왕(群王)이신 전하를 상대로 가져서는 안 될 과(過)한 욕심이라는 것을 모르지 않았으나 저는 한낱 여인일 뿐이었나이다. 그저 제 사내의 마음을 온전히 가지고 싶은 여인, 다른 여인을 상대로 안쓰러워하는 마음조차 양보하고 싶지 않는 욕심 많은 여인일 뿐이었나이다."

"옥정아… 바보 같은 옥정아, 내 어찌 너를 놓는단 말이냐? 이리 아름답고 사랑스런 내 여인인 너를……."

상은 그날 모든 것을 걸고 자신만을 사랑한 여인 옥정을 가슴에 품고 그녀를 위해 옥루(玉淚)를 흘리셨다. 자신이 군왕인 것이 오늘처럼 후회스러운 날이 없었다. 자신의 정인을 버려야 하는 군왕인 사내는 그저 한낱 저자의 필부로 태어나지 못한 자신의 운명에 슬퍼 정인을 부여안고 그렇게 새벽이 들이닥칠 때까지 목 놓아 울었다.

영한은 계한의 이런 모습을 본 적이 없었다. 처음 계한이 죽은 것으로 알고 통탄(痛嘆)의 눈물을 흘릴 때만 하여도 그가 살아 돌아온 것만으로도 충분히 감사했었다. 그런데 살아 돌아온 이후 간혹 자신을 찾아올 때면 계한의 변한 모습에 마음이 착잡했다. 자신이 알고 있던 계한은 언제나 한결같은 마음을 지닌 사내였다. 그것이 동무에게든, 군주에게든, 하물며 자신의 정혼녀였던 윤 씨에게도. 그랬던 그가 술병을 들고 자신을 찾기 시작한 지난달부터 흔들리는 계한을 지켜보아야 했다. 무슨 일인지 물어도 답조차 하지 않고 자신이 가져온 술병을 다 털어 마시고야 휭하니 가버리는 그에게 기억을 잃어 그런 것이라고 애써 마음을 달랬다. 자신에게조차 마음의 짐을 덜어주지 않는 것이 자신과 보낸 내자원에서의 기억이 없는 탓이라고. 그저 같은 동기였다는 그 어쭙잖은 진실 하나만으로 마음까지 털어놓지 않는다고 섭섭해 하면 안 된다고…….

그러나 오늘 계한은 미친 듯이 폭주하였다. 기루로 자신을 찾아오라고 할 때부터 마음이 요상하다고 생각했지만 이런 모습일 것이라곤 짐작조차 하지 못했다. 지금의 계한은 음탕하고 위험스러운 저자의 짝패 패거리와 다를 것이 없었다. 비록 기녀이기는 했지만 여인을 희롱하다 못해 농락하는 그를 더는 지켜볼수 없었다.

"난 가려오. 이리 타락한 모습의 형님을 보여주려거든 다시는 날 부르지 마시오. 형님을 위해 규방의 규수로서는 엄두조차 낼수 없는 일까지 하고 계시는 형수요, 세상에 둘도 없는 열녀요, 현숙한 부인을 두고, 그런 형수를 두고 형님이 이리 하신다는 것은 그야말로 배신이오. 난 그런 몰염치한 형님을 더는 볼 수가 없소."

영한이 자리를 박차고 일어서려고 할 때였다. 연신 술만 들이켜고 말 한마디 없던 계한이 잠긴 목소리로 입을 열었다.

"나도 그런 줄 알았다. 아니, 지금도 난 규원, 그 사람을 그리 생각한다. 물론 여인의 힘으로 어찌할 수 없었겠지. 그래. 그자의 신망을 얻기 위해, 결국은 나를 위해 그리했겠지. 규원을 탓할수 없다는 것 나도 안다. 그러나 영한아, 나도 어쩔 수 없는 사내다. 내게 그녀가 세상에 하나뿐인 정인이듯 그녀에게도 내가 그렇다는 것을 의심하지 않는다. 그러나 아무리 그래도 그녀 뱃속에 있는 아이를 받아들이는 것은 사내로서는 힘든 일이구나. 어쩌면 좋으냐? 영한아, 어찌해야 하느냐? 승전색 영감 부인께서 알아서 해주시리라 믿지만 그래도 가슴이 미어지는 나 자신을 어찌해야 할지 모르겠다. 아니, 그녀 규원의 얼굴을 어찌 다시 보아야 할지 그것이 걱정이구나. 나 같은 사내도 아닌 사내가 그녀에게 부질없는 욕심과 집착을 버려야 하는 것이 아닌지…… 영한아, 이제 내가 어찌해야 하는 것이냐? 그녀를 보내야 하느냐? 아니면 모른 체하고 그저 그녀 곁에 있어도 되는 것이냐? 너라면 어찌하겠느냐? 머리는 그리하면 안 된다고 하는데 가슴은 자꾸만 이리 비겁하게, 이리 바보같이 자꾸만 흔들리는 것을 어찌해야 하느냐?"

"형님, 도대체 무슨 말을 하는 것입니까? 형수께서 지금 아이를 가지셨다는 말입니까? 어떻게 그런 일이…… 형님! 어찌 형수께서……"

"그러니 말이다. 이제 난 어찌하느냐? 어찌해야 하느냐? 영한아!"

"형님……"

영한은 계한의 숨조차 쉬지 못하는 극심한 고통이 그제야 눈에 보였다. 그가 왜 그리 행동한 것인지, 무엇 때문에 그리 고통스러워한 것인지. 영한은 계한의 고통이 무엇에 기인한 것인지 오늘에서야 알 것 같았다. 그러나 함부로 어떤 말도 행동도 할 수 없었다. 그것이 오히려 계한의 상처를 더 쑤시는 것이 될까 영한은 아무것도 할 수가 없었다. 말없이 계한의 앞에 앉아 그가 술에 취할 때까지, 그래서 고통을 잊을 수 있을 때까지 기다려 주는 것이 전부였다.

"무엇 때문에 나를 데려오라 한 것인지 이제는 말해줄 수 있겠느냐? 이 밤에 네가 그리 사색이 된 얼굴로 나를 찾아온 이유가 있을 것 아니냐? 이제 너와 나 둘뿐이니 말해보아라. 어서!"

오월은 사시나무 떨듯 떨리는 몸을 주체할 수 없었다. 서방님께서 하시고 간 말씀을 이해하여 승전색 영감 댁을 찾은 것이 아니었다. 그저 상전의 명을 받들어야 함을 알기에 달려온 것뿐이었다. 그래서 김 씨 부인께서 하문하는 말에 대답할 수 없었다. 아씨가 임신을 하셨다는 것을 어찌 믿어야 하는 것인지……. 세상이 둘로 나뉜다 해도 그런 일은 있을 수 없는 일이라 그리 생각했다. 그런데 그런 일이 실제로 일어나고야 말았다.

"무슨 일이냐?"

"아씨가, 우리 아씨가 둘째 아기씨를 가지셨습니다."

"뭐? 뭐라 했느냐?"

"그게 있을 수 있는 일입니까?"

"아이라……. 그래서 나를 불러오라 한 이가 누구냐? 아씨더냐? 아니면 상제 그 사람이더냐?"

"서방님이……."

"상제 그 사람이 뭐라고 하더냐?"

"아무 말씀도. 그저 마님을 모셔 오라고 하셨습니다. 그리 말씀하시면 다 아실 것이라 하셨습니다."

"그 사람이 그리 말하더란 말이지……."

"예. 어찌 된 것일까요? 도대체 어찌 된 일이기에 아씨께서 그

346

런 일을……."

"되었다! 그만 앞장서라! 네가 함부로 입에 올릴 일이 아니다!"

"하오나……."

"그만 가자고 했다!"

그렇게 두 사람 인연이 아름다워 오랫동안 화목하고 아름답게 살기를 바랐다. 그런데 어느 날 계한 그 사람이 사라졌다 돌아온 다음부터, 아니, 장희재와의 일에 얽혀들기 시작하고부터 가끔씩 들르는 상제의 얼굴에 어둠이 깔리기 시작했다. 그리고 종국에는 이런 일이 생기고야 말았다. 이제 자신을 불러 오라 하고 그가 집을 나갔다는 말은 자신은 이 일을 모른 체 할 터이니 아무도 몰래 그 아이를 지워 달라. 그리 말하는 것이었다. 얼마 전 그가 자신의 집에 들렀을 때, 사통(私通)한 내시의 처 얘기를 하다가 내시의 처가 가진 아이를 유산시켜 준 얘기를 하게 되었다. 아마 그 얘기가 떠올라 자신을 불렀음을 김 씨는 계한의 마음을 보지 않고, 듣지 않아도 알 수 있었다. 계한의 마음을 알아 차인 김 씨 부인은 규원의 집으로 가는 길 내내 어둡고 쓰린 마음을 달래며 갔다. 어찌하여 그리된 것인지, 그 두 사람의 진정이 이리 쉽게 깨어질 리 없었는데, 자신은 믿고 있었는데…….

김 씨는 규원이 누워 있는 방 안으로 들어갔다. 그녀는 아직 의식이 돌아오지 않은 듯 맥을 놓고 있었다. 너무나 불쌍했다. 그토록 사모하는 낭군의 마음에서 멀어지는 것을 그녀가 견뎌낼 수 있을지 그것이 걱정이었다.

"이 사람아, 이 일을 어찌하면 좋누."

"……."

김 씨는 자신도 모르게 흐르는 눈물을 투박한 두 손으로 훔쳐 내면서 규원의 얼굴을 내려다보며 중얼거렸다.

"연모하는 이에게 있어 가장 아픈 것이 무엇인지 아는가? 그건 바로 의구심이라네. 자네가 가진 아이가 상제의 가슴에 남긴 그 생채기는 세월이 흘러도 지워지지 않을 것이네. 상제는 자신이 자네를 그리 만들었다고 생각할 것이고 자네 곁에서 같이 살며 말라갈 걸세. 혹 이 아이가 되살아난 상제의 몸으로 인해 생긴 아이라 해도 그는 스스로가 잘라낸 양물만 믿고 절대 자네와 아이를 마음으로 받아들이지 못할 테지. 이제 홀로 저리 아픈 가슴을 안고 헤맬 상제와 그 모습을 보며 억울하다 말 한마디 하지 못하고 혼자 삭여야 할 자네를 내 어찌 볼 것인지……. 하필 이러한 때에, 장희재 그자의 가문이 몰락한 이때에, 삼신할미는 아이를 점지해서 상제의 오해가 더 깊어질 텐데……. 이 일을 어찌할꼬! 아이를 지우는 일이 어미에게도 아이에게도 할 짓이 아니거늘……."

김 씨는 아무리 생각해도 판단이 서질 않았다. 밤이 깊어가는데도 아직 돌아오지 않는 계한과 기력을 회복하지 못해 정신을 차리지 못하는 규원의 안타까운 모습에 기다리다 지친 김 씨는 까무룩 잠이 들고 말았다.

규원은 김 씨의 숨소리가 고르게 들리고 나서야 겨우 허한 몸을 일으켜 앉았다. 처음 자신의 귀에 들리던 김 씨의 소리가 멀게만 느껴져 무슨 말을 하는 것인지 아득하기만 했다. 그런데 점차 자신의 귀에 들리는 것들이 가슴을 치고 들어와 폐부 깊은 곳에 생채기를 내고 다시 파고들어 피를 뚝뚝 흘리게 했다. 계한이 자신의 곁에 없는 이유가 자신의 뱃속에 든 아이에 대한 의구심이라는 사실을 어찌 받아들여야 하는지 규원은 너무 아파 그 고통의 깊이마저 가늠할 수가 없었다.

처음 작고 어두운 그림자 하나가 계한과 자신의 사이에 자리를 잡더니 어느새 세상을 다 덮을 만큼 큰 그림자가 되어 계한과 자신의 마음을 좀먹고 몸을 상하게 하고 더 나아가 이제 계한에게 자신의 정조까지 의심받게 하고 말았다.

"이제 어찌하여야 한다는 말인지, 서방님께서 나를 그리 생각하시는 마당에 내가 어찌해야 한단 말이냐? 너도 나도 그분께서 바로 보아주시지 않는다면 남은 평생, 그 아픔을 어찌하며 살까?"

규원은 가까이에 있는 장옷을 손에 들고 급히 방을 나섰다. 이 밤에 마음의 응어리를 녹이지 못하면 계한이 너무 멀리 가버릴 것 같아 그가 있을 법한 곳을 찾아 나섰다.

"정녕 이곳에도 없다 이 말씀입니까?"

"형님께서는 이각 전 쯤 집으로 돌아가신다고 하더군요."

"혹 어디로 가신다고 하셨는지요?"

"댁으로 가신다 하셔서 제가 형님을 따르지 않았는데 아니더이까?"

"그러셨더이까?"

"예. 하옵고 형수님. 형님께서 너무 힘들어하셨습니다. 부디
형님의 마음을 어루만져 주십시오."

"그 사람의 마음을 어루만져 주라……. 그럼 다친 제 마음은
누가 어루만져 줄는지요?"

"형수님……."

"늦은 시각임에도 이리 결례를 저지른 것을 용서하십시오. 그
럼."

"도대체 왜 두 분께서 이리 되신 것인지……. 저는 알 수가
없습니다."

"저도… 그 연유를 모른다 하면요?"

"형수님……."

"그럼……."

영한의 집을 나서 다시 집으로 돌아오는 길 내내 규원은 두 가
지 생각뿐이었다. 하나는 계한의 마음을 돌렸을 때 자신이 가지
게 되는 서운함을 어떻게 풀어내야 하는 것이요, 둘째는 계한
의 마음을 돌리지 못했을 때 자신이 이 세상을 지탱하고 살아갈
수 있을지 그것이 걱정이었다. 마음을 다스리지 못해 맥없이 돌
아오니 대문 앞에 계한이 떡하니 땅바닥에 웅크리고 앉아 있었
다.

"서방님… 그곳에 계셨습니까?"

"어라? 규원 당신이구려. 혹 나를…… 찾으셨소?"

"예. 아마도 서방님은 제가 이리 찾아다닐 것을 알고도 그리하신 것 아닌가요?"

"맞소. 아마도 그럴 것이오."

"그런데… 어찌 이리 문 앞에 앉아 계시는 것입니까? 좀 더 멀리 가서서 꽁꽁 숨어 계시지 않고요."

"그러려고 했는데 다시 정신이 들어보니 이곳이더군요. 변변치 못한 사내라 마음도 그리 모질지 못한 것이지요."

"서방님!"

"부인. 먼저 들어가시오. 난 저 고운 달을 벗 삼아 좀 더 앉아 있다 가리다."

"달을 벗 삼고 싶은 것이 아니라 혹 제 얼굴을 보시고 싶지 않은 것은 아닙니까?"

"아니, 그 무슨 말이오? 부인을 내가 어찌 그리 대할 수 있단 말이오. 부인 덕에 가문을 일으키게 되었고 내 대(代)에서 끊어지고 말 것을 이어준 부인을 소홀히 대한다면 세인들이 하나같이 나를 손가락질 할 것이오."

"저를… 그리 생각하시는지요? 진정이시옵니까?"

"왜 그리 물으시오?"

"저를 그리 생각하시는 분이 승전색 영감댁 안마님을 제게 보내신 연유는 무엇인지요?"

그녀의 두 눈에 자신도 모르게 눈물이 한가득 맺히기 시작했다. 그가 그녀와 그녀의 아이를 믿지 못하고 있다는 사실이 너무나 고통스러웠는데 그보다 더한 것은 혼자 고통을 삭히는 그를 보는 것이었다. 정갈하기만 하던 그가 바닥에 아무렇게나 앉아 있는 모습을 보자니 가슴이 무너져 내리는 것 같았다. 어쩌다 일이 이렇게 꼬인 것인지. 어떻게 해야 진실을 알릴 수 있는 것인지.

"부인, 이번 일은 내 평생 모르는 일로 하겠소. 그러니 부인도 내 의사를 따라주시오. 부탁이오. 나는 부인을 내 곁에서 떼어놓을 수 없소. 그러니……"

"참으로 알 수 없는 말씀이시군요. 마음에서 이미 떼어놓으신 다음에 입으로는 그리할 수 없다시니. 아십니까? 서방님. 지난 세월 단 한 번도 서방님께서는 저를 '부인'이라 그리 부르신 적이 없었습니다. 저를 부르시는 이름은 항상 '규원' 그 하나였습니다. 그런데 오늘 서방님은 제게 '부인'이라 부르셨습니다. 그 말인즉 서방님께 저란 여인의 이름이 바뀌고 저를 향한 마음이 바뀌신 것이지요."

"부인, 그것이 아니오!"

"되었습니다. 이제 제게는 더 이상 아픈 서방님 마음을 풀어놓지 않으셔도 될 듯합니다. 그럼 고운 달 벗 삼아 천천히 들어오십시오."

규원이 스산한 몸가짐으로 대문을 열고 들어가 버렸다. 계한은 자신의 몸조차 가눌 수 없어 널브러져 있었던 얼굴에 찬 기운이 확 치고 올라오는 것 같았다. 그녀를 잡아 그런 것이 아니다, 잠시 내가 그대에게 서운하여 그런 것이니 잠시만 마음을 다스릴 시간을 달라고 하고 싶었다. 그러나 계한은 그 말 한마디조차 끄집어내지 못하고 홀로 그녀가 사라진 대문만 바라보고 서 있었다.

"서방님! 서방님! 잠시 나와보시어요!"

계한은 이른 새벽부터 곤한 잠을 깨우는 오월의 새된 목소리에 화가 났으나, 본디 그리 물색없이 나서는 아이가 아님을 알기에 혹 집안에 급한 변고라도 생긴 것인가 하여 일어나 나갔다. 그런데 평소와 달리 원망 서린 눈물부터 쏟아내며 손에 든 서신을 계한에게 건넸다. 건네는 손이 떨리는 것인지 자신의 손이 떨리는 것인지 서신 한 장 주고받는 상전과 하녀의 얼굴은 마치 하늘이 무너진 듯 보였다. 간신히 펼쳐 든 서신에서 눈을 떼지 못하고 몇 자 읽지도 않은 계한이 안채로 내달린 것은 찰나에 벌어진 일이었다. 그러나 안채 규원의 방은 언제부터인가 주인을 잃고 텅 비어 있었다. 그곳은 여전히 곱게 모든 것이 그대로인데 단 하나 규원만이 그곳에 없었다.

"서방님! 서방님께서 그리하실 수는 없는 일이지요! 우리 아씨가 다른 남정네를 보아 아기씨를 가질 그런 여인밖에 안 된다 그리 여기신 겁니까? 부제학 영감 가슴에 대못을 박고 서방님을 따라 이곳까지 따라오신 아씨께서 정녕 딴 사내를 보실 양이면 진즉에 그리하셨겠지요. 어디 그뿐입니까? 살아 있는 당신 목숨을 죽은 자로까지 만드시면서까지 따른 서방님이십니다. 그런데 서방님은……. 이년도, 아씨 당부가 없으셨다면 이년도, 당장 아씨 뒤를 따라갈 것인데. 아기씨 돌보는 일을 맡기시지 않았다면 이리 남아 있지도 않았을 것인데. 세상 사내들 마음이 어찌 그리 바람 앞의 촛불 같은지……."

계한은 오월의 넋두리가 들리지 않았다. 그녀가 자신을 떠나 버렸다는 사실이 받아들여지지 않았다. 오월의 말처럼 산목숨을 스스로 죽은 자로 만들면서까지 자신의 곁으로 찾아 날아든 사람이었다. 그런데 그런 그녀가 자신을 이곳에 버려두고 떠나 버렸다. 어젯밤. 달을 벗 삼아 더 놀다 들어오라고 한 것이 마지막이었다. 왜 자신의 정절(情節)을 의심하는지 한마디 말조차 묻지 않았다. 그리고 서운하다! 억울하다! 항변 한번 하지 않았다. 그녀는 그리 자신에게 말 한마디 하지 않고 홀연히 떠나 버렸다. 계한은 무너지듯 규원의 방에 주저앉아 주인 없이 남겨진 그녀의 향기에 젖어들었다.

"그대를 그리 내몬 사람이 나이거늘 무슨 자격이 있어 그대를 원망하고 탓한 것인지……. 차라리 내게 한바탕 소리나 치지 그랬소? 그랬더라면 내 그대를 이리 내게서 도망치게 두지 않았을 텐데……. 미안하오. 정말 그대를 연모하오. 비록 그대가 다른 사내의 아이를 가졌다 하더라도 나는 그대를 연모하오. 내게 지난 2년의 기억이 없다 하여도 그대를 연모하오. 그러니 제발 돌아와 주시오. 제발! 규원."

아침부터 집안 분위기가 말이 아니었다. 분명 무슨 일이 있다 싶어 나선 길에 사내의 한스러운 통곡 소리에 이끌려 온 안채 뜰에서 김 씨는 그녀가 태어나 처음으로 사내가 목 놓아 우는 것을 보았다. 그것도 아직 젊은 사내가 자신이 아닌 다른 사내의 아이를 가진 여인을 놓지 못해 저리 애타하는 것을 이해할 수가 없었다.

"저리 목 놓아 올 사람이 왜 그리 험한 일을 내게 하라고 한 것인지……."

한번 마음에 금이 간 사람들이 그 금을 없었다, 잊었다 한다고 없던 일이 되는 것은 아니었다. 그것이 김 씨는 안타까울 뿐이었다. 이제 계한이 어찌하여도 쉽사리 규원의 마음을 돌리기 어려울 듯했다.

26장

음근상고

　불현듯 상께서 내린 음근상고 지시에 상선을 비롯한 내시부는 술렁이기 시작했다. 예전부터 간혹 상(上)이 의관환관을 대동해 내시의 음근을 상고해 온 일이 있었고 청조뿐만 아니라 명에서도 1년에 한 번씩 환관들을 대상으로 '고환 일제 검사'를 하고 있어 그리 놀랄 일은 아니었지만 보통의 경우는 궁궐 안에 미풍양속이 흩뜨려졌거나 궁녀나 비빈 중에 그 아비를 알 수 없는 아이를 가진 경우에 간혹 행하여 진 일이었다. 그 검사란 것이 단순히 음경과 고환을 검사하는 게 아니라 내시들을 쭉 세워놓고 소녀경 같은 음탕한 야화와 야설을 읽게 하여 사내로서의 기능여부를 확인하는 것이었다. 음경이 인기척을 하면 '사(死)', 무소식이면 '통(通)'으로 판정하여 궁에서 축출할 자와 궁에 남길 자를 구분하였다.

이때 사내로서의 구실을 할 수 있는 자들을 일컬어 '되살이'라고 칭했다. 오래된 관례에 따라 '되살이'로 판명된 이들을 죽이던 것을 내시들을 궁휼히 여기던 상(上)의 명으로 그 직을 파하고 궐에서 축출하는 것으로 그 죄를 감하긴 했으나 궐에서 쫓겨 나온 내시는 결국 아무것도 없이 고자로 살아갈 수밖에 없는 현실이었기에 두려워할 수밖에 없는 일이었다. 그럼에도 불구하고 그리하는 이유는 단 한 가지였다.

궁궐 안의 여인들. 즉, 왕의 여자를 보호하기 위해서였다. 더러 불완전한 기술로 고환을 제거하여 그 기능이 되살아난 내시와 궁녀들이 사통하여 왕가의 핏줄을 더럽히는 경우가 있었기 때문이다. 내시가 되기 위해서는 반드시 양물(고환)을 제거해야 하는데, 고환이 정자를 생산하는 공장이고 보니 '양물이 없다.'는 건 정자생산이 안 됨을 의미한다 하여 내시는 아이를 가질 수 없는 사내라는 인식이 세상 사람들 모두의 생각이고 또한, 내시 본인들의 생각이었다. 하지만 고환이 어설프게 거세되거나 완전히 제거되지 않았을 경우 정자가 다시 생산될 수 있었다. 막혔던 것이 완전히 개통된다면 여인을 임신시키는 것도 가능하였다. 그래서 금남의 공간인 궁 안을 자유롭게 왕래하는 내시들의 생식기능의 '되살이'를 가려내기 위해 몇 년에 한 번씩 하지 않으면 안 되는 조사가 바로 '음근상고'였다. 그런데 중전 장 씨가 폐하여 희빈에 봉해지고 폐비 민 씨가 다시 교태전으로 돌아온 이후 아무런 일도 없이 고요하기만 한 궁 안에 갑자기 상께서 내린 음근상고 명령은 내시들에게는 알 수 없는 두려움이었다.

승전색은 이번 음근상고에 대한 명에 상의 저의가 무엇인지 알 것 같았다. 계한의 처가 홀연히 자취를 감추었다는 말을 듣고 김 씨와 자신이 얼마나 안타까워했는지 모른다. 그래서 처음으로 사사로운 이유로 상의 마음을 흔드는 불충을 저질렀다. 그리고 그 진언의 결과가 바로 때 아닌 음근상고라는 결과로 내려졌다. 자신이 아는 한 윤규원, 그녀는 다른 사내를 얻어 아이를 가질 여인이 아니었다. 그런데 자신의 손으로 내려친 양물에 대한 아집은 계한에게 마음이 하는 소리에 귀를 막고 사리를 잃게 했다. 그래서 결국은 곁을 떠난 정인을 잡지도, 놓지도 못하고 저리 죽어가는 계한을 위해 자신이 상께 고해 그의 상태를 직접 알아보기로 했다. 그가 계한을 위해 해줄 수 있는 것이 이러한 일들뿐임에 승전색은 마음이 무거웠다. 자식 같은 계한이 그저 멍하니 앉아 시간을 죽이고 있는 것을 보며 김자현은 상의 당부를 전했다.

　"자네도 이번 음근상고에 들라 하셨네. 물론 얼마 있지 않아 신분이 복권되면 내시명부에 등재된 자네 이름을 지우라고 하셨지만 아직은 자네도 내시부 사람이니 번거롭더라도 자네도 같이 들라고 하셨네."

　"그리하지요."

　"그래, 자네… 안사람의 행적은 찾았는가?"

　"아직……."

　"그런데도 자네 이리 살아지는가?"

"그 무슨……."

"예전, 나도 한때 자네와 같은 어리석음으로 내 내자를 버릴 뻔한 적이 있었네. 그뿐이 아니었네. 난 하늘이 내게 주신 귀한 아이를 영원히 잃었다네."

"영감! 도대체 무슨 말씀을 하시는 거신지요?"

"난 한때 잠시 '되살이'였네! 그것을 모르고 내 내자의 정절을 의심했고 어느 순간 그 의심이 나를 집어삼키고 내게 돌아온 그 은혜까지 영영 잃고 말았네. 그런데 내가 내자의 배 안에 든 아이가 내 아이였음을 깨닫고 달려갔을 때는 이미 너무 늦어 모든 것을 놓치고 만 후였네. 대궐에서 쫓겨나 다시 그녀를 찾았을 때는 이미 마음의 병으로 유산을 한 그녀와 나를 원망하며 고통에 익숙해지고 여자로서의 순후하던 성정마저 잃은 상태였다네. 결국 이미 생식기능까지 잃어버린 사내도 뭣도 아닌 사내로 그녀에게 내가 해줄 수 있는 것은 윤택한 삶뿐이었네."

"어찌 그런 일이……."

"이 사람……. 나도 한때는 젊어 그리 옹졸한 이였네. 난 그렇게 나를 믿지 못하고 내 내자를 믿지 못해 결국 이렇게 허망한 꼴로 세상을 살아가고 있지만 자네는 부디 그렇게 살지 말게. 자네 마음이 하는 소리를 애써 닫으려 하지 말게."

"영감……."

"그만 가세. 내가 부질없는 말로 자네의 마음을 더 아프게 했나 보이……."

계한은 김자현이 무엇을 말하고자 하는 것인지 모르지 않았다.

그러나 그런 헛된 기대에 마음을 내어놓고 있을 수는 없는 일이었다. 그렇게 허허로운 마음을 품었다가 다시 곤두박질 당하는 그런 고통에 몸을 내맡길 수는 없었다. 보고 싶은 규원을 애써 떠올리지 않으려 하는 것만으로도 이미 충분히 고통스러웠기 때문이었다.

"늦으셨네. 승전색."

"영감! 왜 이리 나와 계신 겁니까?"

"상께서 기다리고 계시네."

"어찌? 아직 시각이 되지 않았사온데……."

"이 일을 상께서는 사사로이는 당신으로 인해 고통을 당하고 있는 상제와 그 처를 위한 일이고, 나아가서는 흐트러진 내시부의 기강을 다시 잡아 세우는 일이 될 것이라 그리 기대하시고 이리 서둘러 와 계신 것이라오."

"상선 영감!"

"상제! 그러니 자네 오늘 이 자리에서 새로이 알게 되는 것이 있거든 받아들이게. 그리고 그것으로 인해 자신을 탓하지 말게. 나나 자네나 자신이 씌운 그림자에 스스로가 그림자인지 아닌지조차 알지 못하여 고통의 동무되어 살아가는 못난 자들 아닌가? 그러나 나는 그리해도 자네는… 그런 어리석음으로 자신을 묶어 두지 말게. 내가 하고 싶은 말은 이것뿐이네."

"영감!"

"어서 들어가세. 신하 된 자로 상을 오래 기다리게 함은 그 또

한 불충이네."

"그리하지요."

전각 안으로 들어서니 상의 앞에 내시들이 줄을 지어 서 있었다. 계한도 그 줄 끝에 가 섰다. 그리고 곧이어 음근상고가 시작되었다. 그러나 사내로 태어나 사내로 살아보지 못한 그들은 춘화도며 소녀경에도 아무런 반응조차 없었다. 그들에게 있어 이미 그것들은 한낱 종잇조각에 불과한 것이었다. 상의 곁에 선 의관환관이 내시들을 한명씩 바지춤을 내리고 세세히 조사하기 시작했다. 다행히 '되살이'는 없는 듯했다. 마지막으로 계한 앞에 자리를 잡고 선 의관이 계한의 몸을 천천히 훑어보았다. 다른 이들과 달리 꼼꼼히 살펴보던 의관의 얼굴이 점점 하얗게 질리기 시작했다. 얼마나 흘렀을까? 전각 안에 있던 모든 사람들이 숨을 삼켰다. 다른 날의 음근상고 때와 달리 그가 '되살이'이기를 바라는 상선과 승전색, 그리고 상의 손에 자신들도 모르게 진땀이 배어 나오기 시작할 무렵이었다. 의관환관이 천천히 상께 나아갔다.

"그래! 상제는 어떠하냐?"

"그것이……."

"무엇이냐? 왜 그리 망설이는 것이냐?"

"황공하옵니다. 다름이 아니라 이자가, 이자가 '되살이'인 듯하옵니다."

"무어라? 지금 무어라 했더냐!"

"분명 양물을 잘라낸 것은 맞사오나 그 뿌리까지 완전히 잘리지 못해 부고환이 아직 남아 있습니다. 이자는 보시는 바와 같이 얼굴에도 수염자국이 있고 사내의 기 또한 아직 지니고 있습니다. 또한 상께서 하문하신 것과 같이 얼마든지 노력여하에 따라 아이를 생산할 수 있는 사내입니다."

"그 말이…… 사실이냐?"

"예, 전하!"

"그래? 이 사람 상제! 들었는가?"

"……."

"자네가 아이를 가질 수 있는 몸이라는 것을?"

"……."

"그러니 이제 자네 마음에 드리운 어둠을 걷어도 될 것 같구나. 자네 처가 가진 아이는 자네의 아이일세."

"전하! 지금 하신 말씀이……."

"그래. 바로 그것이네. 내 그동안 하지 않던 음근상고를 실시한 것 또한 자네 몸을 알기 위함이었네. 그리고 자네와 내가 들은 바와 같이 자네는 온전한 사내일세. 이제 내 자네를 상제 직에서 파하고 가문의 복권을 명하니 향리로 돌아가 부친의 뜻을 받들어 올곧은 선비가 되게."

"전하!"

계한은 상의 앞에 무릎을 꿇고 읊조렸다. 자신을 위해 음근상고를 명하셨다 하셨다. 옹졸한 자신의 눈을 뜨게 하기 위해 상께서 직접 하명하신 일이라는 것에 계한은 너무 황송하여 몸 둘 바를 몰랐다.

"승전색! 이제 되었는가?"

"전하! 황공하옵니다. 소신 이 은혜 죽을 때까지 잊지 않을 것이옵니다."

"뭘 그렇게까지……. 이제 나도 무거운 짐을 내려놓게 됐으니 오히려 내가 자네에게 고맙지. 상선, 그만 가세!"

"예, 전하!"

상께서 나가시고 내시부 내시들조차 하나둘 나가고 난 뒤에도 계한은 일어 설 수가 없었다. 꿈이었다. 이것이 꿈이 아니면 뭐라 말인가? 지금 자신이 용렬한 사내의 의구심으로 무엇을 버린 것인지, 자신의 여인을 스스로가 내치고 만 것을 어찌 감당해야 하는 것인지……. 그는 말을 잇지도 움직이지도 못하고 그저 터져 나오는 울음을 애써 삼키고 있었다.

예전에는 그곳이 진정으로 좋았다. 계한과 처음으로 마음과 몸을 주고받은 곳이었다. 열일곱 아직 풋내도 가시지 않은 여인으로 아직 덜 여문 계한의 품에 안겨 행복하고 꿈같았던 하루를 보낸 곳이었다. 그리고 한원을 가지고 죽은 자로 돌아와 그곳에서 그를 기다리며 그의 발걸음이 그곳으로 향하기만 기다리고 기다렸던 곳이었다.

그런데 이제 한원과 계한을 두고 혈혈단신으로 다시 오니 그곳이 바로 지옥이었다. 아무도 없고 아무도 오지 않는 곳이었지만 그래도 그곳에 오면 그때처럼 행복할 수 있으리라 생각했다. 하늘같이 믿고 의지했던, 자신의 전부를 내어준 계한과의 추억이 깃든 곳이었기에 행복하리라 생각했다. 그런데 그 사내가 자신을 믿지 못하고 자신을 놓아버려서인지 그곳도 지옥같이 어둡고 찬 곳이 되어 있었다. 이미 버려진 여인은 그 추억이 깃든 곳에서조차 행복하지 않았다. 그리고 그 사실이 규원을 숨조차 제대로 쉬지 못하게 했다. 턱까지 차오르는 숨이 밖으로 나오지 못하고 자신의 안에서 멍이 되고 독이 되어 자신을 갉아 먹고 있었다.

"당신에게 나란 여인은 그리 솜털처럼 가벼운 것이더이까?"

규원은 자신도 여자라 가슴에서 치고 올라오는 계한에 대한 원망을 털어낼 수 없었다. 그래서 맥을 놓고 앉아 중얼거렸다.

"그래서 내가 그리 말했지 않소? 내 곁으로 오라고!"

전신을 휩쓸고 가는 두려움이 규원을 그 자리에 얼어붙게 만들었다. 자신의 등 뒤에서 들리는 사내의 목소리는 분명 장희재 그자의 것이었다.

"그동안 내가 그대를 찾아 얼마나 헤매었는지 알고 있소? 몸은 괜찮으신 거요?"

"어찌… 어찌 저를 찾으셨는지요?"

"내게 그대는 이 세상에 가장 가지고픈 것 중의 하나요, 남기고 홀로 돌아 서기엔 너무 깊고 안타까운 정인이니 어찌 찾지 않을 수 있단 말인가!"

규원은 장희재의 회한 서린 말에 가슴이 답답해짐을 애써 숨기며 되물었다.

"아시는지요? 중전께서는 그 직위(職位)가 폐하여져 다시 희빈으로 강등되었고, 영감은 한성 판윤의 직(職)을 거둬들이고 잡아들이시라는 도포령이 떨어졌습니다."

"알고 있소. 그래서 지금 명국으로 가고자 하오. 중전마마께서도 그리하라 하시었소. 후일을 위해 먼저 몸을 물리라 하셨소."

"그러셨습니까?"

"그래서 내 오늘 그대를 모시러 왔소. 나와 같이 명으로 가시겠소?"

"영감! 어찌 저를 원망하고 탓하지 않으십니까? 제가 영감을 속인 것을 모르신다 하시지는 않겠지요?"

"알고 있소. 그러나 그것도 알고 있소. 그것이 그대가 진정 원해서 그리 한 것이 아니란 것을. 또한 내가 지은 죄로 인해 그대와 계한 그 사람에게 그런 고초를 겪게 한 것을 알았으니 다…….
모두가 다 내 잘못으로 부터 시작된 것이니 마음에 두지 마시오."

규원은 장희재의 음성이, 눈빛이 말하는 진실을 볼 수 있었다.
그가 비록 악인이라 할지라도 자신에게만은 진심이었음을 말하고 있었다.

"혹 제가 지금 어떤 상태인 줄은 알고 계십니까?"

"무엇을 말이오?"

"제가 지금 그분의 아이를 가진 몸이라는 것은 모르시는가 봅니다."

"알고 있소."

"뭐라 하셨습니까? 아신다고요?"

"그렇소."

장희재의 서글픈 듯해 보이는 얼굴을 규원은 언뜻 본 것 같았다. 그러나 이내 자신을 향해 있는 장희재의 눈빛은 걱정스러움과 안쓰러움만이 남아 있었다.

"그런데도 저와 같이, 저에게 나리 곁으로 오라 하십니까?"

"내게는 그대만이 중요할 뿐이오. 그리고 그대의 아이는 내 아이이기도 하오. 그대 몸 안에 있는 그 아이가 누구의 씨인가가 무엇이 그리 중요하겠소? 그대가 품고 있으니 그대 아이고, 내가 그대를 내 마음에 품고 있으니 그 아이는 곧 내 아이인 거지……."

"어찌 그리 생각하십니까? 나리는 사내도 아니십니까?"

"그것이 이상한 것이오? 사내라면 다 자신의 씨만 중요하다 그리 생각했던 거요? 그러나 난 아니요. 물론 그것이 아니란 것을 나도 얼마 전에야 알았지만……. 진정으로 사모하는 여인의 모든 것을 받아들이지 않는다면 그것이 진심이라 할 수 없다는 것을, 그래서 내 그대가 계한 그 사람을 내어놓을 수 없다 해도 상관없다 생각했소. 내가 그대를 연모하는 것을 탓할 수 없듯 그대가 그를 연모하는 것을 탓할 수는 없으니. 그러나 언젠가, 언젠가는 내게도 마음 한 자락 내어줄 수 있었으면 하오. 그것이 내 바람이오. 내일 밤에 난 명으로 가야 하오. 그러니 한번 생각해 주시겠소? 이곳에서 혼자 이리 아픈 것보다는 내 곁이 낫지 않겠소?"

"영감……. 진심을 다해 고심해 보지요."

"고맙소. 그렇게 말씀해 주셔서. 그럼 내일 다시 오지요."

장희재가 올 때처럼 홀연히 떠나 버린 후에도 규원은 그의 말을 떨칠 수가 없었다.

'진정으로 사모하는 여인의 모든 것을 받아들이지 않는다면 그것이 진심이라 할 수 없다.'

그의 말이 자신의 뇌리를 떠나지 않는 것은 처음으로 장희재 그의 진심을 보고 그의 아픔을 보았기 때문이라는 것을 알고 있었다. 그랬기에 그의 진심을 단박에 거절 할 수 없었을 뿐이라고, 계한에게 서운한 마음 때문이 아니라고 스스로를 달래며 규원은 고적한 방으로 들어갔다.

그곳에 규원이 있기를 계한은 빌고 또 빌었다. 자신이 그녀를 찾아 함소골 윤현수 영감 댁으로 갔을 때 영감은 자신을 만나는 것조차 허락하지 않았다. 그러나 혈혈단신(孑孑單身)으로 그녀가 갈 곳이 친정인 함소골뿐이라 생각했던 계한은 순순히 물러설 수 없었다. 그녀를 만나야 했다. 그녀 앞에서 머리를 조아리는 한이 있어도 기필코 사죄를 하고 그녀의 용서를 받아야만 했다.

그래서 찾아간 그곳에서 계한의 발걸음조차 반기지 않는 부제학 영감의 냉대로 이틀을 하릴없이 대문 앞만 서성거렸다. 그간의 사정을 아무리 설명해도 자신의 딸 규원은 이미 2년 전에 죽었다는 말만 할 뿐이었다. 체통(體統)을 중시하는 양반가에서 한번 연을 끊은 여식에 대해 그리할 수밖에 없음을 모르지 않는 계한으로서는 더 이상 영감의 마음을 상하게 하고 싶지 않아 물러나오려 할 때였다. 돌아서는 그의 시야에 장모인 조 씨 부인의 모습이 보였다.

"그 아이…… 아마도 처음 이 집을 나가 살았던 월명사 그 아래 산골마을에 있지 싶네. 처음 내가 그 아이가 걱정되어 알아보았을 때 그곳에 살고 있었으니 아마도 그리 혼자 나갔다면 그곳에 있을 것이네. 내게 그 아이는 죽을 때까지 가슴 시린 딸아이니 자네라도 따뜻이 보듬어주게. 앞으로는 다시 그 아이 마음을 상하게 하는 일 없도록 하게. 그 아이가 자네를 연모히는 그 마음 하나로 세상과 싸우고 살아왔음을 부디 잊지 말게. 부탁하네."

"예. 무슨 일이 있어도 절대 규원의 마음 상하지 않게 따뜻이 안아주는 가슴 넓은 사내가 되겠습니다. 장모님, 그러니 그 사람 걱정일랑 하지 마십시오."

"그래… 그래 주게."

그렇게 조 씨 부인의 당부의 말을 뒤로하고 달려온 길이었다. 깊고 후미진 산골 마을에 여인 홀로, 그것도 홀몸도 아닌 규원이 머물고 있을 것이라는 사실에 마음이 급하였다. 그러나 그렇게 찾아온 계한 앞에 마당에 마주 보고 선 장희재와 규원의 모습은 충격 그 자체였다. 어쩌면 그녀 규원의 마음이 너무 다쳐 자신이 아닌 장희재에게 몸을 의탁(依託)한 것은 아닌지 하는 의구심이 다시 머리를 들었다. 그러나 계한은 고개를 흔들어 그 생각을 털어버렸다. 규원과 장희재의 얘기소리가 조용한 오후의 숲을 울렸다.

"내게는 그대만이 중요할 뿐이오. 그리고 그대의 아이는 내

아이이기도 하오. 그대 몸 안에 있는 그 아이가 누구의 씨인가
가 무엇이 그리 중요하겠소? 그대가 품고 있으니 그대 아이고,
내가 그대를 내 마음에 품고 있으니 그 아이는 곧 내 아이인
거지……."

자신의 비겁함을 꾸짖는 것 같은 장희재의 말이 오랫동안 가
슴을 아프게 짓눌렀다. 그녀에게 매달려 울고 싶은 마음을 겨우
가다듬고 규원이 들어간 방 앞에 다가 선 계한이 조용한 목소리
로 말했다.

"규원! 나요. 계한이오!"

방 안의 규원은 잠시 계한의 존재에 놀란 듯했으나 이내 다시
정적만이 감돌았다. 마음을 다친 규원이 자신에게 냉하게 대한다
해도 계한은 그것을 서운하다 할 자격이 없었다. 그녀가 자신을
내치지 않고 자신의 말에 귀 기울려 주는 것만으로도 고마워해야
할 지경이었다.

"내가 어리석어서. 아니, 그대에게 자신이 없어 그대의 마음을
의심하고 그대를 이리 힘들게 한 것을 용서하지 마시오. 그러나
내 이제는 그대를 향한 마음에 한 점의 흔들림도 없음을 믿어주
시오. 물론 내 스스로 마음을 다잡지 못하고 상과 상선 영감께까
지 걱정을 끼친 다음에야 그 아이가 나와 그대의 소중한 아이라
는 것을 알게 되었소. 그것이 난 부끄럽고 미안하오. 아직은 어
린 사내라, 넓은 가슴을 가지지 못한 사내라 그러하다고 욕하시
오. 그리고 날 용서하여 주시오. 허나, 오늘 장희재 그자의 말을

들고 보니 내 자신이 그대가 마음을 줄 사내가 될 자격이 없는 것 같소. 그대 한평생 오늘을 후회하며 살지 않기 위해 나 또한 내일 다시 이곳으로 오겠소. 그대가 누구를 선택하든 원망하지 않을 것이오. 그대를 위해 내가 해드릴 수 있는 것이라곤 고작 이런 것들뿐임에 미안하오. 규원, 정말 미안하오."

"……"

규원의 마음이 얼마나 상했는지 말해주듯 그녀는 뛰어나와 계한을 붙잡지도, 대답 하지도 않았다. 계한 자신의 말에 동조한 것인지 아닌지조차 알 수 없었지만 계한은 이렇게 하는 것이 자신이 그녀에게 해줄 수 있는 최선이라고 스스로를 달래며 발길을 돌렸다. 악인이라 무뢰배라 욕했던 자가 바로 장희재였다. 비록 권력을 탐하고 사리사욕(私利私慾)을 위해 온갖 악행을 일삼은 자였지만 그래도 규원을 향한 마음 그 하나만은 진심이었음에 계한은 부끄러웠다.

자신의 나이가 아직 어려 연모라는 것이 쇳덩이조차 녹일 듯 그리 뜨거운 것인 줄로만 알아 자신의 마음을 다스리지 못하고 옹졸한 마음으로 규원을 의심하고 자신을 다그쳤다. 그런데 넓은 가슴을 가진 사내로 장희재가 하는 행동이나 말은 자신의 그것과는 사뭇 다른 은근함과 관용(寬容)이었다. 너무나 이기적인 자신의 연모로 마음을 다친 규원에게 달려가 무릎 꿇고 애원해야 함을 모르지 않았지만 지금 자신은 규원을 위해 한 발 물러서 주어야 할 때인 것 같았다. 그녀에게 선택을 할 시간을 주고 싶었다.

부모님의 의지로 맺어진 정혼자로서의 자신이 아닌, 진정한 사내로서의 자신을 규원이 본인의 의지로 선택해 주기를 바랐다. 만약 자신에게 입은 상처로 장희재를 선택한다면 그것을 받아들이는 것이 규원을 위한 일이라는 생각을 했다. 오늘 하루 그녀의 곁에서 그녀가 생각을 정리하는 시간 동안 자신은 그녀에게 속죄하며 그렇게 기다리고 싶었다. 그래야만 한다고 계한은 애써 자신을 달랬다.

맺음

    안채 마당 한가운데에 지난 봄 부친과 한원이 같이 만들어둔 화원에 나비 한 마리가 이른 봄을 만끽하려 나섰다가 그만 부영의 눈에 들고 말았다. 오라비 한원의 손을 다짜고짜 잡아끌고 뜰로 뛰어간 부영은 무엇이 그리 좋은지 연신 함박웃음을 짓고 있었다. 아직 어린 부영은 꽃에 날아든 나비를 잡으려고 꽃과 꽃 사이를 누비고 다녔다. 그런 부영이 행여 넘어질까 두려워 그 아이 뒤를 따라다니는 한원을 보고 흐뭇한 웃음을 짓고 대청마루에 나와 앉은 이가 있었다. 앞에 놓인 고운 수틀 위에서 오색찬란한 꽃 위를 나는 나비와 부영이 잡으려 뛰어다니는 나비를 번갈아 보며 그녀는 터질 것 같은 웃음을 애써 참고 있는 듯 보였다.

    "규원! 무엇이 그리 좋아서 웃고 계신 거요?"

    "서방님! 오셨습니까?"

"예. 그런데 무엇을 보고 그리 즐거우신 거요?"

"저곳을 한번 보세요. 우리 부영이가 저기 날아다니는 나비를 잡겠다고 나풀거리는 것이 나비보다 더 예뻐 보여서 그저 웃음만 나옵니다."

"저 아이 저리 물색없이 구는 것이 어디 어제 오늘 일이오? 새삼스레……."

"저 아이가 저리 물색없이 구는 것은 모두 서방님께서 만드신 것이 아닙니까?"

규원은 계한이 자신의 곁에 바싹 다가앉으며 그녀처럼 싱긋 웃자 실눈을 뜨고 바라보며 퉁퉁거렸다.

"내, 저 아이에게 아비로서 지은 죄가 너무나 커서 저 아이가 원하는 일이라면 무엇이라도 해줄 수 있소. 그것이 내 목숨이라도 기꺼이 내어줄 것이오."

"서방님!"

"내가 이리 부인과 한원의 웃음소리를 들으며 살아갈 수 있는 것도 모든 것이 저 아이가 저리 무사한 덕임을 내 어찌 모르겠소."

규원은 계한의 자애로운 눈빛이 머무는 부영의 얼굴을 바라보았다. 저렇게 따뜻한 눈빛을 가진 아비를 가진 부영은 그야말로 세상에서 가장 행복한 아이였다. 그러나 한때 부영이는 아비로부터 거부당하고 세상으로부터 배척당한 불행한 아이였다. 그 모든 것을 뼛속 깊이 후회한 아비의 간청으로 기꺼이 그 어미가 아이에게 아비를 허락해 주었기에 오늘이 있을 수 있었다. 벌써 삼년이라는 세월이 흘렀건만 규원은 아직도 어제인 양 눈에 선했다. 자신을 향해 달려오던 계한의 눈에 어리던 그 다급함과 후회로 점철된 고통을……. 그때 곁에 있던 계한이 조용한 목소리로 말했다.

"규원, 난 아직도 장희재 그 사람에게 진 빚으로 가슴이 너무 아프오."

"그 사람은 우리 부영이에게는 은인이시지요. 그러나 빚이라니요? 그 사람은 우리 가문에 자신이 지은 죄업(罪業)을 대신한 것에 불과합니다."

"그러나 기실 그 사람이 아니면 우리 부영이가 오늘날 이리 살아 있지도 못했을 것이 아니요? 어디 그 뿐이오? 그대도 그날 그 산중에서 잃고 말았을 것이오. 그것을 내 모르지 않는데 어찌 그 사람에게 빚이 없다 하겠소!"

"그랬지요. 그러나 그분은 그리 웃고 갔으니 마음에 두실 필요 없습니다. 저는 그리 생각하고 있습니다."

계한은 규원의 눈이 아득히 먼 곳으로 잠시 향하는 듯 보였다. 말은 그리 냉하게 하여도 규원도 장희재에게 마음의 빚을 가지고 살아가고 있음을 계한은 모르지 않았다. 아니, 빚을 넘어 안쓰러움을 가지고 있다는 사실을 계한은 애써 모른 체하고 살아왔다. 살아생전 규원의 마음을 얻기 위해 그리 애쓴 장희재는 죽어서라도 마음 한 자락 얻어 기뻐하고 있을 것이었다. 그마저 아니 된다 할 수 없는 계한의 눈앞에는 호탕하게 웃던 장희재가 보이는 듯했다. 잊으려고 해도 잊히지 않는 그날로 계한은 잠시 돌아갔다.

기다리고 또 기다렸다. 그녀가 반드시 자신을 용서해 줄 것이
라 그리 믿으면서도 어딘가 마음이 놓이지 않는 자신을 애써 달
래며 그리 나무그늘 아래 서 있었다. 장희재가 다시 오겠다 한
시각이 다가오자 마음속에 광풍(狂風)이 일었다. 두려움이 바람
이 되고, 그 바람이 다시 폭우가 되어 자신의 마음을 적시고 쓸
어갔다. 어서 시간이 흘러 이 길고 어두운 광풍 속을 벗어나고
싶었다. 잠시 먼 하늘을 올려다보며 그자가 나타나지 않기를 빌
어보았다.

그때였다. 멀리 사람의 그림자가 하나둘씩 보이기 시작했다.
하나가 둘이 되고 그 둘이 셋이 되더니 이윽고 그 수를 알 수 없
는 자들이 규원의 집 부근을 에워싸기 시작했다. 순간, 그들이
무엇을 위해 온 것인지 계한은 알 것 같았다. 장희재가 이곳에
올 것이라는 것을 알고 미리 숨어 그를 기다리는 군졸들이었다.
그러한 사정을 아는지 모르는지, 곧 어두운 나무그늘 속에서 그
림자 하나가 모습을 드러내었다. 장희재였다. 그가 규원의 답을
듣기 위해 다시 이곳으로 돌아오는 것이 쫓기는 자에게 얼마나
큰 위험인지 그제야 계한은 알 수 있었다. 그런데도 장희재는 규
원의 답을 듣기 위해 어쩌면 자신을 따라가 줄지도 모른다는 그
희망 한 가닥에 자신의 목숨을 걸고 다시 이곳에 온 것임에 계한
은 그자의 그 진심이 새삼 두려웠다. 그 진심에 혹여 규원이 흔
들리는 불상사(不祥事)가 생길지도 모른다는 생각을 하는 자신이

너무 이기적이어서 혼란스러웠다.

"부인, 계시오? 장희재올시다!"

장희재가 방 앞에 다가가 규원을 부르자 방문을 열고 나와 장희재와 마주 보고 섰다. 단정하게 머리를 빗고 단아한 자태로 뜰로 내려선 규원을 보고 한때 도성안 모든 여인을 희롱하던 한량 장희재가 얼굴색까지 붉히며 그녀 앞에 어쩔 줄 몰라 하며 서 있었다.

"그래, 어찌 결정하셨소?"

"저는……."

규원은 장희재의 얼굴을 볼 수 없다는 듯 비켜섰다. 뭐라 말을 시작해야 할지 몰라 하는 것이 보는 이가 한눈에 알 수 있었다.

"아니, 되었소. 내 물색없는 이가 아닌데 이리 마음을 끊어내지 못하고 결국 부인께 이런 꼴까지 보이는구려."

"영감!"

"나도… 알고 있소. 그대가 정인을 그리 가벼이 마음에서 내놓는 이였다면 내가 그대를 연모하지도 않았을 것이오. 그대가 비록 지금은 마음의 상처로 인해 이리 지내고 있지만, 상제 그 사람을 마음에서 내어놓을 여인이 아니라는 것을 모르지 않는데 잠시 내가 욕심을 내었소. 이제는 부귀영화(富貴榮華)도, 권세(權勢)도 줄 수 없는데 이리 쫓기는 신세가 되어서도 어찌 그대를 탐하는 마음을 놓지 못한 것인지……. 미안하오. 결례가 많았소. 그런데, 규원! 만약 다음 생이 있다면 말이오. 내 절대 이번 생처럼 악행(惡行)을 일삼지 않고 어질고 올 곧은 선비로 살 터이니 그때는 부디 계한 그 사람이 아닌 내게 와주실 수 있겠소?"

"영감!"

"그도 아니면 다음 생엔 내 누이동생이라도 되어주실 수 있겠소? 그래서 내가 정성을 다해 그대를 보살펴 줄 수 있게……."

"영감……. 그리 말씀 하지 마십시오. 제가 이생에서도 아무런 약속을 드릴 수 없는 처지인데 하물며 다음 생을 논할 수 있겠습니까? 그러나 한 가지, 부디 목숨만은 보존하십시오. 그리고 명으로 가셔서 부디 다시 힘을 얻어 돌아오십시오. 그리고 다시 돌아오시면 절대 사람들을 괴롭히는 그런 사람은 되지 마십시오. 그것이 제가 영감께 바라는 바입니다."

"고맙소. 나를 걱정해 주시는 그 마음만으로도 난……. 되었소. 다시 돌아온다면 부인 말처럼 그리하며 살겠소."

"그럼, 살펴 가십시오. 영감께서 제게 주신 그 마음은 제가 살아 있는 한 절대 잊지 않겠습니다."

"고맙소. 그리 말해주어 정말 감사하오. 부디 건강히 잘 계시오. 그리고 계한 그 사람 너무 탓하지 마시오! 사내라는 자들이 본디 그런 자들이니."

"예, 영감……."

그리고 장희재는 돌아서 걸음을 옮기려 했다. 그 일은 한순간에 일어났다. 갑자기 들이닥친 군졸들이 장희재를 잡기 위해 달려들다 보니 규원이 군졸들에게 부딪혀 한쪽으로 밀쳐지게 되었다. 그리고 곧 무자비한 자들이 규원을 밟고 지나갈 것처럼 줄지어 달려들었다. 규원과 장희재의 대화를 듣고 서 있던 계한이 놀라 달려 나갔을 때, 장희재가 자신의 앞에 칼을 들이대고 있던 군졸의 칼을 뺏어 들고 달려가 규원의 앞을 막아섰다.

규원의 앞을 가로막고 나서 그녀를 보호하던 장희재의 심부에 희고 번뜩이는 칼날이 꽂히고 말았다. 그다음 순간 그의 입에서 쏟아지는 핏줄기가 마치 폭포처럼 넘쳐흘렀다. 순간, 계한의 머릿속에 떠오른 것은 자신의 배에 칼이 치고 들어오던 그 찰나, 수만 가지의 생각과 규원과 자신이 보낸 지낸 세월, 그리고 길모퉁이에 숨어 수하의 칼에 쓰러지고 있는 자신을 보며 웃고 있던 장희재의 모습이었다. 잃어버렸던 지난 2년간의 기억이 물밀듯이 다시 돌아와 계한은 당황스러웠다. 가문을 그리 무너뜨리고 부친을 죽음으로 내몰고 자신마저 죽이려 했던 장희재였다. 그런데 그렇게 자신을 괴롭히던 그가 지금 규원을 위해 대신 목숨을 걸고 그녀를 보호하고 있는 상황이 계한은 이해가 되지 않았으나 그의 그 처절하리만큼 진심된 행동이 그간의 모든 은원을 잊어버리게 하고도 남음이 있었다. 자신의 목숨보다 소중한 규원을 대신해 칼을 맞은 장희재의 용기가 계한의 얼어붙은 마음과 기억을 되살려 주었다. 정신을 차리고 급히 달려간 계한이 규원의 몸을 안아 들고 한걸음 뒤로 물러서자 사방에서 칼이 뻗쳐 왔고 결국은 땅바닥으로 쓰러졌다. 찌른 사람들도 찔린 사람도 한순간 일어난 일이라 제정신을 차릴 수 없었다. 겨우 진정한 군졸들과 계한이 장희재가 쓰러진 곳을 바라보았을 때, 장희재 그가 규원을 바라보며 웃고 있었다. 얼굴 가득 피를 흘리면서도 입가엔 아름다운 미소가 가득했다.

'잘 계시오. 부디 다음 생엔 내 누이동생이라도 되어주시오. 내가 그대를 위해 하인이라도 되어드릴 테니 부디 날 잊지는 마시오.'

그 눈은 그렇게 말하고 있었다. 그리고 그는 조용히 눈을 감았다. 장희재는 자신이 처음으로 마음에 들인 여인을 위해 자신의 몸을 방패삼아 규원 그녀를 지켰다는 안도감에 환한 미소를 지으며 숨 줄을 놓고 말았다.

그가 아니었더라면 그날 군졸들의 발부리에 밟혀 아이도, 규원도 잃어버릴 뻔했다. 그리 무도하기로 소문난 그가 자신의 목숨을 걸고 규원을 지켜 주었다는 사실에 계한은 고개 숙여 감사했다.

그리고 그 다음날 장 씨 일가의 모든 권력의 주인이었던 장희빈이 결국 사사(賜死)되었다. 그로부터 이틀 후 복권된 계한은 식솔들을 데리고 본가(本家)로 내려왔다. 동리 사람들을 위해 잔치를 베풀고 곱고 아름다운 얼굴을 한 규원을 보며 행복해할 수 있었던 것이 모두 장희재 덕분이었다.

"서방님! 또 너무 멀리 가신 듯하옵니다."

"어! 그리 보이셨소?"

"예. 그런데 왜 이리 빨리 돌아오신 겝니까? 어머님 아버님께 조금 더 계시지 않고요."

"나 혼자 왔다고 반가워하시지도 않는 분들 곁에 어찌 오래 있으란 말이오? 당신은 어머님의 구박(毆縛)을 당해보지 않아 모르오. 아직도 3년 전의 그 일을 들먹이며 옹졸한 놈이라고 어찌나 성화이신지……."

"그야 서방님께서 자초하신 일이시니……. 그래, 두 분 다 건강하시던가요?"

"그렇소. 그런데 다음번엔 당신도 같이 오라고 하시더이다."

"그러셨어요?"

"그렇소."

"하긴 두 분 다 서방님보다 저를 더 알뜰히 아끼시긴 하지요. 그리도 양자(養子) 삼고 싶으시다 하시더니 제가 양녀(養女)가 되어 드린다 할 때 그리 기뻐하실 것을 알았으면 진작 그리해 드릴 것을 그랬습니다. 김자현 영감은 돌아가신 아버님이 살아 돌아오신 것처럼 서방님을 진심으로 위하시는 분이시니……."

"하하, 그래서 그분들이 좋으시오?"

"예. 좋고말고요. 어머님도 아버님도 큰 울타리가 되어주시고 아이들에게 조부, 조모가 되어주시니 이보다 더 감사할 데가 없지요. 다음번에는 저도 같이 가 뵈어야겠어요."

"그건 아니 되오. 산달이 얼마 남지 않았는데 어디를 간다 말이오?"

"그러니 조만간 길을 잡아 나서야 될 듯합니다."

"부인!"

"저는 어머님이 안 계시면 마음이 놓이지 않아 편히 아이를 낳지 못합니다. 우리 아이 둘을 그분께서 받아주셨는데."

"그럼 내가 가서 모셔 오리다!"

"아니 되어요! 이제 어머님도 연로(年老)하셔서 먼 거리를 다니 시기엔 어려우신 것 아시지 않습니까?"

"그렇긴 하나……."

"너무 걱정 하시지 마세요. 조금 시일을 두고 일찍 나서면 아이에게 해가 가진 않을 것입니다."

"그러나, 그리하면 규원 당신과 떨어져 있어야 하지 않소? 아이 낳았다는 소식을 듣기 전까지는 지난번 부영이 때처럼 집 안에 들어서지도 못하게 하실 터인데……."

"그야 부영이때는 당신께서 지은 죄가 있어 일부러 골탕을 먹이신다고 어머님께서 그리하신 것이고요."

"그래도 난 그대만 가고 나는 이곳에 남아 기다리는 것은 싫소."

"그럼 어찌하자는 겁니까?"

"그럼 우리 식솔들 전부 같이 가십시다. 부영이가 그대 없이는 보채고 힘들어 한다 하고 우리 식구 모두가 다 같이 가면 되지 않소? 어떻소? 내 생각이?"

"서방님도 참! 하긴 그리하면 두 분께서 기뻐하시겠군요. 그리 좋아하시는 당신도 보시고 우리 한원이와 부영이 보시면서 시간 가는 줄 모르실 테니……."

"그러실 게요. 올해 초에 상선으로 제수(除授)되신 것보다 부인이 셋째를 가진 것을 더 좋아 하신 분이니……."

계한이 규원의 어깨에 손을 슬쩍 올려 자신의 품 안으로 끌어당기며 좋아라 하자 규원은 샐쭉한 표정으로 그에게 일침(一針)

을 놓았다.

"그런데 말입니다. 저는 아직 서방님을 온전히 다 용서한 것은 아닙니다. 알고 계시지요?"

계한은 규원의 말에 허둥지둥 다시 거리를 두고 떨어져 앉으며 짐짓 아무렇지도 않다는 듯 대답했다.

"그럼요. 알고 있고 마다요. 내 그대에게 약조한 것을 다 지키지 못했으니 아직 그대가 나를 용서하지 못한다 하는 것이 당연한 것이라 그리 여기고 있소."

"하온데 이제 셋이니 언제 다섯을 다 채우실렵니까?"

"그야 부인께서 어서 몸을 풀고 난 후 다시 지극정성(地極情性)으로 노력하면 되지 않겠소?"

"그런가요? 3년 동안 밤낮으로 저를 괴롭혀 겨우 부용이 동생을 보시고도 그리 말씀하시다니 서방님께서는 세월만큼 풍도 늘어 가시는 듯합니다."

"부인! 그 무슨!"

"그렇지 않습니까? 다섯을 제게 주시지 않으면 저는 한때 서방님께서 저를 의심하신 그 잘못을 용서하여 드리지 않을 것이라 말씀드렸습니다. 잊으셨습니까? 그날, 서방님께서 제게 양반가의 자제로서 있을 수 없는 일을 행하셨습니다. 어느 양반께서 아녀자에게 무릎 꿇고 잘못을 빈다는 말입니까? 그러나 서방님께서 그리 말씀하셨지요? 이 세상에 진정한 사내는 사내다운 성품을 지닌 자도 아니고 호방(豪放)하여 천하를 호령하는 자도 아니라, 그저 자신의 잘못을 인정하고 진심으로 사죄할 줄 아는 자라야 한다고. 그 말씀에 제가 내건 조건이 바로 서방님과 제 슬하에 아이 다섯을 가지게 되면 그때 용서해 드린다고 했지요."

"그랬소! 그리고 사실 난 부인께서 내건 조건이 너무나 마음에 들었지요. 부인과 같이 있는 시간들이 행복하고 그만큼 감사하오."

"진정이시지요?"

"그럼요."

"그럼… 오늘은 그 약속의 반을 이행하신 서방님께 제가 상(賞)을 드리지요."

"상이라고요?"

"예."

규원이 배시시 웃으며 계한의 손을 잡아끌고 안채로 향했다. 항상 저렇듯 묘한 웃음을 흘릴 때의 규원이 무엇을 하고자 하는 것인지 너무나 잘 알고 있는 계한은 짐짓 싫은 듯 끌려가며 한원에게 큰 소리로 말했다.

"한원아! 네 어머니께 이 아비가 큰 잘못한 것이 있어 아마 오늘도 한동안 고초를 겪어야 할 듯하니 부영이를 잘 데리고 놀아라. 저 아이가 물색없이 갑자기 안채로 들이닥쳐 아비가 어미에게 꾸지람 듣는 모양을 보지 않게 단속도 잘하고. 알겠느냐?"

"예. 아버님. 소자가 부영이는 잘 데리고 놀 터이니 걱정 마시고 어머님께 그저 잘못했다 그리 비십시오. 우리 집안에 어머니께 잘못 보여 살아남을 자가 누가 있겠습니까? 그러니 부디 아버님께 이번에도 잘못했다 하시고 용서를 비십시오."

"그래, 그러마!"

한원은 부영에게 나비를 잡아주겠다며 서둘러 뜰로 나서면서도 고개를 갸웃거렸다. 부친과 모친은 그 사이가 각별(恪別)하여 동리 사람들이 다 부러워하는 부부였지만 한 번씩 모친이 부친의 손을 저리 끌고 꾸지람을 하시겠다고 안채로 가실 때면 부친은 큰 걱정이라도 생긴 듯 앓는 소리를 하시며 끌려가시곤 했다. 그러나 고초를 겪으시려 가는 부친의 얼굴이 환히 빛나는 것은 무엇 때문인지 도무지 한원은 알 수가 없었다. 그리고 다음날 아침이면 모친의 얼굴도 눈을 뜨고 바라볼 수 없을 정도로 환히 빛나는 것이 참으로 이상했다.

그렇지만 한원은 지금 당장 부영에게 나비를 잡아주지 아니하면 어린 누이동생에게 자신도 야단을 들을 것을 생각하니 부친을 걱정스러워할 처지가 아님에 서둘러 부영의 손에 이끌려 걸었다. 부영의 손에 이끌려 가는 자신이나 모친의 손에 이끌려 가는 부친이나 오늘을 무사히 넘길 걱정부터 해야 할 지경이었다.

終

ㄷ
향
사랑, 그 설렘에 취하고 향기에 물들다.

드
향

사랑, 그 설렘에 취하고 향기에 물들다.